当代中国文学书库

感受梅花诗意美
——咏梅花古诗词赏析

王传学 ◎ 著

中国文联出版社

图书在版编目（CIP）数据

感受梅花诗意美：咏梅花古诗词赏析 / 王传学著
. -- 北京：中国文联出版社，2023.6
ISBN978-7-5190-5112-9

Ⅰ．①感… Ⅱ．①王… Ⅲ．①古典诗歌—诗歌欣赏—
中国 Ⅳ．①I207.2

中国国家版本馆 CIP 数据核字（2023）第 034601 号

著　　者　王传学
责任编辑　周　欣
责任校对　乔宇佳
装帧设计　中联华文

出版发行　中国文联出版社
地　　址　北京市朝阳区农展馆南里 10 号　　　　邮编　100125
电　　话　010－85923025（发行部）　　　　85923091（总编室）
经　　销　全国新华书店等
印　　刷　三河市华东印刷有限公司

开　　本　710 毫米×1000 毫米　　　1/16
印　　张　20.5
字　　数　368 千字
版　　次　2023 年 6 月第 1 版第 1 次印刷
定　　价　89.00 元

前 言

梅花，是我国特有的花卉，迄今已有 3000 多年的历史。梅，树姿苍劲，铁骨铮铮，疏影横斜，暗香浮动；花态文雅，婀娜多姿，高雅清秀，生机盎然。于隆冬百花凋零之时，仍傲然挺立，绽芳吐艳，向人们展示出春光明媚、妍丽动人的景象。在《群芳谱》中，梅花位列“花魁”，更有花中“四君子”和“岁寒三友”的美称。

梅花是寒冷冬天最耀眼的明星。中国人一直把梅花看作是象征着快乐、幸福、长寿、顺利、和平的“五福之花”。古往今来咏花的诗词歌赋，以梅为题者最多，或咏其风韵独胜，或吟其神形俱清，或赞其标格秀雅，或颂其节操高洁。同时，人们把梅花那傲雪凌寒的风貌，看作是中华民族英勇顽强的斗争精神的象征；把梅花那香远古朴的风韵，看作是中华古国悠久伟大的历史文化的象征；甚至把梅花那紧簇同心的形状，看作是中国各族人民大团结的象征。

梅先天下春，这是梅最可贵之处。梅花，不畏严寒，独步早春。它冒着凛冽的寒风，傲雪凌霜；它在冰中育蕾，雪中开花；它赶在东风之前，向人们传递着春的消息，被誉为“东风第一枝”。梅花的这种不屈不挠的精神和顽强意志，历来被人们当作崇高品格和高洁气质的象征。

我国人民对梅花有着特殊的喜爱，南宋诗人范成大在《梅谱前序》中说：“梅为天下尤物，无问智、愚、贤、不肖，莫敢有异议。学圃之士，必先种梅，且不厌多，他花有无多少，皆不系轻重。”由此可见爱梅的普遍性。多少年来，梅花一直是诗人吟咏、画家描写的对象。咏梅花的诗、词、曲，多不胜数，是我国传统文化的重要内容。

早在《诗经·召南·摽有梅》中就有“摽有梅，其实七分”的吟唱，不过这里的梅是指“实”而不是“花”。到了汉代，乐府横吹曲中有《梅花落》曲名。“乐府《梅花落》是魏晋以来梅‘始以花闻天下’的一个先声，标志着人们对梅的关注从果实转移到了花色，标志着一个花色欣赏时代的开始。”（程杰《中国梅花文化审美研究》第 423 页）

到了南北朝时期，梅花的观赏价值被人们普遍重视。随着古体诗歌创作的发展，梅花也走进了诗人们的笔下，开始在诗笺上大放异彩。

鲍照的《梅花落》，写梅花开在霜雪中，却在春风中零落的悲哀，意在托寓自身才能得不到发挥，开了托梅寄意的先河。陆凯的《赠范晔》，将梅花作为美好的礼物驿寄给友人，说明梅花是报春的信使。它能在严寒时节给友人带去温馨的春意，表达了对友人的深情厚谊，也流露出对梅花品格的赞美。何逊的《咏早梅》，描绘了梅花不畏严寒、凌霜傲雪、嫣然开放的高标逸韵。谢脁的《咏落梅》，写梅花的新蕊随风飘落，明写落梅，暗写政事，于咏落梅之中寄托了自己深沉的政治感慨。萧纲的《雪里觅梅花》，阴铿的《雪里梅花》等，写梅花雪中绽放，深受人们喜爱，赞美了梅花不怕雪霜、凌寒开放的无畏品格。

到了唐代，诗人咏梅渐成风气。唐人的咏梅诗，除了写闺怨、传友情、托身世之外，出现了虽以模拟物象为主，但却含有审美意蕴的佳作。唐代许多著名诗人皆有咏梅之作，他们比南朝诗人更加注意到了梅花的美学价值，更加准确地把握住了梅花的精神品质。在唐代诗人笔下，咏梅诗已经走向了成熟。

张九龄在其仕途受挫之时所作的《庭梅咏》，在感怀身世的同时也体现了诗人坚毅不屈的意志，这是鲍照诗所没有的。王维的《杂诗》写思乡之情，见故乡来人，独问窗前的寒梅"著花未"，把这株寒梅作为故乡的一种象征，成了诗人思乡之情的集中寄托。杜甫的《和裴迪登蜀州东亭送客逢早梅相忆见寄》，虽然诗中不见梅之颜色、形状、香味，与一般咏梅诗不同，但它突出描写了梅的感兴作用，使梅由一般的供观赏之物变成引人共鸣的知心朋友，这就远远超出常人所咏之上。柳宗元的《早梅》，借对梅花在严霜寒风中早早开放的风姿的描写，表现了自己孤傲高洁的品格和不屈不挠的斗争精神。而朱庆馀的《早梅》，则把梅花傲雪作为高尚品性加以赞美，赋予了梅花高风亮节的品性。

在唐代诗人笔下，梅花的形象得到了完美的塑造。杜牧的《梅》写梅花"轻盈照溪水，掩敛下瑶台"，描写梅花的姿态优美。轻盈的梅花，映照着如碧的溪水，实景与倒影浑然一体，构成一幅绝美的图画。为了进一步突出梅花的轻盈之美，诗人又采用拟人的手法，把梅花比成一群从瑶台翩然而降的仙女，舞姿曼妙，如惊鸿游龙，令人魄荡魂驰。"玉为通体依稀见，香号返魂容易回"（韩偓《湖南梅花一冬再发偶题于花援》），着力写蜡梅晶莹的姿质和浓郁的幽香，富有一股空灵神动之气。诗人仿佛可见那梅花通体如玉，奇妙设想花魂也自然随着盈溢的香气容易返回了。以拟人笔法形容梅香馥郁充盈空间。

时至宋代，文坛上出现了咏梅诗词蜂起的现象。宋王朝的建立虽然结束了晚唐五代割据纷争的历史局面，但宋代的"兴朝气象"却远远不如汉、唐二朝。

汉、唐开国，都扩大了前朝的疆土，而宋朝却连汉、唐旧域也未能保住。加上北方辽、金先后威胁中原，而赵宋却始终处于无奈境地，丧权辱国的事情不断发生。所以，宋代文人的忧国之心比此前任何一个朝代都普遍，都强烈。在这种社会背景下，百花苑中那别具一格的梅花，自然地引起了宋代文人的特别关注，咏梅诗词大量涌现。有的赞赏梅花凌雪傲寒、坚贞不屈的斗争精神；有的倾慕梅花清癯高雅、不卑不亢的高标逸韵；有的歆美梅花不随众俗、独占春先的独特个性；有的欣赏梅花与世无争、甘心寂寞的淡趣闲情……总之，生活在忧患中的宋代文人，都在梅花那里找到了"知己"——他们或是受到了精神鼓舞，或是发现了人生榜样，或是受到了思想启迪，或是接受了情趣影响，不一而足。

在宋朝文人审美意识的不断开拓中，林逋的出现使得梅花意象成为隐逸君子的代名词。林逋一生酷爱梅花，隐居杭州西湖孤山，"梅妻鹤子"，其咏梅诗句"疏影横斜水清浅，暗香浮动月黄昏"（《山园小梅》），写月下水边梅花神清骨秀，高洁端庄，幽独超逸，把梅花的气质风姿写尽写绝了，成为咏梅的千古名句。

文学家苏轼十分喜爱梅花，一生创作了四十多首咏梅诗词，以其卓越的文学才华和文坛影响力，极大地推动了咏梅诗词的发展。他在《红梅三首》（其一）诗中批评"诗老不知梅格在，更看绿叶与青枝"，认为认识梅花须从梅花独有的"梅格"来品评。这就强调了梅花的内在品格，也就是梅花喜寒凌霜的本质特点。"梅格"的提出给梅花赋予了更高的精神品质。他在《西江月·梅花》中赞美惠州梅花的风姿、神韵是"玉骨那愁瘴雾，冰姿自有仙风"，说惠州的梅花生长在瘴疠之乡，却不怕瘴气的侵袭，是因为它有冰雪般的肌体、神仙般的风致。他在梅花身上寄托了自己的人格操守与理想追求。

王安石的咏梅诗，朴素自然，意境深远，深受读者喜爱。他的咏梅代表作《梅花》诗中的梅花，洁白如雪，长在墙角但毫不自卑，远远地散发着清香。诗人通过对梅花不畏严寒的高洁品性的赞赏，用雪喻梅的冰清玉洁，又用"暗香"点出梅胜于雪，说明坚强高洁的人格所具有的独特魅力。诗人在北宋极端复杂和艰难的局势下，积极改革，而得不到支持，其孤独心态和艰难处境，与梅花自然有共通的地方。

周邦彦的咏梅词清新明快，用字没有雕琢，比拟新颖贴切。在《丑奴儿·大石梅花》中，写白梅"肌肤绰约真仙子，来伴冰霜"，用仙子比拟白梅花，突出了她纯洁无瑕、素洁高雅的姿容。"来伴冰霜"则表现了梅花不畏冰霜、凌寒独开的坚强性格和高洁情操。词人借洁白的梅花来比其高洁的品质，寄托其不与世俗同流合污的情怀。词人一生都在为做官漂泊，但主观上还是存在一种归隐自然、超然于世外的思想。所以，借咏梅花来表现其超然物外、追求自然的高洁情操。

女词人李清照对梅花情有独钟，其词中出现梅花意象的有十多首。词人熔铸其亲身经历和深刻的感受，在客观景物里寄寓她的欢笑、苦泪、愁思，营造了一幅幅情景交融、意境深远的梅花图。她的《渔家傲·雪里已知春信至》吟咏寒梅，上片写寒梅初放，表现梅花的光润明艳，玉洁冰清；下片写月下赏梅，侧面烘托梅花的美丽高洁。写梅即写人，赏梅亦自赏。全词由月光、酒樽、梅花织成了一幅如梦如幻、空灵优美的图画，赞颂了梅花超尘绝俗的洁美素质和不畏霜雪、秀拔独立的坚强品格。

爱国诗人陆游，面对国土沦丧的局面，把坚贞不屈的斗争精神倾注在梅花身上，他一生写有150多首咏梅诗词，借梅花抒发爱国豪情，以梅花自比。如《落梅》："雪虐风饕愈凛然，花中气节最高坚。过时自合飘零去，耻向东君更乞怜。"前两句刻画梅花在风雪肆虐的天气里坚持高尚气节的形象。在大雪侵害，风势凶猛要吞噬一切的时候，梅花愈加表现出凛然不可侵犯的样子。她与其他花相比，气节最高尚最坚定。后两句写梅花在飘落时坚持气节的具体表现。到过了梅花开花的时令，梅花会顺应自然，甘愿飘落离开，她羞耻于向春神再乞求怜悯。梅花坚持气节的表现更使人肃然起敬。诗中歌颂梅花在百花中气节最高尚最坚强，实质是诗人借梅花来宣示自己的崇高气节。

辛弃疾是一位叱咤风云的军事家，素有复国大志，却长期赋闲在家。他的咏梅词，多用比拟手法，在赞美梅花高洁品格之中，含蓄委婉地寄托了自己的身世之感。在《念奴娇·梅》中，他赞美梅花"雪里温柔，水边明秀，不借春工力"，说梅花凌寒独放，长在水边，开在雪里，清新脱俗，温柔明秀，不需要借助春天的暖气开花。"骨清春嫩，迥然天与奇绝"，赞美梅花玉洁冰清，香嫩魂冷，骨骼奇绝，具有超凡入圣的品格。在《永遇乐·赋梅雪》中，词人将梅花比喻成美丽清绝之女子，她含愁带忧，在白雪的映衬下更添越样标格。词人满怀赞美与欣赏之情，以女子之态写梅花之态，以女子之心写梅花之心，词人体察入微，以浓墨重彩之笔，细致描摹梅雪之风度与标格。这梅雪的标格，正是词人自我形象的写照。

姜夔是南宋中后期著名的词人，词中以梅花为题或关涉梅花的作品有三十二首，数量之多，境界之高，构思之妙，不仅再现了姜夔的生活及感情经历，而且还充分显现了其清空、高雅的艺术风格。他非常欣赏林逋《山园小梅》中的"疏影横斜水清浅，暗香浮动月黄昏"两句，就摘取两句句首二字，以之为

"自度曲"咏梅词的调名。他创作的《暗香》一词，以梅花为线索，通过回忆对比，抒写今昔之变和盛衰之感。而《疏影》则集中描绘梅花清幽孤傲的形象，寄托词人对青春、对美好事物的怜爱之情。这两词被誉为"自立新意，真为绝唱"（张炎《词源》）。姜词中的"梅花"意象，既是词人冷僻、孤傲人格的比附，又与萦绕词人心头的"西湖情结"和"恋人情结"息息相关。

到了元代，伴随着外族统治、高压政策、民族歧视等，使得文人们更倾向于将心事向梅花倾诉。元代处在两宋梅文化高峰的延长线上，与南宋以来梅花文化鼎盛发展紧密相连，元代咏梅诗是宋代咏梅诗高潮的延续。元代咏梅诗大约有一千九百多首，题材广泛，诗人之间咏梅组诗唱和，以及题梅画诗的大量出现与繁荣，是其主要特点。

元代咏梅诗在承袭以往朝代咏梅诗的基础上又有发展。立意上，凸显的不仅是隐士之风盛行，更是民族气节。艺术表现方式上，象外之象，景外之景，象征手法运用频繁。诗句里，梅花不仅是一种作物，一种寄托，更是一种精神。

元代咏梅诗的一个重要方面是题梅画诗的繁荣。题梅画诗是绘画与题诗之结合。题梅画诗发端于南朝，至宋代开始发展繁荣起来，宋代题梅画诗，大多体现题梅画诗的特点，既扣住画境的描写，又能生发开来，注意情景交融，不仅突出了画中主题，也赞美了作画之人。但这些诗人大多不是画家，仅仅是诗人参与画作欣赏而写的诗。元代与此有很大不同，元代很多文人既是画家也是诗人，元代咏梅诗的繁荣，其中很大一部分体现在题梅画诗的繁荣。许多画家在热心画梅的同时，也在画卷上留下了咏梅佳作。

随着画梅图中水墨写意的逐渐流行，人们开始追求淡雅朴素的风格，墨梅画随之出现。所谓墨梅，就是用墨笔勾勒的梅花。至元代，墨梅得到人们的推崇，元代许多著名画家都是墨梅画家，随着墨梅画的兴起，题墨梅诗也风行起来。经统计，元代题墨梅的诗有近三百首。王冕就是其中的杰出代表。

王冕是元代著名的诗人、画家。他一生酷爱梅花，爱梅、种梅、画梅、写梅，"平生爱梅颇成癖"（《题月下梅花》），他善于画梅，"援笔立挥，千花万蕊成于俄顷"。他进行大量的梅诗创作，"写梅种梅千万树"（《梅花四首》其一），创作有110首咏梅诗。他的代表作《墨梅》："我家洗砚池边树，朵朵花开淡墨痕。不要人夸好颜色，只留清气满乾坤。"这首题画诗赞美墨梅不求人夸，只愿给人间留下清香的美德。实际上是借梅自喻，表达自己对人生的态度以及不向世俗献媚的高尚情操。他的《白梅》诗："冰雪林中著此身，不同桃李混芳尘。忽然一夜清香发，散作乾坤万里春。"歌咏了白梅的高洁品格。她生长在冰天雪地的严冬，傲然开放，不与桃李凡花相混同。忽然一夜花开，芳香便传遍天下。诗人以梅自况，借梅花的素雅高洁来表达自己坚守节操、不与世俗同流合污的高格远志。

元代咏梅诗中，有一部分是诗人的唱和作品，其中以诗人冯子振与诗僧明本唱和的《梅花百咏》最为有名。

文学家冯子振，诗词曲赋无所不能，一生著述甚丰。他为官一生清廉，深受百姓敬仰，故有墓联"一丛芳草先人墓；百树梅花学士魂"赞之。冯子振一生酷爱梅花，他与明本唱和的《梅花百咏》，是现存最早且保存完整的百咏组诗。他的梅花诗从方方面面描绘了梅花的形态、花香、花色，赋予梅花超凡的品格、精神，寄托了诗人的志趣、情致、理想，透露出宦海沉浮和人情冷暖、远大抱负与现实之间的矛盾状态，反映了当时士大夫的境遇。先看其《咏梅三十首 其十二 落梅》："花落花开春不管，清风明月自绸缪。天然一种孤高性，直是花中隐逸流。"诗人夸赞梅花具有天然孤高的品性，是花中的隐逸之辈。写出了野梅独善其身、不同流合污的品格。诗人借物抒情，以梅花来表现自己内心之感想。再看其《寒梅》："山中万木冻欲折，林下幽芳独自香。怪底孤根禁受得，就中原有铁心肠。"在严寒袭来、万木冻得都要折断之时，林中的梅花却独自开放，清香四溢。梅花的孤根怎么能经受得住这么寒冷天气的袭击？原来是它有着坚硬似铁的心肠。赞美梅花有着抗寒的本性和坚强的意志。

文学家杨维帧自号"梅花道人"，一生酷爱梅花。他的《道梅之气节》，赞美梅花"万花敢向雪中出，一树独先天下春"，在百花凋零的冬天，唯有梅花迎着漫天飞舞的雪花，凌寒怒放，傲立在风雪之中。满树梅花不畏严寒，独步早春，先于其他的花迎接春天的到来。诗人热情赞美梅花不畏严寒、凌寒盛开、独步早春的顽强意志，成为咏梅的名句。

元代散曲是一种新的文学样式，不少散曲名家都有咏梅佳作。如贯云石的《清江引·咏梅》（其一）写道："南枝夜来先破蕊，泄露春消息。偏宜雪月交，不惹蜂蝶戏。有时节暗香来梦里。"写南枝的梅花一夜之间率先绽放，破蕊报春。接着写梅的高格逸韵。先以梅花偏偏喜欢与雪、月交朋友，喜欢生长在白雪明月营造的纯净无瑕之境，映衬出梅花高洁的神韵。其后"不惹蜂蝶戏"一句，写梅花不招惹趋炎附势的蜂蝶，在暗暗与夭桃艳李的对比中赞扬了梅花不染尘俗的贞洁自守。表现了诗人坚持操守、不逐流俗的高尚品格。末句"有时节暗香来梦里"，写梅之幽香常来梦中，似真似幻，迷离朦胧，体现了作者爱梅之深切，饶有韵味。

咏梅诗经过宋代的辉煌以后，到明代趋于平常。不过由于一些诗人的努力，仍出现了一些咏梅佳作。

在明代咏梅诗中，首推文学家高启创作的咏梅组诗《梅花九首》。这组梅花诗塑造了梅花的群像，每首诗都有孤独高傲而无凄凉抑郁、怜梅惜梅却不神伤心碎的特点。整组诗巧用典故，把梅花人格化，传神地刻画出梅花的形神。如第一首，写梅花有着仙风道骨，来到人间，栖居在大雪铺满的深山里，只有到那清风明月的林泉之下，才能见到它清秀动人的姿容。月下梅花之状又何其高洁绝尘！诗中将雪与梅当作是匹配的高士美人，塑造出一个孤高、隐逸的梅花形象。梅伴雪生，正生出梅的坚强与高洁；雪为梅衬，又衬出梅的美丽与多情。

民族英雄于谦非常喜爱梅花，创作了《和梅花百咏诗》百首七言律诗，借高洁清远的梅花精神来抒发自己忠贞刚毅的性格。如第一首，总写梅花的色、香特点和品格、精神。梅花在于谦的笔下，得到传神地描写。梅花色泽幽艳，不须靠自己的艳丽来迷醉游客；梅花孤清高标，不与众花为伍。梅花开在寒冬，月光照在它的身上，更增加了它的色泽冷艳。梅花的清香四溢，散发在天地之间，将世间的万古尘埃澄清。赞美梅花先春而发，报告春天的信息。

江南才子唐伯虎，诗、书、画俱佳。他有一首为自己所画梅花题写的诗："雪压江村阵作寒，园林俱是玉英攒。急须沾酒浇清冻，亦有疏梅唤客看。"写雪压江村、寒气逼人的严冬，园林里的梅花凌寒怒放，满树晶莹剔透如美玉积聚。看到园林中被冰雪冻着的梅花，诗人突发奇想：这些被冻的美玉须要美酒才能把它们浇开吧！其中也有一些梅花没被冻着，摇曳着疏枝，好像在呼唤客人前来观看。诗人构思新颖，想象奇特，把天寒地冻中的梅花写得晶莹剔透，很有生气，给人以晶莹洁净之美感。

清代诗人在学习借鉴前人咏梅诗词的基础上，不断拓展咏梅诗词的意境，并有所突破和创新。

清代词坛中兴，名家辈出，其中以纳兰性德最引人注目。其词《眼儿媚·咏梅》："莫把琼花比澹妆，谁似白霓裳？别样清幽，自然标格，莫近东墙。冰肌玉骨天分付，兼付与凄凉。可怜遥夜，冷烟和月，疏影横窗。"意境清幽，略显凄凉。全词并不具体描绘梅花的形象，而是通过意境、氛围的烘托，突现梅花"别样清幽""自然标格""冰肌玉骨"的神韵，给人以美感享受。

清代中期活动于扬州地区一批风格相近的书画家，他们的书画风格异于常人，不落俗套，因此被称作"扬州八怪"。他们愤世嫉俗，了解民间疾苦，画题以花卉为主，也画山水、人物，摆脱了保守派格遵清规戒律的影响，高度发挥了即景抒情的创造意志。在"扬州八怪"中，除郑燮少画梅外，其他均善画梅，各家笔下的梅花具有不同的韵致。"八怪"之首的金农是著名书画家、诗人，尤攻画梅、写梅，其《动心画梅题记》写道："老梅愈老愈精神，水店山楼若有人。清到十分寒满把，始知明月是前身。"这首诗描绘了所画梅花的傲霜挺拔和清丽脱俗，赞美了老梅树不畏严寒，花开得精神饱满，清香四溢，如明月般纯洁美丽。抒发了诗人对梅花的极度喜爱之情。

被称为"晚清中兴名臣"之一、中国近代海军之父的彭玉麟，于军事之暇，作画吟诗，一生绘梅花图上万幅，创作了大量咏梅诗。他也写有《梅花百韵》100首，其第一首写道："平生最薄封侯愿，愿与梅花过一生。唯有玉人心似铁，始终不负岁寒盟。"诗人最不看重的就是做官，一生辞过六次官；他爱的是梅花，"愿与梅花过一生"。诗人辞官隐居的时候，他所住之处，遍植梅花；而他要与梅花过的一生就是画梅花！他的梅花画——"墨梅"，在晚清绘画史上称为一绝，号称"兵家梅花"。他在五十多岁的时候曾经写诗说："我家小苑梅花树，岁岁相看雪蕊鲜。频向小窗供苦读，此情难忘二十年。"在这首诗之后，他又画了二十多年，一生画了上万幅的梅花。

在清代诗坛上，活跃着一批女诗人，她们也对梅花十分喜爱，以女性的视角，创造了许多咏梅佳作。

女词人张传的《捣练子·梅花》："皎似雪，洁如霜，分外清幽一种香。可爱冰心甘冷淡，几枝疏影照斜阳。"梅花最突出的特征是淡雅高洁，尤其是白梅，更以其清冷皎洁惹人喜爱。词人将梅花的具体特征和自己的内心感受融合在一起写，咏的是梅花，实则吐露自己的情怀。梅花的高洁清幽、皎洁孤高、风流自赏，也正是词人的写照。

晚清女革命家秋瑾十分喜爱梅花，写有咏梅诗《梅十章》，其第十章写道："冰姿不怕雪霜侵，羞傍琼楼傍古岑。标格原因独立好，肯教富贵负初心？"诗人赞美梅花耐寒、清高、不慕富贵的品格。对生于富贵环境之中，处于琼楼玉宇之中的诗人来说，她要走出那个牢笼，该是多么不易啊！正因如此，她才特别感受到梅花的不惧霜雪、不傍琼楼、古朴自然是多么难得，多么可贵。从对人格价值追求的角度说，"独立标格"正是诗人革命精神的宣言和昭示。

为了帮助广大读者更好地学习、理解咏梅诗词的内容，领悟其精神内涵和艺术特色，感受咏梅诗词的诗意之美，本书精选了南北朝至清朝的 172 位诗人的 251 首诗词曲，从欣赏的角度，对这些诗词作了详细、全面、独到的解析，为读者理解和感受咏梅诗词的诗意之美提供了一把钥匙。

目　录
CONTENTS

南北朝、隋朝咏梅诗赏析

梅花落

南朝·宋　鲍照

中庭杂树多，偏为梅咨嗟。

问君何独然？念其霜中能作花，露中能作实。

摇荡春风媚春日，念尔零落逐寒风，徒有霜华无霜质。

梅花落：汉乐府横吹曲名。唐朝吴兢《乐府解题》载："汉'横吹曲'共二十八解，李延年造。魏晋以后唯传十八曲。《梅花落》即其一。"宋朝郭茂倩《乐府诗集》说："《梅花落》本笛中曲也。"

南北朝时期，梅花逐渐进入了文人的审美视野，在诗中多有对梅花的赞美，并与当时的社会现象、价值观念联系起来。鲍照的这首《梅花落》，在同类诗中是写得较早的，用的是乐府旧题，写梅花的自然生长现象，暗喻现实中的某类人物的品格特征，具有很强的现实针对性和批判性，具有开创性意义。

在东晋末至刘宋时期的诗人群中，鲍照可算得是佼佼者。鲍照的诗，以乐府见长，五言诗也不少，但成就不及乐府诗。他的诗多有讽喻慷慨之辞，在一定程度上揭露了现实社会中的黑暗和不平，这可能是和他出身家世贫寒、仕途遭遇坎坷有关。

这首诗是托物言志的，写的是梅花，说的是人。开头两句点出诗人与众不同的构思："中庭杂树多，偏为梅咨嗟。""咨嗟"，叹息。庭院中杂树很多，为什么偏偏要为梅花而叹息呢？诗人自己设问说："问君何独然？""念其霜中能作花"以下各句，全部是诗人的议论，但不是抽象的议论，而是把说理寓于具体形象的描述之中。"念其""念尔"是两个层次的递进，首先是赞扬梅树的正面品格：在风霜雨露之中，众芳芜秽，独有梅花盛开，果实累累，故赞美梅树

"霜中能作花，露中能作实"，赞誉梅树有经风雨、抗霜雪的顽强生长的活力。可是，到了春暖花开之时，梅树"摇荡春风媚春日"，在春风中摇荡、在春日里妩媚的梅花，却纷纷随风飘落净尽，徒有抗寒霜的外表，却没有抗寒霜的本质。

全诗的主题是"念尔零落逐寒风，徒有霜华无霜质"两句。前面"念其"句是第一个转折，这里"念尔"句是第二个转折，这一转折才点出了诗人的本意。尽管梅树有上述种种优秀品格，但可惜傲雪凌霜的梅花，也不能长久开放，最终仍逃不脱"零落逐寒风"的命运。这就是诗人为梅"咨嗟"的原因，因为它"徒有霜华无霜质"，所以，虽然能抗寒于一时，但难善始善终，最后还是"零落"了！

花开花谢，本属自然现象，梅花自然也不可能常开。诗人只不过是借物拟人，借题发挥，用以讽刺那些曾想修持节操而又不能坚持到底的人。在封建专制的社会里，一些士人常因真言直谏而遭横祸，所以，许多人往往不能保持晚节而与统治者同流合污。在晋代，这种情况是不少见的，根据鲍照的为人和性格，可知他对这种不能保持节操的人是很看不起的，在蔑视的同时又带有几分惋惜。

鲍照（约公元415—466年），字明远，南朝·宋文学家。先后任太学博士、中书舍人、永嘉令、前军参军等，后为乱兵所杀。他长于乐府诗，其七言诗对唐代诗歌的发展起了很重要的作用，代表作有《鲍参军集》。与颜延之、谢灵运并称"元嘉三大家"。

赠范晔

南朝·宋　陆凯

折梅逢驿使，寄与陇头人。

江南无所有，聊赠一枝春。

南朝·宋盛弘之《荆州记》载："陆凯与范晔交善，自江南寄梅花一枝，诣长安与晔，并赠此诗。"

西汉刘向《说苑》记载，越国使者赠送梁王一枝梅花。大概当时中原一带梅花还是稀有之物，所以会千里迢迢带去作为礼品。

此诗通过折梅寄赠，表达了对友人的深情厚谊，也流露了对梅花品格的赞美。江南至陇头距离遥远，诗人特托驿使给友人送去一枝梅花，看是礼轻，寄托的感情却十分深长。江南自古就是富庶之地，鱼米之乡。诗中所谓"江南无所有，聊赠一枝春"，一是说明此时正是寒冬腊月，万木萧疏，百花纷谢，独有梅花不畏冰雪，凌寒盛开；二是说明梅花是报春的信使，它能在严寒时节给友人带去温馨的春意，因此这一枝梅花比任何礼物都显得珍贵。短短四句，诗人对梅花的赞美之情，对友人的关切之意，都得到了充分的表达。全诗以情取胜，质朴无华，在自然平易中包蕴着深意，因而千古传诵，至今读来仍很亲切。

自此，"一枝春""东风第一枝"，成为梅花和思念的代名词。如南朝民歌《西洲曲》，其开篇便是"忆梅下西洲，折梅寄江北"，女子见到梅花又开了，回忆起以前曾和情人在梅下相会的情景，因而想到西洲去折一枝梅花，寄给在江北的情人。此后折梅赠友也成为唐宋诗歌中表达爱情和友情的重要题材。折梅寄情的典故，也一直流传至今。

至于南朝·宋盛弘之《荆州记》中记载的"陆凯与范晔交善，自江南寄梅花一枝，诣长安与晔，并赠此诗"的故事，值得辨析。南北朝时期的陆凯是北朝·北魏人，范晔是南朝·宋人，依情理，只有南方的范晔寄梅枝给在北方长安的陆凯，不可能是北方的陆凯寄给南方的范晔。可能是《荆州记》的记载有误。当然，这里的陆凯、范晔，也可能另有其人。

咏落梅

南朝·齐　谢朓

新叶初冉冉，初蕊新霏霏。

逢君后园讌，相随巧笑归。

亲劳君玉指，摘以赠南威。

用持插云髻，翡翠比光辉。

日暮长零落，君恩不可追。

南朝齐武帝永明八年（公元 490 年），谢朓由随王（萧子隆）镇西功曹转为随王文学，次年荆州刺史随王"亲府州事"，谢朓也跟随到荆州。在江陵，他介入皇室内部的矛盾斗争，被卷进政治旋涡，所以忧心忡忡，惶惶不安。于是借咏落梅来表达深沉的政治感慨。

这首吟咏落梅的诗作，寄托了深沉的政治感慨。这对于只求形似的六朝咏物诗来说，是一大发展。

此诗可分为三层。"新叶初冉冉，初蕊新霏霏"，起首两句便暗寓忧惧的心理。"冉冉"，是柔弱下垂的样子，说梅花的嫩叶还很柔弱，意指自己在政治上并不是强有力的；"霏霏"，纷纷飘落的样子，梅花的新蕊随风飘落，暗寓自己政治地位的不稳。明写落梅，暗写政治。

"逢君后园讌"以下六句，诗人以美人自拟，写他与随王的亲密关系。诗人先以春秋时晋国美女南威自拟，以其"美貌"参与随王后园之宴会；再以《诗经·卫风·硕人》中的硕人自比，以其"巧笑"与随王相随而归；再说随王亲手摘梅花相赠，自己也像古代美人一样把梅花插在发髻上，其光彩胜过翡翠美玉。表达了他对随王赏爱的无限感激之情。

诗的末二句又归到诗题"落梅"。"日暮长零落，君恩不可追"，以梅花的飘零，喻指君恩之衰。言下之意，即是忧虑一旦政治斗争失败，定会招来不测之祸。这种忧惧君恩衰竭的心理，是由介入皇室内部矛盾斗争所产生的畏惧心理引发出来的。担心斗争失败，反而招来杀身之祸，这才是他借咏落梅委婉地向随王吐露出来的真情。

这首诗明写落梅，暗写政事，于咏落梅之中寄托了自己深沉的政治感慨，把自己难于明言的复杂心态表达得恰到好处：既不太直露，也不太隐晦。诗中既以"落梅"（香草）自拟，又以"南威"（美人）自拟，其所比拟均在似与不似之间，即所谓不即不离、不粘不脱者也。这一艺术境界成了唐宋咏物诗词的最高准则。可以说，这首诗的艺术表现，正标志谢朓在咏物诗方面的杰出贡献。

谢朓（公元464—499年），字玄晖。南朝·齐著名的山水诗人，与谢灵运同族，世称"小谢"。初任随王镇西功曹、文学，后官宣城太守，终尚书吏部郎，又称谢宣城、谢吏部。曾与沈约等共创"永明体"。今存诗二百余首，多描写自然景物，间亦直抒怀抱，诗风清新秀丽，圆美流转，善于发端，时有佳句；又平仄协调，对偶工整，开启唐代律绝之先河。

咏早梅

南朝·梁 何逊

兔园标物序，惊时最是梅。

衔霜当路发，映雪拟寒开。

枝横却月观，花绕凌风台。

朝洒长门泣，夕驻临邛杯。

应知早飘落，故逐上春来。

诗题一作《扬州法曹梅花盛开》。

梁武帝天监六年（公元 507 年）四月，抚军将军建安王萧伟出为都督扬、南徐二州诸军事、扬州刺史（治所在今南京），何逊迁水曹行参军，兼任记室，深得萧伟信任，日与游宴，不离左右。这首诗即写于第二年早春。

这首诗以咏梅为题，处处围绕着一个"梅"字落笔，描绘出了一幅凌寒独放的早梅图。

诗一开头就标出兔园，是因为梁建安王萧伟的芳林苑，恰似汉代梁孝王刘武的兔园。园中百卉，独咏梅花，是因为梅花自有它独特的标格。正当冰封大地、万木萧疏之时，梅花已预报了春天的来临，所以说"惊时最是梅"。"惊"字用拟人笔法，突出梅花对节令转换的特殊敏感，尤为醒目。

"衔霜当路发"四句，具体描绘梅花的高标逸韵。它不畏严寒，凌霜傲雪，嫣然开放。正因梅花盛开，霜落其上，故曰"衔"；正因梅花盛开，千娇百媚，与白雪相映成趣，故曰"映"。"却月观""凌风台"，想必是园中的主要景点，自然梅花更盛。一个"横"字，写出了梅花凌寒怒放的高贵品格；一个"绕"字，写尽了梅花俏丽报春的妩媚情态。从语法上讲，"衔霜""映雪"是动宾结构，"枝横""花绕"是主谓结构，这样就错落有致地写出了满园梅花盛开、光彩照眼的动人情景。

满园梅花动诗兴。诗人不禁由花事联想到人事，想起了人世间许多悲欢离合的故事。汉武帝的陈皇后，擅宠娇贵，终因骄妒失宠，退居长门宫，愁闷悲思，闻司马相如工文章，遂奉黄金百斤，令为解愁之辞，相如为作《长门赋》，中云："左右悲而垂泪兮，涕流离而纵横。"故诗曰"朝洒长门泣"。《史记·司马相如列传》载："相如之临邛，从车骑，雍容闲雅甚都；及饮卓氏，弄琴，文君窃从户窥之，心悦而好之，恐不得当也。既罢，相如乃使人重赐文君侍者通殷勤。文君夜亡奔相如，相如乃与驰归成都。"文君之父卓王孙开始反对两人的婚事，后经劝说，不得已而"分予文君僮百人，钱百万，及其嫁时衣被财物"。后汉武帝命相如为中郎将，建节出使西南少数民族地区，"至蜀，蜀太守以下郊迎，县令负弩矢先驱，蜀人以为宠。于是卓王孙、临邛诸公皆因门下献牛和酒以交欢。故诗曰"夕驻临邛杯"。"朝洒"二句，一悲一喜，一离一合，形成鲜明的对比。而两事都与司马相如有关。写兔园之梅，为何联想到司马相如呢？因为司马相如和梁孝王还有一段因缘。梁孝王到首都长安，带来邹阳、枚乘、庄忌等一批文士，相如见而悦之，遂借口有病而辞官游梁，梁孝王令与诸生同舍，一住几年，乃著《子虚赋》（见《史记·司马相如列传》）。诗人是将建安王比作梁孝王，将芳林苑比作兔园，而将自己比作司马相如。建安王萧伟爱客接士，何逊以卓越的才能得到他的信任和重用，遂引为水曹行参军兼记室，日与游宴，深被恩礼。这两句是诗人借司马相如之典，感知遇之恩。

最后"应知早飘落，故逐上春来"，梅花大概也知道自己飘落得早，所以赶在正月就开起花来了。寓有人生有限，应当及早建功立业的思想。整首诗的基调还是积极向上的。诗人是以司马相如自喻，借咏梅来表现自己坚定的情操和高远的志向。

全诗把情、景、理相结合，景中寓情，情中有理，通过一种完美的交融，寓情于物，将梅花作为自己的化身，描述了一个翙栩如生的艺术形象，表现诗人不趋炎附势、苏世独立、不失气节的品德。

何逊酷爱梅花。在扬州时，官舍有梅一株，他常在树下欣赏吟咏。后来在洛阳，又想起扬州梅花，便再去扬州，正逢梅花盛开，竟终日看花不止。何逊是一位喜爱梅花的诗人，所以唐代诗人杜甫诗云："东阁官梅动诗兴，还如何逊在扬州。"（《和裴迪登蜀州东亭送客逢早梅相忆见寄》）

何逊（？—公元518年），字仲言，南朝·梁诗人。先后任建安王萧伟的记室、安成王萧秀的幕僚，还兼任过尚书水部郎。后人称"何记室"或"何水部"。其诗文与同时的刘孝绰齐名，世称"何刘"。又以诗与阴铿颇相似，世号"阴何"。今存诗110余首，多为赠答及纪行之作，写景抒情极为精妙，格调清新婉转。

梅花落

南朝·梁　吴均

隆冬十二月，寒风西北吹。

独有梅花落，飘荡不依枝。

流连逐霜彩，散漫下冰澌。

何当与春日，共映芙蓉池。

这首诗描写了梅花在寒风凛冽的冬天随风飘落的情景。

"隆冬十二月，寒风西北吹"，诗一开始，交代了梅花生长的恶劣环境：在寒冷的十二月，凛冽的寒风从西北方刮来，大地一片肃杀景象，花木早已凋零。"独有梅花落，飘荡不依枝"，紧承上句，写在这寒冷的冬天里，只有梅花还在盛开，可它也禁不住寒风的肆虐，花瓣被风吹得四处飘落。"流连逐霜彩，散漫下冰澌"，它飘飘扬扬，流连难舍地追逐着寒霜翻飞；四处飘散，散落在流动的冰之上。诗人给我们展示了一幅形象鲜明的寒冬落梅图，而且赋予梅花以人的情感。梅花对梅树的"留恋"，正反映了诗人对落梅的留恋惋惜之情。

诗人在篇末抒写了自己的愿望："何当与春日，共映芙蓉池。"希望梅花也能在春日的沐浴下与百花同放，共享大好春光。

全诗语言平易，情景交融，读来感到非常亲切。

吴均（公元469—520年），字叔庠，南朝·梁文学家、历史学家。因私撰《齐春秋》，触犯武帝，书焚，并被免官职。不久奉旨撰写《通史》，未及成书即去世。吴均好学有俊才，是历史学家，他著有《齐春秋》三十卷、注释范晔《后汉书》九十卷等；他又是著名的文学家，其诗清新，多为反映社会现实之作，开创一代诗风。其文工于写景，诗文自成一家，常描写山水景物，称为"吴均体"。

和孔中丞雪里梅花

南朝·梁　王筠

水泉犹未动，庭树已先知。

翻光同雪舞，落素混冰池。

今春竞时发，犹是昔年枝。

唯有长憔悴，对镜不能窥。

这首诗写梅花不畏严寒、凌寒盛开的品格。

"水泉犹未动，庭树已先知"，诗一开始，写在寒冷的冬天，泉水尚未解冻，而庭院的梅花已绽放枝头。只有梅花最先感知到春天的信息。"翻光同雪舞，落素混冰池"，大雪仍在纷飞，而梅花闪耀着光彩同白雪一起翩翩起舞，它那飘落的白色花瓣，又同池中的冰雪混在一起不能分辨。诗句描绘的是白梅花洁白无瑕、似雪类冰的外形。同时也展现了白梅花花开花落、斗霜傲雪的景观。诗人文笔流畅而清朗，活泼而生动，把雪里的白梅花描写得如此冰清玉洁、栩栩如生，十分逗人喜爱。

面对此景，诗人感叹道："今春竞时发，犹是昔年枝。"旧年的梅枝，可以在新的一年选择合适的时机开花。而人一旦遇到恶劣条件，"唯有长憔悴，对镜不能窥"，则身体憔悴，活力减退，甚至不愿意对着镜子看自己衰老的容颜。通过梅花与人在面对恶劣环境时的不同表现，有力地突出了梅花不畏严寒、傲霜斗雪的坚强性格。

王筠（公元 481—549 年），字元礼，一字德柔，南朝·梁文学家。官至尚书吏部郎、临海太守、秘书监等。少年时即有才名，著作繁富，但大多散佚。流传至今的 40 余首诗，有一部分是写得较好的即景抒情之作。

同萧左丞咏摘梅花诗

南朝·梁　庾肩吾

窗梅朝始发，庭雪晚初消。

折花牵短树，攀丛入细条。

垂冰溜玉手，含刺胃春腰。

远道终难寄，馨香徒自饶。

此诗从摘梅花着笔，在众多咏梅诗中独具视角。自从陆凯的《赠范晔》传世，折梅往往与赠远相连，这首诗也不例外。

"窗梅朝始发，庭雪晚初消"，从首二句可知，女主人公在窗梅始发、庭雪初消之际，就迫不及待地冒着严寒去折梅花，可见其爱梅之情深，念远之心切。"折花牵短树，攀丛入细条"，为了折到心仪的梅花，她拉开矮树的枝条，仔细寻找合适的梅枝；高一点的梅树，她甚至爬到树上，仔细物色，寻找最佳。"垂冰溜玉手，含刺胃春腰"，全然不顾垂冰冻手，刺枝缠腰。女主人公为了给心上人寄去最美的梅花，不怕辛劳，费尽周折。这枝梅花饱含着她的一片真情。

但是，她所思念的人远在天涯，送梅的驿使何在？怎样才能把这蕴含春意的鲜花寄到他的身边？她清楚地知道不可能将摘下的梅花送到远方，只好让它浓郁的香气白白地消散。这"远道终难寄，馨香徒自饶"的叹息声中，传达出多少无奈，多少遗憾，多少失望，多少愁苦！

全诗既描写了生动形象的细节，又表现了刻骨铭心的思念。艺术感染力很强。

庾肩吾（公元 487—551 年），字子慎，南朝·梁文学家、书法理论家。初为晋安王萧纲常侍，奉命与刘孝威等抄撰众籍，号高斋学士。累迁太子率更令、中庶子。梁简文帝即位，为度支尚书。元帝时，官江州刺史。善为文，为宫体诗代表作家之一。又工书法，著有《书品》。明人辑有《庾度支集》。

雪里觅梅花

南朝·梁　萧纲

绝讶梅花晚，争来雪里窥。

下枝低可见，高处远难知。

俱羞惜腕露，相让道腰羸。

定须还剪彩，学作两三枝。

梁简文帝萧纲善于以轻靡绮艳的宫体诗反映上层贵族的生活，这首诗却写得清新活泼，在他的作品中实属难得。

诗歌描绘的是一群宫中女子踏雪寻梅的情景。"绝讶梅花晚，争来雪里窥"，这一年梅花的花期特晚，令人诧异，一群平时不出宫门的女子相约去雪地里寻览梅花。"下枝低可见，高处远难知"，她们冒着严寒，争先恐后地走着看着，伸出纤纤玉手拨动下枝，攀扯高条，仔细地寻找梅花的踪影。

"俱羞惜腕露，相让道腰羸"，裸露在寒风中的手腕使她们感到害羞怜惜；随着时间的推移，她们又感到了倦意，互相推让不前，诉说着腰肢的疲乏。"定须还剪彩，学作两三枝"，她们不得不返回深宫了，但还商量着回去后一定要剪下一块彩绸，学着绣上两三枝清雅高洁的梅花，让大自然的美色常驻身旁。

读着这样的诗，浓厚的生活气息扑面而来，那一群宫女的音容笑貌和生活情趣，历历如在眼前。

作品的用词也很精确：有"下枝"到"高处"，仔细寻览之状可见；有"争来"到"相让"，时间的推移可知；有"惜腕露"到"道腰羸"，既有心理，又有语言；"定须还剪彩"反映了宫女们爱梅之情的深切，"学作"二字又表现了她们与民间女子善于刺绣者有别。这些看似十分平常的字句，是很耐咀嚼的。

梁简文帝萧纲（公元503—551年），字世缵，梁武帝第三子，封晋安王。昭明太子萧统去世后，萧纲被立为皇太子。太清三年侯景之乱，梁武帝被囚饿死，侯景扶萧纲即位，在位二年，为侯景所弑。追谥曰简文皇帝。萧纲文学造诣颇深，在其镇守外蕃及做太子时期，写了大量宫体艳诗，形成了萧纲文学体裁——"宫体"。后期文风有所转变。有集八十五卷。

咏梅花诗

南朝·梁　鲍泉

可怜阶下梅，飘荡逐风回。
度帘拂罗幌，萦窗落梳台。
乍随纤手去，还因插鬓来。
客心屡看此，愁眉敛讵开。

诗人吟咏梅花，慨叹梅花的易于飘落。

"可怜阶下梅，飘荡逐风回"，诗一开始，写台阶下面的梅花，随风飘荡，来回飞舞。"可怜"二字，表明诗人对梅花处境的同情与怜惜。接下来具体描绘梅花飘落的情状："度帘拂罗幌，萦窗落梳台。"有的飞过窗帘，落在丝罗床帐上；有的绕着窗台飞旋，落在梳妆台上。"乍随纤手去，还因插鬓来"，有的被女子的柔弱细手捡起，插在发髻上。落花似有意将美丽的花瓣飘落在闺阁之中，陪伴在孤寂的女子身旁。

结尾展开联想，由落花飘落在闺阁之中，想到游子在外思念家中亲人的心情："客心屡看此，愁眉敛讵开。"游子每每看到飘落的梅花，想到家中亲人孤独寂寞，那紧蹙的愁眉难以展开，思念之情不由得涌上心头。

诗人怜惜梅花的飘落，暗喻游子的飘零四方，感叹亲人分离带来的痛苦。全诗描写细腻，抒情委婉含蓄，给人美的感受。

鲍泉（？—公元551年），字润岳。南朝·梁诗人。博涉史传，兼有文笔。少事湘东王萧绎（元帝）为国常侍，及元帝立，累迁信州刺史。世子方诸任郢州刺史，泉为长史。大宝二年，侯景陷郢，被害。明《仪礼》，撰有《新仪》。有集一卷。

梅花

南北朝　庾信

当年腊月半，已觉梅花阑。
不信今春晚，俱来雪里看。
树动悬冰落，枝高出手寒。
早知觅不见，真悔著衣单。

庾信是南朝·齐、梁著名宫体诗人庾肩吾之子。自幼聪敏博学，曾任昭明太子萧统的东宫讲读，并任梁简文帝萧纲的东宫抄撰学士，出入宫廷，写了不少轻薄绮丽的宫体诗赋。梁元帝萧绎时，他奉命出使西魏，被扣留长安。北周代魏，他虽历官清显，但亡国之痛，乡关之思，屈仕西魏、北周忍诟含耻的遭际，使他心情沉痛，念念不忘江南故国。由于环境和心情的变化，随之在创作的内容和风格上，也与前期迥异其趣。这首咏梅诗也有所体现。

这首诗写诗人和他的朋友们踏雪寻梅的情形。首四句先写缘由。"当年腊月半，已觉梅花阑"，往年到了腊月中旬，已是梅花报春，一片烂漫的时节，今年却还未见梅花开放。"不信今春晚，俱来雪里看"，诗人不信梅的花期竟会如此之晚，决心与朋友一起踏雪寻访，期望能找到一、二枝早梅。

"树动悬冰落，枝高出手寒"，五、六句以两个细节，表现了诗人和他的朋友们寻梅时的情景。"树动"是因为他们唯恐梅花开在眼睛望不见的枝条深处，而加以拨弄，但只见悬冰滑落，未见梅花踪影；于是他们又攀着高枝寻找，由于衣袖下滑而倍感出手寒冷。他们已在冰天雪地里找了很长时间，依然一无所获。失望加上严寒，使他们萌生了悔意。"早知觅不见，真悔著衣单"，他们不是后悔此行之徒劳，而是后悔穿衣之单薄。如果衣服穿得厚一些，不是可以用更多的时间到更远的地方去寻觅吗？

是什么使他们觅梅无得而兴犹未尽？是梅花那凌寒独开的品格，是诗人对春天到来的渴望。居于北方异乡的诗人，当更盼望梅花早日绽放，报告春天的信息。

这首诗语言平实如话，但不尽之意见于言外。

庾信（公元513—581年），字子山，小字兰成。南北朝时期著名文学家。与徐陵一起任萧纲的东宫学士，成为宫体文学的代表作家，其文学风格被称为"徐庾体"。累官右卫将军，封武康县侯。后奉命出使西魏，因梁为西魏所灭，遂留居北方，官至车骑大将军、开府仪同三司。北周代魏后，更迁骠骑大将军、开府仪同三司，封临清县子，世称其为"庾开府"。时陈朝与北周通好，流寓人士，并许归还故国，唯有庾信与王褒不得回南方。庾信在北方，一方面身居显贵，被尊为文坛宗师；一方面又深切思念故国乡土，为自己身仕敌国而羞愧，因不得自由而怨愤。最终老死北方。他是由南入北的最著名的诗人，饱尝分裂时代特有的人生辛酸，却结出"穷南北之胜"的文学硕果。有《庾子山集》传世。

雪里梅花诗

南朝·梁·陈　阴铿

春近寒虽转，梅舒雪尚飘。

从风还共落，照日不俱销。

叶开随足影，花多助重条。

今来渐异昨，向晚判胜朝。

这首诗歌咏了梅花迎寒风、傲飞雪的姿态。

开头两句直接入题，描写出梅花凌霜傲雪的自然属性。"春近寒虽转，梅舒雪尚飘"，春天即将临近，但严冬的寒气尚存，雪花仍在飘舞；这时梅花早已盛开，一树树冷艳的梅花，让人赏心悦目。诗人赞美了梅花不怕雪霜、凌寒开放的无畏品格。

三、四两句，诗人是在写雪，也是在写梅："从风还共落，照日不俱销。"春天风大，被刮落的梅花随着春雪在春风中飞舞，景象真是美妙极了。或是白梅，那飘落之花与雪花随风飞舞，难以辨认，真是"开时似雪，谢时似雪"；或是红梅，那鲜红的花瓣与如玉的雪花交相飘洒，显出红白分明、奇妙变幻的色彩。当天晴日朗，在树枝上的残雪融化了，而留在枝头上依然微笑的梅花显得更加清幽、雅致，别有一番神韵。

五、六两句，分别写梅之花、叶情状。"叶开随足影"，形容梅放叶的时间。梅先花后叶，当花儿凋谢之时，叶子才逐渐长出，"随足影"用词极为巧妙。"花多助重条"一句，形容梅花开得多。梅瘦枝疏斜，却繁花满缀。这一句写得极为逼真。

最后两句形容梅花多变，不断给人以新貌。"今来渐异昨，向晚判胜朝"，一树树梅花，今天所见和昨天所见的有所不同，早上的花与晚上的又有区别。描写出梅花由花苞到完全开放的不断变化的情形。梅花越开越美，不断给人以赏心悦目之感。

这首诗，语言平易朴实，给人清新明快之感。状物写景都极为细腻，从梅花傲雪开放到随风与雪飘落，以及花落放叶、花儿多变等情形都写到了，让读者观赏到了雪里梅花的千姿百态，创造了美的意境，给人不尽的想象和美的感受。

阴铿（约公元 511—约 563 年），字子坚，南朝·陈文学家。他幼年好学，能诵诗赋，长大后博涉史传，尤善五言诗，为当时所重，仕梁官湘东王萧绎法曹行参军；入陈以文才为陈文帝所赞赏，累迁晋陵太守、员外散骑常侍。其艺术风格同何逊相似，后人并称为"阴何"。

早梅诗

南朝·陈　谢燮

迎春故早发，独自不疑寒。

畏落众花后，无人别意看。

这首诗独出心裁，用拟人化的手法描写梅花的不畏严寒和不甘落后，也寄寓着诗人自己的怀才不遇之感。

诗题是"早梅"，却并没有具体描写早梅的形象、姿韵，而是在议论早梅"早发"的原因。"迎春故早发，独自不疑寒"，为了迎接美好的春天的来临，梅花不畏严寒，不惧风霜而早于众花开放。"迎春"二字，回答了"早发"的原因。"不疑寒"，化入了梅花不怕严寒的坚强性格。这些均从诗人口中说出，倍感亲切。同时，在诗人观赏早梅生发出来的感叹中，隐隐寄寓着诗人的情怀。

"畏落众花后，无人别意看"，继续写早梅"早发"的原因。梅花唯恐百花开在先头，自己落了后，没有人再来观赏，所以，争先恐后，早早放出了芳香。"畏"字引出的意义深远。原来，梅花独自早早开放，是有着一种追求的，不能落在"众花后"，而要开在"百花前"。诗人用拟人化的手法，赋予了梅花人的个性，用"疑""畏"等极富于表现心理状态的字眼，生动描写了梅花不怕严寒的坚强性格和不甘落后的进取精神。而且，巧妙地寄寓了诗人自己怀才不遇、孤芳自赏的情怀。

诗里没有直接出现早梅的画面，也没有任何对早梅的形象描绘，但读后，早梅的形象却鲜明可触。这是因为诗人的议论，紧紧扣住了一个"早"字，突出了早梅的特性。

谢燮（公元 525—589 年），南朝·陈诗人。出生于建康（今南京市）。仕途不顺，郁郁不得志。今存诗五首，《早梅》是其代表作。

13

梅花落

南朝·陈　张正见

芳树映雪野，发早觉寒侵。
落远香风急，飞多花径深。
周人叹初摽，魏帝指前林。
边城少灌木，折此自悲吟。

梅花落：汉乐府横吹曲名。

此诗把观察的视野由庭院转向了野外，感叹梅花的飘落无依，也隐喻着诗人的人生感悟。

"芳树映雪野，发早觉寒侵"，诗的前二句写田野的梅花映着大雪盛开，因为开得早，被寒气侵入而飘落了不少。接下来写梅花四处飘零的状态："落远香风急，飞多花径深"，这些飘落的梅花被寒风吹得很远，很多被吹落在花径深处。含蓄地表现了梅花难于掌握自己命运的状况。

后面四句诗人展开联想，由眼前的梅花想到梅结子。"周人叹初摽，魏帝指前林"，《诗经·召南·摽有梅》中那位待嫁女子，望见梅子落地，引起了青春将逝的伤感。《世说新语·假谲》中记载的三国时魏武帝曹操，行军途中错过水源，他挥鞭指着前面说有多果实的大梅林，从而解了行军士兵们的口渴。从梅花的飘落到结成果实，时序的变迁引起诗人的感叹："边城少灌木，折此自悲吟。"可惜边城很少灌木，没有梅林可以引起人们的遐想，只好折下此梅枝独自悲叹。

诗人由梅花的飘落写到梅子的成果，从梅花身上感受到了时序流转、韶华迁逝的强烈刺激。

张正见（约公元 526—575 年），字见赜。南朝·陈诗人，好学有清才。梁武帝太清初，射策高第，除邵陵王国左常侍。梁元帝立，迁彭泽令。入陈，累迁通直散骑侍郎。善五言诗。明人辑有《张散骑集》。

梅花落

南朝·陈　苏子卿

中庭一树梅，寒多叶未开。

只言花是雪，不悟有香来。

上郡春恒晚，高楼年易催。

织书偏有意，教逐锦文回。

梅花落：汉乐府横吹曲名。

在有关梅花的描写中，梅与雪的联系和比较是最常见的话头，这也是由其花色和季节特征决定的。梅花花色素淡，在三春芳菲姹紫嫣红中不为出色，而所擅在香，特征明显。梅色之白，与霜雪相似，其花期又值天寒多雪。由此把两者联系起来，生发联想，在两者间辨似较异，便是再自然不过的想法，再有效不过的描写方式了。

此诗前半部分在梅花与白雪的比较中，突出了梅花的特点。

开头两句"中庭一树梅，寒多叶未开"，写庭院中有一株梅树，由于天气寒冷，梅花开放了，树叶却没有长出来。接下来两句"只言花是雪，不悟有香来"，写出了白色梅花的特点：色白似雪，花香怡人。这两句盛得称赏，关键就在于这种辨"色"认"香"的视点，简明有效地指出了梅花两个最重要的特征，代表了这个时代相应的审美观照和感悟。后世北宋诗人王安石咏梅诗名句"遥知不是雪，为有暗香来"（《梅花》），就是化用的这两句诗。

后半部分写阁楼中女子对丈夫的思念。

"上郡春恒晚，高楼年易催"，上郡一带春天一向来得晚，住在高楼上的女子深感岁月无情，容易催人老。"织书偏有意，教逐锦文回"，她于是在丝锦中织成书信，让它赶上前秦时期苏蕙寄给丈夫温峤的织锦回文诗，以表达对丈夫的思念之情。

诗的前半部分写庭院中梅花的色白与味香的特点，后半部分写阁楼上的女子见梅花开放而想到一年又将过去，春天即将到来，而外出的丈夫杳无音信，于是织就锦书，希望像前秦苏蕙寄给丈夫温峤的织锦回文诗那样，寄托自己对丈夫的思念与关心之情。

苏子卿，生卒年、生平事迹均不详。此诗选自逯钦立辑校的《先秦汉魏晋南北朝诗》下册。

春日看梅二首

隋朝　侯夫人

砌雪无消日，卷帘时自瞽。

庭梅对我有怜意，先露枝头一点春。

香清寒艳好，谁惜是天真。
玉梅谢后阳和至，散与群芳自在春。

这两首诗选自逯钦立辑校的《先秦汉魏晋南北朝诗》，该书注明作者侯夫人是"炀帝宫女"。她姿容端好，才德兼备，但长期受不到恩宠，闭处深宫，自伤不遇，曾作《自感诗》三首，抒吐伤春之情。《春日看梅二首》，是她的抒怀之作。

第一首写梅花怜人之情。"砌雪无消日，卷帘时自鬓"，那是一个雪后的晴天，外面寒意犹重。台阶上的积雪还没有消融，女诗人独自卷帘，鬓眉不语。庭院中的梅花，已经吐艳了。此时此境，她那孤寂的心灵有谁来温慰呢？她深情地凝望着冷香寒艳的梅花，仿佛自己有了个知心的朋友。"庭梅对我有怜意，先露枝头一点春"，庭梅似乎也同情她，理解她的心境，特意在枝头先向她显露一点春光。是怜惜她的境遇，还是和她有相同的命运呢？她在沉思着。

第二首写人的惜花之情。"香清寒艳好，谁惜是天真"，"寒艳"二字，唯梅花当得，可以说是梅花的代称了。梅花的高格，全在它那清香绝俗而自得天真。这"天真"一词，是她对梅花的高度评价。而唯天真之人，始能识得花之天真，所以这"天真"，又何尝不是女诗人的自评？然而，梅花的天真，又有谁来怜惜？即我能惜之，又有谁能惜我？所以，"谁惜是天真"，是惜花，亦是自惜。一个"谁"字，道出无限深怨与哀伤。

"玉梅谢后阳和至，散与群芳自在春"，梅花不与众芳争妍竞艳，它开在百花之先，可说标格天然，无一毫自矜和媚人之意。梅花谢了之后，随即而来的是一个风光明媚、"春日载阳"的季节，它虽然凋谢了，却把它的清香、它的幽艳散给群芳。诗至此，感情又由哀怨一变而为开朗。女诗人虽有自伤，胸襟却并不狭隘。她只觉得在那美好自在的春光中，梅花虽然不见了，却处处有梅花天真的身影，那又是多么令人喜悦啊！诗人此时，也仿佛成为梅花，是花是人？人即是花，花亦是人，诗人和玉梅，此刻是化而为一了。

这两首诗出自一个多愁善感的女子之手，在人和梅的感情交流中倾诉了对梅花的赞美，感情真挚而浓烈，芳洁而温馨。诗人先写怜人的梅花，接着写怜惜梅花的人，末后则是人与花融为一体，诗人正像一株亭亭玉立的梅花。梅花是天真纯洁的，诗人自身也是天真纯洁的，梅花是清香的寒艳，诗人是孤芳自赏的佳人，同是天真，可见花怜人，人惜花；人是痴情，花也是真情。从中也透露出自己的不幸。

唐朝、五代咏梅诗赏析

梅花落

唐朝　卢照邻

梅岭花初发，天山雪未开。

雪处疑花满，花边似雪回。

因风入舞袖，杂粉向妆台。

匈奴几万里，春至不知来。

梅花落：汉乐府横吹曲名。

这首诗由眼前的梅花开放引发联想，转写遥远的塞外征人之情状。

"梅岭花初发，天山雪未开"，"梅岭"，山名，即大庾岭，在江西、广东交界处。古时岭上多植梅，故名。"天山"，唐时称伊州、西州以北一带山脉为天山，也称白山、折罗漫山。"伊州"，今新疆哈密市；"西州"，今新疆吐鲁番盆地一带。诗人看到梅岭的梅花绽放，想到遥远的天山一带寒冷无比，积雪覆盖着整个山脉。"雪处疑花满，花边似雪回"，积雪的地方白茫茫一片，一眼望去像是开满了白白的梅花；而美丽盛开的梅花，其边缘处又像是落了一层积雪，显得更加洁白晶莹。

"因风入舞袖，杂粉向妆台"，这两句写梅花的飘落。春天到了，梅花渐渐凋落，飘落的花瓣随风飞舞，片片飞入舞女的广袖中，又混杂着脂粉飘向女子的化妆台。"匈奴几万里，春至不知来"，几万里广袤荒凉的匈奴之地，笼罩在茫茫白雪之中，春天到了也无从知晓。

这首诗由梅岭的梅花开放，联想到遥远的边塞仍然处于严寒之中，忽发奇想，觉得仿佛眼前花似雪，彼处雪似花，于是遥远的空间阻隔便消弭于错觉之中。然而，一旦清醒，才想起征人远在万里之外的冰天雪地之中，春天到了也不知何时归来。诗人从小处入手，细腻婉转；但笔锋一转，描写塞外征人，升华了诗的主旨。

此诗在梅花和雪花的形态、颜色相似上做文章，利用这一简单的比喻，构成了两个白色世界的奇异混淆，描绘了一幅美丽奇妙的画卷，读来既新颖又奇特。虽说是混淆的，表面上分不清是梅是雪，但梅和雪的世界却是对立的：即冰天雪地的匈奴地区和婉约柔美的中原地区。

诗中的"开"字也起到了双关的作用：在北方，雪尚未"开"，"开"指"化开"，指积雪尚未化冻；也指"开化"，即谓边塞地区的匈奴处于较落后的境地，还没有得到中华文明的开化。

卢照邻（约公元 635—689 年），字升之，号幽忧子。唐代诗人，与王勃、杨炯、骆宾王并称"初唐四杰"。博学能文，仕途不顺，一生悲苦。尤工诗歌骈文，以歌行体为佳，不少佳句传诵不绝，如"得成比目何辞死，愿作鸳鸯不羡仙"等，更被后人誉为经典。有七卷本的《卢升之集》、明张燮辑注的《幽忧子集》存世。

梅

唐朝　李峤

大庾敛寒光，南枝独早芳。
雪含朝暝色，风引去来香。
妆面回青镜，歌尘起画梁。
若能遥止渴，何暇泛琼浆。

这首诗以纵式结构、虚实含融的笔法，完美匀称的体式，对梅的品格、色香、姿容都作了描绘。虽只四十字，却俨然一篇写气图貌异彩纷呈的长轴梅花图。

首联写梅的早秀："大庾敛寒光，南枝独早芳。"早梅冬至开花，距新正还有好一段时光，诗人以寒岭为映衬，写大庾岭的梅花，独南枝早芳，突出了梅花的早放。"大庾"，即大庾岭，在今江西、广东交界处。汉武帝时，有庾姓将军筑城岭下，故名大庾。又因岭上多梅，称梅岭。庾岭高寒，可衬托梅花凌寒早放的品格，而它又以梅为名，并确多植梅花，于是，这一笔既为用典，又是写实，可以从多方面生发诗意，同时，用典化而无迹，若隐若现，写实又不明言，吐而不露，文笔含蕴饱满。

颔联写梅的明丽芬芳："雪含朝暝色，风引去来香。"对梅的花色，古人多有描绘，单从"着色"这一方面讲，这一句更为浑融、蕴藉，意象华妙。首先，把梅放在雪色的映衬中；其次，诗人不直言"粉""红"，而是用"朝暝色"，说它红如丹霞，这样就不独言其色，而且绘其形神，有画面感、境界感，让人想见。一片雪野中，几树红梅伸展着绽满红花的枝条，整体望去，就像拂晓或黄昏铺在天边的片片红霞。这里的"含"字，别有一种浸润含容的动态，把雪色与"霞色"关联起来，雪润红梅，更见梅的明洁鲜丽；红梅染雪，似给雪野增添了暖意。"雪"字又照应了首句，提醒人们，此正是寒冬之时。对句的妙处全在"引"字，它变无形为有形，花香似乎成了一种可以触摸的东西，足见梅香的馥郁。另外，"引"字又有风行香随之意，风所到即香所至，这又显出梅香的绵长。而风去风来的吹送，又渲染出境界的悠远。

颈联描画梅欹倚袅娜的花姿。梅的枝条横斜曲折，清秀古雅，最富观赏之趣。如何用五个字描写它独具的风致？诗人真有奇思妙想，绘出"妆面回青镜"这样动人的画面。我们看到，梅红粉匀面，像一位新妆丽人，她正斜倾腰身，慢转香颈，对镜自顾娇影。"回"字用得生动精彩，使人尽想其萦转巧盼之态，似见其窈窕的身姿和流转的眼波。这一句真把梅欹斜盘曲的姿状写得活脱逼真，生动优美，动人情思。出句写其枝条，对句写其花。梅花疏落有致，花片又小巧玲珑，轻着花身，如扬如撒。诗人以"歌尘起画梁"来巧比妙喻，想象梅那点点斑斑缀于青枝的花朵，恰似桂堂上有丽人歌舞时随之飘动、舞于画栋的片片飞花。以动态描绘静景，突出了梅花清脱超逸的神韵，照应出句，象外有象，饶有情趣。古诗词中常以"玉尘"比喻白花、飞花，此句以"歌尘"喻梅花，传神地写出了梅花的灵动飘逸。

尾联"若能遥止渴，何暇泛琼浆"，把赏梅与泛觞相较，表达对梅的赏爱之情。梅花有果，味酸，古时用作调味品。《世说新语》中有"望梅止渴"的故事："魏武行役，失汲道，军皆渴，乃令曰：'前有大梅林，饶子，甘酸可以解渴。'士卒闻之，口皆出水，乘此得及前源。"诗人从这里联想：如果梅子真能望而止渴，那么人们会长久地流连梅下，恣观赏之乐，而没有空闲去饮宴寻欢了。这里暗点出"望梅止渴"的典故，丰富了诗意。从结构上看，由枝写到花，再写到子，也显得完整匀称。从全篇诗意言，又以泛觞宴饮作映衬，把爱梅赞梅之情推向高潮，收束全诗。对"望梅止渴"，诗人故作含糊语，以假设出之，语义活泛，更添意味。对"酒"，用颇具色彩的"琼浆"一词，前面再加一"泛"字，让人想到曲水流觞的美妙意境，然后又用"何暇"一词把它轻轻抹去，反衬出赏梅的无限情趣，为全篇结穴。这里我们不能不惊叹诗人运思的宛转空灵。这两句中间的关联不过一个"渴"字，而"渴"字的作用又是在若即若离中几度宛转才实现的。真可谓驱遣灵妙，运化无迹。

李峤少有才思，擅文辞，其诗集中咏物者数篇，皆独有境界。此诗的妙处全在包蕴含吐之中。诗人胸中有梅，但笔墨多在空际点画，而读者却能于脑海中构想梅的种种风姿。用笔虚实含融，咏物总见于象外，并融于艺术境界之中，情丰意远，令人悠然神往。同含蕴悠远的诗境相应，诗的形式，在整饬、均衡中显出纡徐回环之致，从容宛转之度，使人更觉诗人变平为奇、演旧为新的功力。

李峤（公元 645—714 年），字巨山，赵州赞皇人（今河北赞皇）。唐朝宰相。李峤是武后、中宗时期的文坛领袖，与苏味道并称"苏李"，又与杜审言、崔融、苏味道合称"文章四友"（崔李苏杜），晚年更被尊为"文章宿老"，深得时人推崇。《全唐诗》辑录其诗作 209 首，其中《杂咏诗》120 首。

江滨梅

唐朝 王适

忽见寒梅树，开花汉水滨。

不知春色早，疑是弄珠人。

这首五绝摄下了生活中的一组短镜头，表现出诗人见到江边早梅时的惊奇、凝想，继而颔首、自笑的乍惊乍喜之状。并巧妙地描画出早梅如珠似玉的幽姿雅韵。

小诗全用陈述笔调，诗人似指点着向我们讲诉他新奇的发现："忽见寒梅树，开花汉水滨。"突兀的语势，流注一气的笔调，口语般平畅的语言，共同表现出惊叹不已、喜不自禁的激动情绪。这两句写梅花的"早"。"忽"字写出骤见早梅时的突兀感，这突兀中包含着反常，而这反常正显示出早梅的特性。由梅前的"寒"字，点出梅花开放的时间。在覆雪的山崖前，在水流枯落的汉水之侧，一树早梅却已开花，这怎不叫人惊叹！这一句通过对忽见早梅的感情意绪的渲染，使人领略了早梅凌寒傲雪、神清骨秀的贞姿劲质。

次句从开放的地点写这株梅的早开。梅花早放，而近水者犹早，唐代诗人张谓《早梅》诗说："不知近水花先发，疑是经冬雪未销。"诗人所见正是汉水边上先发的早梅。这里点题、释题，写明此梅早发的条件。使前面的"忽"字有了着落，后面的"疑"字也可坐实。另外，从写实的角度看，这两句也勾画了江滨早梅的剪影，同后两句结合起来，正构成一幅清幽淡远的江滨早梅图。

诗人把他惊人的发现匆匆告诉我们之后，感情仍在兴奋之中。这时他恐怕是感到了所述还不完全，不能让人尽解其心。于是，又把话折回，补叙出他在确认眼前所见竟是早发梅花之前心中的疑惑，眼前的错觉："不知春色早，疑是弄珠人。""弄珠人"，指赠珠戏人的仙女。此处以珠喻梅。这两句仍说梅"早"。但是具体地写出自己在骤见的突兀之后，心中进而由疑误产生的幻感。诗人是北国幽州人，想不到江南梅花这么早地送来了春意，初见，完全出于意外，竟把点点新梅疑作弄珠人手中玩耍的珍珠。北人不识梅花，也可为情理中事。北宋诗人王安石《红梅》中有"北人初未识，浑作杏花看"的说法，而此处强调"不知"，正是为了引出下句的"疑"。这两句的构思十分精巧，美丽的想象，奇妙的比喻融为一体，比常见的以雪喻梅，以杏花喻梅，都更为巧妙活脱。梅花淡雅清秀，稀疏的枝干欹依倾斜，玲珑明澈的小花，先叶而生，串点其间。对这样的一株花，诗人以"弄珠人"这样意在点染的生动形象的比喻来做整体的比附，真是再恰当不过了。以珠喻梅花，既写出它润泽光洁的形色，又写出它纯洁、坚韧的内质，可谓形神兼备。而"弄"字尤其用得好，生动、形象，颇有美感。它包含的萦绕牵连之意，正使人想到珠玉的串连、飞动，进而想到一树疏枝横斜、蓓蕾如珠的清疏淡雅的早梅。

这两句，以疑梅为珠，写梅早得出人意料。同其他许多写早梅的诗立意相同，但想象丰富，诗的形象更为优美动人。而从全诗看，它又同前两句相连，使那江边早梅的剪影活泛起来，由远而近，由朦胧而清晰，在我们面前展开了一幅清幽淡远的江滨早梅图。诗人以错觉写真，真而又巧，发人联想。

这首绝句写早梅，但不是一般地刻画形象，而是把自己初见不识，欲辩忘言，惊定复思，疑其为珠，再看，知为早梅，这样一个发现、思索、认定的过程写出来，使读者也跟着领略一番，如身临其境。同时，诗人又以错觉写真，巧作譬喻，生动地展示出临江早梅的美丽花姿，使读者从梅花临江早开的时地和如珠似玉的比喻中深识梅花气傲寒冰、骨沁幽香的高韵劲节。

王适（生卒年不详，约公元 690 年前后在世），唐代诗人。工诗文，初见陈子昂感遇诗，惊其必为天下文宗。武后临朝，敕吏部糊名考选人判，以求才俊，王适与刘宪、司马锽、梁载言相次入第二等。官至雍州司功参军。著有文集二十卷，《旧唐书·经籍志》传于世。

庭梅咏

唐朝 张九龄

芳意何能早，孤荣亦自危。

更怜花蒂弱，不受岁寒移。

朝雪那相妒，阴风已屡吹。

馨香虽尚尔，飘荡复谁知。

张九龄是唐朝名相。他忠耿尽职，秉公守则，直言敢谏，选贤任能，不徇私枉法，不趋炎附势，敢与恶势力作斗争，为"开元之治"做出了积极贡献。后为李林甫所谮罢相，贬为荆州长史。此诗就写于荆州任上。

此时诗人遭谗被贬，所以诗一开篇就感叹："芳意何能早，孤荣亦自危。"梅花啊，你怎能过早有芬芳之意，孤独地开花？也应该感觉到过早开花带来的危险啊！"芳意"，指开花之意。"荣"，花开。"自危"，感到自身不安全。诗人借梅花先百花而开，从而面临早凋的危险，隐喻自己品质高洁而遭奸佞迫害，一语道出心事。

三四句写自己的艰难处境与坚定志向："更怜花蒂弱，不受岁寒移。"上句暗喻诗人在朝中势单力弱，难于对抗恶势力的攻击；下句表明诗人的志节坚贞，不因受到打击而改变操守。"岁寒"，一年的寒冬。比喻困境。《论语·子罕》："岁寒，然后知松柏之后凋也。"这里用此意，表明诗人在逆境艰困中不改节操的坚定决心。

五六句写自己遭受的打击："朝雪那相妒，阴风已屡吹。"怎奈纷飞的晨雪，正嫉妒梅花的洁白；阴冷的北风，也在不断狂吹。"那"，奈。"屡吹"，喻自己多次被谗。据《新唐书·张九龄传》载，其因张说之事，为御史中丞宇文融所痛诋，外调冀州，复调洪州。后在相位时又为李林甫所谗，贬为荆州长史。诗人《答严给事书》说："嗷嗷之口，曾不是察，既不称其服，又加之谗间，负乘致寇，几于不免……既而远出，犹有余衅，巧言潜构，期仆倾危。"宦海波澜，即使如张九龄和而不争、清虚自守，仍会倾覆沉沦，这令他伤感不已。

最后两句抒发感慨："馨香虽尚尔，飘荡复谁知。"梅花的馨香始终如一，可被风吹落四处飘荡，又有谁知道呢？"尚尔"，还是那样。"飘荡"，以落花随风飘荡比喻诗人的外谪。末句所谓"怨而不怒"，《离骚》："怨灵修之浩荡兮，终不察夫民心。"诗人慨叹自己对朝廷的忠心一直未改，可又有谁能明白自己的心迹呢？流露出怨君不知自己忠贞之意。

诗人缘情体物，寄托遥深。更当贬谪之后，情怀郁悒，倦思君国，有类屈原，所以他的"寄辞草树"之作，也同样沉郁幽怨，与《离骚》等作相近。此诗写孤危的庭梅，在岁寒风雪之中，美好馨香如故，借以寄喻诗人立身处世的大节。然而，诗人忧谗畏讥，自伤漂泊，情怀也很悲伤。

张九龄（公元 678—740 年），字子寿，一名博物。唐朝大臣、诗人。唐玄宗时历官中书侍郎、同中书门下平章事、中书令，是唐朝有名的贤相。开元二十四年（公元 736 年）为李林甫所谮，罢相。其《感遇诗》以格调刚健著称，以素练质朴的语言，寄托深远的人生慨叹，对扫除唐初所沿袭的六朝绮靡诗风，贡献尤大。誉为"岭南第一人"。有《曲江集》。

早梅

唐朝　孟浩然

园中有早梅，年例犯寒开。
少妇曾攀折，将归插镜台。
犹言看不足，更欲剪刀裁。

此诗赞扬早梅凌寒独自开的大无畏精神，和少妇喜爱梅花的爱美之举。

开头两句"园中有早梅，年例犯寒开"，"年例"，每年照例。"犯寒"，冒寒。诗人开门见山，点出园子里有早梅树，每年都冒着严寒开花。指出早梅不怕寒冷的特性。"少妇曾攀折，将归插镜台"，"将"，持。诗人的眼光由梅花转到人身上，有一位少妇曾攀爬到梅树上折了一枝梅花，将它拿到卧室内，插在梳妆台上，每天欣赏。通过动作描写，表现了少妇的爱梅心情。"犹言看不足，更欲剪刀裁"，"剪刀裁"，制作彩花。少妇还说看不够，又把这枝梅花剪成彩花，以便更好地欣赏其美姿。表现了她对美的更高追求。"看不足"一语，极为形象地写出了少妇对春光的向往，和对美好生活的追求。

全诗语言平淡自然，明白如话。但诗人对美好事物的喜爱和对美的追求，仍让读者赏心悦目。

孟浩然（公元 689—740 年），字浩然，号孟山人。唐代著名的山水田园派诗人，世称"孟襄阳"。他生当盛唐，早年有志用世，在仕途困顿、痛苦失望后，尚能自重，不媚俗世，修道归隐终身。其诗绝大部分为五言短篇，多写山水田园和隐居的逸兴，以及羁旅行役的心情。其中虽不无愤世嫉俗之词，而更多属于诗人的自我表现。其诗在艺术上有独特的造诣，后人把孟浩然与盛唐另一山水诗人王维并称为"王孟"，有《孟浩然集》三卷传世。

杂诗三首（其二）

唐朝　王维

君自故乡来，应知故乡事。

来日绮窗前，寒梅著花未？

王维住孟津十余年，久在异乡，忽然他乡遇故知，激起了强烈的乡思，因此作此诗表达自己强烈的思乡之情。原诗有三首，这是第二首。

这是一首思乡诗，通篇运用借问法，完全以问话的口吻，用白描记言的手法，简练而形象地表达了游子思念家乡的感情，抒发了诗人对故乡亲人与风物景色的思念。

前两句"君自故乡来，应知故乡事"，以一种朴实自然的语言，传神地表达了诗人浓烈乡思的急迫心情。"故乡"这个词先后出现两次，体现出诗人对故乡的强烈牵挂，流露出一种孩童式的亲切纯真。久居在外的游子，见到故乡的亲友，最先渴望知道的就是家乡的人情世事。诗人只用白描手法记言，就把特定情况下的情感、心理、神色、语气等生动地表现出来，且用笔俭省，足可见诗人功力之深厚。

后两句运用了留白的手法抒发情感。前两句诗人只是笼统地以"故乡事"来设问，心里满腹的问题竟然不知从何问起。关于"故乡事"，初唐诗人王绩写过一篇《在京思故园见乡人问》，从朋旧童孩、宗族弟侄、旧园新树、茅斋宽窄、柳行疏密，一直问到院果林花，仍然意犹未尽，"羁心只欲问"；而这首诗中的"我"却撇开这些，独问对方："来日绮窗前，寒梅著花未？"仿佛故乡之值得怀念，就在窗前那株寒梅。这看似有悖寻常情理，其实正好相反，对故乡人、物的关切越深，越不知道先问谁，千言万语只凝结于一个与自己关系最近的物上。而最令诗人亲切怀想的，是花窗前那棵梅树开花了没有。用梅花作为繁多家事的借代，不但更加生活化，而且也诗化了最普通的家务事，同时又体现了诗人独钟梅花那种清高脱俗的品性。

所谓"乡思"，完全是一种"形象思维"，浮现在思乡者脑海中的，都是一个个具体的形象或画面。故乡的亲朋故旧、山川景物、风土人情，都值得怀念。但引起亲切怀想的，有时往往是一些看来很平常、很细小的情事，这窗前的寒梅便是一例。它可能蕴含着当年家居生活亲切有趣的事情。因此，这株寒梅，就不再是一般的自然物，而成了故乡的一种象征。于是，"寒梅"便被诗化，便成了故乡的象征，也自然成了"我"的思乡之情的集中寄托。从这个意义上去理解，独问"寒梅著花未"是完全符合生活逻辑的。同时，诗还省略了对方回答的内容，因为开或未开已不太重要，都同样会激起"我"对故乡的更多思念。正因如此，才言简意丰，余味无穷。

这首诗表现诗人的情趣与倾向。诗人想念故乡，自然是情理之中；而喜欢梅花，则溢于言表。全诗平淡质朴，却诗味浓郁。诗人寓巧于朴，运用典型化的技巧，如叙家常。

王维（约公元701—761年），字摩诘，号摩诘居士。唐朝著名诗人、画家。于开元初年中进士第。历官右拾遗、监察御史、吏部郎中。安禄山攻陷长安时，他被迫受伪职。长安收复后，被责授太子中允，后任尚书右丞，故世称"王右丞"。他参禅悟理，学庄信道，精通诗、书、画、音乐等，以诗名盛于开元、天宝间，尤长五言，多咏山水田园，与孟浩然合称"王孟"，因笃诚奉佛有"诗佛"之称。书画特臻其妙，后人推其为南宗山水画之祖。宋代文学家苏轼评价其："味摩诘之诗，诗中有画；观摩诘之画，画中有诗。"存诗400余首，著作有《王右丞集》《画学秘诀》。

江梅

唐朝 杜甫

梅蕊腊前破，梅花年后多。

绝知春意好，最奈客愁何。

雪树元同色，江风亦自波。

故园不可见，巫岫郁嵯峨。

江梅是梅的一种，又称野梅，在古代全是野生，常在山涧水滨荒寒清绝之处生长，后来才被移植在园中栽培。诗人所见，正是生长在江边荒寒处的无主野梅，由此自然地引发出天涯游子的思乡之情。当时杜甫正客居四川夔州，年老多病。诗歌虽以"江梅"为名，却以抒写"客愁"为主。

前四句由江梅引出客愁。"梅蕊腊前破，梅花年后多"，梅花在腊月前就破蕊绽放了，过年后梅花开得更加繁盛。"绝知春意好，最奈客愁何"，春光虽然美好，但寄居异乡的愁苦又如何能尽？诗人先写梅花从萌芽到怒放的过程，烘托出一派春意；接着以这种早春美景，反衬出自己浓重的愁绪。

后四句写远望所见，进一步抒写客愁。"雪树元同色，江风亦自波"，当时诗人正客居四川夔州，年老多病。诗人放眼远望，只见白梅与白雪相映，一片白色茫茫；江风吹动江水，泛起阵阵波浪。但是，故园何在？归舟何在？"故园不可见，巫岫郁嵯峨"，诗人的思乡之情更强烈了。他极目眺望家园，只见远方的巫山高耸入云，遮断了自己望乡的视线。浓郁的思乡之情溢于言表。

此诗运用了比兴和反衬的手法，虽写梅花而又不粘着于梅花，以"江梅"为名，却以抒写"客愁"为主，意境开阔，感情沉郁，在咏梅的诗篇中别具一格。

和裴迪登蜀州东亭送客逢早梅相忆见寄

唐朝　杜甫

东阁官梅动诗兴，还如何逊在扬州。

此时对雪遥相忆，送客逢春可自由？

幸不折来伤岁暮，若为看去乱乡愁。

江边一树垂垂发，朝夕催人自白头。

裴迪，关中（今陕西省）人，早年隐居终南山，与王维交谊很深，晚年入蜀做幕僚，与杜甫频有唱和。蜀州，唐朝州名，治所在今四川省崇州市。裴迪寄了一首《登蜀州东亭送客逢早梅》的诗给杜甫，表示了对杜甫的怀念，杜甫深受感动，便写此诗作答。

明代诗人王世贞称赞这首诗是"古今咏梅第一"（引自《杜诗详注》卷之九）。虽然诗中不见梅之颜色、形状、香味，与一般咏梅诗不同，但它突出描写了梅的感兴作用，使梅由一般的供观赏之物变成引人共鸣的知心朋友，这就远远超出常人所咏之上。

诗写于唐肃宗上元二年（公元761年）初春的成都草堂。裴迪是杜甫的老朋友，天宝年间在长安结识。此时在蜀州节度使府中做幕僚，常有诗与杜甫唱和。裴迪在蜀州东亭送别客人时，忽见梅花早开，因而想起老朋友杜甫，于是写了一首《登蜀州东亭送客逢早梅》的诗寄来。这首诗就是和裴诗的。和诗有许多要求和限制，不自由，也就不大好作。然而，杜甫以自己真挚性情的抒发为目的，不与原诗亦步亦趋，不拘于咏梅诗一般写法，遂写出这首别具一格、"古今咏梅第一"的好诗。

"东阁官梅动诗兴，还如何逊在扬州"，赞美裴迪的咏早梅诗：你在蜀州东亭看到梅花凌冬盛开，诗兴勃发，写出了如此动人的诗篇，倒像当年何逊在扬州咏梅那般高雅（何逊在扬州写有《咏早梅》诗）。何逊是杜甫所服膺的南朝梁代的诗人，杜甫《解闷十二首》之七有"颇学阴（铿）何（逊）苦用心"的诗句，这里把裴迪与何逊相比，是表示对裴迪及他来诗的推崇。

"此时对雪遥相忆，送客逢春可自由"，上承"动诗兴"，说在这样的时候，单是看到飞雪就会想起故人，思念不已，何况你去东亭送客，更何况又逢到那盛开的梅花，要你不想起我，不思念我，那怎么可能？这样遥领故人对自己的相忆，表达了对故人的深深谢忱和心心相印的情谊。"此时"，即唐肃宗上元元年末、二年初，正是安史叛军气焰嚣张、大唐帝国万方多难之际，裴杜二人又都来蜀中万里作客，"同是天涯沦落人"，相忆之情，弥足珍贵。

"幸不折来伤岁暮，若为看去乱乡愁"，早梅开花在岁末春前，它能使人感到岁月无情，老之易至，又能催人加倍思乡，渴望与亲人团聚。大概裴诗有叹惜不能折梅相赠之意吧，诗人说：幸而你未折梅寄来勾起我岁暮的伤感，要不然，我面对折梅一定会乡愁缭乱、感慨万千的。诗人庆幸未蒙以梅相寄，恳切地告诉友人，不要以此而感到不安和抱歉。在我草堂门前的浣花溪上，也有一株梅树呢。

"江边一树垂垂发，朝夕催人自白头"，这一树梅花啊，目前也在渐渐地开放，好像朝朝暮暮催人老去，催得我早已白发满头了。倘蒙您再把那里的梅花寄来，让它们一起来折磨我，我可怎么承受得了！催人白头的不是梅，而是愁。老去之愁，失意之愁，思乡之愁，忆友之愁，最重要的当然还是忧国忧民、伤时感世之愁，千愁百感，攒聚一身，此头安得不白？尾联从蜀州来的咏梅诗写到益州的江边梅，想梅尚伤情，更何况自己门前朝夕可见的梅树呢？白头者亦人亦梅，物我融合。

本诗通篇都以早梅伤愁立意，前两联就着"忆"字感谢故人对自己的思念，后两联围绕"愁"字抒写诗人自己的情怀，构思重点在于抒情，不在咏物。清代学者浦起龙说这首诗"本非专咏，却句句是梅，句句是和咏梅"（《读杜心解》卷四之一）。信然。全诗就是咏梅，句句不离梅：梅动诗兴，何逊写梅，对梅相忆，逢梅送客，折梅伤时，看梅思乡，梅发江边催人白头……意绪千端，衷肠百结，都借梅以抒发，既和裴诗，又自呼应，婉曲周至，往复尽情。誉之

"古今咏梅第一",不为过也。

杜甫(公元 712—770 年),字子美,自号少陵野老,世称杜少陵。生于河南巩县(今巩义市)。唐代伟大的现实主义诗人,与李白合称"李杜",后人称为"诗圣"。他曾任左拾遗、检校工部员外郎,故世称"杜拾遗""杜工部"。他心系苍生,胸怀国事,一生创作了大量反映社会现实的杰出诗作。其诗以古体、律诗见长,风格"沉郁顿挫",而以沉郁为主。诗多涉笔社会动荡、政治黑暗、人民疾苦,反映当时的社会矛盾和人民疾苦,记录了唐代由盛转衰的历史巨变,表达了崇高的儒家仁爱精神和强烈的忧患意识,因而被誉为"诗史"。杜甫一生写诗 1500 多首,其中很多是传诵千古的名篇,对后世影响深远。有《杜工部集》传世。

春女怨

唐朝　蒋维翰

白玉堂前一树梅,今朝忽见数花开。
儿家门户寻常闭,春色因何入得来?

"白玉堂前一树梅,今朝忽见数花开","白玉堂",用白玉装饰的厅堂,原指神仙所居,后用来比喻富贵人家的邸宅,此指女主人公居住的房屋。在女主人公居住的房屋前面栽有一株梅树,今天早晨忽然开了许多梅花。一个"忽"字,表现出女主人公的惊喜之情。也许她每天早上起床后,都要看一看梅花开了没有,在多次失望之际,今天清晨突然看到梅花绽放,虽然只有寥寥几朵,但却彰显了一种不屈的精神。其惊喜之情溢于言表。梅花开放,既是眼前实景,又是触发女主人公情思的动因,也是她春心萌动的比譬。

"儿家门户寻常闭,春色因何入得来"?"儿家",我家,古代年轻女子对自己家的称呼。"因何",由何,从哪里。女主人公在惊喜之余也感到奇怪:我家的大门窗户重重关闭,这春色是从哪里进得来的?"门户寻常闭",此处的"门户"具有双重指向,其一当然是家居进出处,其二则是封建社会对女性的锁闭。可见女主人公被禁锢之严、之深。好像春风不得度,可是居然梅花数枝开,真是春风无法拒,春意自有门。"春色",既是指开放的梅花,春天的景色,也是暗喻自由的生活,更是幸福的爱情,圆满的婚姻。女子看到梅花冲破重重严寒,傲然开放,仿佛看到自己冲破重重束缚,争得自由生活的希望。

诗题是"春女怨"，写的是少女被关在室内失去自由的怨恨；诗中梅之"数花开"，仿佛生命中的一抹亮色，反衬和加强了少女追求自由幸福的那种渴求之情。而梅花凌寒绽放的英姿，更使她受到了鼓舞，让她看到了冲破禁锢、争取自由生活的希望。这位"门户寻常闭"着的"白玉堂"中的大家闺秀，跳动着一颗憧憬未来的青春之心。

诗人站在女性角度上考虑问题，在质朴的言辞之间，自然而然地流露出来对其内心思想的真切把握。一切技巧都恍若天成，与内在情感自由交融，最后在一个充满了疑问的句子里结束全诗，留给读者更多的思考与想象。

蒋维翰（生卒年不详），唐朝诗人，登开元进士第。有诗5首，收录于《全唐诗》。

梅花落

唐朝　刘方平

新岁芳梅树，繁花四面同。

春风吹渐落，一夜几枝空。

少妇今如此，长城恨不穷。

莫将辽海雪，来比后庭中。

梅花落：汉乐府横吹曲名。

这首诗以花喻人，借繁花凋落的景象写征妇的幽怨。

开头两句，"新岁芳梅树，繁花四面同"，极写新春到来，梅花盛开，其花繁香郁的景象与周围的灿烂美景是大致相同的。但是，"春风吹渐落，一夜几枝空"，俗话说"日中则昃，月满则亏"，梅花也是一样，盛开的时间非常短暂，紧接着的便是凋零、败落。

"少妇今如此，长城恨不穷"，这句不仅是写少妇欣赏自己后院里的梅花，而是以花喻人。因花开花落而想到时光易逝、盛年不再，这大概是我国古代佳人甚为普遍的心态，因此也就成了古典诗歌一再吟咏的题材。但这首诗还不是一般地感叹岁月易逝，而是包含着不能与良人一起共度大好年华、共同领受生活美的恼恨。良人到哪里去了呢？"长城恨不穷"，从军去了，征战去了。这样，诗的触角又延伸到了社会生活的另一面，赋予它新的意义。唐玄宗是一个好大喜功的皇帝，开元、天宝年间不断对外用兵，造成了许多家庭骨肉分离。这两句用细腻的笔触描写了战事给普通家庭带来的痛苦和不幸。

"莫将辽海雪，来比后庭中"，尾联重新归到落花。此时梅花已谢了，飘飘扬扬落满了庭院，仿佛覆盖了一层白雪。观花人由满地的落梅，联想到辽海的雪野，诗人却硬要反过来说：请别用辽海的白雪来比喻满院的落梅吧，这样会勾起我心头的无限愁绪的。

清代诗评家沈德潜在评论这首诗时说："似徐庾小诗，不落后人咏梅坑堑。"（《唐诗别裁》卷十一）它是咏物诗，又是闺情诗，而且还含有一定的时代内容，这就使得这首婉约的小诗显得含蕴丰富、耐人寻味。

刘方平（生卒年、字、号均不详），唐玄宗天宝年间诗人。约公元758年前后在世，匈奴族。天宝前期曾应进士试，又欲从军，均未如意，从此隐居颍水、汝河之滨，终生未仕。与皇甫冉、元德秀、李颀、严武为诗友。工诗，善画山水。其诗多咏物写景之作，尤擅绝句，其诗多写闺情、乡思，思想内容较贫弱，但艺术性较高，善于寓情于景，意蕴无穷。存诗一卷。

早梅

唐朝　张谓

一树寒梅白玉条，迥临村路傍溪桥。

不知近水花先发，疑是经冬雪未销。

这首诗在《全唐诗》中重出，另一处列入戎昱作品。

梅花一般在早春先于百花开放，而早梅的花期更早，在冬至前后就能见花了。它盛开在冰封雪盖的银白世界，因而特别为国人所喜爱、敬重。

这首咏梅诗，侧重写一个"早"字。一、二句写早梅的品格、色态和生长环境。"一树寒梅白玉条"，既形容了寒梅的洁白如玉，又照应了"寒"字，写出了早梅凌寒独开的丰姿。"迥临村路傍溪桥"，写寒梅的生长环境。这一树梅花远离人来车往的村路，临近溪水桥边。一个"迥"字，一个"傍"字，写出了"一树寒梅"独开的环境。这一句承上启下，"溪桥"二字引出下句。

三、四句写诗人远望这树梅花时产生的错觉。"不知近水花先发"，说一树寒梅早发的原因是"近水"，梅花性喜空气中湿度较大，故而近水先发。"疑是经冬雪未销"，诗人把寒梅疑作是经冬而未消融的白雪。此时冬尚萧条，原无花的踪影，所以诗人从村中远远望去，还以为是冬雪挂在梅枝上，待走近后仔细辨认，才看出是"一树寒梅白玉条"，回应首句。一个"不知"加上一个"疑是"，写出诗人远望似雪非雪的迷离恍惚之境。最后定睛望去，才发现原来这是一树近水先发的寒梅，诗人的疑惑排除了，早梅之"早"也点出了。

这首诗短短四句，写得却十分工巧。二、三句前后承接，一、四句紧相呼应，通篇不见"早"字，而梅之"早"自现。早梅的形态、习性在诗中表现得栩栩如生，诗人远望、近观的情致和心理也反映得非常真切。

张谓此诗，从似玉非雪、近水先发的梅花着笔，写出了早梅的形神，同时也写出了诗人探索寻觅的认识过程。并且透过表面，写出了诗人与寒梅在精神上的契合。读者透过转折交错、首尾照应的笔法，自可领略到诗中悠然的韵味和不尽的意蕴。

张谓（？—公元 777 年），字正言，河内（今河南泌阳县）人，天宝二年登进士第，乾元中为尚书郎，大历年间任潭州刺史，后官至礼部侍郎，三典贡举。其诗辞精意深，讲究格律，诗风清正，多饮宴送别之作。代表作有《早梅》《邵陵作》《送裴侍御归上都》等，其中以《早梅》为最著名，《唐诗三百首》各选本多有辑录。

山路见梅感而有作

唐朝　钱起

莫言山路僻，还被好风催。

行客凄凉过，村篱冷落开。

晚溪寒水照，晴日数蜂来。

重忆江南酒，何因把一杯。

这首诗的前四句写梅花生长的环境。"莫言山路僻，还被好风催"，梅花生长在偏僻的山路旁，还经常被大风摧残着。"行客凄凉过，村篱冷落开"，梅花在山村的篱笆旁稀疏地开着，受到主人的冷落，连行人经过都感到凄凉。

接下来两句写梅花的美丽。"晚溪寒水照，晴日数蜂来"，晴天里，傍晚天气渐寒，清水照着梅花的影子，优美动人；淡淡的幽香吸引着蜜蜂飞舞，体现出了梅花美好的品性和气质。面对此景，何尝不想到人生？"重忆江南酒，何因把一杯"，于是诗人回忆起江南的生活，自身的经历，为什么不喝一杯呢？诗人通过写山梅在较恶劣的环境中生长，犹能保持自身的优良品质，从而抒发了内心蓄积已久的心志和感情。山路旁的梅花实际上就是诗人自己的形象。

诗中运用衬托的手法突出了梅花的形象。诗的中心是五六两句"晚溪寒水照，晴日数蜂来"，是直接写梅花的，而前四句写梅花生长环境的恶劣，则起着衬托的作用，以恶劣环境反衬梅花品格的高洁。同时，五六句自身还有正衬的意思，用清凉的水和飞舞的蜂来衬托梅花的秀美和幽香。

这首诗主要是运用了托物言志的手法。诗词文赋，凡是写物写景，其实际都是在写人。诗人赞扬梅花在恶劣环境中能保持高尚的品格，未尝不是对自身品格的肯定与自我褒奖，表达自己的一种心志，聊以自慰。这应该正是题目所说的"感而有作"。

钱起（约公元722—780年），字仲文，天宝十年赐进士第一人。历任司勋员外郎、考功郎中、翰林学士等，故世称钱考功，与韩翃、李端、卢纶等号称大历十才子。长于五言，词彩清丽，音律和谐。其诗偏重于描写景物和投赠应酬，音律谐婉，时有佳句。风格清空闲雅、流丽纤秀，尤长于写景，为大历诗风的杰出代表。

竹里梅

唐朝　刘言史

竹里梅花相并枝，梅花正发竹枝垂。

风吹总向竹枝上，直似王家雪下时。

松、竹、梅被誉为"岁寒三友"，为历代文人墨客所吟咏不绝。这首诗把竹、梅并写，饶有特色，蕴蓄隽永。

梅花本来就以它那清丽的花容和沁人的清香而倍受人们的宠爱，而置于翠绿的竹中就更见风致了。诗的头两句紧扣题目，写竹梅的景色。"竹里梅花相并枝，梅花正发竹枝垂"，"竹里"点明梅花所处的地点，"相并枝"，极言花枝繁茂。此时梅花正当盛开的时候，翠竹的柔枝低垂，两相映衬，那景致自是十分迷人。

然而，"风吹总向竹枝上，直似王家雪下时"，诗人面对绿竹、红梅正当欣赏之时，偏偏有不识情趣的风吹向竹林，一时狂风骤起，竹枝摇曳，那令人喜爱的梅花遭到摧残，落英缤纷，那梅花的花瓣飘飘洒洒，简直像侯王之家下雪的时候。诗的三、四句，诗人笔锋陡然一转，由花繁枝茂，情趣盎然，写到梅花零落，一片衰败景象。两相对照，诗人的怨懑、失望的心情是不言而喻的。梅花一向是以傲霜斗雪著称的，如今却落得纷纷陨落，如同"败鳞残甲满天飞"，足见狂风的肆虐与凶残。"总向"言风之袭扰不断。

"木秀于林，风必摧之"，诗人见景生情，由梅花遭到无情摧残，自然会联想到人世间的诸多不平事。"直似王家雪下时"不是一般的比喻句，它是全篇的主旨，暗示了造成花木凋零的原因。"王侯"，即封建统治者，他们不正像这肆虐的狂风摧残梅花一样地摧残、迫害人才吗？诗人只有经历坎坷的遭遇才能写出这样有独特感受的句子来。这首诗表面上是写实、写竹梅的自然景色，其实诗的内涵十分丰富，寄寓了诗人深刻的思想，这正是此诗的佳处。

刘言史（约公元 742—813 年），赵州邯郸人。唐代诗人、藏书家。少尚气节，不举进士。与李贺同时，工诗，美丽恢赡，自贺外世莫能比。亦与孟郊友善。初客镇襄，尝造节度使王武俊。武俊好词艺，特加敬异，表请封官，诏授枣强令，他辞疾不授。人因称为刘枣强。著有歌诗六卷，收录于《新唐书·艺文志》并传于世。

塞上梅

唐朝　王建

天山路傍一株梅，年年花发黄云下。
昭君已殁汉使回，前后征人惟系马。
日夜风吹满陇头，还随陇水东西流。
此花若近长安路，九衢年少无攀处。

在唐代，梅花与牡丹相比是太不显眼了，赏牡丹几成社会风气，吟咏之作也特别多，即如王建诗集，就有多首咏牡丹之作。然而，艺术之神偏钟爱于梅花，他的一首《塞上梅》即让那些咏牡丹之作也黯然无光了，其奥秘何在？就在于遗貌取神，意在言外，将梅花的神韵传达出来。

"天山路傍一株梅，年年花发黄云下"，"天山"，开门见山，点明地点塞上，在这苍凉的塞上风光中点缀了一株梅树，这种强烈的空间反差，给人在心理上造成了这株梅花树的不俗之感。而年年花开花落于黄云之下，又有了从古至今的时间意识，给人带来物是人非的悲凉感觉。"黄云下"，再次以空间上的空旷给梅树造成一种寂寞的氛围。

"昭君已殁汉使回，前后征人惟系马"，承上而来，如果说首联笼罩全篇，那么这两句则进行了深入的开掘。唐代诗人刘希夷《代悲白头翁》有"今年花落颜色改，明年花开复谁在"之句，以表现永恒的悲剧意识，即天地永恒，而人寿短暂之矛盾而为人激赏，那么在这里，王建则以情感的丰富层次再次有力表现了这样的悲剧意识。汉代王昭君出塞和亲的幽怨，从数百年前的历史深处传来，缥缈恍惚，只在这株梅树上引起了共鸣；而梅树生长绝域，其寂寞幽怨之情怀，也只有古代的昭君能理解，这种情感交流只在想象之中存在。如今只有梅树茕茕孑立于人迹罕至之处，偶闻人声尚然欣喜，然而，行色匆匆的征人除了略一驻足，只留给梅树以经久的叹息，这梅树的哀思日夜不息，唯有天知。

"日夜风吹满陇头，还随陇水东西流"，花开花落本是自然节候造成，然而，烟云树木、春花秋月一经主体的心灵观照，便灵动异常。梅花飘落在陇头，或随着陇水东西漂流，我们仿佛看到一种幽怨的情绪在蔓延，充塞了空间和时间。日夜是时间的持续，陇头、陇水是空间的广度。在这种情绪里，隐约可窥见诗人的惋惜之情和无人理解、壮志未酬的痛苦。诗人有一首《自伤》诗或许可帮助理解这首诗的内涵："衰门海内几多人，满眼公卿总不亲。……独自在家常似客，黄昏哭向野田春。"这首诗可能迟于《塞上梅》，但诗人于太和年间从军塞上，显然是想有所作为的，然而，这时已不再是盛唐那种有为时代了，诗人作诗抒怀才不遇之感想亦可能，梅花或许有诗人的影子在吧。

然而，梅花尽管有无知音的痛苦，却不愿为俗人所采撷，被玷污。"此花若近长安路，九衢年少无攀处"，诗人为塞上梅感到庆幸的是，她没有生长于长安路，否则早被轻薄少年采摘一空，遭到践踏，今天再也不会幽香独放了。

南宋诗人陆游的《卜算子·咏梅》写道："驿外断桥边，寂寞开无主。已是黄昏独自愁，更著风和雨。无意苦争春，一任群芳妒。零落成泥碾作尘，只有香如故。"梅花那种洁白孤高的风标被传神地表达出来了，而王建这首诗同样咏梅的品性，却给人一种若"临渊窥鱼，意为鲂鲤，中宵惊电，罔识东西"的朦胧美，表现得更为含蓄。一诗一词，一虚一实，一侧一正，写法不同，但都有作者的个性在，因而我们可称它们为咏梅之作的双璧，只是陆作警句突出，影响更为广泛，然而王作那种一气浑成的美岂可忽视！

王建（公元765—830年），字仲初，唐朝大臣、诗人。大历年间，考中进士，一度从军。中年入仕，历任昭应县丞、太常寺丞、陕州司马等，世称"王司马"。擅于乐府诗，与张籍齐名，世称"张王乐府"。诗作题材广泛，生活气息浓厚，善于选择有典型意义的人、事和环境加以艺术概括，多用比兴、白描、对比等手法。体裁多为七言歌行，语言通俗凝练，富有民歌谣谚色彩。今存有《王建诗集》《王建诗》《王司马集》等本及《宫词》一卷。

和韦开州盛山十二首·梅溪

唐朝 张籍

自爱新梅好，行寻一径斜。

不教人扫石，恐损落来花。

盛山，是唐代开州的一座山，山形如"盛"字，故名。顶部轮廓似凤凰凌飞，又称凤凰头。山势巍峨，风景秀丽。唐开州刺史韦处厚写有《盛山十二首》诗。张籍便写了《和韦开州盛山十二首》，《梅溪》是其中之一。

诗的第一句"自爱新梅好"，诗人开门见山，直接表明自己喜爱初绽梅花的美丽容颜。"行寻一径斜"，因为爱新梅，诗人便沿着一条倾斜的山道一边走着，一边寻找期盼已久的新梅。这对一位患有严重眼疾的人来说，确实是件极不容易的事。从这"径寻"一词中，我们可以看到诗人那一颗热爱新梅的痴心。

值得欣慰的是，诗人终于在山中梅溪找到了梅花，望着梅溪两畔新开的梅花，他是那么的兴奋、激动，而对落在岩石上的片片梅花瓣，又是那么的痛惜。诗人直呼"不教人扫石，恐损落来花"，不要让人打扫此处的石阶，因为担心损坏飘落在道路上的花瓣。诗人爱新开的梅花，连带怜惜落在地上的花瓣，这正是他惜花怜花之情的直接表露。

该诗于平淡之中寓以深深爱花、惜花的情感。角度新巧，语言清新自然，但气度略显不足。

张籍（约公元766—830年），字文昌，唐代诗人。被韩愈荐为国子博士，迁水部员外郎，世称张水部。他是韩愈门下大弟子，乐府诗与王建齐名，并称"张王乐府"。其乐府诗善于概括事物对立面，在数篇或一篇之中形成强烈对比，又善用素描手法，细致真实地刻画各种人物形象，语言通俗浅近而又峭炼含蓄。五律诗不事藻饰，不假雕琢，于平易流畅之中见委婉深挚之致，对晚唐五律诗影响较大。

和薛秀才寻梅花同饮见赠

唐朝　白居易

忽惊林下发寒梅，便试花前饮冷杯。

白马走迎诗客去，红筵铺待舞人来。

歌声怨处微微落，酒气熏时旋旋开。

若到岁寒无雨雪，犹应醉得两三回。

这是诗人和薛秀才的咏梅之作。当时诗人任杭州刺史。薛秀才名景文，生平不详。他与诗人在春天梅花开放时寻梅、赏梅，在梅花下饮酒歌舞，欢乐异常，有诗吟唱，诗人随即和作。

首联"忽惊林下发寒梅，便试花前饮冷杯"，记叙见寒梅花开于寒林之中的惊喜心情。"忽惊"，有意外之感。"冷杯"与"寒梅"都表明节气尚寒。颔联"白马走迎诗客去，红筵铺待舞人来"，则描写了诗人与诗客、舞人相聚欢宴的场景。"去"与"来"是互文，意思是白马请来了聚会的诗客与舞伎，来来去去，十分热闹。他们聚会在一起，赏梅、赞梅，欢声笑语，以酒助兴，以舞助兴，使梅花也为之开开落落。

颈联"歌声怨处微微落"，是说舞伎歌女美妙幽怨的歌声使梅花为之动容，也微微飘落。"酒气熏时旋旋开"，诗客们举杯劝酒，酒香浓郁飘飘四溢，使梅花也被酒香熏染旋即开放。这两联将梅花与诗客、舞伎的情感关联在一起了。也是对梅花礼赞，因为梅花也为之动容，时开时落。

尾联"若到岁寒无雨雪，犹应醉得两三回"，是说如果天气不再寒冷降雨雪的话，那么还能在梅花下再醉饮几次。表现了诗人对这次一同饮酒赏梅聚会的欣喜之情。

很不幸，第二年，薛秀才就去世了。诗人又一次旧地重游，觅赏春梅，不由得感慨万分，他写道："马上同携今日杯，湖边共觅去春梅。年年只是人空老，处处何曾花不开。诗思又牵吟咏发，酒酣闲唤管弦来。樽前百事皆依旧，点检唯无薛秀才。"诗题是《与诸客携酒寻去年梅花有感》。诗末小注曰："去年与薛景文同赏，今年长逝。"

后来，诗人还时时回忆他在杭州赏梅、赞梅的聚会给他留下的美好印象。他在《忆杭州梅花因叙旧游寄萧协律》诗中说："三年闲闷在余杭，曾为梅花醉几场。伍相庙边繁似雪，孤山园里丽如妆。……"可见诗人对梅花的喜爱之情是多么殷切。

不过，在白居易诗中，梅花形象如同在其他唐代诗人笔下一样，还没有更多地明显地形成人格象征，如同宋代陆游那样，充满着理性光辉。唐人更多的是注重其情趣。就诗人而言，他曾借白牡丹、东城桂花等自喻，而始终未曾同梅花合而为一。

新栽梅

唐朝　白居易

池边新种七株梅，欲到花时点检来。
莫怕长洲桃李妒，今年好为使君开。

诗人在池塘边刚栽了七棵梅树，写下此诗，表明自己对梅树的喜爱与期望。

全诗模仿《离骚》诗意，写诗人在池边种下七株梅树。屈原在《离骚》中有"余既滋兰之九畹兮，又树蕙之百亩。畦留夷与揭车兮，杂杜衡与芳芷。冀枝叶之峻茂兮，愿俟时乎吾将刈"的句子，以大量种植香草喻培育各种人才。白居易在此诗中借亲手栽梅，亦含有培养人才之意。诗人要到梅树开花的时节来查看这七棵梅树，他是非常希望梅树能茁壮成长的。

这首诗通过栽梅一事，表达了诗人良好的愿望。开头一句"池边新种七株梅"，点明栽梅的地点和棵数。"新"，紧扣题目。第二句"欲到花时点检来"，写诗人的打算，等到开花时再来查看。关于"点检"，无疑是"点检"梅树生长的情况，梅花盛开的情景，梅花艳丽的程度，当然，"点检"也包含着观赏的内容。

诗人在苏州刺史任上，为着替皇帝拣选贡橘，曾在长洲游览。"长洲"，古苑名，故址在今江苏省苏州市西南、太湖北。长洲苑桃李芬芳，争奇斗妍，它表面艳丽却易于凋零，此刻似乎怀有对梅花的嫉妒心理。"莫怕长洲桃李妒，今年好为使君开"，诗中以桃李喻小人。诗人明确表态：他要自己亲手种植的梅花盛开，而不要担心桃李嫉妒。拿梅花树和桃李作对比，明确表示出诗人的爱憎态度。此中深意，只有对梅花的高洁品性有充分了解的诗人，才能体会出来。

这首诗写得明白晓畅，风格平淡自然。

白居易（公元 772—846 年），字乐天，号香山居士。唐代伟大的现实主义诗人。贞元十六年进士。先后任翰林学士、左拾遗等。后贬江州司马，移忠州刺史。后为杭州、苏州、同州刺史，以刑部尚书致仕。晚居洛阳，自号香山居士。他是中唐时期影响极大的诗人，提出"文章合为时而著，歌诗合为事而作"的创作主张，其诗歌分为讽喻、闲适、感伤、杂律四类，前二类体现着他的兼济、独善之道。他的诗歌主张和诗歌创作，以其对通俗性、写实性的突出强调和全力表现，在中国诗史上占有重要地位。他的诗歌题材广泛，形式多样，语言优美，平易通俗，音调和谐，形象鲜明。有"诗魔"和"诗王"之称。有《白氏长庆集》。代表诗作有《长恨歌》《琵琶行》等。

咏庭梅寄人

唐朝　刘禹锡

早花常犯寒，繁实常苦酸。

何事上春日，坐令芳意阑？

夭桃定相笑，游妓肯回看！

君问调金鼎，方知正味难。

　　这是刘禹锡寄给朋友的一首诗，借吟咏梅花，表达了自己的志向，也是对友人的劝勉。

　　首联"早花常犯寒，繁实常苦酸"，写梅花因为过早地开花而常常遭到严寒的摧残，而且结的果实虽多却常常十分酸涩。诗一开始写庭院里的梅树不好的习性：开花犯寒、果实酸涩，成为百花中的一个异类。颔联"何事上春日，坐令芳意阑"，进一步质问梅花为了什么事这么早地赶在春天之前开放，还因此使得群芳春意阑珊？颈联"夭桃定相笑，游妓肯回看"，是说妖娆的桃花一定会嘲笑你，游逛的歌妓，又怎么愿意回头把你观看？诗人表面上是写梅花不合时宜地开放，不受百花待见，暗喻自己的品性操守像梅花一样坚贞纯洁，不被常人理解，不受世俗之人欢迎。写出了自己政治处境的艰难。

　　诗的前三联借梅花的处境暗喻自己政治上的遭遇，尾联借比喻抒发自己的政治志向："君问调金鼎，方知正味难。"打个比方吧，要是你问如何在大铜鼎里调味道，这时才知道要使一鼎的味道适合众人口味有多么艰难。"调金鼎"，意同调鼎，指烹调食物。《尚书·说命》下："若作和羹，尔惟盐梅。"引申为宰相治理国家的意思。鼎中调味尚且如此艰难，更何况要治理一个国家呢！

　　此诗主要采用了托物言志的抒情手法，表达诗人作为一个大臣，决心要辅佐治理国家，匡正社会风气，就自然要敢为人先，敢于经常冒犯恶劣的政治环境，哪怕可能徒然无用，也得耐得住寂寞，更不要怕被那些小人和宠臣嘲笑或鄙视。这首诗让我们看到一心要匡复朝廷颓靡氛围的老臣形象。

刘禹锡（公元772—842年），字梦得，洛阳人。唐代著名诗人。贞元九年进士及第。当年又中博学宏词科，官监察御史。永贞年间，参与王叔文革新运动，被贬连州刺史，再贬朗州司马，晚年任太子宾客。故后世称"刘宾客"。他诗才卓越，内容多反映时事和民生疾苦，诗文继承前人优秀文学遗产，又吸取民间文学精华，形成了自己独特的创作风格。被誉为"诗豪"。有《刘梦得文集》四十卷，《全唐诗》编其诗十二卷。

早梅

唐朝　柳宗元

早梅发高树，迥映楚天碧。
朔吹飘夜香，繁霜滋晓白。
欲为万里赠，杳杳山水隔。
寒英坐销落，何用慰远客。

诗中借对梅花在严霜寒风中早早开放的风姿的描写，表现了自己孤傲高洁的品格和不屈不挠的斗争精神。

全诗分前后两层意思，前四句咏物，后四句抒怀。"早梅发高树，迥映楚天碧"，起笔不凡，笔势突兀。早梅与别的花卉不同，在万物沉寂的寒冬绽开了花蕾，一个"发"字，把早梅昂首怒放、生机盎然的形象逼真地展现在读者的眼前。其高远广阔碧蓝天空的背景，不仅映衬着梅花的色泽，更突出了它的雅洁。"朔吹飘夜香，繁霜滋晓白"，紧承开头两句写梅花开放的恶劣环境，表现梅花不同凡花的风骨，赞颂了梅花傲视霜雪的不屈品格。早梅所处环境的"朔吹""繁霜"，实际上正是诗人遭遇的政治环境的缩影。"永贞革新"失败后，诗人被贬到边远落后的南荒之地，过着囚徒般的日子，身心受到严重的摧残。面对腐朽势力接连不断的打击，他始终坚持自己的理想，怀抱坚定的信心。

诗人目睹可歌可敬的梅花，想起了远方的亲友，于是借物抒怀："欲为万里赠，杳杳山水隔。寒英坐销落，何用慰远客？"诗人被贬永州后，"罪谤交织，群疑当道"，"故旧大臣"已不敢和他通音讯，在寂寞和孤独中艰难度日的诗人是多么想念亲友们啊！于是想到古人的折梅相送，以寄情思；可亲友们远在万里之外，是根本无法送到的。这里除了地理上的原因外，还有政治上的原因。他作为一个"羁囚"，不能连累了亲友，更何况"寒英坐销落，何用慰远客？"诗人从梅花因早开而早落联想到自己的身世，自己的境遇，怎么不忧，怎么不心急如焚呢？正因为忧其早开早落，所以诗人也是在自我勉励，自我鞭策。事实上在永州虽然被迫离开了政治舞台，但他自强不息，把"闲居"的时间用在访求图书、认真研读和对自己前半生实践的总结上，奋笔疾书，在理论上做出了重大建树，在文学上取得了光辉成就。这就是他对亲友的告慰。"欲为万里赠"四句诗表达的思想感情是很复杂的，既有对亲友的思念，也对自身遭遇的不平和"辅时及物"的理想不能实现的痛苦。

全诗由景及情，一气贯穿，在平实的字句中寄寓着深沉的感慨，可谓意味深长。

柳宗元（公元773—819年），字子厚，世称"柳河东""河东先生"。唐代著名文学家、思想家，唐宋八大家之一。与韩愈并称为"韩柳"，与刘禹锡并称"刘柳"。公元793年进士及第，任监察御史里行。后因永贞革新失败，被贬永州司马、柳州刺史。他首创"寓言"体，寓情山水而不忘国政，并与韩愈共同倡导唐代古文运动。他著有《永州八记》等600多篇文章，被后人收入《柳河东集》中。现存诗歌140多首，均为贬谪后所作。其部分五言诗思想内容近于陶渊明诗，语言朴素自然，风格淡雅而意味深长。也有以慷慨悲壮见长的律诗。

春雪间早梅

唐朝　韩愈

梅将雪共春，彩艳不相因。

逐吹能争密，排枝巧妒新。

谁令香满座，独使净无尘。

芳意饶呈瑞，寒光助照人。

玲珑开已遍，点缀坐来频。

那是俱疑似，须知两逼真。

荧煌初乱眼，浩荡忽迷神。

未许琼华比，从将玉树亲。

先期迎献岁，更伴占兹晨。

愿得长辉映，轻微敢自珍。

这是韩愈元和元年春在江陵时所作。

"梅将雪共春，彩艳不相因"，"将"，连词，与，同。"不相因"，不相沿袭，不彼此雷同。"彩"说的是雪，"艳"说的是梅，二者彼此本不相雷同，但却"共春"，共生于早春。点题"春雪间早梅"。

以下四句分别描绘雪花与梅花。"逐吹能争密，排枝巧妒新"，"逐吹"，迎着风。雪能跟着风吹密布天空，梅能伸展树枝吐秀斗巧争奇。"谁令香满座"，是指早梅芬芳、香气怡人。"独使静无尘"，是说雪飘天地，净化空气，绝无尘埃。这仍然围绕春雪与早梅展开来描述。

以下八句合写雪中梅花相得益彰。"芳意饶呈瑞，寒光助照人"，写的是芬芳的梅香，让雪富有祥瑞之气；雪的晶莹光洁又助梅花映照焕彩，两者相得益彰。"玲珑开已遍，点缀坐来频"，写的是早梅遍地开放，玲珑剔透，而时时有雪来点缀其中，尤见绝妙。"坐来"，少顷也。意谓不一会工夫，便春雪飘飘、频频点缀。与春雪间杂早梅，题意紧扣。"那是俱疑似，须知两逼真"，花也，雪也，使人眼花缭乱，怀疑雪花是梅花，梅花是雪花。"两逼真"，都很相像，雪花梅花合二而一了。"荧煌初乱眼，浩荡忽迷神"，"荧煌"，明亮炫目。进一层描绘雪中梅花迷蒙一片，不仅令人眼乱而且也神迷，这是从诗人的自我感觉角度来描绘雪花与梅花相互映照、两相生辉的情景。

接着一转："未许琼华比，从将玉树亲"，则将笔触落到雪上。南朝诗人裴子野《雪》诗："飘摇千里雪，倏忽度龙沙。从云合且散，因风卷复斜。拂草如连蝶，落树似飞花。若赠离居者，折以代瑶华。"将雪落满树代指瑶华。"琼华"，即琼花，为稀有珍异植物。此代指雪花。韩诗说"未许"，即不同意将雪落满树代指琼华，但接着"从将玉树亲"一句，诗意似乎又有回转，表示将听任雪花与玉树亲近。"从"，听任。"玉树"，传说中的仙树，也指白雪覆盖的树。《汉武帝故事》载："上起神屋，前庭植玉树，珊瑚为枝，碧玉为叶。"南朝诗人张正见《雪》诗中称"睢阳生玉树"，即指白雪覆盖的树。

最后四句"先期迎献岁，更伴占兹晨。愿得长辉映，轻微敢自珍"，仍然以雪为主，说雪早在冬季已迎新岁，而今春来又伴梅花开放。但愿白雪与梅花长相辉映，不要只是怜惜自己。"兹晨"，这个清晨。这里指春天。"轻微"，指的是雪。汉代董仲舒《雨雪对》："寒月则雨上，体尚轻微，而因风相袭，故成雪焉。"诗人对白雪与梅花寄予厚望，表现了自己对梅雪的喜爱之情。

韩愈（公元768—824年），字退之，河南河阳（今河南孟州）人，唐朝著名文学家，有"韩昌黎""韩吏部""韩文公"之称。贞元进士。曾官监察御史、阳山令、刑部侍郎、潮州刺史、吏部侍郎。反对藩镇割据，尊儒反佛，比较关心人民疾苦。在文学上主张师承秦、汉散文传统，积极倡导古文运动，提出"文以载道""文道合一"的观点。创作许多散文名篇，为"唐宋八大家"之首。其诗力求创新，气势雄伟，有独特风格，对宋诗创作影响较大。有《昌黎先生集》。

早梅桥

唐朝　李绅

早梅花，满枝发。

东风报春春未彻，紫萼迎风玉珠裂。

杨柳未黄莺结舌，委素飘香照新月。

桥边一树伤离别，游荡行人莫攀折。

不竞江南艳阳节，任落东风伴春雪。

这首诗以满腔热情纵笔挥洒，沉酣畅足地赞扬了梅花的气质风姿。

"早梅花，满枝发"，诗一开始便为我们描绘了一幅梅花盛开的烂漫图景。"东风报春春未彻"，东风虽然报春，但春意却未透彻。既点明早梅开放的具体季节，又为下文的"莺结舌""伴春雪"提前交代了依据。接着着重刻画梅花开放的情景："紫萼迎风玉珠裂"，"紫萼"，紫色的花托；"玉珠裂"，梅蕾似玉珠，花开似玉珠张裂。早梅枝上的紫萼玉蕾已迎着寒风绽开了。诗人观察细致，描写生动，比喻恰切，色彩鲜明艳丽，可谓抓住了梅花的特征。

"杨柳未黄莺结舌"，"杨柳未黄"，杨柳还未萌发嫩黄的细芽。"莺结舌"，黄莺舌被冻结，不能啼鸣，形容气候寒冷。这句用侧面描写说明天气尚冷，突出梅花凌寒而开的品性。"委素飘香照新月"，"委"，付托。"素"，指白梅花。这句写月下梅花相互映照。新月初上，月辉淡淡，白梅花散着清香，与新月相互辉映。白花银辉，相互映照，和谐自然，温馨静谧，意境十分优美。

"桥边一树伤离别，游荡行人莫攀折"，这两句是说，桥边早梅往往伤于离别，望来往的游人可不要攀折它。表达了诗人惜梅、爱梅之情。结尾"不竞江南艳阳节，任落东风伴春雪"，"艳阳节"，风光艳丽的时节，指春天。南朝诗人鲍照《学刘公干》诗"艳阳桃李节，皎洁不成妍"。"任"，听凭。这两句的意思是，早梅花不在江南桃李芬芳的艳阳天里争妍开放，却听任东风吹落，与春雪为伴。指出早梅的性格特征和早梅的最终归属。抒写了诗人内心的慨叹，由衷地表现了诗人对梅花的赞美之情。

全诗句句押韵，如悬河泻水，注而不竭，造成了韵致悠扬、沉着痛快的气势。中间对比手法的运用，更突出了梅花的风采。

李绅（公元772—846年），字公垂，唐代诗人。元和元年进士，擢翰林学士，与李德裕、元稹同时齐名，号为"三俊"。穆宗时，召为右拾遗，为李逢吉所排，出为江西观察史，不久改户部侍郎。武宗时，累官右仆射、门下侍郎。《全唐诗》录其《追昔游诗》三卷，《杂诗》一卷。另有《莺莺歌》保存在《西厢记诸宫调》中。

赋得春雪映早梅

唐朝　元稹

飞舞先春雪，因依上番梅。
一枝方渐秀，六出已同开。
积素光逾密，真花节暗催。
抟风飘不散，见睍忽偏摧。
郢曲琴空奏，羌音笛自哀。
今朝两成咏，翻挟昔人才。

从诗题得知，此诗为诗人得到"春雪映早梅"的题目而作。

诗的前四句写雪花与梅花同时开放的情景。"飞舞先春雪，因依上番梅"，"上番"，头一回，多指植物初生。飞舞着的早春雪花，覆盖了一树最先生长的寒梅。"一枝方渐秀，六出已同开"，"六出"，花分瓣叫"出"，雪花六角，因以为雪的别名。因这树"上番梅"长得旺盛，就先有一梅枝花蕾渐渐饱满刚要绽放，雪花突然飘来，梅花便与雪花同时开放。这四句扣住题目，描写梅花与雪花同时开放、相互映衬的早春美景。梅伴雪生，正生出梅的坚强与高洁；雪为梅衬，又衬出梅的美丽与雪的多情。

接下来四句写梅花的凌寒弥坚与雪花的见阳光融化。"积素光逾密，真花节暗催"，"节"，节律，季节时令。尽管积雪愈加厚密，寒气愈重，可梅花仍然按照自身的生长节律暗自开放。"抟风飘不散，见睍忽偏摧"，"抟风"，扶摇直上的旋风。"睍"，日光。急速的旋风也吹不散梅花的花朵，而雪花见了日光就快速地融化了。诗人赞美梅花不畏风雪、临寒愈坚的品格，讽刺雪花见阳光而融化的软弱。

最后四句写诗人的感叹。"郢曲琴空奏，羌音笛自哀"，"郢曲"，阳春白雪，高雅之曲。诗人感叹道：我空弹高雅的曲调没人理解，只好吹着普通的羌笛曲独自哀伤。流露出不被人理解的孤独之感。"今朝两成咏，翻挟昔人才"，今天我将梅花与雪花一起吟咏，反倒让昔日的文人才子们受委屈了。言下之意是，那些像雪花一样的才子们看了这首诗，自尊心会受到打击。

诗中说梅花与雪花看起来相似，可一见到阳光雪花就消融了，只留下孤独的梅花。诗人自比梅花，深感孤独，渴望得到知音，被人理解。

元稹（公元779—831年），字微之，别字威明，祖籍洛阳，六世祖迁居长安。唐朝大臣、文学家。十五岁明经及第，授左拾遗，进入河中幕府，擢校书郎，迁监察御史。一度拜相，在李逢吉策划下，出任同州刺史，入为尚书右丞。太和四年出任武昌军节度使。他与白居易同科及第，结为终生诗友，同倡新乐府运动，共创"元和体"，世称"元白"。其乐府诗创作受到张籍、王建的影响，"新题乐府"直接缘于李绅。现存诗830余首，有《元氏长庆集》传世。

梅花二首

唐朝　王初

应为阳春信未传，固将青艳属残年。
东君欲待寻佳约，剩寄衣香与粉绵。

迎春雪艳飘零极，度夕蟾华掩映多。
欲托清香传远信，一枝无计奈愁何。

第一首写梅花在残冬开放，只为装点大地，迎接春天的到来。

"应为阳春信未传，固将青艳属残年"，"阳春"，温暖的春天。"残年"，即岁暮。春天的消息还没有传来，梅将其青青的枝、艳丽的花展现在人们面前，为的是装点大地，迎接春天的到来。

"东君欲待寻佳约，剩寄衣香与粉绵"，"东君"指的是春神。"欲待"，是说春天还没有到来。"寻"，有重温的意思。"粉"，白色。"绵"，延续。待到春意盎然的时候，梅花要和春神重温美好的盟约。仿佛她曾经对东君说：你到来之前，我装点这世界。春天来临了，她还要奉献出余香，把不算色彩的白色融入万紫千红的春光中。

由此可见，梅花的品质可谓高贵矣。她只在大自然没有花儿香，没有柳丝绿的隆冬时节现其青艳，装点大地。她并非要与百花争妍，争占春光，只是让人们赏心悦目，向人们传送春天到来的消息。

第二首写梅花飘落，托余香将春天到来的信息传到远方。

"迎春雪艳飘零极，度夕蟾华掩映多"，"飘零"，坠落之意。"夕"即祀月（农历十二月）。"蟾"为月之代称，"蟾华"即月华。迎春之飞雪落尽了，梅花更显其艳丽。月光映照下的梅花又显其朦胧美。"欲托清香传远信，一枝无计奈愁何"，"一枝"即一枝春，代指梅花。梅花还托付清香把春之信息传向远方，让万物都知道春天到来了。"一枝"还兼有数量词的作用。作数量词解，就有嫌其少的意思，所以她产生了愁。梅花大概希望有更多的姊妹吧，使隆冬时节胜似春光。由此又可见梅花的美好心愿：把人间装扮得更美丽。

本诗中的梅花，谦和，无意惹人喜爱，而人甚爱之。

王初（生卒年、生平均不详），并州（今太原市）人。唐宪宗元和末（公元820年）登进士第。诗19首。

忆平泉杂咏·忆寒梅

唐朝　李德裕

寒塘数树梅，常近腊前开。

雪映缘岩竹，香侵泛水苔。

遥思清景暮，还有野禽来。

谁是攀枝客，兹辰醉始回。

这首诗是李德裕《忆平泉杂咏》组诗中的一首。这组诗共十首，写于开成五年庚申（公元840年）。当时诗人五十四岁，在扬州淮南节度使任上。据组诗中《忆春雨》《忆春耕》《忆野花》题下注"余未尝春到故园"看，当是这年春天，李德裕见到扬州之春景生望乡之情而作。平泉，即李德裕在洛阳附近三十里处营建的平泉别墅。由于他性好花木，广泛罗致，其园林中奇花异草，珍木怪石，应有尽有。在他的诗中，屡屡有忆山居之作，抒发他对平泉别墅一片怀念深情。他思念平泉别墅，别墅中的一草一木，一水一石都时时牵动他的心。而在实际上，他却未曾实现自己归依洛川的心愿。"此生看白首，良愿已应违"

（《怀伊川郊居》），刀光剑影的政界搏杀使他这位党魁身不由己。几上几下，进进出出，真可谓平地起风波，险象环生。越是如此，他越是怀念平泉山居。他说："我有爱山心，如饥复如渴。出谷一年余，常疑十年别。"（《怀山居邀松阳子同作》）他对平泉山居里的花木水石充满眷念之情。

明了了李德裕对平泉别墅的无限思念之情之后，再来看他这一系列回忆平泉山居中的景物诗时，就能从整体的把握中来窥视诗人心中的隐情了。

首联"寒塘数树梅，常近腊前开"，起得很平，并无特别之处。或许是思念之极致反而趋于平淡吧，联系诗人苦心经营的山居在他心中的地位，这一句平静的描述同样有感情因素。

接下两联进入对寒梅的具体描绘："雪映缘岩竹，香侵泛水苔。"突出了寒梅的环境特征。虽然第一句中的"寒塘"已点明环境，"腊前"又点明时间，但毕竟是较为抽象的。这里一个"雪"字就是"寒"的具体形象的也是有力的烘托。岩下竹在白雪映衬之下，是多么美的雪竹图啊。特别是"香侵泛水苔"一句，似乎寒梅的香气阵阵袭来，飘散于寒塘水上，令人不仅想见其形，而且也想见其神。"侵"字是很有力度的词语，"泛"字又表明其范围之广。在寒塘边虽然只有几树梅花，但却在数九隆冬严寒中傲然而开。而且还有白雪绿竹相映衬，更显其不俗的品格，构成一幅梅竹雪互映的图画。

诗人在此处所留意者并不局限于寒梅之映雪，香气之侵袭等植物静态形象，还连带而及："遥思清景暮，还有野禽来。"寒塘日暮，梅树影下，还有野禽往来。在梅树丛中，香气阵阵，不仅雪、竹相衬，还有野禽飞来，为静态画面增添动感。从寒梅所处的时空连类而及其他，使人对寒梅品格特征有了更为全面的了解。"寒塘"是梅所处的空间，"腊前"是梅开花的时间，"雪"与"岩竹"是梅的陪衬，香气侵袭泛及水苔是梅的足迹，"野禽"是梅的伴侣。诗人回忆寒梅，喜爱寒梅，同时也回忆了与寒梅相关联的一切，而并不是仅仅局限某一点，这就是这首诗不同于其他咏梅之作的特别之处吧。

诗人在描绘了寒梅特点后，最后一联"谁是攀枝客，兹辰醉始回"，直抒胸臆。谁是寒梅的知音，攀枝赏玩的知音呢，是自己，在醉酒之后梦中回游吧。好多政界要人每每于繁杂公务之扰后，寻一个僻静处求得精神上的放松与解脱。尤其是在政治的惊风恶浪中，那种企冀归休的念头会时时袭来。诗人在《春日独坐思归》中说："壮龄心已尽，孤赏意犹存。岂望图麟阁，惟思卧鹿门。"对这些话语我们既不必深信不疑，也不能置若罔闻。它毕竟或多或少地流露了诗人内心的隐情。实际上也是如此。尽管他对平泉山庄有刻骨的思念，现实中的政治格局却使他离他所喜爱向往的平泉山居越来越远。李德裕于开成五年七月被召入朝，九月到长安，拜为宰相，带着对寒梅美好形象的回忆，又为大唐帝国而奔波忙碌了。

李德裕（公元787—850年），字文饶，赵郡赞皇（今河北赞皇）人，唐朝晚期著名政治家、诗人，两度为相。执政期间，重视边防，力主削弱藩镇，巩固中央集权，使晚唐内忧外患的局面得到暂时的安定。辅佐武宗讨伐擅袭泽潞节度使位的刘缜，功成，加太尉赐封卫国公。他长期与李宗闵及牛僧孺为首的朋党斗争，后人称为"牛李党争"，延续40年。纵观史实，李党执政功勋卓著，威震天下；牛党执政，无所作为，国势日弱。近代梁启超把他与管仲、商鞅、诸葛亮、王安石、张居正并列，称他是中国古代六大政治家之一。

早梅

唐朝　朱庆馀

天然根性异，万物尽难陪。
自古承春早，严冬斗雪开。
艳寒宜雨露，香冷隔尘埃。
堪把依松竹，良涂一处栽。

这首咏早梅的诗，抒发了诗人对梅花的礼赞之情。

诗人首先从"物性"起笔："天然根性异，万物尽难陪"，梅花的天然本性十分特殊，世间万花都难同它匹配。"万物"，在这里系泛指各种花。"陪"，伴随，转引为匹配。表明梅花特异之处，非寻常之花能比。

颔联"自古承春早，严冬斗雪开"，具体写梅花的傲雪迎春，梅花的艳丽和清香，从而进一步展示了梅花独立、坚贞、高洁的品格。

颈联"艳寒宜雨露，香冷隔尘埃"，是颔联的具体说明。"宜"，作"应当"解释。"隔"，间隔，离开，诗中有冷落之意。"尘埃"，尘土，比喻污浊的事物，这里可引申为世俗的行为。全句是说：梅花艳丽芬芳，本应最早承受春天的雨露之泽，即"承春早"。而其清香由于花开在冰雪中，所以不受尘埃污染。

尾联"堪把依松竹，良涂一处栽"，"堪"，可。"依"，傍。"涂"，通"途"，路途。"良涂"，即环境优良的地方。全句是说：实在应该让梅花和松竹靠得近些，让它和松竹一起栽种在理想的地方。

松、竹经冬不凋，梅则耐寒开花，故有"岁寒三友"之称。明代学者程敏政就有《岁寒三友图赋》。诗人认为，既然松、竹、梅具有共同的品格与情操，就理应受到相同的礼遇，可见诗人以梅同松竹并列的看法，于后人大有影响。诗人在仕途上是很不得意的。他赞扬梅花高雅坚贞的品格，显然寄托着自己的美好愿望。也许可以说是诗人理想人格的含蓄写照。

这首诗特点鲜明，首先从梅与其他花不同之处落笔，点明其天性特异；然后中间两联具体描绘这特异之处是承春早、斗雪开、宜雨露、隔尘埃，给人留下鲜明印象。最后又以松竹相匹配作结，与开首照应回环，突出了梅花所具有的坚贞品格。这种以物比物、物物相衬的手法，具有相互映照、相得益彰的艺术效果。

朱庆馀（生卒年不详），名可久，字庆馀，以字行，唐代诗人。宝历二年（公元 826）进士，官至秘书省校书郎。诗学张籍，近体尤工，诗意清新，描写细致。内容则多写个人日常生活。《全唐诗》收其诗 177 首。

梅

唐朝　杜牧

轻盈照溪水，掩敛下瑶台。

妒雪聊相比，欺春不逐来。

偶同佳客见，似为冻醪开。

若在秦楼畔，堪为弄玉媒。

唐武宗会昌二年（公元 842 年），诗人四十岁时，受当时宰相李德裕的排挤，被外放为黄州刺史，其后又转池州、睦州等地。这首诗约作于这个时期。

全诗紧紧围绕梅花的美去写，使梅花的形象得到了完美的塑造。

"轻盈照溪水，掩敛下瑶台"，"瑶台"，是神话传说中神仙所居之地。这两句主要描写梅花的优美姿态。轻盈的梅花，映照着如碧的溪水，实景与倒影浑然一体，构成一幅绝美的图画。为了进一步突出梅花的轻盈之美，诗人又采用拟人的手法，把梅花比成一群从瑶台翩然而降的仙女，舞姿曼妙，如惊鸿游龙，令人魄荡魂驰。

"妒雪聊相比，欺春不逐来"，由于梅花太美了，所以雪花嫉妒，只好拿自己的洁白同它相比；艳丽的春光不敢跟随着梅花的脚步，只好等梅花开过后再来。这两句从侧面烘托了梅花的美丽动人、占得春先。

"偶同佳客见，似为冻醪开"，当诗人偶然同客人一起去观赏梅花时，他发现如此艳丽的梅花仿佛是为了冬酿的美酒而开。因为赏梅花、饮美酒乃人生之一大快事，故有"似为冻醪开"的遐想。

"若在秦楼畔，堪为弄玉媒"，"秦楼""弄玉"：《列仙传》载："萧史者，秦穆公时人，吹箫作鸾凤之响，穆公女弄玉妻焉。日与楼上吹箫作凤鸣，凤来止其屋，为作凤台。"最后两句是说：假设梅花长在秦楼的旁边，它完全可以以自己的美貌做弄玉的大媒人，而不会为他人所见笑的。这两句进一步突出了梅花的美丽。

杜牧（公元803—852年），字牧之，号樊川居士。唐代杰出的诗人、散文家。官至膳部、比部、司勋员外郎，黄州、池州、睦州刺史等职。因晚年居长安南樊川别墅，故后世称"杜樊川"，著有《樊川文集》。杜牧的诗歌以七言绝句著称，内容以咏史抒怀为主，其诗英发俊爽，多切经世之物，在晚唐成就颇高。杜牧人称"小杜"，以别于杜甫，与同期诗人李商隐并称为"小李杜"。《全唐诗》收其诗八卷。

山驿梅花

唐朝　李群玉

生在幽崖独无主，溪萝涧鸟为俦侣。

行人陌上不留情，愁香空谢深山雨。

"山驿"，即在山间的驿站。驿站，为古代传递公文的人或来往官员途中歇宿的地方。生在驿站附近幽深的石崖上的梅花，自然是孤独寂寞的。虽然山驿时有过路之人，但都来去匆匆，无暇到幽深的山崖去观赏梅花。梅花只能落得个雨中凋谢的下场。这同南宋诗人陆游写的"驿外断桥边，寂寞开无主，已是黄昏独自愁，更著风和雨"（《卜算子·咏梅》）的情景有些类似。诗人有感于此，写诗歌咏山驿梅花。

诗的开头两句"生在幽崖独无主，溪萝涧鸟为俦侣"，写山驿梅花处境清寒孤寂。首句说她生在驿站附近幽深的石崖上，孤独地不由自主地开着。这个"独"字不仅表达了梅花寂寞无主地开着，也表达了她无依无靠的孤单。她好像是被遗弃在山中似的，早被人遗忘了，根本无人来观赏，当然也无人来培植。所以次句接着写她只能同溪边的藤萝和涧边小鸟朝夕做伴。所谓"俦侣"即结为伴侣或朋友。进一步表现了幽崖梅花被人遗忘的凄苦。

诗的后两句承前进一步写梅花的孤苦和愁恩。"行人陌上不留情"，是说在这"万花纷谢一时稀"的时候，山驿梅花虽然独放异彩，独飘奇香，但在路上来往的行人依旧无暇光顾她。"陌上"，是指通过山驿的路上。这一句进一步突出了梅花"独无主"的悲凉。"愁香空谢深山雨"，写出了梅花的高洁和不幸结局。用"愁香"指代梅花，写梅花因为无知音无赏识者而愁苦，也有赞美梅花不改初衷、坚守其志之意。因此，只能在"深山雨"的欺凌摧残下，"空谢"而抱恨终生。诗人曾有咏梅诗句"更遭风雨损馨香"，也是斥风雨诉梅花不幸的。山驿梅花虽有奇香异艳，可惜生不逢地，无人垂青，只好自生自灭。这表明梅花有自怜自惜之意，也暗喻诗人对高洁之志被遗弃、受冷落的不幸遭遇，抱有深切的同情。

总之，这首诗通过对山驿梅花凄苦孤寂境遇的描写，流露出诗人对高洁之士被遗弃的黑暗现实的不满与同情。诗人借山驿梅花自喻，以抒发自身之遭遇。诗人哀怨的情绪以四句脱口而出的短诗来表现，看似不经意，而实际意蕴颇深。

李群玉（公元808—862年），字文山，唐代澧州（今湖南澧县）人。他"居住沅湘，崇师屈宋"，诗写得十分好。《湖南通志·李群玉传》称其"诗笔妍丽，才力遒健"。他"徒步负琴，远至辇下"，进京向皇帝奉献自己的诗歌"三百篇"。唐宣宗"遍览"其诗，称赞"所进诗歌，异常高雅"，并赐以"锦彩器物"，"授弘文馆校书郎"。他是晚唐重要诗人，与齐己、胡曾被列为唐代湖南三诗人。《全唐诗》收录其诗263首。

十一月中旬至扶风界见梅花

唐朝　李商隐

匝路亭亭艳，非时裛裛香。
素娥惟与月，青女不饶霜。
赠远虚盈手，伤离适断肠。
为谁成早秀？不待作年芳。

诗人见到十一月中旬开的梅花，不由得引起了自己的身世之感。

"匝路亭亭艳，非时裛裛香"，首联奇峰突起，异彩光芒。梅树亭亭直立，花容清丽，无奈傍路而开，长得不是地方。虽然梅花香气沁人，可是过早地在十一月中旬开放，显得很不合时宜。诗人的品格才华，正像梅花的亭亭艳、袅袅香。然而，由于牵涉到牛李党争，从而受到排挤，长期过着漂泊的凄苦生活，正是生非其时，处境艰难。

"素娥惟与月，青女不饶霜"，颔联清怨凄楚，别开意境。先是埋怨素娥（指月里嫦娥）的"惟与月"，继而又指责主管霜的青女"不饶霜"。在诗人眼里，嫦娥让月亮放出清光，并不是真的要给梅花增添姿色，而只是让月色皎洁，嫦娥只是赞助月亮，并不袒护梅花。青女不是要使梅花显出傲霜品格才下霜的，而是想用霜冻摧残梅花。这种难言的怨恨，正与诗人身世感受相映照。

写到这里，诗人的感情已达到饱和。颈联突然笔锋一转，对着梅花，怀念起朋友来了："赠远虚盈手，伤离适断肠。"想折一把梅花来赠给远方的朋友，可是仕途坎坷，故友日疏，即使折得满把的梅花又有什么用呢？连寄一枝梅花都办不到，更觉得和朋友离别令人哀伤欲绝，愁肠寸断。

尾联"为谁成早秀？不待作年芳"，诗人发问：梅花为了谁过早开花，而不等到报春才开花，成为新年时的香花呢？在此诗人表达了对梅花的悲痛，这种悲痛也正是对自身遭遇的悲痛，诗人自己就正像梅花那样未能等到春的到来而过早地开放。

忆梅

唐朝　李商隐

定定住天涯，依依向物华。
寒梅最堪恨，常作去年花。

这是李商隐作幕梓州后期之作，为咏梅而寓意之诗。写在百花争艳的春天，寒梅早已开过，所以题为"忆梅"。

一开始诗人的思绪并不在梅花上面，而是为留滞异乡而苦。梓州（州治在今四川三台）离长安一千八百余里，以唐代疆域之辽阔而竟称"天涯"，与其说是地理上的，不如说是心理上的。诗人是在仕途抑塞、妻子去世的情况下应柳仲郢之辟，来到梓州的。独居异乡，寄迹幕府，已自感到孤孑苦闷，想不到竟一住数年，意绪之无聊郁闷更可想而知。"定定住天涯"，就是这个痛苦灵魂的心声。"定定"，犹"死死地""牢牢地"，诗人感到自己竟像是永远地被钉死在这异乡的土地上了。这里，有强烈的苦闷，有难以名状的厌烦，也有无可奈何的悲哀。清代诗人屈复说："'定定'字俚语入诗却雅。"（《唐诗成法》）这个

"雅"，似乎可以理解为富于艺术表现力。

为思乡之情、留滞之悲所苦的诗人，精神上不能不寻找慰藉，于是转出第二句"依依向物华"，"依依"，形容面对美好春色时亲切留念的意绪。古人有"杨柳依依"来表达依恋不舍之情。"物华"，指眼前美好的春天景物。诗人在百花争艳的春色面前似乎暂时得到了安慰，从内心深处升起一种对美好事物无限依恋的柔情。一、二两句，感情似乎截然相反，实际上"依依向物华"之情即因"定定住天涯"而生，两种相反的感情却是相通的。

"寒梅最堪恨，长作去年花"，"去年花"，指早梅。因为梅花在严冬开放，春天的时候梅花已经凋谢，所以称为"去年花"。三、四两句，诗境又出现更大的转折。面对姹紫嫣红的"物华"，诗人不禁想到了梅花。它先春而开，到百花盛开时，却早已花凋香尽，诗人遗憾之余，便不免对它怨恨起来了。由"向物华"而忆梅，这是一层曲折；由忆梅而恨梅，这又是一层曲折。"恨"正是"忆"的发展与深化，正像深切期待的失望会转化为怨恨一样。

但这只是一般人的心理。对于诗人来说，却有更内在的原因。"寒梅"先春而开、望春而凋的特点，使诗人很自然地联想到自己：少年早慧，文名早著，科第早登；然而，紧接着便是一系列不幸和打击，到入川以后，已经是"克意事佛，方愿打钟扫地，为清凉山行者"（《樊南乙集序》），意绪颇为颓唐了。这早秀先凋、不能与百花共享春天温暖的"寒梅"，正是诗人自己的写照。诗人在《十一月中旬至扶风界见梅花》诗中，也曾发出同样的感叹："为谁成早秀？不待作年芳，"非时而早秀，"不待作年芳"的早梅，和"长作去年花"的"寒梅"，都是诗人不幸身世的象征。正因为看到或想到它，就会触动早秀先凋的身世之悲，诗人自然不免要发出"寒梅最堪恨"的怨嗟了。诗写到这里，黯然而收，透出一种不言而神伤的情调。

五言绝句，贵浑然天成，一意贯串，忌刻意雕镂，枝蔓曲折。这首《忆梅》，"意极曲折"（清代文学家纪昀《李义山诗》），却并不给人以散漫破碎、雕琢伤真之感，关键在于层层转折都离不开诗人沉沦羁泊的身世。这样，才能潜气内转，在曲折中见浑成，在繁多中见统一，达到有神无迹的境界。

李商隐（约公元813—约858年），字义山，号玉溪（谿）生，又号樊南生。晚唐著名诗人，和杜牧合称"小李杜"，与温庭筠合称"温李"。一生仕途坎坷。他擅长诗歌写作，成就最高的是近体诗，尤其是七言律绝。他是继杜甫之后，唐代七律发展史上的第二座里程碑。他的诗歌能在晚唐独树一帜，在于他心灵善感，一往情深，用很多作品来表现晚唐士人伤感哀苦的情绪，以及他对爱情的执着，开创了诗歌的新风格、新境界。其诗构思新奇，风格秾丽，尤其是一些爱情诗与无题诗写得缠绵悱恻，优美动人，广为传诵。但部分诗歌过于隐晦迷离，难于索解。有《李义山诗集》。

岸梅

唐朝　崔橹

含情含怨一枝枝，斜压渔家短短篱。

惹袖尚余香半日，向人如诉雨多时。

初开偏称雕梁画，未落先愁玉笛吹。

行客见来无去意，解帆烟浦为题诗。

本诗写梅，有别于其他咏梅之作，自有特色。诗人扬帆水上，遥见岸上的梅花枝枝盛开，含情含怨，于是欣然前往观赏。

首联写岸梅的情态和处所，起笔不凡。"含情含怨一枝枝，斜压渔家短短篱"，一枝枝梅花"含情含怨"，使人感到岸梅有情又有意，可爱又可怜。"短短篱"，衬托出渔家小小的院落已盛不下花满枝头的茂梅了。远看，枝枝朵朵的梅花斜压着渔家短短的篱墙，在争芳斗艳；近看，梅花好像带着雨滴，含情又含怨。写出了梅花的娇羞情态。

颔联"惹袖尚余香半日"一句，诗人用夸张的写法赞美梅香。"惹"字实为传神之笔。或有意轻轻攀赏，或无意襟袖牵挂枝条，只要一接触梅花，梅就把特有的馨香给予你。其香不是稍纵即逝，而是半天都感到香气在身。这是写其香的久远。"向人如诉雨多时"，梅花好像带着雨滴，含情又含怨，如同向水上行人、舟中旅人倾吐多雨时的遭遇一样。一枝枝蕴含情怨的岸梅，有如佳人伫立岸畔，望帆去棹归，叹悲欢离合，真切动人。

颈联"初开偏称雕梁画，未落先愁玉笛吹"，诗人用两个较为工整的对偶句写梅花为人们所推崇。由于梅花在百花凋谢之后独放异彩，人们常将其形容为"雕梁画"，一个"偏"字说明梅花异于寻常之花，而独得画工青睐。花未落先愁的则是那玉笛横吹的曲调。"玉笛"，自晋人桓伊作笛曲之后，有人将它改为"梅花三弄"。这样一来，"梅花三弄"不仅可以笛吹，而且还可以琴弹琵琶奏了。这个曲子既抒发了梅花傲霜斗雪的精神，又表达了落梅的愁思。一个"先"字，写出梅花未落之时已有玉笛为其吹奏出哀怨之音。这两句写出梅花从初开到飘落都为人们所注目。初开有画工为之图画雕梁，飘落有玉笛为之吹奏。

尾联"行客见来无去意，解帆烟浦为题诗"，写人们对岸梅的眷念之情。诗人用"来无去意"，写出前来观赏梅花的行客没有离去之意。极写梅的牵人行踪、惹人情思，以至水上行人停舟罢棹，卸帆驻桡，在水之滨专程为岸梅写上一首诗以表敬意。

这首诗的突出艺术特点，是紧扣岸梅运笔，以拟人修辞手法，把岸梅人格化了。即比作伫立岸边的佳人，含情含怨，脉脉无言，给人以美好联想。而"惹袖尚余香半日，向人如诉雨多时"一联堪称写水边之梅的佳句，因为它突出了"斜压渔家短短篱"的岸梅的内在风韵，突出了她含情含怨的心理动态，因而令人回味不已。

崔橹（生卒年不详），唐代诗人，进士，曾任棣州司马。他善于撰写杂文，他的诗作风格清丽，画面鲜艳，托物言志，意境深远。今存诗 16 首。

梅花

唐朝 来鹄

枝枝倚槛照池冰，粉薄香残恨不胜。
占得早芳何所利，与他霜雪助威棱。

唐人以梅入诗者甚多。有人歌咏梅花凌寒早开的风姿，有人歌咏它傲雪吐香的神韵，也有的借梅花所处的凄苦环境和遭遇，寄托身世之感，来鹄的这首诗就是后者。

"枝枝倚槛照池冰"，诗一开头便点出梅花所处的环境：它生长在栏边冰旁，正值"万木冻欲折"（齐己《早梅》）的酷寒之时，因此冰雪的寒威它是在劫难逃。所以下面紧接着写道："粉薄香残恨不胜。"明白交代出梅花所遭的厄运：它的枝头上花瓣不停地飘落，艳粉也被北风吹散，只剩下薄薄的一点。浓郁的香气经过风雪的摧残之后，只剩下微微的余香了。此时的梅花静立北风之中，抱恨无穷！

那么，梅花的不胜之恨主要是什么呢？诗便自然转出以下两句："占得早芳何所利，与他霜雪助威棱。"梅花本为报春之使，在寒凝大地、千里冰封之时，它却冲寒先开，笑对霜雪，给人间带来春的消息。可是它占得早芳之位，率先芬芳有什么好处呢？没有，反倒给那冷酷无情的霜雪帮了忙！让它们随意凌辱、虐杀，借以逞强施威。这是梅花最为不平，也是最难忍受的待遇！

来鹄笔下寒梅这种不幸的命运，实际上是他自己身世的真实写照。他才华超卓，早就有很大的诗名。虽生当晚唐末世，但他素有济苍生、安社稷之志。其诗"倚天双剑古今闲，三尺高于四面山。若使火云烧得动，始应农器满人间"（《题庐山双剑峰》），道出了他的志向。但当时朝政腐败，天下大乱，"唯有碧天无一事"（《山中避难作》）。他四处奔走，却到处碰壁，找不到出路，又屡次举进士，想从科举上找出路，却连遭黜落。军阀混战，腐败的朝政，黑暗的科场硬是把他那如花的美梦打破了，最后客死维扬（今扬州）。其坎坷抑郁的一生确实有似生不逢时的寒梅，在不幸的际遇中寂寞地"凋谢"了。

来鹄之前，李商隐有一首《十一月中旬至扶风界见梅花》寓意与此诗相近，可以作一简单的比较。其诗曰："匝路亭亭艳，非时裛裛香。素娥帷与月，青女不饶霜。赠远虚盈手，伤离适断肠。为谁成早秀，不待作年芳。"李商隐文名早著，受李党之人王茂元知赏，以女妻之，从此触怒牛党，屡受排斥打击，终生郁郁不得志，同那不合时宜的梅花一样不幸。这两首诗在艺术手法上很相近，都是托物言志，借描写梅花的"不幸际遇"曲折地表达自己内心的隐衷。不同的是李诗更为委曲一些，表现的情感也更深沉。来鹄之诗则情感的表达也不如李诗深沉。同时在状物上李诗更为精当传神。如开头两句中的"亭亭艳"与"裛裛香"，惟妙惟肖。而来鹄之诗则略显平直，不如李诗那样富有生气，这是两人艺术功力深浅不同所致。

来鹄（？—公元883年），即来鹏（《全唐诗》作来鹄），唐朝诗人。豫章（今江西南昌市）人。家贫，工诗，曾自称"乡校小臣"，隐居山泽。师韩柳为文，举进士，屡试落第。乾符五年前后，福建观察使韦岫召入幕府。广明元年黄巢起义军攻克长安后，他避游荆襄。其诗作清丽，然怀才不遇，辗转漂泊，故其诗多写羁旅之思、落魄之感，间有愤世嫉俗之作。《全唐诗》存其诗29首。

梅花

唐朝　罗隐

吴王醉处十余里，照野拂衣今正繁。

经雨不随山鸟散，倚风疑共路人言。

愁怜粉艳飘歌席，静爱寒香扑酒樽。

欲寄所思无好信，为人惆怅又黄昏。

古往今来，诗词歌赋中以梅为题者最多。综观之，其所咏之梅不是"疏影横斜""纤影上窗纱"，就是"一枝""一树"或"几树芳"，像罗隐这样以偌大一片梅园为吟咏对象的咏梅诗，实不多见。

首联"吴王醉处十余里，照野拂衣今正繁"，这方圆十余里的梅园，应是指杭州孤山的梅林。相传姑苏台上筑有春宵宫，吴王与宫嫔常在春宵宫中彻夜饮酒，故诗文中常用吴王醉处代指苏州或吴地。苏州、杭州古时均为吴地，杭州孤山梅林在唐朝就久负盛名，"吴王醉处十余里"之梅正是指西湖孤山之梅。"醉"字用得十分巧妙，不仅客观地道出了梅林的处所，而且也蕴含着诗人的主观情感，繁盛的十里梅园，映明了山野，暗香四处浮动，梅枝百态千姿，诗人不禁陶醉在一片梅海之中。

颔联"经雨不随山鸟散，倚风疑共路人言"，传神地写出了梅花的品格。山间初春的风雨，料峭凄寒。山鸟经受不住这种寒冷，哄飞着去寻找避雨的巢穴。梅花却不畏寒冷，始终如一地挺立着，经受着山雨的洗礼。"不随"二字形象地描绘出梅花在山雨中傲然挺立的英姿。一阵寒风从枝隙间刮过，沙沙作响，梅花依然神情自若，好像是在同寒风亲切细语。在这里，诗人运用了衬托和拟人的手法，用山鸟的哄散衬托梅的坚毅品格，用"倚风""言"，活现了梅花的容姿。这容姿与那庭院的"疏影""横枝"相比，又别有一番情韵。

颈联"愁怜粉艳飘歌席，静爱寒香扑酒樽"，紧承颔联，将散发着寒香的梅花同浓艳的桃李相比，坦露了诗人自己的情怀。桃李粉艳盛极一时，取媚于歌舞席上，欣赏者也大有人在，诗人对此感到深深的忧虑和惋惜。忧虑惋惜实非羡慕，诗人所仰慕的是节操凝重、清淡寒香的山梅。"静"字同"飘歌席"相对，写出了诗人所遭受的冷落及不为其所动的节操。"寒香扑酒樽"，道出了诗人与"寒香"的气味投合，是诗人品格的写照。咏物诗多有作者感情的寄托，这首也不例外。诗人早年就有匡时济世的抱负，"恃才傲物，尤为公卿所恶"（《五代史补》），故十试不第。但他仍不肯趋炎附势，苟合于时。寒梅的傲寒不屈，不争春献媚的高尚品格，正是诗人感情、品格的寄托，也是这首咏梅诗的主旨所在。

"欲寄所思无好信，为君惆怅又黄昏"，尾联是说，想把我的感受告诉给那些殊途之人，遗憾的是没有信使传递，在为"飘歌席"的担忧之中度过了又一个黄昏。"惆怅"与颈联的"愁怜"相对应，写出了诗人对这种情形的担忧。在这种担忧之中，也暗示出诗人自己品行的坚定。

这是一首咏物言志诗。诗人以独特的构思，将所见所感挥挥洒洒，次第叙来。在衬托、拟人笔法的运用和形象的描绘之中，展现了梅的雄姿和品格，抒发了诗人的情怀。

罗隐（公元833—910年），字昭谏，新城（今浙江富阳新登镇）人，唐代诗人。以才学出名，诗和文章都很出众，为时人所推崇。举进士屡试不第，乃自编其文为《谗书》，其讽刺小品是他的"愤懑不平之言，不遇于当世而无所以泄其怒之所作"（元·方回《谗书》跋），55岁时归乡依吴越王钱镠，历任钱塘令、司勋郎中、给事中等职。他在唐末五代诗名籍甚，有一些精警通俗的诗句流传人口，成为经典名言。

胡中丞早梅

唐朝　方干

不独闲花不共时，一株寒艳尚参差。
凌晨未喷含霜朵，应候先开亚水枝。
芬郁合将兰并茂，凝明应与雪相宜。
谢公吟赏愁飘落，可得更拈长笛吹。

早，是此诗立意之所在。

开篇就紧扣"早"字，直叙入题："不独闲花不共时，一株寒艳尚参差。""闲花"，指各种类的寻常之花。首联有二重含意，其一，以梅花与"闲花"相比较，严冬时节，百花凋零，独有梅花冲寒而开，愈显其不同凡响；其二，百花不能同时开放，就是同一株梅花，因各部位得阳光水分的差异也有早开晚开，错落不一。一株梅树上，有的枝条蓓蕾乍现，有的嫩蕊初绽，有的却已笑傲寒风。"参差"二字，暗合"早梅"之题。梅开于腊尽春来之际，这是一早，而含苞未放之梅则更早。试想，如果一树梅花已开得花满枝头，似银赛雪，哪能如一株参差独占春先呢？

颔联补叙见梅时间和梅之处所。"凌晨未喷含霜朵，应候先开亚水枝"，早晨，沾满严霜的花蕾仍未绽开，而那贴近水面的枝条总是首先开花的。"亚水"，同压水，写梅枝低俯贴近水面。这两句仍是围绕早梅的设想和猜测。一枝近水，从侧面勾勒出梅花的窈窕倩影，也形象地传出梅花幽独娴静的神韵。一个"喷"字，活画出梅花蕴藏了一冬的能量与激情，只待时至而开的态势。诗人虽然用的是引而不发之语，但读来使人似已见到喷薄怒放的一树梅花。

前两联描摹早梅形态，参差错落，含苞待放，颈联则写早梅的气质和风度。

"芬郁合将兰并茂，凝明应与雪相宜"，香如兰，白如雪。以兰花和白雪比喻梅香与梅色，生动贴切。兰花以幽香见长，南朝·梁元帝萧绎《赋得兰泽多芳草诗》有句："临池影入浪，从风香拂衣，当门已芬馥，入室更芳菲。"言兰花处处香气袭人。雪与梅更是岁寒知己，密不可分。瑞雪与寒梅相映衬，既状严冬景色，又透春天气息，显得虎虎有生气。因此诗人们咏梅时多联想到雪："春近寒虽转，梅舒雪尚飘"（南朝·陈诗人阴铿《雪梅诗》）；"只言花是雪，不悟有香来"（南朝·陈诗人苏子卿《梅花落》）；此诗"凝明应与雪相宜"，不仅指梅雪之间颜色相同，更指它们傲然处世、不畏严酷环境的共性。物以喻人，个中也可见诗人情操。

"谢公吟赏愁飘落，可得更拈长笛吹"，尾联借南朝诗人谢朓咏梅之典，隐约流露出诗人自己的思想感情。谢朓《咏落梅》诗："新叶初冉冉，初蕊新菲菲。……日暮长零落，君恩不可追。"此诗咏梅寄怀，惜梅飘落，表现了对梅花的深情。方干咏的早梅虽与落梅不尽相同，但是诗人已于一株参差之中预见其香消玉殒的结局。因此愁绪满怀。花未开而先愁落，这种复杂感情将何以寄托呢？还是吹奏一曲《梅花落》来寄托悠长的情思吧。

这首诗的显著特点是含蓄委婉。全诗无一处说梅，但通过"寒艳""霜朵""香如兰""白如雪"等词语的形容譬喻，已使读者处处见梅；全诗无一处提早，但"凌晨"见时辰之早，"含霜"见节气之早，近水先开见梅中一枝有得天独厚之早，早梅形象历历如在目中。状物如此，抒情亦然。见花愁落，触景伤怀，诗人并未直言所感，而是借典言情，以长笛诉怨，愁时光短暂，叹平生际遇，发思古幽情，千言万语，尽在一曲凄凉的笛声之中。蕴含隽永，有余音绕梁之韵。

方干（公元 836—888 年），唐代诗人。字雄飞，号玄英，卒后门人私谥曰玄英先生。屡应举不第，遂绝意仕进，隐居鉴湖。曾学诗于徐凝。咸通至中和间，以诗著称江南。多写羁旅之愁与闲适之意，有的抒发怀才不遇、求名未遂的感怀，诗风清润小巧，独具一格。著作有《玄英先生诗集》，《全唐诗》编有方干诗六卷 348 首。

梅花

唐朝　韩偓

梅花不肯傍春光，自向深冬著艳阳。

龙笛远吹胡地月，燕钗初试汉宫妆。

风虽强暴翻添思，雪欲侵凌更助香。

应笑暂时桃李树，盗天和气作年芳。

　　咏梅诗词中，多有托物言志的优秀作品。人们借吟咏梅的贞姿劲质、雪魄冰魂以陶情励操，表达自己的高洁和忠贞。本诗作者韩偓是一个为人正直、有气节操守的人。他生活在动乱的唐代末年，曾甚得唐昭宗的信任，几欲拜相，后因不肯依附权臣朱温而遭贬逐。这首诗当作在遭贬之后。在这首诗中，诗人寄托了自己的身世感慨，将咏物和抒情融为一体，意象鲜明，寓意隽永。

　　开头即不同凡响："梅花不肯傍春光，自向深冬著艳阳。"梅花有了主观意志，它不愿依附于明媚的春光，却自己选择寒冬开放。这里的梅花、春光、深冬、艳阳显然被赋予了象征意义。中国历史上的知识分子内心深处始终摆脱不了不愿人身依附和不得不依附这一对矛盾。联系诗人的经历，可以认为，诗人在这里通过咏赞梅花表达了其追求独立人格的意愿。

　　颔联两句乍一看似乎离题了。"龙笛远吹胡地月，燕钗初试汉宫妆"，"龙笛"，笛名，笛声似水中龙鸣。"胡"，古称北方少数民族。"燕钗"，燕形之钗。在唐诗中，"汉宫"与"胡地"相对出现时，必指王昭君事无疑。如诗僧皎然《王昭君诗》云："黄金不买汉宫貌，青冢空埋胡地魂。"不同的是，一般咏王昭君诗总充满了悲剧气氛，而本诗却毫无悲戚之感。这里王昭君也是不愿"傍春光"而志愿出塞的。如从单纯咏物的角度，这里也可以理解为对梅花的一种拟人化描写：出句指风吹梅枝声，对句指花枝如燕钗形。因此从形、神两个方面看，这两句都紧扣了诗题。

　　颈联赞美了梅花的耐寒和多情。"风虽强暴翻添思，雪欲侵凌更助香"，凛冽的寒风虽然强暴，纷飞的大雪也想侵犯欺凌，却只能给梅花增添香气和情思。梅与风雪素有不解之缘，大概没有咏梅诗词不写到风雪的，正是那雪虐风饕、百花凋零之时，方显出梅花的坚韧耐寒、孤标独树的高格。

　　尾联笔锋一转，"应笑暂时桃李树，盗天和气作年芳"，妖桃艳李，不耐风寒，零落早衰，只能窃取和煦的暖气称艳于春天。因此，梅花对它投以轻蔑的一笑。其实，草木本是无情物，好恶妍媸系于人，历代赞美桃李的诗词也不少。不过在这里，诗人以桃李与梅相对，实际上象征了两种不同的人格。赞美梅花，贬斥桃李，其实质是表达了诗人对高洁情怀和坚贞操守的赞美，对奴颜婢膝、品质卑劣者的贬斥。

湖南梅花一冬再发偶题于花援

唐朝　韩偓

湘浦梅花两度开，直应天意别栽培。

玉为通体依稀见，香号返魂容易回。

寒气与君霜里退，阳和为尔腊前来。

夭桃莫倚东风势，调鼎何曾用不材。

韩偓是写作"香奁诗"的名家，也是题咏景物的能手。他的咏物诗句，不仅构思新颖，刻画精到，且能透过物象形貌，把握其内在神韵，借以寄托自己的身世感慨，将咏物、抒情、感时三者融合一体，具有较强的感染力。这两首都是写景咏怀、托物寄兴的佳作。

诗人目睹湖南蜡梅两次开放的奇特景象，怡然生情，感时抒怀。

"湘浦梅花两度开，直应天意别栽培"，首联直接点题，言湘浦梅花一冬再发，当是上天旨意特别栽培出现的奇景吧。湘浦即湘江之畔，借代指湖南。

"玉为通体依稀见，香号返魂容易回"，颔联着力写蜡梅晶莹的姿质和浓郁的幽香，富有一股空灵神动之气。诗人仿佛可见那梅花通体如玉，奇妙设想花魂也自然随着盈溢的香气容易返回了。"号"，大声喊叫或长鸣，此处以拟人笔法形容梅香馥郁充盈空间。

"寒气与君霜里退，阳和为尔腊前来"，颈联进而歌颂梅花不懈的奋斗和俏不争春、甘愿牺牲的可贵品格：由于你傲霜斗雪的缘故，霜寒之气慄然而退，阳和春暖的时日在寒冬腊月提前到来。"阳和"指春天的暖气。至此，写梅之意已缴足，梅花这一独具风韵、品性，鲜活的报春花形象，已经矗立在读者的心中，令人神往。

然诗人并不满足于此，而是高屋建瓴，乘势急转直下，语含辛辣的讽刺："夭桃莫倚东风势，调鼎何曾用不材"，那妖艳的桃花不要自以为可以倚仗东风之势而得意，须知圣明天子什么时候曾用过没有才能的人担当治理国家重任呢？"夭桃"，艳丽争春的桃花，喻指那些凭借"东风"，挟持君王的权奸、献媚取宠才能平庸的朝廷群小。"调鼎"语出《尚书·说命》："若作和羹，尔惟盐梅"，后因以此为宰相职责的喻称。其结句一股阳刚之气，铿然有声，"含有余不尽之意"（宋·沈义夫《乐府指迷》），启人深思。

诗人爱花成癖，在他现存诗集中，专门以花为题的如《见花》《荷花》《残花》《哭花》等就有十多首，尤对梅花特别喜爱、推崇。这是出于对梅花高洁品质的卓绝认识。他善于捕捉梅花的动态和形象特征，加以精致描写，并往往把它与自己的身世感慨联系在一起，也就成为诗人卓立于世，不愿与群小同流合污的形象写照。诗中的寓意和思想感情表现得非常鲜明而强烈。

诗人本是一个有政治抱负和主张的人，自持具备出将入相的才能，很想有一番作为，但不幸生在唐王朝没落时期，军阀混战，生民涂炭，统治阶级内部残酷斗争无已，诗人也屡遭排挤、贬官，空怀济世之心。诗人壮志未酬的深切隐痛、愤懑，对那些凭倚"东风"，一时得意猖狂的权奸、小人的高度蔑视、指斥，以及借"湖南梅花一冬再发"所寄寓的期待，幻想圣主明君降临，予以恩惠，再度得到"天意"栽培，复出重振朝纲的愿望，这一切，尽皆饱和、交融在结句博大丰厚的内容之中了。

韩偓的诗，其感慨国事，抒发忠悃，感情郁勃，词意深沉诸方面，在晚唐诗人中是独树一帜的。即使是写景之作，也融和着身世之痛、国事之悲。诗人善于将咏物、抒情、感时伤事相结合。对湘浦梅花"两度开"这种奇异景象的偶然发现，竟牵动了诗人的缕缕情思，交织着对身世、怀抱和社会黑暗现实的无限感慨。诗人以情布局，又以景衬情，并善于发现，把握梅花的品格秉性、神韵风采，加入了自己的真实感受，使情景交融，因而情真意切，扣人心弦。读来无不荡气回肠。诗中的蜡梅与天桃、香魂与寒霜，及诗人自己和"不材"等形象，均构成了较鲜明的对比，也使全诗更富有撼动人心，经久不衰的艺术魅力。

韩偓（公元844—923年），字致光，号致尧，小字冬郎，号玉山樵人，京兆万年（今陕西省西安市）人。晚唐大臣、诗人，"南安四贤"之一。历任左拾遗、谏议大夫、度支副使、中书舍人。韩偓才华横溢，是晚唐著名诗人，被尊为"一代诗宗"。其诗中，最有价值的是感时诗篇，纪事与述怀相结合，用典工切，有沉郁顿挫的风味，善于将感慨苍凉的意境寓于清丽芊绵的词章，悲而能婉，柔中带刚。写景抒情诗构思新巧，笔触细腻。而最大的特色，还在于从景物画面中融入身世之感，即景抒情，浑涵无迹。有诗集《玉山樵人集》，《全唐诗》收录其诗280多首。

梅

唐朝　郑谷

江国正寒春信稳，岭头枝上雪飘飘。

何言落处堪惆怅，直是开时也寂寥。

素艳照尊桃莫比，孤香黏袖李须饶。

离人南去肠应断，片片随鞭过楚桥。

唐诗中咏梅之作大多是吟咏梅花的欺霜傲雪的坚贞品格，而郑谷笔下的梅花却颇多柔情。

这首诗借梅花寄托了与友人分别的孤独寂寞之感。

首联两句点明了梅花开放时的气候特征。"江国正寒春信稳，岭头枝上雪飘飘"，是说江南正处在寒气笼罩之中，而春天的消息迟迟未到。山岭上、树枝上都飘拂着纷纷扬扬的雪花。从这两句中，我们不难看出梅花所处的环境是很不如意的。诗人用"稳"字喻春天姗姗来迟，形象、生动，给人以深刻的印象。

颔联主要致力于表现梅花的寂寞、孤苦。"何言落处堪惆怅，直是开时也寂寥"，在寒气凝重、雪花飞舞中开放的梅花，命运是不佳的，不要说它凋落时令人发愁，就是它正在开放时也是寂寞孤独的。突出了梅花深重的孤寂之感。

颈联将梅与桃、李相比，以说明梅的高洁气质。"素艳照尊桃莫比"，"尊"，指酒器。这句是说，把梅花折下放在室内，它的秀丽姿容映照在酒器中，就是桃花也不能和它相比。"孤香黏袖李须饶"，是说把梅花拿在手中，它的浓郁香气似乎黏在衣袖上，其芬芳的香味使李花甘拜下风。"饶"，退让。这两句虽未正面描绘梅花之美之香，但由于把它与桃花、李花对比，用"莫比""须饶"突出了梅花超脱世俗的气韵。

以上两联所描绘的梅花虽然秀美幽香，却具有浓重的孤独无伴之感，使人似乎能听到梅花的愁怨之声，这是为什么呢？在尾联中，诗人写出了答案。

"离人南去肠应断，片片随鞭过楚桥"，"楚桥"，楚地之桥。这两句意思是说，由于友人的南去，多情的梅花也应愁断肠，而纷飞飘落的梅花瓣，也不忍与友人离开，随着离人的马鞭子飞过了楚地之桥。花瓣飘落本是一种自然现象，与"离人南去"毫无关系。然而，诗人在此处却说梅花片片飞落是因与"离人"恋恋不舍而致。这两句意在表现诗人与梅花在心境上的契合。读到这里，我们对于此诗中梅花黯淡、孤苦的原因也就恍然大悟了。

这首咏梅诗，虽然在唐代咏梅诗中并非超拔之作，但其言情谋篇均有自己的特点，尤其中间四句，既写出了梅花的娇艳、馨香，又写出了梅花的孤独无伴；既上承"岭头枝上雪飘飘"，又下引"离人南去肠应断"，其中又暗寓诗人自尊自悲之情。诗贵在善于抒情，此诗在平淡中见深沉，这正是它的抒情特色。

郑谷（约公元 851—约 910 年），字守愚，唐朝末期著名诗人。袁州宜春（今江西宜春市袁州区）人。僖宗时进士，官都官郎中，人称郑都官。又以《鹧鸪诗》得名，人称郑鹧鸪。其诗多写景咏物之作，表现士大夫的闲情逸致。风格清新通俗，但流于浅率。曾与许棠、张乔等唱和往还，号"芳林十哲"。《全唐诗》收入其诗 327 首。

早梅

唐朝　齐己

万木冻欲折，孤根暖独回。
前村深雪里，昨夜一枝开。
风递幽香出，禽窥素艳来。
明年如应律，先发望春台。

齐己是乡下贫苦人家的孩子，从小一边放牛一边读书，学习非常刻苦。几年后，能够吟诗作赋，被寺院长老发现，收进寺里做和尚。一年冬天，刚刚下过一场大雪，清晨齐己出去，被眼前的一片雪白吸引住了，突然前方的几枝报春的梅花引来了报春鸟围着梅花唱歌，齐己被这景色惊呆了，回寺后，马上写下了《早梅》这首诗。诗人以清丽的语言，含蕴的笔触，刻画了梅花傲寒的品性，素艳的风韵，坚强地盛开，并以此寄托自己的意志。其状物清润素雅，抒情含蓄隽永。

首联即以对比的手法，描写梅花不畏严寒的秉性。"万木冻欲折，孤根暖独回"，是将梅花与"万木"相对照：在严寒的季节里，万木经受不住寒气的侵袭，简直要枝干摧折了；唯独梅树却凝地下暖气于根茎，依然充满了生机，传递出丝丝暖意。

颔联"前村深雪里，昨夜一枝开"，诗人以山村野外一片皑皑深雪，作为孤梅独放的背景，描摹出十分奇特的景象。"一枝开"是诗的画龙点睛之笔：梅花开于百花之前，是谓"早"；而这"一枝"又先于众梅，悄然"早"开，更显出此梅不同寻常。此联描绘了一幅十分清丽的雪中梅花图：雪掩孤村，琼枝缀玉，那景象能给人以丰富的美的感受。

颈联"风递幽香出，禽窥素艳来"，侧重写梅花的幽香和姿色。"递"字，是说梅花内蕴幽香，随风轻轻四溢；而"窥"字，是着眼梅花的素艳外貌，形象地描绘了禽鸟发现素雅芳洁的早梅时那种惊奇的情态。鸟犹如此，早梅给人们带来的诧异和惊喜就益发见于言外。

尾联语义双关，感慨深沉："明年如应律，先发望春台。"诗人希望来年寒梅仍能应时早开，而且开得更多，以自己的素艳幽香映照望春台，装点人间。这里的"望春台"既有"望春"的含义，又指京城。诗人早年曾热心于功名仕进，是颇有雄心抱负的。然而，科举失利，不为他人所赏识，故时有怀才不遇之慨。他不甘于前村深雪"寂寞开无主"的境遇，而是满怀希望：明年（他年）应时而发，在望春台上独占鳌头。辞意充满着自信。

这首诗，突出了早梅不畏严寒、傲然独立的个性，创造了一种高远的境界，隐匿着自己的影子，含蕴十分丰富。通观全篇，首联"孤根独暖"是"早"；颔联"一枝独开"是"早"；颈联禽鸟惊奇窥视，亦是因为梅开之"早"；尾联祷祝明春先发，仍然是"早"。首尾一贯，处处扣题，很有特色。

关于"一枝"二字，还流传着一段佳话：据元代辛文房所编撰的《唐才子传》记载，这句在齐己的原诗中本为"昨夜数枝开"，他拿着这篇新作请教郑谷，郑谷说："'数枝'非早也，未若'一枝'佳。"齐己立即虚心修改，并称郑谷为"一字师"。这段佳话和这首诗一起千古流传，脍炙人口，在后来的咏梅诗中常被引用。

齐己（公元863—937年），唐朝晚期著名诗僧。出家前俗名胡得生，晚年自号"衡岳沙门"，湖南长沙宁乡县人，出家后，更加热爱写诗。成年后，出外游学，自号"衡岳沙弥"。游览许多风景名胜，丰富写作素材，创作了不少佳作。著有《白莲集》十卷、诗论《风骚指格》一卷传于后世。《全唐诗》收录了其诗作800余首，数量仅次于白居易、杜甫、李白、元稹而居第五。

旅馆梅花

唐朝 吴融

清香无以敌寒梅，可爱他乡独看来。

为忆故溪千万树，几年辜负雪中开。

这首诗表现的是诗人感物生情及对家乡深切思念的心理状态。

"清香无以敌寒梅",是啊,梅花高洁醇香,世间任何一种花都无法与之匹敌。诗人不直接描绘梅花的清香,而是通过和世间其他花卉相比较,来赞美梅花的清香,从而流露出他乍一看到梅花时的淡淡喜悦之情。"可爱他乡独看来",梅花如此可爱,而自己却"独在他乡为异客",只能独自一人在梅之中流连徘徊。这就给诗人刚萌生的淡淡喜悦又罩上了一层淡淡哀愁的阴影。

诗人何以会面对清香四溢的旅馆梅花,感到如此孤独悲哀呢?"为忆故溪千万树",原来是由于诗人回忆起家乡小溪旁边那成千上万树傲然盛开的梅花了!诗人的故乡在越州的山阴,即今天的浙江省绍兴。那一地区盛产梅花,每至早春,村旁、路边、溪畔、山麓,树树梅花,争奇斗艳,美不胜收。"几年辜负雪中开",诗人多年以来,远离家乡,远离亲人,虽然家乡的万千梅花依然年年届时傲霜雪而怒放,而自己却无由归去,完全辜负了家乡那树树梅花。这就是诗人思想感情由喜变忧的真正原因。

这首诗大约写于吴融流落荆南这一时期内。唐昭宗龙纪元年(公元889年),吴融进士及第后,曾一度随西川节度使韦昭度讨蜀,表掌书记。后来因受他人牵连而丢掉官职,流落荆南一带,依附荆南节度使成讷。唐代的荆南包括现在的湖南、湖北和四川东部一带,那里也是梅花的产地。仕途的坎坷失意必然会触发他对家乡的思念,而旅馆梅花则成为他倾吐这种无尽乡情的媒介。诗人正是运用这种"感物而动,托物而陈"的方法,借眼前景而抒发心中的块垒,尽情倾吐"一寸乡心万里回"(《灵池县见梅》)的缕缕情思。

这首诗在构思谋篇上兼顾了时间和空间的变换,虽然涉及内容相距几年,相隔千里,却又时时处处紧紧围绕思念家乡这一中心,做到了首尾呼应,层次分明,是一首借咏花以抒乡情的好诗。

吴融(生卒年不详),字子华,唐代诗人。越州山阴(今浙江绍兴)人。昭宗龙纪元年(公元889年)登进士第。先后任翰林学士、中书舍人、户部侍郎、翰林学士承旨。其诗歌基本上属于晚唐温庭筠、李商隐一派,多流连光景、艳情酬答之吟唱,很少触及重大社会主题,也有少数感时怀事或托古讽今的篇章,包含比较浑融疏淡的意境。其诗的最大特色,在于将温李的缛丽温婉引向凄清的一路。

梅花

唐朝　崔道融

数萼初含雪，孤标画本难。

香中别有韵，清极不知寒。

横笛和愁听，斜枝倚病看。

朔风如解意，容易莫摧残。

　　这首诗前四句描写了梅花的颜色、气质和神韵。"数萼初含雪，孤标画本难"，几枝梅花初放，花萼中还含着白雪；梅花美丽孤傲，即使要入画，都会担心难画得传神。诗一开始，就描写了梅花初绽乍放，洁白如雪的颜色。虽有孤高绝俗的气质，但却不能淋漓尽致地表现于画中。"香中别有韵，清极不知寒"，这两句写梅花花香中别有韵致，清雅到极致，都不知道冬天的寒冷。她素雅高洁，不畏寒霜，淡淡的香气中蕴含着铮铮气韵。"孤标画本难""清极不知寒"，尽传梅花之精神，突出了严寒中的梅花清香雅致、坚忍顽强、傲然独立的品格。

　　后四句重在抒情。"横笛和愁听，斜枝倚病看"，笛声是最易引起人之愁思的。何况笛声中更有《梅花落》之曲，因而这横笛声中很容易引起人惜花惆怅之情。诗人病躯独倚，在一片寒香混着笛声的景象中，诗人隐隐动了恻隐之心："朔风如解意，容易莫摧残。"北风如果理解我怜梅之意，千万不要轻易予以摧残，让她多开些时间吧。"容易"，这里作轻易讲。"朔风"，即北风，诗人对北风的嘱托，即是诗人爱花惜花，恐其早谢心情的表露。也许诗人带病观梅，笛声更易拨动他惜花的心弦吧。寒梅初开即恐其落. 这里应隐含着诗人对人生的伤叹。

　　崔道融（？—907 年），荆州（今湖北江陵）人，唐末诗人。乾宁二年（公元 895）前后，任永嘉县令。累官至右补阙。后避居于闽，因号"东瓯散人"。与司空图为诗友，人称江陵才子。工绝句，《全唐诗》录存其诗近 80 首。皆为绝句。其风格或清新，或凝重，富有变化。

醉中咏梅花

五代　李建勋

十月清霜尚未寒，雪英重叠已如抟。
还悲独咏东园里，老作南州刺史看。
北客见皆惊节气，郡僚痴欲望杯盘。
交亲罕至长安远，一醉如泥岂自欢。

　　这首咏梅诗，既不赞梅花冷俊素雅的风姿，也不羡梅花傲霜斗雪的坚贞品格，却为一树梅花的早放而伤悲。堪称别具一格的咏梅之作。

　　梅花开于严冬腊月，傲寒斗雪是它的天性。如果在尚未寒冷的情况下，过早开放，不管它如何好看、漂亮，也是不合时宜的。因此，它非但没引起诗人赏花的兴致，反而勾起诗人的万端愁绪。

　　李建勋本是陇西人，很有才华，生逢南唐动乱的年代。他仕途失意，曾被免官，后又启用。同时长期滞留他乡，又值老年寂寞。因此当他看到那开花不适时宜的梅花就联想到自己的生不逢时，于是就借咏梅而自伤迟暮，倾诉隐衷。这正是"情以物迁，辞以情发。"

　　首联两句是全诗的引线，点出梅花在"十月清霜尚未寒"的季节里，就"雪英重叠已如抟"，这是不合时宜的。引出以下诸联的许多感伤。

　　颔联上句紧承上文，写出诗人特别感到悲伤的是"独咏东园里"，表达诗人当时孤独寂寞的心情。下句写诗人看到这一树早开的梅花，正是他"老作南州刺史"时，这两句是以老年孤寂的心境映衬梅花的开不适时。

　　颈联上句写来访的北方客人们见到南方梅花开放的情景，不以为喜反以为怪。以"见皆惊节气"来印证梅花早放的不适时宜。下句写当地的同僚们对梅花开放的反应是"痴欲望杯盘"，简直是视而不见，麻木不仁。这里暗示了诗人当时为官的处境，就像这不适时宜的梅花一样，从而感伤自己世无知音之苦。

　　尾联上句"交亲罕至长安远"是诗人感伤情绪的顶点，这诸多愁绪中，最使他伤心的是长期滞留异乡，知交亲朋却远在长安，内心的痛苦无处诉说。于是在结尾一句发出"一醉如泥岂自欢"的感慨。这是一个反诘句，意思是，在这样的处境中，我怎能一醉如泥自己欢乐呢？实际上是说，我只能以酒浇愁，一醉解千愁啊！"醉"字点明了题意。

　　这首咏梅诗立意新颖独到，全篇围绕梅花的开不适时而展开，语意层层深入。但在语言运用上有些显露，言尽意亦尽，明快有余、含蓄不足。

李建勋（约公元872—952年），字致尧，五代诗人。少好学能属文，尤工诗。南唐主李昪镇金陵，用为副使，预禅代之策，拜中书侍郎同平章事。升元五年（公元941年）放还私第。嗣主李璟，召拜司空，以司徒致仕。著有《钟山集》二十卷。

介庵赠古墨梅酬以一篇

五代　詹敦仁

开屏展素看梅花，淡蕊疏枝蓦蓦斜。
墨散余香点酥萼，月留残影照窗纱。

墨梅：用水墨画的梅花。

清人徐沁《明画录》说："古来画梅者，率皆傅彩写生，自北宋花光僧仲仁，始以墨晕创为别趣。觉范效之，辄用皂子胶画于生绡扇上，灯月之下，横斜宛然。嗣是尹白祖花光一派，流传至南宋扬补之，始极其致。"徐氏把我国墨梅画的创始人定位在北宋华光，并不妥切，实质上墨梅早创见于唐五代，介庵赠给詹敦仁的"古墨梅"，时代应比詹敦仁、介庵生活的五代还要早，至迟约当晚唐时代。这首题画诗可补画史资料之不足。

这首题画诗，写得极美，它抯取墨梅之神韵，摄取绘画美的特质，构成极为传神、令人陶醉的诗歌意境。

首句"开屏展素看梅花"，打开条屏，展开画面，一幅墨梅图呈现在眼前。叙述展屏看梅花图的过程，平平写来。以下三句全部描写墨梅。"淡蕊疏枝蓦蓦斜"，"蓦蓦"，花枝倾斜的样子。淡淡的花蕊，稀疏的枝条，横斜在窗前月下。"墨散余香点酥萼"，"酥萼"，柔美的花萼。笔墨含香，点出柔美的花萼，发出阵阵幽香，墨香、梅香，浑然一体。"月留残影照窗纱"，明月洒下清辉，照着梅花的疏枝花萼，在窗纱留下潇洒的身影。

诗人抓住墨梅的淡蕊、疏枝、梅香及月光，将色、香、光、影、形、神等因素组合起来，构成清幽、淡雅、朦胧的境界，它完全可以和宋代林逋的"疏影横斜水清浅，暗香浮动月黄昏"（《山园小梅》）的意境相媲美。

詹敦仁（公元914—979年），五代诗人。字君泽，后周显德二年（公元955

年）为福建安溪首任县令，追封靖惠侯。先世河南光州固始人。祖父詹缵随王审知入闽，任前锋兵马使，后退居仙游县植德山下。《全唐诗》《全唐诗补编》共存其诗 19 首。

梅花

五代　李中

群木方憎雪，开花长在先。
流莺与舞蝶，不见许因缘。

李中的这首咏梅诗侧重对梅花"开花长在先"的歌咏上。

这首小诗从语言到内容，并没什么深奥奇警之处，只不过写了在冰封雪地里，梅花最先开放这一平常的自然现象。可细读之，就会发现这首平淡自然的小诗，在意境上却别有一番风味。

一、二句"群木方憎雪，开花长在先"，用对比的手法，写梅花耐寒的秉性。把群木和梅花相对比，其独到的是把群木与梅花拟人化，不做形态上的对比，而是从二者对"雪"的心理反应上进行对比。正当群木为寒冷所侵袭，冻得受不了而怨恨诅咒着冰天雪地之时，梅花却在皑皑白雪中笑脸先开，"昂首怒放"了，"方憎雪"是传神之笔，反衬出梅花傲寒斗雪的品格。

三、四句"流莺与舞蝶，不见许因缘"，写梅花与"流莺""舞蝶""不见许因缘"，这是从另一个侧面赞誉梅花的"开花长在先"。因为只有"待到山花烂漫时"，才有"流莺与舞蝶"，可到那时，梅花"已在丛中笑"了。这里把"流莺""舞蝶"暗喻成世俗，反衬梅花的与众不同，表现梅花超凡脱俗的性格，可谓立意新颖。

这首诗通篇无一字提及梅花。但梅花的冷峻素艳、不畏严寒、傲然独立的形象却树立在我们面前。诗人创造了一个高远的境界，赞誉梅花，隐匿着自己的影子。这也是作为咏物诗的成功之处。

李中（约公元 920—974 年），字有中，江西九江人。五代南唐诗人。为新涂、淦阳、吉水三县令，仕终水部郎中。一生多任县级小吏，政治上不得志，毕生有志于诗，成痴成魔，勤奋写作，自谓"诗魔"。深思苦吟，创作了大量的诗篇佳作。绝似方干、贾岛。有《碧云集》三卷，今编诗四卷。

梅花二首

五代　李煜

其一

殷勤移植地，曲槛小栏边。

共约重芳日，还忧不盛妍。

阻风开步障，乘月溉寒泉。

谁料花前后，蛾眉却不全。

其二

失却烟花主，东君自不知。

清香更何用，犹发去年枝。

此诗题为《梅花》，却不是一首咏物诗，而是咏叹与梅花相关的人和事。据《全唐诗》载："后主尝与周后移植梅花于瑶光殿之西，及花时，而后已殂，因成诗见意。"

首联"殷勤移植地，曲槛小栏边"，起句"殷勤移植"语，即指这次移植梅花之事；"移植地"便是"瑶光殿之西"的"曲槛小栏边"。李煜、周后（即昭惠皇后）都是极富雅趣之人，又凭着帝王皇后的特殊条件，便为自己的生活极力营造出优美的氛围。他们以销金红罗罩壁，以绿钿刷丝隔眼，糊以红罗，种梅花其外，兴之所至，便有了移植梅花之事。

次联"共约重芳日，还忧不盛妍"，意思是记得当时还曾担心，梅花"重芳日"，只恐"不盛妍"，担心梅花开得不艳丽。唯其如此，第三联便接着说："阻风开步障，乘月溉寒泉。""步障"，用以遮蔽风尘或视线的一种屏幕。为了给梅花"阻风"，这两位形影相随的伴侣还特意为梅花牵开了漂漂亮亮、长长宽宽的"步障"；为了给梅花浇水，也还曾不辞"乘月"披星之劳。实指望来年能观赏到夫妻共同移植、一块浇灌的梅花的艳美风姿。

可是，"谁料花前后，蛾眉却不全"，又有谁能料到花开前后，这正该供夫妻共赏同乐的美景良辰，而"蛾眉却不全"，"蛾眉"，女子长而美的眉毛，常作美女代称。这里借指周后。这一慨叹，紧承在语意上逐层推进的前三联而发，于升至极高处的波峰浪尖，忽发哀音，跌入深潭，凄恻动人，给读者心灵以强烈冲击。

最后两联写诗人睹花思人的感伤。"失却烟花主，东君自不知"，"东君"，司春之神。失去了栽培梅花的主人，春神全然不知，依然让百花盛开。诗人感叹道："清香更何用，犹发去年枝。"没有心爱的人来欣赏，梅花的清香还有什么用呢？何况还是在去年树枝上开的花！去岁花依旧，故人已全非。诗人内心的痛苦真是难于言表。

李煜（公元937—978年），出生于江宁府。原名从嘉，字重光，号钟山隐士、钟峰隐者、白莲居士、莲峰居士，唐元宗李璟第六子，南唐末代君主、诗人。建隆二年（公元961年），继位，尊宋为正统。开宝八年（公元975年），兵败降宋，被俘至东京，封违命侯。太平兴国三年（公元978年）七月七日，李煜死于东京，追封吴王。世称南唐后主、李后主。他精书法、工绘画、通音律，诗文均有一定造诣，尤以词的成就最高。继承了晚唐以来温庭筠、韦庄等花间派词人的传统，语言明快、形象生动、用情真挚，风格鲜明，其亡国后词作更是题材广阔，含意深沉，在晚唐五代词中别树一帜，对后世词坛影响深远。

宋朝、金朝咏梅诗词赏析

枯梅

宋朝　马知节

斧斤戕不死，半藓半枯槎。

寂寞幽岩下，一枝三四花。

　　梅花树的寿命极长。老枝怪奇，骨骼清癯。这首咏枯梅诗，就是赞扬枯梅虽屡遭磨难，但仍能顽强坚韧地生长着，有一点活力，也要开放出幽香怡人的花朵。

　　开端一句"斧斤戕不死"，写出枯梅虽然屡遭砍柴人斧祸，但仍能顽强地活着，既扣诗题枯梅，又表明这是山边的野梅。无人培植经营，伤痕累累，残体断枝，尽在不言中。次句"半藓半枯槎"，写枯梅的形象。半活半死的枝槎，活着的梅干残枝呈现出紫褐色，有斑驳纹，小枝呈绿色，已长上一层苔藓；一半枯死的残断枝槎，干枯腐朽。半枯半死是斧斤戕伐的结果。形象残破，遭际悲惨。既补足首句斧斤戕伐的结果，又活现了枯梅的形象。从而唤起了人们对枯梅的同情和为之鸣不平。

　　第三句"寂寞幽岩下"，写枯梅生长的环境。它生长在僻幽的山岩下，孤独寂寞，无人问津。因而屡遭砍柴人的斧斤，取其枯干残枝作柴烧。这种处境，极其严峻，为下一句做了铺垫。结尾句"一枝三四花"，看似平常，但对枯梅来说却是超常现象。梅花开放，一枝常是一至二朵，有短梗，浅粉色与白色，清香袭远，这是正常的生命旺盛的梅花。而枯梅在僻静的高山峰岩下寂寞独生，不仅无人爱护与培植，反而屡遭砍伐，带伤求生犹难活，况且开出常花呢！然而，出人意料，超乎常理，它却放出园梅所不能开出的多而香的花朵。对于枯梅来说是奇迹。结尾点明主题，振起全诗。句绝而意未绝，启人深思。枯梅自强不息，精神多么可贵。

　　这是一首咏枯梅的绝句，平叙中出奇意，句绝而意未绝。又可从中吸取忍辱负重、自强不息的精神力量。

　　马知节（公元955—1019年），字子元，幽州蓟县（今天津市蓟州区）人。北宋初年名臣。宋太宗时，以荫补为供奉官，赐名知节。宋真宗时曾任枢密副使，累官至彰德军留后、知贝州兼部署。他为人刚直不阿，又治政有方，深受百姓爱戴。有文集二十卷，今已佚。《全宋诗》《全宋文》辑录有其作品。

大石岭驿梅花

（己卯十一月十三日）

宋朝　王周

仙中姑射接瑶姬，成阵清香拥路岐。
半出驿墙谁画得，雪英相倚两三枝。

　　己卯年：宋太宗赵炅太平兴国四年（公元979年）。

　　这首小诗题咏大石岭驿梅花，是诗人对其《施南路偶书》诗中描绘的"大石岭头梅欲发，南陵陂上雪初飞"意境的进一步阐发。全诗显得生机勃勃，情趣盎然，富有艺术魅力。

　　首句"仙中姑射接瑶姬"，写仙女中的姑射与瑶姬相连相接的神姿仙态。"姑射"，神仙或美人之称。见《庄子·逍遥游》："藐姑射之山，有神人居焉，肌肤若冰雪，绰约若处子。""瑶姬"，是中国古代汉族神话传说中居于巫峡一带的神女，传说为南方天帝（即炎帝、赤帝）之女。也作"姚姬"。"姑射"和"瑶姬"均比拟早春绽蕾竞开的梅花。其花多为白色和淡红色，单生或两朵齐出，先叶开放。此句写梅花红白相依，神奇妩媚的身姿，秀色天成，可想见那怡人的清香和相倚接簇拥的飘动感，令人神往，真是一种美的享受和陶冶。有这一句奠定基础，就很自然引出对梅花的进一步描绘和赞美。下句诗中的"拥"字，也就有了落实之处。

　　次句"成阵清香拥路岐"，紧承首句，言梅花竞相绽开，在岔路要道上散溢着阵阵浓郁的清香。"岐"通"歧"，即岔道。大石岭在江西广丰县南，为南乡入城要路。此地设有驿站，为投递公文、转运官物及供来往官员休息之处。"拥"，指梅香馥郁、弥漫、横溢，极有动感，梅树之多，梅花开放之盛亦可以想见。诗人将视觉、嗅觉、感觉相交织，描绘了一幅梅花相接、梅香盈路、色彩绚丽的图画。从这幅美艳动人的画景中，读者也仿佛听到了新春将临的信息和脚步声。

后二句"半出驿墙谁画得，雪英相倚两三枝"，"雪英相倚"指雪花和梅花，红白相间，相互依偎，相映成趣。有这样的数枝梅花已经半露，伸到驿墙之外，极有一种顽强的、活跃的生命力之感。"半出"之"出"和上句中的"拥"，俱是全诗的"眼"，含韵生动，底蕴丰富。"谁画得"，一声发问，实是反诘肯定，梅花的这种精神，它的风采、神韵，有谁能画得出呢？诗人写意传神，进行细部勾勒，似特写镜头和电影蒙太奇手法，突出"两三枝"跃出驿墙的梅花，为我们绘制了又一幅情趣盎然、含蓄蕴藉的意境画面。

这首诗无疑是王周诗卷中的精品，不失为一篇立意新颖、意境隽永的咏物诗的佳作。后代诗家，如南宋叶绍翁脍炙人口的诗句"满园春色关不住，一枝红杏出墙来"（《游园不值》），陆游的"杨柳不遮春色断，一枝红杏出墙头"（《马上作》），和此诗都有一"出"字，把美物（红杏、梅花）拟人化，颇有异曲同工之妙，诗的立意、构思和表现手法，俱多有相似之处。由此，可以看出后代诗人当受王周这首诗的影响，并从中吸取了有益的营养和借鉴。

王周（生卒年不详），北宋诗人。明州奉化（今属浙江）人。真宗大中祥符五年（公元1012年）进士，乾兴元年（公元1022年）以大理寺丞知无锡县，后知明州、抚州，皇祐四年（公元1052年）致仕，归荆南。王周旧被误为唐人，今以清康熙四十一年席启寓琴川书屋影刊宋本《百名家全集·王周诗集》为底本校正。存诗113首。

山园小梅二首

（其一）

宋朝　林逋

众芳摇落独暄妍，占尽风情向小园。

疏影横斜水清浅，暗香浮动月黄昏。

霜禽欲下先偷眼，粉蝶如知合断魂。

幸有微吟可相狎，不须檀板共金樽。

林逋擅作咏梅诗，其咏梅诗后人合称为"孤山八梅"，还有一首咏梅词《霜天晓角》。"孤山八梅"不尽是写孤山居处的梅花，其中《梅花》三首，是泛写西湖沿岸外出探梅之事。其余的《山园小梅二首》《又咏小梅》《梅花二首》是吟咏隐居小园梅花的。其中《山园小梅二首》时间最早。题称小梅，当是隐居孤山之初咏新栽不久之梅所作。

此诗赞颂了冲寒盛放的冬梅暗香疏影的幽雅韵致，高标独绝的秀朗风情和清丽身姿，也借咏梅来表白自己超尘绝俗的高尚情操。

诗的开头，先写梅花的品质不同凡花。"众芳摇落独暄妍，占尽风情向小园"，百花飘零凋谢，独有梅花却茂盛妍丽地开放。小园中只有她占尽美好的风光。它那纯洁的花朵给人以鲜亮清新之感。梅花释放香气，也显现了纯洁的品格。"众芳摇落"和"独暄妍"对比分明，尽显"山园小梅"的高洁、孤傲与自信。歌颂了梅花的傲雪耐寒，寄托了诗人在逆境中坚贞不移的品格，

"疏影横斜水清浅，暗香浮动月黄昏"，这一联诗，历来被诗论家誉为咏梅的绝唱。梅花的美，不同于牡丹的富丽，更不同于桃花的夭艳，而是一种淡雅和娴静的美。这一联诗，正完美地表现出梅花的这种淡雅和娴静。上句，疏疏落落的梅枝，纵横交错，映在清浅明澈的池塘中。写的是姿态，但又不是直接写姿态，而是着重写水中的梅影，所以，读者更加感到她的摇曳多姿。下句，黄昏的淡月下，飘散着缕缕幽香，这是写梅花的香气，是那种淡淡的幽香，所以很雅致，很有韵致。而姿态、气味之所以给人这样的美感，是因为诗人把这些放在一个特殊的背景下来写。疏落的梅枝，是倒映在水中，读者感受到的是摇曳的梅影，着笔处是水，而且是清浅明澈的水；缕缕幽香，是在月下游动飘散，这里，月也是黄昏的初月，是在淡淡的月下。这样写，环境气氛，与梅花的姿态幽香显得十分和谐协调，恰到好处。尤其是"疏影""暗香"二词用得极好，既写出了梅花稀疏的特点，又写出了它清幽的芬芳。"横斜"描绘了它的姿态，"浮动"写出了它的神韵。再加上黄昏月下、清澈水边的环境烘托，就更突出了梅花的个性，绘出了一幅绝妙的溪边月下梅花图。那静谧的意境，朦胧的月色，疏淡的梅影，缕缕的清香，确实令人陶醉。

"霜禽欲下先偷眼，粉蝶如知合断魂"，是说霜禽、粉蝶对梅花的态度，从侧面加强前面一联描绘出来的梅花的美。霜禽，既指寒霜中的飞禽，也指禽的毛羽洁白如霜。霜禽想要在梅枝上停息，必须先偷眼看看。这里写出了霜禽对梅花不敢随随便便，而是既爱且敬。粉蝶如果知道有梅花，也一定是对她无限深情。这样，梅花的美又从其他动物如何对待她的态度中表现出来了。在写法上，上句，霜禽欲下当是实写；下句，梅花开放时并没有粉蝶，所以用"如""合"这样假设猜度的语言，是虚写。用词是十分讲究的。

"幸有微吟可相狎，不须檀板共金樽"，这是说，可以亲近梅花的，幸喜还有低吟诗句那样的清雅；而不须要酒宴歌舞这样的豪华。诗人在这里赋予梅花以人的品格。这个"人"，不是那种空虚庸下追求物质享受的俗人，而是品格高尚的风雅之士。这样，诗中的梅花形象，就带有诗人本人浓厚的感情色彩。诗人与梅花就不是客观的描写与被描写的关系，而是达到了精神上的无间契合。

全诗之妙在于脱略花之形迹，着意写意传神，因而用侧面烘托的笔法，从各个角度渲染梅花清绝高洁的风骨，这种神韵其实就是诗人幽独清高、自甘淡泊的人格写照。

这首诗的影响十分深远。"疏影"一联，被称为千古绝唱。南宋诗人陈与义说："自读西湖处士诗，年年临水看幽姿。晴窗画出横斜影，绝胜前村夜雪时。"（《和张矩臣水墨梅五绝》）他认为林逋的咏梅诗，已压倒了唐代诗人齐己《早梅》诗中的名句"前村深雪里，昨夜一枝开"。南宋诗人王十朋对其评价更高："暗香和月入佳句，压尽今古无诗才。"（《腊日与守约同舍赏梅西湖》）后来词牌中的《梅花塘》以及《暗香》《疏影》等，都是从林和靖的这首诗中得到启发。

山园小梅二首

（其二）

宋朝　林逋

剪绡零碎点酥乾，向背稀稠画亦难。

日薄从甘春至晚，霜深应怯夜来寒。

澄鲜只共邻僧惜，冷落犹嫌俗客看。

忆着江南旧行路，酒旗斜拂堕吟鞍。

此诗同上首一样，是诗人隐居孤山之初咏新栽梅之作。

首联"剪绡零碎点酥乾，向背稀稠画亦难"，从形态上描绘梅花。新开的梅花像剪碎的丝巾点抹的凝酥一样小巧玲珑，向阳的和背阴的颜色有深有浅，自然柔和，想画下来也很难。这里用精细轻薄的丝织品绢和油酥制品来比喻梅花的滋润柔美，十分传神。这在宋代诗词作品中不乏其例，如苏轼《蜡梅》诗中就有"天工点酥作梅花"的句子。"向背""稀稠"描绘了在白天丽日高照下的梅花风姿。写出园中小梅花开的形态，突出其优雅。

颔联"日薄从甘春至晚，霜深应怯夜来寒"，用拟人手法，说梅花在整个白天直到日薄西山这段时间里，可以尽情地享受春天的温暖；但到夜幕降临的时候，在严霜的侵袭下，梅花可能要受不了吧。梅花本来是以其经霜耐寒的品格受到人们称赞的，"霜深应怯"的顾虑似乎大可不必，但正是这不必要顾虑的顾虑，才能表达出诗人对梅花的无比深情。

颈联"澄鲜只共邻僧惜，冷落犹嫌俗客看"，赞美梅花孤高绝俗的品性。清新鲜艳的梅花只能让相邻的僧人爱惜，虽遭世人冷落，也不愿意让俗气的人欣赏。把邻僧和俗客对举，是因为佛门弟子信奉清静无为的教义，往往和隐逸之士的思想非常合拍，这在历史上是屡见不鲜的。唐代著名诗人王维，在政治上遭到挫折后，就以诗佛自居，"晚年唯好静，万事不关心"（《酬张少府》），看破红尘，成为佛门信徒。二十年足迹不进城市的林逋也是如此。梅花是天酬僧隐的独特风物，偏宜僧人，不入世俗。写出了梅花的隐逸品格。

尾联"忆着江南旧行路，酒旗斜拂堕吟鞍"，回忆过去在梅花盛开、酒旗飘拂的江南路上，微风吹过，梅花簌簌地坠到马鞍上，叫人情不自禁地吟起诗来。诗人用回忆早年行游所见梅景之盛，来衬托眼前园内小梅的新株浅景，轻淡雅致，突出了隐居环境的清幽。

从此首诗意来看，诗人是以隐士之心性、视野去观照体悟梅花的美好，视梅花为天酬僧隐的独特风物，表现了梅花的独特神韵与价值。这对后世产生了深远的影响，梅花也因之与闲隐之流结下不解之缘。

梅花

宋朝　林逋

吟怀长恨负芳时，为见梅花辄入诗。
雪后园林才半树，水边篱落忽横枝。
人怜红艳多应俗，天与清香似有私。
堪笑胡雏亦风味，解将声调角中吹。

这首《梅花》诗，是写诗人西湖沿岸外出探梅之事。

"吟怀长恨负芳时，为见梅花辄入诗"，"吟怀"，诗人的情怀。"芳时"，指梅花开放的时节。"辄"，就。这两句从侧面烘托入题，写诗人爱梅至深，生怕辜负了梅花盛开的时节，因此只要一见到梅花开放，就将它写入自己的诗篇。将诗人爱梅的心情淋漓尽致地表达出来了。

"雪后园林才半树，水边篱落忽横技"，这两句正面写梅。"半树"，谓梅花还未盛开，只疏落地开了一半。"篱落"，篱笆。"横枝"，形容梅花横出，错落有致。先写雪后疏花，后写水边横枝，两句间由于虚字的转折抑扬，突出了梅枝的疏爽清拔之美。清代诗人查慎行赞美说："'雪后'一联，不但格高，正以意味胜耳。"（《他山诗钞》）

"人怜红艳多应俗，天与清香似有私"，"怜"，爱。"红艳"，指桃花一类艳丽的花。"清香"，指梅花沁人心肺的芳香。"似有私"，谓大自然偏私于梅花给予它清香。这两句从人们的审美眼光入手，写世俗对艳丽花朵的偏爱，和自己对梅花的喜爱作对比，指出梅花的清香似乎是大自然对梅花的偏爱而给予的，更值得珍惜。表现了诗人高洁的情趣。

"堪笑胡雏亦风味，解将声调角中吹"，"胡雏"，胡人少年。"风味"，指情趣、特色。"解"，懂得。"角"，古乐器名。汉代横吹曲有《梅花落》曲调，原为胡人所制，汉武帝时从西域传入。这两句以侧收，写胡人似乎也懂得梅花的意趣，因此将它谱成曲子，用胡角吹奏起来。可见梅花的美，是多么受人喜爱，进一步突出梅花受人喜爱的广度与深度。

诗人以咏梅诗著称，笔下的梅花，有梅的神韵，梅的意趣，形神兼备，读之让人如沐其香，如观其艳，有身临其境之感。这也是诗人自己的写照。

霜天晓角·冰清霜洁

宋朝 林逋

冰清霜洁。昨夜梅花发。甚处玉龙三弄，声摇动，枝头月。

梦绝。金兽爇。晓寒兰烬灭。要卷珠帘清赏，且莫扫、阶前雪。

霜天晓角：词牌名。

开头两句"冰清霜洁。昨夜梅花发"，点明题旨，赞美梅花冰清霜洁的品格。词一开始，词人就惊叹：像冰一样清明、像霜一样纯洁的梅花，昨夜开花了！其惊喜之情溢于言外。这不仅是写梅花的外在形象，更重要的是写其内在品格。因为梅花不畏严寒，敢于斗雪披霜开放。无论是《山园小梅》也好，或这首《霜天晓角》也好，诗人都只是借梅花的形象来寄寓自己的审美情趣而已。

"甚处玉龙三弄，声摇动，枝头月"，"玉龙"，玉笛，"玉龙三弄"即笛曲《梅花三弄》，唐代诗人李郢《赠羽林将军》："唯有桓伊江上笛，卧吹三弄送残阳。"宋代词人李清照《孤雁儿》："笛声三弄，梅心惊破，多少春情意。"宋代诗人陈亮《梅花》："玉笛休三弄，东君正主张。"都指笛曲，其内容即写傲霜雪的梅花。正当词人观赏昨夜初开的梅花时，忽然从哪里传来了吹奏《梅花三弄》的笛声。这悠扬清越的笛声，仿佛摇动了树梢上的月亮。笛声怎么能摇动月亮呢？显然这纯出于词人的艺术直觉。在如此清冷的月夜，梅花正斗雪开放，词人沉浸于悠扬清越的笛声中，难免摇头晃脑，因此觉得枝头上的月亮被摇动了。

词人通过梅、雪、笛、月四者形象的交织，便渲染出一个艳绝、清绝、韵绝和痴绝的艺术境界。

下片展现词人赏梅成痴的性格。"梦绝。金兽爇，晓寒兰烬灭"，词人一觉醒来，眼见金兽炉（一种做成兽状的铜炉）里的檀香木还燃着，房子里飘散着一缕缕如雾的轻烟。天色已经拂晓，寒气更加逼人，床头的油灯也灭了（"兰烬"指油灯的灯草芯）。这样便把上片所着意烘染的氛围更加浓缩起来。直似苏轼《书林逋诗后》所说："神清骨冷何由俗？"当此神清骨冷之际，人们的俗念将何从产生呢？

读到此，人们极易设想：当此黎明前的严寒时刻，词人该拥衾高卧了吧？哪知他词笔跌宕，篇末竟跌出"要卷珠帘清赏，且莫扫、阶前雪"两句。词人不畏寒冷且罢，竟还要高卷珠帘，莫扫积雪，为的是能化身于梅雪之中，更好地领悟那真切的情趣和幽绝的韵味。至此，词人的赏梅兴致跃然而出，活画出一位梅痴形象。

这首词赞美梅花冰清霜洁的品质，极力渲染诗人赞梅、爱梅、赏梅的高雅情趣，一个爱梅成痴的隐者形象跃然纸上。

林逋（公元 967—1028 年），字君复，杭州钱塘人。北宋著名隐逸诗人。后人称为和靖先生。出生于儒学世家，恬淡好古，早年曾游历于江淮等地，后隐居于西湖孤山，终身不仕，未娶妻，与梅花、仙鹤做伴，称为"梅妻鹤子"。宋真宗闻其名，赐粟帛，诏长吏岁时劳问。其性孤高自好，喜恬淡，不趋名利，自谓："吾志之所适，非室家也，非功名富贵也，只觉青山绿水与我情相宜。"天圣六年卒，宋仁宗赐谥"和靖"。代表作有《山园小梅》，书法作品有《自书诗帖》存世。

少年游·江南节物

宋朝 杨亿

江南节物，水昏云淡，飞雪满前村。千寻翠岭，一枝芳艳，迢递寄归人。

　　寿阳妆罢，冰姿玉态，的的写天真。等闲风雨又纷纷，更忍向、笛中闻。

　　少年游：词牌名。

　　杨亿是"西昆体"诗的代表作家，往往以堆砌辞藻、玩弄典故为能。这首词也运用了一些书卷和典故，却能"体认着题，融化不涩"（宋·张炎《词源·用事》），"以意贯串，浑化无痕"（宋·周济《宋四家词序论》），因而辞章秀丽，意趣典雅，给人以很好的艺术享受。

　　词的上片写梅占春光，梅迎雪放，从梅的这些特点生发出无限的情思。"江南节物，水昏云淡，飞雪满前村"三句，是写江南春早，使人最先感到春的气息的是迎着冰雪开的早梅。在这里，词人不着痕迹地化用了唐代诗人齐己的"前村深雪里，昨夜一枝开"（《早梅》）的诗意。既没有点破梅，又没有刻画梅，却从"水昏云淡、前村飞雪"中，烘托出梅的"冰姿玉态"来。在雪里寻梅，从梅花那里得到春的信息，前人在诗词中已经有了充分的表现。但词人以广阔的江南为背景，借神于水，借色于云，把梅的傲雪精神表现得淋漓尽致；而又从前人的诗句中脱化出来，乍看了无痕迹，细玩又有浓厚的书卷气息，非胸罗万卷者，是不容易达到这种"离形得似"的艺术境界的。

　　后面三句，抒发由此而引起的悠悠情思。"千寻翠岭，一枝芳艳"两个对句，整炼工巧，流动脱化，给人以芳润妩媚的艺术感受。"翠岭"，指位于粤、赣交界处的梅岭，据传张九龄为相，令人开创新路，沿途植梅，故有此称。"迢递寄归人"，暗用南朝诗人陆凯《赠范晔》诗："折梅逢驿使，寄与陇头人。江南无所有，聊赠一枝春。"亦如着盐水中，视之无形，食之有味。这种用事的艺术手腕，把心物交感之际那种最新鲜、最强烈的感受曲尽其妙地表现出来。

　　下片写梅的美，是上片"一枝芳艳"的进一步描绘。并从风雨摧残中引起词人的惆怅和伤感，使人感到别有寄托蕴于其内。"寿阳妆罢"，用寿阳公主额上落梅花的故事。据唐代韩鄂《岁华纪丽·人日梅花妆》云：南朝宋武帝女寿阳公主曾经睡在含章殿的檐下，梅花落到她的额上，成五出之花，怎么拂拭也留着花的印痕，宫中争相模仿，于是有所谓梅花妆。词人接着用"冰姿玉态"、自然天真作进一步地刻画，实处间以虚意，死处参以活语，就更加光彩百倍，把梅都写活了。"的的写天真"，"的的"是明明白白的意思；"天真"，是自然本色的意思。《庄子·渔夫》中有一个最为恰切的解释说："真者，所以受于天也，自然不可易也。"词人把它运用到这里，就是说梅花的姿态是那样的自然、那样的淡雅，是自然赋予它的特性。可是，像梅花这样的"冰姿玉态"，高风亮节，也要遭到风雨的摧残，这就从物态的刻画上开拓出来，别有寄托了。

"等闲风雨又纷纷，更忍向、笛中闻"两句，正因为寄托了词人的深沉之感，在芳菲缠绵之中，具沉郁顿挫之致，非一般拟声摹形的咏物词可比。词人在这里用一个"又"字表示自己同样在人生旅途上经历风波；又用了"等闲"两字来表达其遭到摧残的"平白无故"。"更忍向、笛中闻"，是以情语作结，辞尽意远，真味无穷，化用了李白"黄鹤楼中吹玉笛，江城五月落梅花"（《与史郎中听黄鹤楼上吹笛》）的诗意。李白借笛中有《梅花落》的曲调，运用"双关"的修辞手段，写出当时冷落的心境，在苍凉的景色中透露内心的悲凉。而词人则是在风雨纷纷的现实中，感到名花零落的悲哀，在悠扬的笛声中，不忍听到《梅花落》的曲调，从而抒发其别有怀抱的感慨。深婉含蓄，工于运意，借物以言情，即景而发感，造成若即若离，似而不似的艺术境界。

词人在这首词中，句句在写梅，却没有出现一个"梅"字，而又无隐晦之嫌、哑谜之病，可谓是咏物词中的佳作。

杨亿（公元 974—1020 年），字大年，建州浦城（今福建浦城县）人。北宋文学家，"西昆体"诗歌主要作家。个性耿介，尚气节。淳化中赐进士，曾为翰林学士兼史馆修撰，官至工部侍郎。博览强记，尤长于典章制度。曾参与修《太宗实录》，主修《册府元龟》。今存《武夷新集》《浦城遗书》《摘藻堂四库全书萃要》《杨文公谈苑》十五卷。诗属西昆体，其创作与探索为后来欧阳修领导的北宋诗文革新运动提供了经验与教训。

梅花

宋朝　梅尧臣

似畏群芳妒，先春发故林。

曾无莺蝶恋，空被雪霜侵。

不道东风远，应悲上苑深。

南枝已零落，羌笛寄余音。

作为咏物诗，常须体物之妙，曲尽风貌，达到形似，让读者通过具体形象，在欣赏中获得美的陶冶。然而，更重要的是必须写出所咏之物的标格来，做到神似，才能借所摹之神托言外之意。形神兼备则佳，而神似尤为重要。本诗即用遗貌取神的作法，全然避开对梅花形态的摹写，不写暗香浮动、疏影横斜，不摹冰清玉洁的花容，只以丹青写精神。

首联"似畏群芳妒，先春发故林"，将梅花赋予人的性情，说她不与百花争春，已在冬末春初悄然开放。"似畏"传神入微地写梅花不是真的害怕与众芳斗妍才先春而发，而是不肯、不屑去争春，无形之中将群芳与梅花对照。梅花无意争春，群芳却各兴心而嫉妒，梅花孤高独立、难合于世就显然可见。纵使这样，梅花仍是衷心修洁，不畏风霜昂首怒放。"故"写梅花年复一年，在旧地几度重开，虽不合时却不改初衷。

颔联"曾无莺蝶恋，空被雪霜侵"，状梅花"寂寞开无主"（宋·陆游《卜算子》）的遭际。"曾无"，意"乃无，没有"。承前可知，梅花开放于春先，纵使花枝俏，没有戏蝶流连、娇莺依恋就是很自然合理的了。然而，反思一下，这其中又有极不合理在。美好的事物无人激赏，连春虫、春鸟也不来光顾，梅花只能孤芳自赏，实在是很悲凉的。一个"空"字，似乎写梅花徒然具备那高雅的标格，却遭雪霜蹂躏；但从另一方面看，也正是对梅花精神的高度赞颂。它既表达了诗人对梅花的深切同情，也写出了梅花傲霜凌雪、苏世独立的情操。

颈联"不道东风远，应悲上苑深"，写梅先春而发，远没有被春风吹拂，梅对此并不介意；倒是应为上苑深邃、梅在其内不能为人所赏而悲叹。"上苑"，又称上林苑，后汉时上林苑在今河南洛阳东。诗人写梅被冷落，含有无限同情。

尾联"南枝已零落，羌笛寄余音"，言最先受到阳光照射的南枝梅花已凋落，却无人关注它；只有羌笛的一曲《梅花落》那凄婉的乐声，还算是在悼念着梅魂。诗人为梅花的凋落无人理睬而感到伤心。

全诗写梅花，也是在写人，诗中委婉的兴寄人们不难揣度。诗人一生不达而多穷，他不求苟合于世，又不能奋发于事业，因而"见虫鱼草木，风云鸟兽之状类，往往探其奇怪。内有忧思感愤之郁结，其兴于怨刺，以道羁臣寡妇之所叹，而写人情之难言"（欧阳修《梅圣俞诗集序》）。诗人借梅花抒发了自己的身世慨叹，也揭示了无数为小人之所忌，被君王所疏远，空怀壮志而报国无门的贤臣义士的悲怆命运。同时也歌颂了洁身自好、立行高远，遭受打击而九死其犹未悔的高风亮节。

诗人认为"作诗无古今，唯造平淡难"，主张诗要写实，要有兴寄，这首诗正是他这些观点的实践，读之，"初如食橄榄，真味久愈在"（欧阳修《水谷夜行寄圣俞子美》）。

梅尧臣（公元 1002—1060 年），字圣俞，宣州宣城（今安徽省宣城市宣州区）人。北宋著名现实主义诗人，世称宛陵先生。初以恩荫补桐城主簿，历镇安军节度判官。皇祐三年赐同进士出身，为太常博士。以欧阳修荐，为国子监直讲，累迁尚书都官员外郎，故世称"梅直讲""梅都官"。少即能诗，与苏舜钦齐名，时号"苏梅"。为诗主张写实，反对西昆体，所作力求平淡、含蓄。曾参与编撰《新唐书》，并为《孙子兵法》作注，有《宛陵先生集》六十卷、《唐载记》二十卷、《毛诗小传》二十卷等。

山路梅花

宋朝　冯山

传闻山下数株梅，不免车帷暂一开。

试向林梢亲手折，早知春意逼人来。

何妨归路参差见，更遣东风次第吹。

莫作寻常花蕊看，江南音信隔年回。

此诗写山路梅花为旅人带来春意盎然的愉悦心情。

首联"传闻山下数株梅，不免车帷暂一开"，写诗人在归途中听说山下有数株梅花正含苞怒放，便停车开帷欲前往观赏。古人宦游在外，回乡探亲机会较少，一旦踏入归途，便急于早日到家同亲人团聚，真可谓归心似箭，因而一般人在归途之中绝无观花赏景的兴致。但诗人闻听山下有梅花盛开，便不惜拖延归程，前往观之。足见诗人喜爱梅花的情怀雅兴。同时，诗人闻梅、探梅之逸兴又反衬梅花为寂寞山路增添光彩，为长途旅客奉献情趣，可知这数株梅花是多么珍贵！

颔联"试向林梢亲手折，早知春意逼人来"，写诗人折梅、赏梅的愉悦情怀。诗人为车马拥众的官员，但他不是派随从去折梅来赏玩，而是停车出帷，身临梅边，亲手攀折，足见其对梅花的珍重。正因如此，诗人才感到在刚要折梅时，就有一股沁人心脾的春意向他袭来，使他享受到春天的芳情美意。

诗人在得到春意美的诱发之后，在颈联中又进一步提出了新的设想和企望："何妨归路参差见，更遣东风次第吹。"诗人心想，最好在归途中经常不断地出现山路梅花，而且还须要东风依次陆续把她们吹开。这一路春风一路梅的奇思妙想，体现了诗人的高情雅韵。

尾联"莫作寻常花蕊看，江南音信隔年回"，是诗人对山路梅花的由衷颂赞。诗人说，这山路之梅不是以色香动人的平常之花，她一年一度带来江南春信，给游子带来无限的温情和慰藉。结句"江南音信隔年回"委婉含蓄，包蕴着折梅寄远的古老佳话。据《荆州记》载："陆凯与范晔相友善，自江南寄梅花一枝与晔，并赠诗说："'折梅逢驿使，寄与陇头人。江南无所有，聊赠一枝春'。"从此梅花成为江南春色使者。诗人本江南安岳人氏，故对此山路梅花更具特殊情意。

诗人通过闻梅、探梅、折梅、赏梅、祝梅、赞梅，表现出喜梅爱春的南国深情。

本诗为归途即兴之作，其妙处在于把咏梅和遣怀结合起来。诗人不写梅花红粉洁白之色，不写暗香浮动之芳，又不写疏影横斜之姿，而是专写其江南春意之魂，并从中寄寓乡井之思和清怀雅兴。此诗为七律，韵律谐美，对仗工整，颔联为流水对。全诗多用虚字，思致活泼，语言平畅。其风格清新自然，确为咏梅佳作。

冯山（？—公元 1094 年），初名献能，字允南，普州安岳茗山镇（今四川安岳龙台镇）人。嘉祐二年（公元 1057 年）进士，熙宁末为秘书丞通判梓州（今四川三台县）。以子澥（宰相）贵，追赠太师。著有《安岳集》二十卷，工诗，今存诗集十二卷，《四库总目》传于世。

梅花

宋朝　王安石

墙角数枝梅，凌寒独自开。

遥知不是雪，为有暗香来。

王安石的咏梅代表作《梅花》，用比喻手法，借颂梅花以喻自己不畏强暴的性格。

这首诗脱胎于南朝诗人苏子卿《梅花落》一诗。原诗是："中庭一树梅，多叶尚未开。只言花是雪，悟有暗香来。"王诗对原作加以点化提炼，使全诗语句更为精练，意境更为深远。

这首咏梅诗形象地刻画了梅花的神韵和香色。前两句"墙角数枝梅，凌寒独自开"，写寒冬时节，万物皆未萌芽，唯独墙角数枝梅花迎寒绽开。"独自开"与"数枝梅"相照应，传递了梅先天下春的信息；"凌寒"二字交代时间，突出了梅花于严寒中傲然怒放的性格特征。

"遥知不是雪，为有暗香来"，写梅花的香色。前句着眼于人们的视觉形象，含蓄地写梅花的纯净洁白。与诉诸人们嗅觉形象的下句一道写梅花的香色，诗句之间具有内在联系。正因为有梅花的香气从远处飘来，才使诗人"遥知不是雪"。倘若梅花无香气，则诗人从远处隐隐约约看到的"墙角数枝梅"，是难免把它错当作雪枝的。以互为因果的两句诗写梅花，收到了香色俱佳的艺术效果。

此诗中的梅花，洁白如雪，长在墙角但毫不自卑，远远地散发着清香。诗人通过对梅花不畏严寒的高洁品性的赞赏，用雪喻梅的冰清玉洁，又用"暗香"点出梅胜于雪，说明坚强高洁的人格所具有的伟大魅力。诗人在北宋极端复杂和艰难的局势下，积极改革，而得不到支持，其孤独心态和艰难处境，与梅花自然有共通的地方。

这首小诗意境深远，而语句又十分朴素自然，没有丝毫雕琢的痕迹。

独山梅花

宋朝　王安石

独山梅花何所似，半开半谢荆棘中。
美人零落依草木，志士憔悴守蒿蓬。
亭亭孤艳带寒日，漠漠远香随野风。
移栽不得根欲老，回首上林颜色空。

这首诗是诗人被迫罢相之后，隐居钟山时所写。"独山"，在今江苏溧水。

"独山梅花何所似，半开半谢荆棘中"，首联交代了梅花生长的环境和状态。以"何所似"发问，意在强调独山梅花的与众不同。诗中所写之梅，环境较为典型。因为它生长的"独山"，是一座偏僻的山，无人游赏的山，荆棘密布的山。所以，这梅花也是无人欣赏的，自开自落的，寂寞无主的。"半开半谢"之语，既有对自身遭遇的埋怨，也含有对它梅的羡慕。

"美人零落依草木，志士憔悴守蒿蓬"，颔联以比喻、拟人来写此地梅花命运的悲苦。梅花凋落了，只好和草木混在一起；梅树衰老了，只得与蓬蒿为伴。把梅花拟人化，比作美人、志士，既将人的身世之感融入其中，也是托物言志，借写憔悴零落、无人欣赏的梅花的遭遇，表达了对怀才不遇、壮志难酬之士的同情，抒情较为含蓄委婉。

颈联"亭亭孤艳带寒日，漠漠远香随野风"，写梅花的艳与香。"亭亭孤艳"，状写梅树的姿态亭亭玉立，虽孤犹艳，在寒日的映照下艳丽动人。"漠漠远香"，形容香气弥漫广远，随风飘散，虽远犹香。这两句写梅花的美艳馨香，暗喻人的德才高超，见出诗人的自信。

尾联抒发了有志之士不得重用的感慨："移栽不得根欲老，回首上林颜色空"，独山之梅不能移植入皇家上林苑，其根欲老，深可叹惋；而更值得痛惜的是，上林苑中，此刻正缺少颜色美艳的奇花异木！这种弦外之音，不难听出：一方面国家需要杰出人才担负责任，另一方面，却又有许多优秀人才闲置草野，老死蓬蒿！诗人借"独山梅花"抒发了志士迟暮的伤感、壮志难酬的慨叹、无人理解的孤独，以及虽遭贬黜却依然坚守高洁品性的无悔之情。

此诗借写独山梅花的不幸处境，讽咏统治者埋没人才，含蓄而见警策。

咏梅

宋朝　王安石

颇怪梅花不肯开，岂知有意待春来。
灯前玉面披香出，雪后春容取胜回。
触拨清诗成走笔，淋漓红袖趣传杯。
望尘俗眼那知此，只买夭桃艳杏栽。

诗人志向远大，立志改革，却不被世人理解，在《咏梅》一诗中含蓄地抒发了自己的慨叹。

本诗主要描绘了梅花香色俱佳，独步早春，具有不畏严寒的坚强性格和不甘落后的进取精神，突出了春梅于严寒中傲然怒放的性格特征。

"颇怪梅花不肯开，岂知有意待春来"，首联欲扬先抑，先写人们责怪梅花为什么迟迟不肯开放，接下来回答人们的疑问，说梅花迟开是为了迎接春天的到来。用拟人手法，突出了梅花不争名利、冒雪迎春的品格。

颔联"灯前玉面披香出，雪后春容取胜回"，继续用拟人手法，写梅花的玉容清香，表现了梅花凌雪绽放、艳压春芳的姿容。

颈联"触拨清诗成走笔，淋漓红袖趣传杯"，写文人雅士面对梅花，诗兴大发、笔走龙蛇，红袖传杯、酒兴盎然的雅趣，展现了梅花的无穷魅力。

尾联"望尘俗眼那知此，只买夭桃艳杏栽"，意为世俗之人满眼看到的只是艳丽的桃杏，把它们买回来栽种，却不识凌寒独放色香俱佳的梅花。诗人把世俗之人对桃杏和梅花的态度作对比，讥讽世俗之人的浅薄与庸俗，惋惜梅花的高洁品质不为世人所理解。

诗人借梅花自喻，暗示自己的改革志向不被世人理解的复杂心情，含蓄地抒发了自己的慨叹。

梅花

宋朝　王安石

白玉堂前一树梅，为谁零落为谁开。

唯有春风最相惜，一年一度一归来。

　　这是一首集句诗，即集合前人诗句而成。集句体诗，始于汉魏间诗人应璩、傅咸，唐人称为"四体"，至宋时盛行。王安石最为擅长，能因难见巧，信手拈来，顷刻而就。

　　这首"梅花"绝句（《王文公文集》卷七九题作《送吴显道》），系截取唐宋四位诗人的诗句，经过巧妙组合，赋予新意，而又辞气相属，如出己手，无牵强凑合的痕迹。

　　"白玉堂前一树梅"，出自唐代诗人蒋维翰的《春女怨》，"白玉堂前一树梅，今朝忽见数花开。儿家门户寻常闭，春色因何入得来？"（《唐人万首绝句》卷十二）"为谁零落为谁开"乃是唐代诗人严恽《惜花》中的一句："春光冉冉归何处，更向花前把一杯。尽日问花花不语，为谁零落为谁开？"（同前卷三七）而"唯有春风最相惜"则是唐代诗人杨巨源《和练秀才杨柳》中的诗句："水边杨柳曲尘丝，立马烦君折一枝。唯有春风最相惜，殷勤更向手中吹。"（《唐人万首绝句》卷二五）最后一句"一年一度一归来"则出自宋初詹光茂妻的《寄远》："锦江江上探春回，消尽寒冰落尽梅。争得儿夫似春色，一年一度一归来。"（《宋诗记事》卷八九）

　　首句"白玉堂前一树梅"，"白玉堂"本指神仙的居所，此喻指富贵人家的邸宅。诗中的梅花，开在白玉堂前，显出此花生长环境的优越。次句"为谁零落为谁开"，"为谁"的诘问，表明此梅虽生长在富贵人家，却无人赏识，"寂寞开无主"（宋·陆游《卜算子咏梅》），只好自开自落。此花既有"零落"又有"开"，隐含诗人对万事万物变化无常的感受。

　　后两句"唯有春风最相惜，一年一度一归来"，梅花的"开""零落"虽无人关注，但一年一度的春风照样对梅花关怀爱惜。读者在感伤花木零落的同时，又欣赏到梅花迎春、春光明媚的景色。一年一度的冬去春来，让人们感受到大自然的运行规律。

　　这首诗主要是借原诗句所包含的情绪色彩和象征意蕴，来显示与烘托一种朦胧迷离的内在心境。晚年的王安石心境确实有所变化，从倾向改造世俗社会转向追求个体生命的价值，从为人转向为己，个人的自由在他心目中更加重要。他已经超越了世俗与入世的分别，体会解脱的自在，体会融入自然的恬静，进入到一个更高的境界。

王安石（公元 1021—1086 年），字介甫，号半山，抚州临川（今江西省抚州市）人。北宋著名思想家、政治家、改革家、文学家。熙宁二年任参知政事，次年拜相，即开始实施变法，收到成效。但由于保守势力的激烈反对，两次罢相，变法最终失败。退居江宁半山园，被朝廷封为"荆国公"。后人称其"王荆公"。文学上成就突出。其散文简洁峻切，短小精悍，论点鲜明，逻辑严密，有很强的说服力，名列"唐宋八大家"；其诗擅长于说理与修辞，晚年诗风含蓄深沉、深婉不迫，以丰神远韵的风格在北宋诗坛自成一家，世称"王荆公体"；其词写物咏怀吊古，意境空阔苍茫，形象淡远纯朴。有《王临川集》《临川集拾遗》等存世。

次韵杨公济奉议梅花十首

（其一）

宋朝 苏轼

梅梢春色弄微和，作意南枝剪刻多。
月黑林间逢缟袂，霸陵醉尉误谁何。

苏轼读了杨蟠（字公济）梅花诗，遂生感慨，依杨诗原韵，和咏梅花十首。此后又再和杨公济梅花十绝。这首和诗约作于元祐六年正月上旬。

苏轼一向钟爱梅花，一生写了多首梅花诗。它不仅表现苏轼爱梅之情，更寄托着诗人的理想志向。诗人对梅有特殊的爱好，爱梅之韵胜、格高，贵重其斜横疏瘦，老枝怪奇。十首诗的写法与刻画重点又各异，各臻美境，连章叠进，成为完美的艺术整体。

第一首，写梅花迎春破蕊绽开，观梅而生幻境，借以状梅花之美，抒爱梅之情，寄托对美的追求。

"梅梢春色弄微和"，开篇第一句写出宇宙间的大变化。冬尽春来，天气微见温暖之气，因而梅树枝梢呈现出新生的绿色。一个动词"弄"字，把梅树写活了，仿佛它在冬将尽春将来之际，百花犹在寂寞沉睡之时，满腹欢情地显弄自己的枝梢，卖弄知春的风情。这样就把梅梢的具象与微和的天象两者有机地联结在一起，成为一幅动态优美、春意盎然、梅花万点的报春画卷。

"作意南枝剪刻多"，朝阳的南面枝条，花苞杂然丛生，初绽吐蕊，仿佛是艺人的剪刻。"作意"一词拟人化，仿佛梅枝是有意地作了这样的剪刻和陈布，来展示自己冰清玉洁之英姿。使上句的"春色"具象化了。

"月黑林间逢缟袂"，这句诗转写美感，借用典故生成美的幻境，陶冶性灵。据唐代诗人柳宗元《龙城录》记载："隋开皇中，赵师雄迁罗浮，一日天寒日暮，于松林间酒肆傍舍，见美人淡妆素服出迎。时已昏黑，残雪未消，月色微明。师雄与语，言极清丽，芳香袭人。因与扣酒家门共饮，少顷一绿衣童子笑歌戏舞。师雄醉寐，但觉风寒相袭。久之东方已白，起视大梅花树上，有翠羽啾嘈，相顾月落参横，惆怅而已。"诗人在观梅之时，久久伫立，自然联想起赵师雄的仙遇之事。在同感与共鸣之中，铸成了此句诗。

"霸陵醉尉误谁何"，又是用典作结。像霸陵县尉酒醉巡夜，还能误斥谁呢！据《史记·李将军列传》记载：李广隐居田野，在南山打猎，曾夜间出游，与随从饮酒。回到霸陵亭，遇到县尉醉酒，呵斥李广违犯宵禁，扣留在霸陵亭上。诗人运用这一典故，是说自己已眠宿在梅花树下，再有酒醉巡夜的县尉，也无人可呵斥了。吐露出诗人赏梅的自豪感，从而深化了赞梅的主旨。同时也是十首和诗的总纲，总的基调。

这首咏梅诗，写梅拟人，用典抒情，以虚写实，诗味醇美，空灵蕴藉。

梅花二首

宋朝　苏轼

春来幽谷水潺潺，的皪梅花草棘间。
一夜东风吹石裂，尘随飞雪度关山。

何人把酒慰深幽，开自无聊落更愁。
幸有清溪三百曲，不辞相送到黄州。

宋神宗元丰三年庚申（公元 1080 年正月），四十五岁的苏轼刚从震惊朝野的"乌台诗案"文字狱中脱身，惊魂甫定即匆匆赶赴湖北黄州贬所。正月二十日，途经关山岐亭路，春风岭上见梅花。细雨蒙蒙，春寒料峭，草棘间的梅花虽的皪（鲜明貌）但凄清，何况经风摧残，花半凋落，更惹失意之人伤怀断魂。诗人的愁绪绕岭上梅花萦回，诸多感慨伴幽谷清溪流淌，遂以梅自比，咏花抒怀，赋此《梅花二首》。

第一首开篇，诗人以写意技法，传神妙笔，勾勒出一幅春日岭梅图："春来幽谷水潺潺，的皪梅花草棘间。"冬去春来，幽谷青青，溪水清澈，潺潺有声；野草荒棘，漫山遍岭，其间梅花，分外鲜明。以诗文书画冠绝当世的诗人，诗中不独"有画"，且有音乐之声。你听：幽谷清溪，潺潺作响，琤琮叮咚，悠然悦耳。这岂不似天然古琴奏出的一曲《流水》吗？它以清幽高雅且不无悲凉的氛围，把荒野草棘间虬枝奇绝的梅花烘托显现出来。这梅花，常引起诗人深情的回忆，在此后的诗中曾屡次提及，留下了"去年今日关山路，细雨梅花正断魂"（《正月二十日，往岐亭，郡人潘古郭三人送余于女王城东禅庄院》），"春风岭上淮南村，昔年梅花曾断魂"（《十一月二十六日松风亭下梅花盛开》），"南行度关山"，"殷勤小梅花"（《王伯扬所藏赵昌花四首》）等佳句。

接下来二句"一夜东风吹石裂，尘随飞雪度关山"，诗人化用"正当年少惜花时，日日东风吹石裂"（宋·欧阳修《山斋绝句》）、"借问梅花凡几曲，从风一夜满关山"（唐·高适《和王七玉门关听吹笛》）等前人诗句，由昨夜裂石大风摧残繁花殆半，落梅似随飞雪飘洒关山的系列联想，形象地概括描摹了自身刚经历的惨痛劫难。"奋厉有当世志"的诗人，入仕不久即逢变法。被誉为"十一世纪改革家"的王安石，虽曾提出过许多更易改革的主张，不过综观其在旧体制、旧机构下推行的变法，诚如鲁迅的评价，带有"半当真半取笑"的性质（《晨凉漫记》，《鲁迅全集》卷5第235页）。在具体改革方法上曾持某种不同政见的苏轼，对新法有过偏激之词，有些针砭也被证明不幸而言中；实质上在改除旧弊以富国强兵方面，苏轼同变法派没有根本利害冲突。可是朝中"新进"人物打击异己，诬陷他写诗对神宗"不臣"，于元丰二年七月至十二月间，将他系于御史台狱，险被迫害致死，后经多方营救，始免于难。回顾这场朝野翻腾激荡、自身死去活来的磨难，真如东风裂石般动魄惊心；念及半树梅花被风摧残凋零，诗人的心境像那虽然零落但仍洁如飞雪、清香如故的梅花，于愁楚悲凉中不失坚贞。

诗人在第二首诗劈头诘问："何人把酒慰深幽，开自无聊落更愁"，谁能持酒到深山幽谷慰藉这几经磨难的梅花呢？实际上陡然提出个撕肝裂胆、催人泪下的疑问，是说谁能理解自己矢志报国，却又屡遭打击迫害的衷曲呢？于荒野间花开之日，鲜为人知，寂寞无聊，就像经世致用的主张不被采用一样；经风摧零落之时，花飞似雪，凄惨悲凉，更为愁绝。

所幸的是，诗人毕竟愁中有幸。"幸有清溪三百曲，不辞相送到黄州！"风摧梅花飞落溪水，幸有清溪浮载着飘向远方，不辞回环曲折相送诗人至黄州；

受挫被贬的诗人则以浮载落花的清溪相送聊慰愁苦。尽管这更加反衬出心境的凄凉，但也毕竟是悲中之幸。

面临浮送落梅的清溪，诗人肯定想到了终生与之相亲相知的胞弟子由。苏辙（子由）先曾因救冤狱中的哥哥而被贬筠州，成为"逐客"，后又奔波二百八十余里赶到陈州看望贬赴黄州的兄长。诗人曾以"楚囚"自指，深沉写道："夫子自逐客，尚能哀楚囚。奔驰二百里，径来宽我忧。"（《子由自南都来陈，三日而别》）面临浮送落梅的清溪，诗人大概难于忘却爱戴关怀自己的杭湖民众。屡受挫折而不消沉的苏轼，每到一地都切实地为民众做了许多好事，以卓著的政绩造福于一方。因曾广施仁政有功德于百姓，所以蒙冤后"杭湖间民"曾为他"作解厄道场者累月"（《予以事系御史台狱，狱吏稍见侵，自度不能堪，死狱中，不得一别事由，故作二诗，授狱卒梁成，以遗子由二首》自注），成为救他出狱的深厚民意基础。面临浮送落梅的清溪，诗人也许看到了岐亭北山白马青盖故人来迎的影子。舍弃高官富乐而独来穷山隐居的故人陈慥，于岐亭迎诗人宿其家，留五日，用山肴野酿的醇香和高士异人的风范，伴送诗人走完了从岐亭到黄州那最后一百多里路程（《岐亭五首·序》《方山子传》）。由此可以想见，那"不辞相送到黄州"的三百里清溪之中，灌注了生死与共的兄弟深情，溢满了真诚挚爱的民众厚意，渗透了肝胆相照的故友高谊。而这深情，这厚意，乃至这高谊，才真正是慰藉诗人愁苦之大幸所在。"艰难困苦，玉汝于成"，诗人的艺术造诣，正是到黄州后才走上了更臻完美的峰巅。这也许是他始料未及的一幸吧。

《梅花二首》看似平淡自然，实则意蕴遥深。第一首句句以梅花自喻，而妙在浑然未露，竟不点破。第二首由"落"字生情，诗思奇幻，于愁绝处写有幸，隐含着花虽落而志未失的信念。在艺术风格上，透露出由雄浑豪放向清旷自然转变的消息，镂刻下路标式的印记。堪称苏诗中的上品。

红梅三首

（其一）

宋朝　苏轼

怕愁贪睡独开迟，自恐冰容不入时。

故作小红桃杏色，尚余孤瘦雪霜姿。

寒心未肯随春态，酒晕无端上玉肌。

诗老不知梅格在，更看绿叶与青枝。

诗人被贬黄州后，写了《红梅三首》，表现了他的理想追求与审美情趣。这三首诗，从红梅的颜色、形态、香味几个方面，用拟人手法，对红梅的外形美与品格美作了生动形象的刻画，形神俱备，情感细腻。借诗托物言志，以红梅傲然挺立的品格，抒发了自己达观超脱的襟怀和不愿随波逐流的傲骨。

这是第一首。

首联用拟人化的手法描写红梅迟开的原因："怕愁贪睡独开迟，自恐冰容不入时。""冰容"，冰一样晶莹的面容。形容梅花孤傲超群的品格。"不入时"，不合时宜，不合世俗的时尚。诗人抓住红梅不畏严寒，在百花过后的冬季才开放这一特点，把红梅比拟为一位内心世界感情十分丰富细腻的美人，它迟迟才开放的原因，是"怕愁贪睡"，它为什么怕愁贪睡呢？是因为担心自己像冰一样晶莹美丽的容貌，会不合世俗的时尚，以致因怕愁而贪睡；它想用贪睡来摆脱忧愁，所以才不与其他百花一样同时开放，而是"独开迟"。此处写出了红梅的意态宛然，愁情荡漾。其实，这是诗人自己的悲慨。"自恐"句点出了这位"愁美人"的心态，实乃诗人历经艰难后的感叹。诗人因"乌台诗案"受到政敌的迫害，元丰三年（公元1080年）被贬黄州。此时，刚刚过去两年。经历惊险的诗人，对忠而获咎的境遇难以释怀。一个"恐"字，乃点睛之笔，点出了心灵痛苦的印记。"冰容"用得绝妙，绘出了梅花玉洁冰清的形象，孤傲超群的品格，与题目《红梅》相映，也给人留下悬念："红梅"何来"冰容"？

颔联"故作小红桃杏色"句，写出"红"的缘由。在诗人心中，此梅是玉洁冰清的白色，现在偶然出现红色，对应首联中的"怕""恐"，是故作姹紫嫣红的"随大流"姿态。紧接着"尚余孤瘦雪霜姿"，奇峭地勾画出了梅的神韵，道出了梅的本来气质。"孤瘦"，点出花朵稀疏俊逸，格调孤傲不群的特性。"雪霜姿"是梅的品格本质所在，此时，尽管故作红色，然而，傲雪霜的风姿犹存。"尚余"二字用得绝妙，既无心显露，又无可掩饰。在诗人心中，梅就是梅，无论妆成何色，与"桃杏"截然不同。

颈联对梅的内心作了深入探究，并解开了白梅何以变"桃杏色"之谜："寒心未肯随春态，酒晕无端上玉肌。""寒心"出自《论语》："岁寒，然后知松柏之后凋也。""春态"即"小红桃杏色"。诗人把梅的内心——"寒心"与外表——"春态"对立起来，用"未肯"来连接，表示出梅的孤傲品格。而对红色的出现，诗人轻松地解释道：美人刚喝过酒，"酒晕"浮上了"玉肌"。到此，悬念解了：梅的心灵——寒心，外表——玉肌，原本分不开；红色为"酒晕"，乃一时之变相，本质未变。"酒晕"句极富美感，也出人意料，实为高雅之戏谑，幽默诙谐的性格与曲折绝妙的诗意糅合得水乳交融。

尾联"诗老不知梅格在，更看绿叶与青枝"，"诗老"指北宋诗人石曼卿。"梅格"，梅花的品格。石曾有《红梅诗》："认桃无绿叶，辨杏有青枝。"东坡觉得此句可笑，不用诗人眼光看梅，而仅以"绿叶""青枝"与桃杏相辨，这是他不能同意的。东坡讥讽"诗老不知梅格在"的同时，把对梅的赞扬与自身的理想巧妙地升华，认为认识梅花须从梅花独有的"梅格"来品评。这就强调了红梅的内在品格，或内在精神，也就是梅花喜寒凌霜的本质特点。这个结尾，升华了全诗，余味无穷。

这首诗既描写了红梅迟开、花色浅红的自然特征，又赋予红梅以少女的某些性情，赞美红梅冰清玉洁的品质。形神兼备，情感细腻。

和秦太虚梅花

宋朝　苏轼

西湖处士骨应槁，只有此诗君压倒。

东坡先生心已灰，为爱君诗被花恼。

多情立马待黄昏，残雪消迟月出早。

江头千树春欲暗，竹外一枝斜更好。

孤山山下醉眠处，点缀裙腰纷不扫。

万里春随逐客来，十年花送佳人老。

去年花开我已病，今年对花还草草。

不如风雨卷春归，收恰余香还昊昊。

这首七言古诗写于元丰七年（公元1084年）春天，苏轼贬官黄州的最后一段时期。秦观（字太虚）的原作《和黄法曹忆建溪梅花同参廖赋》也是一首和诗。苏轼的这首次韵和作，于赏诗、咏梅之中，暗暗流露出自己的深沉感喟。

全诗可分四个层次，每四句为一层。

首层赞美秦诗。"西湖处士"，指宋初诗人林逋，他隐居在杭州西湖孤山，终身不仕，故有此称。"骨应槁"，指死去已久。林逋在诗坛上以咏梅驰名，其"雪后园林才半树，水边篱落忽横枝"（《梅花》），以及"池水倒窥疏影动，屋檐斜入一枝低"（另首《梅花》）等名句，为人称赏，尤其是《山园小梅》中"疏影横斜水清浅，暗香浮动月黄昏"一联，被推为咏梅绝唱。诗人在这里却认为林逋死去已很久了，只有秦观这首梅花诗才压倒了他。其实，秦诗写得虽也不差，但毕竟不能与林诗相敌，诗人未尝不知，他自己就一向对林逋咏梅诗，尤其是"疏影"一联十分倾倒，称道其有"写物之功"（《东坡题跋·评诗人写物》卷三），因此，他在这里对秦观此诗的评价，只不过是欣赏之余冲口而出的夸大之辞，并非深思熟虑的确论。接下二句引到自身，然其意仍是赞美秦诗。"东坡先生"是他自称，对秦观这位门下士，自称"先生"算不得自大，反有一种亲密感。说自己本来"心已灰"，这里的"灰"，是《庄子·齐物论》中"槁木死灰"的"灰"，诗人遭受打击，贬官黄州至今五年，心境极坏，犹似槁木死灰，不大容易起感情的波澜了，现在却因为喜爱秦观这首梅花诗，故而"被花恼"，"恼"，撩拨。被梅花撩拨起了看花的兴致。

次层便写赏看梅花。诗人兴致勃发，等不到翌日，当天黄昏就骑着马兴冲冲地赶到长江边上，勒马伫立江头，观赏梅花。诗人赏梅必要咏梅，下面三句，他便即景取材，用先衬托后对比的手法来写梅。先说"残雪消迟月出早"，节令虽已届春季，但还有一部分残雪迟迟不曾消融；时正黄昏，月儿却早早地钻出了云缝，诗人将彼时所有的白雪、皓月拈入诗中，展现出一个冰清玉洁的境界来作为梅的背景，映衬得梅花更加高洁。后说"江头千树春欲暗"，千树，言梅花众多，"暗"，江头梅花盛开，争娇斗艳，使得明媚的春光也相形暗淡了。繁花竞丽固然好，然而，诗人看到竹处有一枝斜开的梅花，相比之下，显得"更好"。"竹外一枝斜更好"，在这里，诗人并没有雕镂其幽艳丰姿之形，而侧重勾画她斜倚修竹的幽独娴雅之神，也许这正暗合诗人自己的落寞情怀吧，所以他才分外倾赏于那枝"无意苦争春"的竹外孤梅。这一句诗是东坡的得意之笔，论家们也赞赏备至，如南宋诗评家魏庆之说："语虽平易，然颇得梅之幽独娴静之趣。"（《诗人玉屑》卷十七）

三层回忆旧游。面对苔枝缀玉，色清香幽，看着她，诗人不由回想起当年在杭州赏梅时的雅兴了：那时，自己在通判任上，因为向往林逋"梅妻鹤子"的风采，公务之暇常常在孤山一带赏梅饮酒，哪里醉了，就在哪里醉眠少休。往往一觉醒来，睁开眼睛看时，便见梅花纷纷扬扬落满身上和地下。洒在身上的，好像是在装点我的裙腰；掉在地下的，多得不能扫，也不舍得去扫掉它。"裙腰"，裙，古谓下裳，男女同用，这里指诗人的裙腰。接下来诗人继续遐想：以前自己由杭州调任密州、徐州、湖州，最后被贬在此地黄州，今日于春光之中重睹梅花芳容，就好像春也不远万里相随而来；离杭至今，又恰好十个年头，年年花开花落，人也逐年老去（已四十九岁），此情此景，岂不像那梅花年年岁岁在送我老去吗？"逐客""佳人"，都是诗人自喻。逐客称被朝廷迁谪之人，正是诗人目前身份；"佳人"一词在古代不专指美女，还指美好的人、有才干的人，后两者诗人都可以当之无愧。

末层抒发今日之概。"草草",形容忧虑的样子。"畀",给予。"昊",广大的天。"畀昊",交给上天。"余香",春尽花凋,唯留余香,故云。上一层忆旧游,已有慨意在其中了,此层则由花送人老想到命途多舛,身心都欠佳:去年花开,在病中挨过;今春赏梅,心情仍不舒畅。诗人因思自己这个穷愁潦倒的逐臣,实在有负良辰美景,倒不如让风雨送春归去,把那些梅花呀、其他什么花儿啦都交还给上天算了。诗至此黯然而结,语意沉痛,寄慨遥深。

全诗由梅而己、由己而梅,曲尽意致,感情沉郁。在语言上,出语虽多用典,除"裙腰"、槁木死"灰"外,还有"江上被花恼不彻"（杜甫《绝句》）、"劳人草草"（《诗·小雅·巷伯》）、"投畀有昊"（同上）等,不过由于牵搭自如,便似"水中著盐,但存盐味,不见盐质",所以使人看不出用典的痕迹,而依旧给人一种造语平易、不事雕琢之感。这也只有苏轼这样的大手笔才能做到。

十一月二十六日松风亭下梅花盛开

宋朝　苏轼

春风岭上淮南村,昔年梅花曾断魂。
岂知流落复相见,蛮风蜑雨愁黄昏。
长条半落荔支浦,卧树独秀桄榔园。
岂惟幽光留夜色,直恐冷艳排冬温。
松风亭下荆棘里,两株玉蕊明朝暾。
海南仙云娇堕砌,月下缟衣来扣门。
酒醒梦觉起绕树,妙意有在终无言。
先生独饮勿叹息,幸有落月窥清尊。

苏轼于绍圣元年（公元1094年）六十岁时被贬惠州。诗人昔日贬谪黄州过春风岭（在湖北省麻城县东,岭上方多种梅花）时,见梅花开于草棘间,感而赋诗。十四年后,流落惠州,又见松风亭下荆棘里盛开梅花,对梅花的冷艳幽独心领神会,无限感慨,于是写了这首诗。松风亭,在惠州嘉祐寺附近,这时诗人已从合江楼迁居嘉祐寺。

"春风岭上"四句,从"昔年梅花"说起,引到后来的流放生活。诗人自注说:"余昔赴黄州,春风岭上见梅花,作两绝。明年正月,往岐亭道上赋诗云:'去年今日关山路,细雨梅花正断魂。'"他所称两绝句,指元丰三年（公元 1080 年）正月赴黄州贬所，路过麻城县春风岭时所作《梅花二首》。诗中说："春来幽谷水潺潺，的皪梅花草棘间。"又说："幸有清溪三百曲，不辞相送到黄州。"说落梅随水远道相送。第二年正月往岐亭，想起春风岭上的梅花，又写了七律一首，有"去年""细雨"之句。这些在黄州谪迁生活中的往事，此时因面对松风亭下盛开的梅花而涌上心来。"岂知"句极沉痛，诗人已经是六十岁的老人，却再次流落，再次见到这个贬谪生活中的旧侣——梅花，而且是在"蛮风蜑雨"的边荒之地，比起黄州，每况愈下，令他生愁。"蛮风蜑雨"四字，形象地概括了岭南风土之异。惠州是少数民族聚居之区，古时轻视少数民族，泛称为"蛮"。"蜑（dàn）雨"，泛指南方海上的暴雨。"蜑"，惠州有蜑户，以船为家，捕鱼为生。也是对南方少数民族的蔑称。

以下转入流落中再次相见的梅花。"长条"四句，在写松风亭下的梅花之前，先以荔支浦、桄榔园中所见作为陪衬。那些半落的长条，独秀的卧树，虽非盛开，但已深深地触拨着诗人的心灵，他为它们的"幽光""冷艳"而心醉。"留夜色"极写花的光彩照人，"排冬温"极写花的冰雪姿质。"冬温"是岭南季节的特点，着"直恐"二字，表现了诗人对花的关注，意思是：在这温暖的南国，你该不会过于冰冷，不合时宜吧！诗人选择了"荔支浦""桄榔园"，给全诗的描写笼上一层浓郁的地方色彩。

"松风亭下"四句是题目的正面文字。那些荔支浦上半落的长条，桄榔园中独秀的卧树，已经唤起诗人的深情，松风亭下盛开的"玉雪为骨冰为魂"（《再用前韵》）的两株梅花，又引起诗人的兴致。清晨，他来到松风亭下，发现荆棘丛中盛开的梅花在初升的太阳光下明洁如玉，他完全陶醉了，诗中描写了一个梦幻般的优美境界：他眼前已经看不见梅花，他仿佛觉得那是在月明之夜，一个缟衣素裳的海南仙子，乘着娇云，冉冉地降落到诗人书窗外的台阶前，轻移莲步，来叩诗人寂寞深闭的房门。这里的实际内容只不过是说盛开的花枝在召唤诗人，使他不能不破门而出，但他却用"缟衣叩门"这一优美联想进一步加以比拟，在染上了浓郁的主观色彩的艺术氛围中，不言情而情韵无限，充满了独特的艺术魅力。诗人在这里没有致力于梅花形态的具体描绘，而是采取遗貌取神、虚处着笔的手法，抓住审美对象的独特风貌和个性，着力于侧面的烘托和渲染，达到一种优美动人的艺术境界。

结尾"酒醒梦觉"四句，又从梦幻世界回到现实中来。他"绕树无言"，其思绪是深沉的。从诗的内在感情脉络看，这和前面"岂知流落复相见"句所隐含着的情思一脉相连。他如有所悟，但终于无言。这正是"此时无声胜有声"。说"勿叹息"，说"幸有"，是强作排遣口吻。在这朝日已升、残月未尽的南国清晓，诗人独把清樽，对此名花，尽情享受这短暂的欢愉。

此诗意象优美，语言清新，感情浓郁，想象飞越。每四句自成一个片段，一个层次，由春风岭上的昔年梅花，到荔支浦的半落长条、桄榔园的独秀卧树，逐步引出松风亭下玉雪般的两株梅花，而以"岂知流落复相见"句为全篇眼目。声情跌宕，妙造自然，是苏轼晚年得意之作。

南乡子·梅花词和杨元素

宋朝　苏轼

寒雀满疏篱，争抱寒柯看玉蕤。忽见客来花下坐，惊飞。踏散芳英落酒卮。
痛饮又能诗。坐客无毡醉不知。花谢酒阑春到也，离离，一点微酸已着枝。

南乡子：词牌名。

这首词写于苏轼任杭州通判的第四年即熙宁七年（公元1074年）初春，是词人与时任杭州知州的杨元素相唱和的作品。词中通过咏梅、赏梅来记录词人与杨氏共事期间的一段美好生活和两人之间的深厚友谊。

上片写早春时节寒梅绽放，引得雀鸟争相来朝，从而反衬出梅花的神韵风姿。"寒雀满疏篱，争抱寒柯看玉蕤"，写在寒冬中苦苦盼春的鸟雀们站满了篱笆，争先恐后地攀爬到梅花清冷的枝头上，它们仿佛要从绽放的花朵上沾染更多春的气息。"玉蕤"指梅花，暗含梅花的高洁雅致、绚烂繁盛。此两句不从梅花本身的形象上入手描写，而是以鸟儿欢聚花丛的行为暗示梅花的烂漫风姿。令以清冷著称的梅花瞬间充满了温情与活力，为赏梅词增添了新意。

写完早雀聚于花下之后，词人笔锋一转，主人公悄然登场。"忽见客来花下坐，惊飞"，正是从鸟雀的角度写赏花人的出现。鸟儿们正醉心于欣赏梅花的芳姿，感受着春天的气息，以致当赏花人突然出现在花架下，它们才有所惊觉，纷纷飞起躲避。"忽"与"惊"二字将鸟儿与赏花之人相距咫尺时一刹那间的反应写得活灵活现。

"踏散芳英落酒卮"，写鸟儿虽然被人惊起，但却流连于梅花的婀娜多姿而不肯离去。它们在枝杈上跳来跃去，闹腾得花瓣纷纷扬扬，落入赏花之人的酒杯里，更为人物增添了赏梅的雅兴。

上片用侧面烘托的手法，明为写雀，实则写梅。以鸟雀"欢聚花丛""赏花受惊""绕花飞舞"三个富有情趣的意境，烘托出梅花傲雪早发、峭立枝头、美艳绝伦的形象。鸟雀之爱花与人之爱花一体相通，反映出"客"坐于花下的目的，也是欣赏俏丽的梅花。由此，虽未明言写花，而花之风貌已然成型。

下片写文人雅士因梅花而欢聚，衬托出梅花高洁雅致的品质。"痛饮又能诗"，既写宴饮之人的风流豪爽，又暗含梅增雅致所以令酒宴气氛高涨。文人雅士集于一堂，无酒不欢、无诗不雅，因而在酒宴上，宴饮之人竞相豪饮作诗，气氛十分热烈。乍一看，此句似乎与梅没有多大关系，细细品味，正是因为有梅助兴，才令风雅之士酒兴大涨，诗兴大发，才会"痛饮又能诗"。

"坐客无毡醉不知"，写宴饮之人在经历了"痛饮又能诗"的过程之后，酩酊大醉，连地上铺的座毡没有了都感受不到。梅花开时为冬末春初时分，地上寒气未尽，无毡而坐肯定会感觉到寒冷。然而，众人开怀畅饮，酒兴正酣，丝毫没有察觉出异样，更显示出梅之醉人，酒之醉人，兴之醉人。

"花谢酒阑春到也，离离，一点微酸已着枝"，主要写宴饮并非一次两次，而是由花开到花谢间多次举行，由此可见众人雅兴之浓，衬托出梅花的魅力。"花谢"则"酒阑"，点出了多次宴饮的目的正是欣赏梅花之绚烂，一旦无花助兴，酒兴自然也变得阑珊。花谢之后，满枝青梅取代了花的位置。"离离"形容青梅繁盛茂密的样子；"微酸"二字以青梅的味道代指实物，增添雅趣。青梅之茂盛可令人追忆梅花之繁盛，梅的形象依然充于字里行间。

全词以纪事来咏物，描写了词人与文人雅士以梅花为因缘，把酒欢聚的情形，刻画了梅花风霜高洁的神韵。词中未正面描写梅花的姿态、神韵与品格，而采用了侧面烘托的手法来加以表现，显示了词人高超的艺术表现技巧。此词句句未粘在梅花上，却未尝有一笔不写梅花，可谓不即不离，妙合无痕。

西江月·梅花

宋朝　苏轼

玉骨那愁瘴雾，冰姿自有仙风。海仙时遣探芳丛，倒挂绿毛么凤。
素面翻嫌粉涴，洗妆不褪唇红。高情已逐晓云空，不与梨花同梦。

西江月：词牌名。

此词是词人被贬岭南惠州时所作，当为悼念随词人贬谪惠州的侍妾朝云而作。词中所写岭外梅花玉骨冰姿，素面唇红，高情逐云，不与梨花同梦，自有一种风情幽致，实为朝云美丽姿容和高洁人品的化身。上片通过赞扬岭南梅花的高风亮节来歌赞朝云不惧"瘴雾"而与词人一道来到岭南瘴疠之地；下片通过赞美梅花的艳丽多姿来写朝云天生丽质，进而感谢朝云对自己纯真高尚的感情一往而深、互为知已的情谊，并点明悼亡之旨。全词咏梅怀人，立意脱俗，境象朦胧虚幻，寓意扑朔迷离。格调哀婉，情韵悠长，为苏轼婉约词中的佳作。

词的上片写惠州梅花的风姿、神韵。"玉骨那愁瘴雾，冰姿自有仙风"，起首两句，突兀而起，说惠州的梅花生长在瘴疠之乡，却不怕瘴气的侵袭，是因为它有冰雪般的肌体、神仙般的风致。接下来两句"海仙时遣探芳丛，倒挂绿毛么凤"，说它的仙姿艳态，引起了海仙的羡爱，海仙经常派遣使者来到花丛中探望，这个使者，原来是岭南珍禽倒挂子，绿毛红喙，状如么凤。（东坡《再用前韵》诗自注："岭南珍禽有倒挂子，绿毛红喙，如鹦鹉而小，自东海来，非尘埃中物也。"）以上数句，传神地勾勒出岭南梅花超尘脱俗的风韵。

下片追写梅花的形貌。"素面翻嫌粉涴，洗妆不褪唇红"，岭南梅天然的容貌，是不屑于用铅粉来妆饰的；施了铅粉，反而掩盖了它的自然美容。岭南的梅花，花叶四周皆红，即使梅花谢了（洗妆），而梅叶仍有红色（不褪唇红），称得上是绚丽多姿，大可游目骋情。面对着这种美景的词人，却另有怀抱："高情已逐晓云空，不与梨花同梦。"词人慨叹爱梅的高尚情操已随着晓云逝去而成空无，已不再梦见梅花，不像唐代诗人王昌龄梦见梨花云那样做同一类的梦了。句中"梨花"即"梨花云"，"云"字承前"晓云"而来。"晓"与"朝"叠韵同义，这句里的"晓云"，可以认为是朝云的代称，透露出这首词的主旨所在。

这一首悼亡词是借咏梅来抒发自己的哀伤之情的，写的是梅花，而且是惠州特产的梅花，却能很自然地绾合到朝云身上来。上片的前两句，赞赏惠州梅花的不畏瘴雾，实质上则是怀念朝云对自己的深情。下片的前两句，结合苏轼《殢人娇·赠朝云》一词看，明显也是写朝云。再结合末两句来看，哀悼朝云的用意，更加明朗。

这首咏梅词空灵蕴藉，言近旨远，给人以深深的遐思。词虽咏梅，实有寄托，其中蕴有对朝云的一往情深和无限思念。词人既以人拟花，又借比喻以花拟人，无论是写人还是写花都妙在得其神韵，由此可以窥见其艺术技巧的精湛。

阮郎归·梅词

宋朝 苏轼

暗香浮动月黄昏。堂前一树春。东风何事入西邻。儿家常闭门。

雪肌冷，玉容真。香腮粉未匀。折花欲寄岭头人，江南日暮云。

阮郎归：词牌名。

这首词明为以梅喻人写相思之情，实则暗寄身世遭遇之憾。

此词写相思，将梅影暗香作比，写出了相思的缥缈无尽，似有似无，同时让人魂牵梦萦。词中的抒情主人公是一个寂寞而孤独的闺中女子，春风吹拂，梅花盛开，可这位女子感受不到春意，闭门不出，可见其孤独寂寞；她肌肤雪白，面容娇美，然而却无心打扮，脸上脂粉涂抹不均，可见其心情不好；她折梅花想寄给远行的人以表思念之情，可暮色苍茫，云雾弥漫，无法可寄，更让她怅惘伤感。

词的上片首句直接借用林和靖诗句来描写梅花的美妙和幽香；次句有"白玉堂前一树梅"的影子，"春"在句中指代梅花，用"春"字既写出了梅花盛开的热烈景象，营造出浓浓的春意氛围，又让人们联想到梅花是报春的使者，梅花给人们带来了春天，增强了艺术感染力。间接点破首句的幽香来自梅花。"东风"即"春风"，此句的"西邻"和下句的"儿家"相对，意指西邻春风得意，而自己却门扉紧掩，暗含春风撩动春愁之意。

下片开头三句"雪肌冷，玉容真。香腮粉未匀"，既是写梅更是写人，她肌肤雪白，面容娇美，到此人梅一体、物我不分，尤其以"香腮粉未匀"来凸显思妇盼郎不归而不事梳妆、无心打扮的落寞心情。"折花欲寄岭头人，江南日暮云"，女子折枝梅花，想寄给远方思念的人，可姜南日暮，云雾弥漫，梅花无法寄递，这使女子更为惆怅。

此词的高妙之处不在以梅花喻闺中少妇，而在又以闺中少妇的处境、思绪，来反映词人身处逆境的惆怅心情，和抱负难施的种种遗恨，同时也寄托了渴望被理解的心愿。

苏轼（公元 1037—1101 年），字子瞻，号东坡居士，世称苏东坡。眉州眉山（今四川省眉山市）人。北宋著名文学家、书法家、画家。宋神宗时曾在杭州、湖州等地任职。元丰三年因"乌台诗案"受诬陷被贬黄州任团练副使。宋哲宗即位后曾任翰林学士、礼部尚书等职，并出知杭州、定州等地，晚年被贬惠州、儋州。宋高宗时追赠太师，谥号"文忠"。苏轼是宋代文学最高成就的代表，并在诗、词、散文、书、画等方面取得了很高的成就。其诗题材广阔，清新豪健，善用夸张比喻，独具风格；词开豪放一派，与辛弃疾同是豪放派代表，并称"苏辛"；其散文著述宏富，豪放自如，与欧阳修并称"欧苏"，为"唐宋八大家"之一；苏轼亦善书，为"宋四家"之一；工于画，尤擅墨竹、怪石、枯木等。有《东坡七集》《东坡易传》《东坡乐府》等传世。

梅花

宋朝　黄庭坚

障羞半面依篁竹，随意淡妆窥野塘。

飘泊风尘少滋味，一枝犹傍故人香。

此诗作于元丰五年（公元 1082 年），黄庭坚担任安徽太和县知县，以平易治理该县。当时课颁盐策，其他县都争着占多数，太和县独不这样，县吏们不高兴，可是该县的老百姓都喜欢。

这首诗写梅花"随意淡妆"，"飘泊风尘"，赞赏其自然淡雅之美。

前二句"障羞半面依篁竹，随意淡妆窥野塘"，描写梅花的生长环境与淡雅姿态。"障羞半面"，比喻半开的梅花。"半"字在这里有着无限的魅力。对人来说，是美人的侧面。唐代诗人白居易有"犹抱琵琶半遮面"（《琵琶行》）的诗句，它有吸引人想见其全貌的魅力；对花来说，开了一半，是最鲜艳动人的刹那。"依篁竹"，松、竹、梅世谓"岁寒三友"，都是高雅纯洁的象征。梅与竹为邻，自是高雅。"随意淡妆"，写梅花淡雅自然，不加粉饰。"窥野塘"，即生长在荒野池塘之边。诗人描写的这株梅花，生长在荒野水塘边的竹林旁，她半开花蕾，不加粉饰，呈现出自然率真、纯朴淡雅之美。

后二句"飘泊风尘少滋味，一枝犹傍故人香"，"飘泊风尘"，指梅花凋谢零落、飘落于尘土之中。"故人"，指首句中的"篁竹"。这两句写梅花凋谢之后，飘落于尘土之中，甘于平淡，不求奢华。而剩下的一枝梅花还靠在篁竹身旁，其幽香随风飘向远方。

诗人崇尚自然纯朴之美。他笔下的梅花，生长在野外水塘边上，与竹林为邻，开花自然，随意淡妆，凋谢后花瓣飘落于尘土之中，甘于平淡。体现了诗人的美学追求，也是诗人高尚品格的象征。

虞美人·宜州见梅作

宋朝　黄庭坚

天涯也有江南信，梅破知春近。夜来风细得香迟，不道晓来开遍向南枝。

玉台弄粉花应妒，飘到眉心住。平生个里愿杯深，去国十年老尽少年心。

虞美人：词牌名。

此词作于宋徽宗崇宁四年（公元 1105 年）的初春。在上一年的夏天，黄庭坚受到政敌的迫害，被贬到宜州（今广西宜州市）。在当时，宜州是一个荒僻之地，且多瘴疠之气，所以诗人不敢携带家属，独自南来。宜州官府秉承奸相蔡京等人的意旨，继续对黄庭坚进行迫害，不准他在城里居住。诗人被迫搬到城南，租了一间四壁透风的破屋栖身。

词的上片写诗人见到梅花后的惊喜之情。诗人自从绍圣元年（公元 1094年）遭受《神宗实录》的史祸以来，已在贬谪迁徙之中度过了十个年头，他是多么想念远在江南的家乡啊！如今，他在这荒僻的郊野忽然见到早发的梅花，倍感亲切。"梅破知春近"，这梅花分明是身兼二任的使者，她既带来了故乡的慰藉，又带来了春天的消息！诗人接着又追记他见到梅花的过程："夜来风细得香迟，不道晓来开遍向南枝"，夜来风小，诗人虽然卧在四壁透风的破屋里，也迟迟没有嗅到梅花的幽香，满以为梅花尚未盛开。没想到晨起一看，向南的梅枝上已经繁花似锦！由于诗人把梅花视为来自故乡的亲人，又由于诗人对她盼望已久而以为她会姗姗来迟，梅花的突然怒放就使他喜出望外。诗人在此运用了倒叙的手法，先述见花后的心情，再叙见花之过程，正是为了突出他的惊喜之情。

可是，诗人毕竟是以垂老之身，处荒远之地，不但壮志销尽，还乡无望，而且连一直是患难与共的家人如今也都远在永州（今湖南祁阳县）。所以，当惊喜的心情平静以后，一种寂寞、凄凉的情绪又油然而生。面对着皎洁妍丽的梅花，诗人心中浮现了昔日对镜弄妆的倩影。"玉台弄粉花应妒，飘到眉心住"，"玉台"是指玉雕的镜台。据说南朝·宋寿阳公主在人日（正月初七）卧于含章殿的檐下，有梅花飘落在她额上，成"五出之花"。后人仿之，成"梅花妆"。大概诗人的内人曾为此妆（诗人曾娶过二妻，都早已去世。后纳一妾，当时远在永州），所以他睹花思人，倍觉伤感。"平生个里愿杯深，去国十年老尽少年心"，接着他又追忆平生，每逢如此之良辰美景（"个里"，"其中"之意），总是开怀痛饮。而自从漂沦于江湖，转徙十年以来，已不复有少时的情怀了！

这首词的写法有两点值得注意。首先，它没有具体地刻画梅花的形貌。一般说来，咏梅诗词总离不开描写梅花的形貌（包括色、香）。例如林逋脍炙人口的"疏影横斜水清浅，暗香浮动月黄昏"（《山园小梅》）两句就是如此。但是黄庭坚对咏物诗的要求是重神似而轻形似的，他对上述林逋的两句诗并不怎么欣赏，倒认为林的另外两句咏梅诗"雪后园林才半树，水边篱落忽横枝"（《梅花》）更为传神（见黄庭坚《书林和靖诗后》）。所以，这首词的重点不是刻画梅花之色、香，而是借咏梅抒发自己去国怀乡、思亲伤老之情怀，同时也就表明了诗人对梅花的钟爱之情。

其次，这首词在字面上似乎平淡无奇，但实际上颇含推敲之功。例如下片的首二句，寿阳公主额上的梅花本是偶然飘落的，但词中却说是镜中的玉颜美丽非凡，梅花因而生妒，才故意飘落到弄妆人的眉间与之一比妍媸。这样用典，可谓推陈出新。又如全词中文气之跌宕也极见匠心：上片写见梅后的惊喜之情，下片立即转入凄凉的忆旧。在下片中三、四两句把少时欢愉与老境寂寞作对比，又是一层跌宕。而下片的一、二两句表面上仅仅描写了美人临镜、梅花飘落的一个镜头，但由于所忆之人已经长逝或正在远方，所以也暗示着今昔之间的一层跌宕。这些手法使得此词虽明白如话，却耐人咀嚼。我们知道，黄庭坚晚年论诗时非常推崇"不烦绳削而自合"的艺术境界，这首词的风格即近于此。

黄庭坚（公元1045—1105年），字鲁直，号山谷道人，晚号涪翁，北宋著名文学家、书法家，江西诗派开山之祖。历任泰和县知县、秘书省校书郎、《神宗实录》编修官、宣州知州、鄂州知州等。后因修实录不实的罪名，被贬涪州别驾。后主管洪州玉隆观，复被除名编管宜州，卒于贬所，追谥文节。长于诗，讲究修辞造句，追求新奇，与苏轼并称"苏黄"。工书法，与苏轼、米芾、蔡襄并称"宋四家"。一生为官清正，治学严谨，以文坛宗师、孝廉楷模垂范千古。著有《豫章先生文集》三十卷、《山谷琴趣外编》三卷。《全宋词》收录其词190余首。

和黄法曹忆建溪梅花

宋朝　秦观

海陵参军不枯槁，醉忆梅花愁绝倒。
为怜一树傍寒溪，花水无情自相恼。
清泪斑斑知有恨，恨春相逢苦不早。
甘心结子待君来，洗雨梳风为谁好。
谁云广平心似铁，不惜珠玑与挥扫。
月没参横画角哀，暗香销尽令人老。
天分四时不相贷，孤芳转盼同衰草。
要须健步远移归，乱插繁花向晴昊。

这是咏梅花的和诗。法曹参军黄子理曾写有《忆建溪梅花》诗，秦观则和诗一首。僧人参寥子也和诗一首：《次韵少游和子理梅花》。苏轼元丰七年正月亦作《和秦太虚梅花》。太虚，秦观之字。由此可知以梅花为题，多人并作，各自抒发自己独特的爱梅之情。而秦观此诗则得到了苏轼的高度赞扬，为之和诗，并写信给王安石，加之推荐。王安石也备加称颂："公奇秦君，口之而不置；我得其诗，手之而不释。"（南宋胡仔《苕溪渔隐丛话》卷五十）

这首诗题，又作《和黄法曹忆建溪梅花同参寥赋》。据《参寥集》知黄法曹字子理（《次韵黄子理宣德旧居四时》），参寥诗又和秦、黄二诗。

秦观这首咏梅和诗，清新婉丽，刻画细腻。表露出他壮年时期求仕的热情，和对美好事物的热烈追求。

这是一首七言古体的咏物诗。全诗十六句，每四句为一节。笔调灵活，变化多端，清词丽句，自然成章，气盛情深。苏轼说："西湖处士骨应槁，只有此诗君压倒。"又说："东坡先生心已灰，为爱君诗被花恼。"（《和秦太虚梅花》）。

开头四句直接扣忆梅的题旨。海陵郡参军一生并未困顿，在酒醉中所作的忆建溪梅花诗，其写怀念梅花之愁，令人极为叹服。"海陵"即今江苏泰兴地区，"参军"是官职名，此指黄子理。"枯槁"一词是化用陶渊明《饮酒》诗之十一的诗意："颜生（颜回）称为仁，荣公（荣启期）言有道。屡空不获年，长饥至于老。虽留身后名，一生亦枯槁。"颜回、荣启期死后有名，但生前"为仁"与"有道"，却贫困至死。这里反用其义，是说海陵参军"为仁"和"有道"，但并未贫困潦倒，而能施展其聪明才智，贡献国家。正因如此，他以仁者之心爱梅如同生命，以梅花的精神与品格陶冶自己。为忆梅而愁致醉，赋为绝唱。借梅托出海陵参军爱梅的审美情趣，有如梅雪的精神与性格。写人忆梅融而为一，是全诗的总起。

后两句则铺展开端两句，为的是爱怜一株依傍寒冷溪水而生的孤梅，梅花与溪水看似无情之物（一本作"多情"），却自相引逗。这是一种移情于物的写法，从其无情又写其"自相恼"，是诗人情化于物的过程。曲折地衬出梅花的孤独形象，只能临水自照，供水观赏，自相引逗，自相苦恼。这两句深寓着他爱梅的情深，忆梅的孤独愁苦。总之这四句写出梅与人的两情相依、相恋与分离的孤独痛苦，成为全诗忆建溪梅的感情基础。

"清泪斑斑知有恨"以下四句分写梅的思情。清晨梅花露珠滴滴，诗人说它泪水斑斑，从而知道它内心有恨怨，以顶真修辞格紧承上句尾字"恨"，痛诉其与春相逢太迟了。原以为春天会把爱梅之人送来，可希望落空了。只有花落结子（即梅实）等待所爱之人来品尝，心甘情愿地让雨水洗刷、春风梳理。为什么把自己打扮得这样美好？言外之意是为所爱之人。这四句诗是用拟人化手法状写梅的恋人之情，有分离的痛苦、恨怨，又有春日相会的希望与失望，结子与打扮得美丽的幻想，笔笔是情，缠绵凄楚。

"谁云广平心似铁"以下四句，写忆梅者的怜梅衷情。诗中的"广平"，指唐代开元年间的名相宋璟。他向以干练决断、不徇私情著称，封广平郡公，人称"广平先生"。但他却爱梅，以赋的手法，富艳的情词写作《梅花赋》。晚唐诗人皮日休说："余尝慕宋广平之为相。贞姿劲直，刚态毅状，疑其铁肠与石心，不解吐婉媚辞。然睹其文，有梅花赋，清便富艳，得南朝徐（徐陵）庾（庾信）体，殊不类其人也！"以宋广平比喻忆梅者并非心肠似铁、无仁爱的情性，而是不惜尽用最好最宝贵的字眼，作《梅花赋》，倾诉其爱梅的恋情。看月落参星没，听画角声哀，想象梅花幽香销尽，愁痛令人苍老。化用李贺的"天若有情天亦老"的句意。倾心之爱，体贴入微，感伤凄凉之至。

最后四句分承合写，总收全诗。自然界的一年四季顺序相接，不能相借贷；转眼之间，孤芳就同于衰败的枯草。因此须快速地把它从远地移植回来，将枝头繁花插满头上，面向晴朗的天空。前两句写梅花因时光流转而衰老，花容零落。后两句写爱梅的急切心情，渴望相会之望。在幻想中把感情推向了高潮，塑造出一位满头乱插梅花的狂恋者形象，反衬出忆梅者的恋梅深情，在幻想中寻求痛苦精神的解脱。

总之全诗剖析爱梅之情，刻画忆梅者心理活动，手法、角度多变，逐层转深。曲折婉丽，直率自然，离愁恋情，沁人肺腑，耐人寻味！

满庭芳·赏梅

宋朝　秦观

庭院余寒，帘栊清晓，东风初破丹苞。相逢未识，错认是夭桃。休道寒香较晚，芳丛里，便觉孤高。凭阑久，巡檐索笑，冷蕊向青袍。

扬州，春兴动，主人情重，招集吟豪。信冰姿潇洒，趣在风骚。脉脉此情谁会，和羹事，且付香醪。归来后，湖头月淡，伫立看烟涛。

满庭芳：词牌名。

这是一首赞颂梅花并抒发感怀的词。

上片赞美梅花的鲜艳、高洁。

"庭院余寒"三句，是写在清冷的早晨，看到窗帘外的庭院中，红梅的蓓蕾绽开了。这三句词，交代出词人赏梅的时间——早春的清晨，地点——庭院中，所欣赏的是刚刚开放的红梅。从"余寒""东风初破"等词语，可以看出，红梅是在春寒料峭的气候里迎着东风开放。"余""初"等词运用得恰如其分。"相逢未识"二句，写词人看到红梅后的最初感受。词人一看到刚刚开放的红梅花，错误地认为是茂盛鲜艳的桃花（夭桃），这是因为桃花是春季的应季花。"春风桃李花开日"，宋代诗人韩元吉的《红梅》诗中，亦有"错认夭桃有暗香"之句。这两句是赞颂红梅的鲜艳，其鲜艳程度有如桃花。

"休道寒香较晚"三句，是写梅的特殊性。其他的花多是在春天开放，"摇荡春风媚春日"，而梅花却是在冬末或早春开花，因此"寒香较晚"。词人在这句前冠以"休道"两个字，表现了他反对抱怨梅花晚开的说法，他指出，当你步入冷香幽放的梅花丛中时，便会对它产生孤傲高洁之感。这几句是在写梅花鲜艳的基础上，进一步赞扬其超群的高洁品格。

"凭阑久"三句，写词人赏梅时的行动和感想。词人长时间的凭阑赏梅，又在屋檐下徙倚徘徊以寻索开心事。从"索笑"这一词语可以看出词人当时虽面对梅花，但又觉得心情还不舒畅，想更寻开心事，但所得到的却是"冷蕊向青袍。""冷蕊"是指在春寒中开放的梅花。"青袍"指词人的官服。唐朝时八、九品的官穿青色官服，后世用"青袍"代指卑微的官职。"冷蕊向青袍"一句，是词人面对梅花抒发自己不被重用、沉于下僚的抑郁之情。

以上是上片，词人一面赞美梅花的鲜艳、高洁，同时也抒发了怀才不遇之感。

下片写词人赴友人约会，并进一步抒怀。

"扬州"以下四句，写扬州一位朋友召集一些诗人聚会。扬州是词人的家乡，"主人"可能就是词人家乡的一位友人，他春兴大发，把与他要好的包括词人在内的诗人们召集到自己家中，可以说是一次诗人兴会。"信冰姿潇洒，趣在风骚"，前句写梅，梅瘦枝疏斜，姿态潇洒，梅花凌霜傲雪开放，具有不怕雪压霜侵的坚贞不屈的品格。这激起诗豪们浓厚的诗兴——"趣在风骚"，"风骚"是指以"国风"为代表的《诗经》和以《离骚》为代表的《楚辞》，在本词中是代指诗。与会的诗人们很可能写出许多咏梅的诗。

"脉脉此情谁会"三句，"脉脉"是彼此相视含情不语的样子；"和羹"本来是调和羹汤的意思，这是用以比喻臣子们辅佐君主，同心协力治理国家；"香醪"指美酒。这几句的意思是，大家彼此含情相对，默默不语，人们的感情谁又能领会呢？不要再谈起治国安天下的事，还是把这些心事都放在饮酒上吧。表达了词人怀才不遇，借酒浇愁的思想感情。

"归来后"三句，写词人与友人聚会回来后，已是夜晚，眼前是淡淡的月光照映下的湖水，他久久地立在岸边注视着湖上的烟波。全词到此，戛然而止。

这首词的艺术性是很高的。首先，词人对梅的刻画颇具匠心，既能描写其形，又能传其神。词人先写他所看到的是"初破丹苞"的梅，写出其鲜嫩及颜色，致使词人"错认是夭桃"，这就把梅花的鲜艳程度描摹得更为形象动人，即使没见过红梅蓓蕾初放的人，也会对它有个鲜明的印象。词人不但描绘出梅花的鲜艳及色彩，还传写出其精神品格。如上片写梅"孤高"，不同于一般花草，"寒香""冷蕊"写出其坚贞不屈的品格，"冰姿潇洒"，既道出其品格，又刻画出其风采。

其次，结构谨严。本词分上下两片，词人突破了一般填词上片写景，下片抒情的传统写法，因而在上片的写景中有抒情、议论、如"休道寒香较晚，芳丛里，便觉孤高"，则是在抒发对梅的高尚品质的赞美之情。下片的"信冰姿潇洒""湖头月淡"则又都是写景的句子。如此，上下两片各有抒情、写景，参差错落，避免了单调、呆板。还有，上片末尾"凭阑久"三句，是向下片的抒情过渡。而"凭阑久"又与下片的"伫立看烟涛"相呼应，这样，就使上下两片前后勾连，形成有机的浑然整体结构。

再次，本词在抒情上有以下两个特点，其一是借景抒情，在上片的"寒香""孤高""冷蕊"等写梅花的词语，也暗寓词人耿介清高的性格和怀才不遇之感慨，这些景语皆可以视为情语。其二是本词抒情具有含蓄蕴藉的特点。如上片的"凭阑久"，下片的"伫立看烟涛"，都是言尽而意未尽，词人久久地凭阑，长时间地看烟波，他在思考些什么呢？这就给读者留下想象的余地。前人评论说："词之蕴藉宜学少游。"（清人沈祥龙《论词随笔》）这话是有一定道理的。

秦观（公元 1049—1100 年），字少游，一字太虚，号淮海居士。北宋著名文学家，为"苏门四学士"之一。被尊为婉约派一代词宗。官至国史院编修，后长期遭贬谪。他一生坎坷，所写诗词，高古沉重，寄托身世，感人至深。在婉约感伤词作的艺术表现方面，展示出独特的审美境界。秦观是北宋文学史上的一位重要作家，但在秦观现存的所有作品中，词只有三卷 100 多首，而诗有十四卷 430 多首，文则达三十卷共 250 多篇，诗文相加，其篇幅远远超过词若干倍。

洞仙歌·梅

宋朝　晁补之

年年青眼，为江梅肠断。一句新诗思无限。向碧琼枝上，白玉葩中，春犹浅。一点龙香清远。

谁抛倾国艳？昨夜前村，都恐东皇未曾见。正倚墙红杏，芳意浓时，惊千片。何许飘零仙馆？待冰雪丛中看奇姿，乍一笑能回，上林冬暖。

洞仙歌：词牌名。

晁补之集中有四首咏梅词。以此首《洞仙歌》为最佳。

开头三句"年年青眼，为江梅肠断。一句新诗思无限"，写词人对梅花的雅爱深情。"青眼"，即青睐，重视之意。"肠断"，断肠的倒装语，即销魂动魄之意。此三句词意为：我年年都特别爱赏梅花，被其吸引得神魂颠倒，并常写咏梅诗篇，每句新诗都寄托着无限情思。虽是直述其事，但情真语切，出口不凡。

以下四句写梅花的姿质色香。"向碧琼枝上，白玉葩中，春犹浅。一点龙香清远"，那白玉色的花，开在碧玉般的枝条上，在初春的阳光下散发着缕缕幽香。"龙香"，即龙涎香，为珍贵香料。"清远"，指梅香清新而悠长。短短数语，便勾画出一幅"早春梅香图"，确是白描高手。

下片换头，用问句。"谁抛倾国艳"，显然是梅花抛却了倾国倾城的艳丽姿色，退却红妆学淡妆。其实梅花本无倾国色，何谈抛弃！此句妙处就是，在无中生有、明知故问中显示梅之高洁不俗，比直说更婉曲尽情。正因为梅花失去了倾国倾城的容色，故失宠于春神东皇，"昨夜前村，都恐东皇未曾见"。

以下四句写梅花飘零情景。"正倚墙红杏，芳意浓时，惊千片"，"倚墙红杏"四字，包含无限春光。梅花就是在这百花争艳、春光烂漫之时，纷纷飘落了。一个"惊"字，表现出诗人对梅花零落的惋惜之情。接着又问一句："何许飘零仙馆？"为何让她飘落到玉宫仙馆之中？此句既补足了惜花之情，又渲染了梅花的仙姿雅韵。

最后三句"待冰雪丛中看奇姿，乍一笑能回，上林冬暖"，预想梅花再度开放时的奇姿妙景。"待冰雪丛中看奇姿"，是极富诗情画意的赞梅之语。"乍一笑"，以拟人手法写梅花初放时的动人情态。"上林"，汉代上林苑的简称，此处泛指园林。此三句意为：等到万花纷谢的冬天来临之后，梅花又会在冰雪丛中显现奇姿异彩。她嫣然一笑，能给冰封雪冻的园林带来春天的温暖。

词中塑造了玉质高洁、不与众花争春的梅花的奇美形象，寄寓着诗人崇高的人格美。

晁补之（公元1053—1110年），字无咎，号归来子，济州钜野（今山东巨野）人。北宋时期文学家，"苏门四学士"之一。曾任吏部员外郎、礼部郎中。工书画，能诗词，善属文。其散文语言凝练、流畅，风格近柳宗元。诗学陶渊明。其词格调豪爽，语言清秀晓畅，近苏轼。但其诗词流露出浓厚的消极归隐思想。著有《鸡肋集》《晁氏琴趣外篇》等。

临江仙

宋朝　李之仪

江东人得早梅，见约探题，且访梅所在，因携笺管，就赋花下。

初破晓寒无限思，融融腊意全迷。春工从此被人知。不随蜂蝶，长伴玉蟾低。

缥缈云间应好在，盈盈泪湿征衣。背人偷捻向东枝。清香满袖，犹记画堂西。

临江仙：词牌名。

根据题下诗人的自注可知，本词是一首即兴作品。词人的一位江东朋友看到了一棵早梅，不禁非常欣喜，就请词人为之做首词。于是，词人便带着文房四宝，与江东友人一同来到梅树之下，面对梅花，欣然命笔。

词人以拟人化的手法先从梅花的神韵开始写起。"初破晓寒无限思，融融腊意全迷"，是说梅花的冰骨玉肌打破了冬季拂晓的寒冷气氛，好似一个怀春的姝丽含情脉脉，泪眼凄楚，显现出一种无限的深情。人们见到她，精神不禁为之一振，心里也荡起无限情思，寒冬腊月冷冻的感觉好像立即被驱散了。她在向人们传递春的信息，暗示人们温暖美丽的春天就要来了。她不仅向人们报春，而且还具有高尚的节操，"不随蜂蝶，长伴玉蟾低"。她不随俗同庸，不慕富贵，不与众花争艳去招蜂惹蝶，而是长久陪伴着那洁白的月光。至此，词的上片把一株早梅的神韵描绘了出来。她傲雪凌霜，耐寒清高；她苏世独立，坚守节操；她不慕荣华，甘守寂寥——这便是梅的精神气质，又是诗人理想人格的化身。于是下片便自然而然地转到了对于情人的忆念之中。

下片是诗人想象自己意中人独自赏花时的情景。"缥缈云间应好在，盈盈泪湿征衣"，是说意中人似乎就在那虚无缥缈的云雾缭绕的幻境之中，两只秀眼泪水盈盈，滴下的珍珠般的泪水，把她为正出行未归的情人所做的衣服都沾湿了。她形单影只，孤苦伶仃，只好默默地饮泣，当实在难以忍耐的时候，只好"背人偷拗向东枝"，偷偷地来到梅花的面前，对梅花进行静默地观照，向梅花倾诉自己的委屈与苦衷。由于伫立时间的长久，她的衣袖里都注满了梅花那清幽的香气。她久久地伫立，在想什么呢？原来她又回忆起在画堂西侧与情人幽会时的幸福情景。应当指出，"犹记画堂西"一句是暗用李商隐《无题》诗中名句"昨夜星辰昨夜风，画楼西畔桂堂东"的语意，显然是指男女情人之间的幽会。但此句比原诗显得更加凝练含蓄，只点出会见的地点而略去其他，给读者留下充分想象的余地，余味无穷。

梅花有多种，本篇所咏为"早梅"。早梅在冬至前就开花，比其他梅花都早，所以得此名。本词咏梅的特点是略形而取神，不写梅花的形状、色彩、姿态，而从她那"无限思"的神态下笔，写尽其高洁、孤傲的品格。下片则由梅到人，以梅象征情人的贞洁，又以人反衬出梅的孤傲。两相映衬，相得益彰，更突出了梅花的可敬可爱。

李之仪（公元 1048—1117 年），北宋词人。字端叔，自号姑溪居士、姑溪老农。滨州无棣人。哲宗元祐初为枢密院编修官，通判原州。后监内香药库，因曾为苏轼幕僚，被停职。徽宗崇宁初提举河东常平。后因得罪权贵蔡京，除名编管太平州，后遇赦复官，晚年卜居当涂。著有《姑溪词》一卷、《姑溪居士前集》五十卷和《姑溪题跋》二卷。他是苏轼门人之一，元祐文人集团的成员，擅长作词，小令更长于淡语、景语、情语。

丑奴儿·大石梅花

宋朝　周邦彦

肌肤绰约真仙子，来伴冰霜。洗尽铅黄。素面初无一点妆。

寻花不用持银烛，暗里闻香。零落池塘。分付余妍与寿阳。

丑奴儿：词牌名。

这首词写梅花的花开和凋谢，侧重描写梅花的颜色和香气，借歌咏梅花的美丽高洁来表现词人高洁的情操。

上片描写梅花的开放和颜色。"肌肤绰约真仙子，来伴冰霜"，"绰约"，形容女子姿态柔美的样子。词一开始，描写一位肌肤雪白、姿态优美的仙女，来到冰霜覆盖的人世间，给人无限的想象和生动的美感。接着写这位仙子的面容："洗尽铅黄。素面初无一点妆。""铅黄"，铅粉和雌黄，古代妇女化妆用品。这位仙子面容洁白无瑕，不施一点脂粉，姿容素雅高洁。词人用仙子比拟白梅花，突出了她纯洁无瑕、素洁高雅的姿容。"来伴冰霜"则表现了梅花不畏冰霜、凌寒独开的坚强性格和高洁情操。

下片写梅花的香气和凋落。"寻花不用持银烛，暗里闻香"，化用王安石诗句"遥知不是雪，为有暗香来"（《梅花》），写夜里欣赏梅花，不用持烛照明，闻到梅花的香气便可找到。"零落池塘。分付余妍与寿阳"，梅花凋零了，飘落在池塘里，令人惋惜。她虽然飘落了，还可以把剩下的花瓣送给妇女们妆扮。"寿阳"，寿阳公主，南朝宋武帝女。相传梅花落其额上，人以为美，而出现寿阳妆。表现了梅花装扮人间的纯洁美好的心灵。

词人借洁白的梅花来比其高洁的品质，寄托其不与世俗同流合污的情怀。词人一生都在为做官漂泊，但主观上还是存在一种归隐自然、超然于世外的思想。所以，借咏梅花来表现其超然物外、追求自然的高洁情操。

此词艺术上清新明快，用字没有雕琢，比拟新颖贴切。写梅花的颜色香气、耐寒的品质，没有直接说出梅字，但读者读完词之后都知道写的是梅花。正如宋代沈义父在《乐府指迷》中所说："咏物词最忌说出题字。"

丑奴儿·香梅开后风传信

宋朝　周邦彦

香梅开后风传信，绣户先知。雾湿罗衣。冷艳须攀最远枝。
高歌羌管吹遥夜，看即分披。已恨来迟。不见娉婷带雪时。

这是一首咏梅词，咏梅兼而写人。上片写女子见梅开而探春，攀折梅花而抱春归来，刻画女人的思春之意。下片以男子口吻写赏花心情，表达有花堪折直须折的惜时之感。

上片起句"香梅开后风传信，绣户先知"，"香梅"是十二花信风的第一信，香梅开后，春即到来。南朝宗懔《荆楚岁时记》云："始梅花，终楝花，凡二十四番花信风。""绣户"，指女子所居之处。"绣户先知"，指女子敏感于春天的到来。下一句抒情场景发生转换，写女子出门采红梅。"雾湿罗衣"，化用唐人杨凭《春情》中的诗句"暮雨朝云几日归，如丝如雾湿人衣"，暗示女子对春信的敏感，是基于春情之萌动。女子于晨间浓雾未散之际，迫不及待地出门采梅花。"冷艳须攀最远枝"，化用五代和凝《望梅花》词句："越岭寒枝相自坼，冷艳奇芳堪惜。"既写梅花的香远冷艳，也写采梅之不易；同时以"香梅"自比，言说相思之情的高远优雅，不同于凡俗花朵的亲切热烈。比喻女子将爱慕、相思的心意置于冷艳疏远的梅树枝头，以待心仪的人来采摘。

下片以男子口吻抒情。换头"高歌羌管吹遥夜"，"羌管"即羌笛。笔意跳荡，写男子所处的环境，嘈杂热闹。"遥夜"即长夜，在热闹的欢歌时光中，男子错过了观赏梅花的最好时候。一夜过去，"看即分披"，"分披"就是凋零，葛洪《西京杂记》中言"条叶分披，华枝摧折"。等到回应她的时候，花将凋零，已错过最好的时光，象征女子容颜衰败和情义的凋落。

"已恨来迟，不见娉婷带雪时"，既是写男子迟来的遗憾，也是对时光流逝的感慨。世间的诸多好景讲究恰到好处，相爱的人在情最浓时相遇，分别的人在想念最浓之际重逢，如同观赏戴雪寒梅，是人间奇景，却偏偏错过。寥寥数语，包含无尽憾恨，正中离人之怀。

这首词可能是词人在酒宴之际所作宴会词，专为歌舞助兴，围绕"有花堪折直须折"的思路运笔，虽无深刻的内涵，但语调娴雅，写行乐而不道破，亦有其高妙之处。

　　周邦彦（公元 1056—1121 年），字美成，号清真居士，杭州钱塘（今浙江杭州）人，北宋末期著名的词人。历官太学正、庐州教授、国子主簿等。徽宗时历考功员外郎、卫尉宗正少卿兼议礼局检讨。出知隆德府，后自明州任入秘书监，为徽猷阁待制，提举大晟府。精通音律，曾创作不少新词调。作品多写闺情、羁旅，也有咏物之作。格律谨严，语言典丽精雅，长调尤善铺叙。为后来格律派词人所宗。有《清真集》传世。

梅花引

宋朝　刘均国

　　千里月，千山雪。梅花正落寒时节。一枝昂，一枝藏。清香冷艳，天赋与孤光。孤光似被珠帘隔，风度烟遮好颜色。粉垂垂，玉累累，先春挺秀，不管百花知。

　　似霜结，与霜别。莫使幽人容易折。短墙边，矮窗前，横斜峭影，重叠斗婵娟。黄昏惯听楼头角，只恐听时零乱落。醉来看，醒来看，萦绊丽人，潇洒倚阑干。

梅花引：词牌名。

本词基本上是用赋的笔法来描绘月下梅花的各种形态。

"千里月，千山雪。梅花正落寒时节"，是为梅花的生长开放描绘一个大的背景，为下文创造了总体基调。在那满天月光的笼罩之下，千山万岭白雪皑皑，梅花正是在这严寒的季节里开放。"落"是始的意思。屈原《离骚》："夕餐秋菊之落英"。"一枝昂，一枝藏"，写梅花的姿态，有的树枝高高扬起，像雄伟的武士傲然挺立，迎霜斗雪；有的树枝则藏了起来，像个羞答答的少女怕被人瞧见。

"清香冷艳，天赋与孤光"两句，写梅花的味与色。淡淡的香气沁人心脾，略带寒意的色彩洁白淡雅，微露光泽，好像是天公格外赋予的一般。"孤光似被珠帘隔，风度烟遮好颜色"，这两句既紧承上文，又暗接首句，描绘梅花在月色之下的朦胧美。远远望去，月光轻柔地洒下银辉，天地之间灰灰蒙蒙，仿佛披上了一层轻薄而又透明的柔纱，那万朵梅花也宛如隔着薄而透明的帘幕，又好像被轻淡的烟气笼罩着一般，梅花那种若隐若现、朦朦胧胧的样子尤为好看。

"纷垂垂，玉累累"，二句互文见义，写梅花的近观景色。粉白色的花朵似洁白的美玉一样晶莹润泽，密密麻麻地结满枝头。"先春挺秀，不管百花知"，她不等春神的到来而挺拔生长，也不管百花君子是否知晓就独自绽开。她是由于有美好的心灵来向人间默默奉献的，并不需要什么荣誉与赞美。

上片重点是从各个角度写梅花的外貌，下片则转向对其内在品格的刻画上。"似霜结，与霜别"，是说梅花的外貌与晶莹的凝霜相似，但其内在本质却迥然不同，因梅花有暗香，有内在的气质和神韵，所以她招来了人们的喜爱。梅与霜的区别就在于"莫使幽人容易折"，霜寒梅香，前者令人生厌，后者则因其高洁的品格，而经常被人们折来欣赏。此句暗转，由下句开始既写梅花也写爱梅赏梅的女子，把梅花与美人结合在一起来写。

"短墙边，矮窗前，横斜峭影，重叠斗婵娟"，是写在佳人窗前的梅花，那横斜俊俏的枝干，那重重叠叠的花朵，好像在逗引着室内的那位多情的美貌女子。梅花的情影冰魂引起了她的感伤。"黄昏惯听楼头角，只恐听时零乱落"，她习惯地去听在黄昏之时从城头上传来的凄厉的画角声。而画角所吹奏的悲伤凄婉的"梅花弄"的曲调，更刺痛了她的伤心之处，那伤心的泪水又要"零乱落"了。"画角"是一种古代乐器，出自西羌。发声哀厉高亢，军中多用之。本

113

词的"画角"所奏当是"梅花弄"的曲调，这样才与全词的意旨相合。汉代就有"梅花弄"的乐曲，是一种哀伤凄婉的曲调。

最后几句写女子听乐后孤独感伤的情怀。"醉来看，醒来看，萦绊丽人，潇洒倚阑干"，她在醉态之中来看梅花，清醒的时候也来看梅花，因为只有面对窗前这几枝"横斜峭影"的梅花，才可排遣一下自己的烦忧。也只有这几枝通晓人性的梅花，才能紧紧吸引住丽人，"萦绊"着丽人的心曲，使她潇洒地倚在栏杆之上，来观照这几枝多情的花朵。花和人交相辉映，构成了一个优美的艺术境界。词的最后一部分花中有人，人不离花，花通人性，人悟花心。"倚阑干"的既可以是那位美女，也可以是梅枝。真正达到了不即不离、令人回味无穷的境界，确是词中上品。

刘均国（生卒年、生平事迹均不详），宋代诗人。苏轼子苏过（公元1072—1123 年）有《题刘均国所藏燕公山水图》诗。

梅花三首

宋朝　韩驹

江南岁晚雪漫漫，涧谷梅花巧耐寒。
幸有幽香当供给，不辞三载滞西安。

云根细路绕溪斜，日出烟销水见沙。
只度关山魂已断，可须疏雨湿梅花。

篮舆晓入关山路，玉节珠幡次第开。
白发微官何用许，似怜身出道山来。

韩驹的三首梅花诗，可说是艺术的梅园中，一束引人注目的俏丽花枝。

韩驹是四川人，少有文名。早年曾在苏辙门下求学。出仕后，被目为苏党，两次从朝中贬出，最后死在抚州（今江西省抚州市临川区）。此诗当为晚年贬官，辗转江南，一次移官旅途中所作。三首诗为一组。分读，各自可以斐然成章；合读，则浑然一体。诗人以饱含深情的想象，拟人的写法，塑造了一个不惧严寒，巧于避寒，高洁而又温馨的梅花形象。创造出一个人与梅花相似、相知、相怜爱的动人意境。

第一首写人与梅花的相似与相知。首句"江南岁晚雪漫漫"，点明地点、时间、环境。说明虽在江南，到了冬季也是大雪横飞。次句"涧谷梅花巧耐寒"，赞许梅花利用涧谷的地形巧妙地抵御严寒。两句暗寓个人身世的感慨和与梅花的认同。词人与梅花的共同点很多：同生南方，同当"岁晚"，同有恶劣环境需要对付，甚至同样避地以抗"风雪"。不由不生亲切之感。三、四句"幸有幽香当供给，不辞三载滞西安"，是说幸亏有如此幽雅的香气不断地提供给自己，因而，即使在西安县这样偏远的地方滞官三载也甘心情愿，在所不辞。形式上，这是苏轼"日啖荔枝三百颗，不辞长作岭南人"（《食荔枝二首》之二）的翻版。而内容上则别有意趣。苏诗表达的是对美味的酷嗜，而此句则写人对花的深切的知己之情，实际上反映了诗人对理想品格的向往。

第二首，写诗人对梅花的怜惜之情。前两句"云根细路绕溪斜，日出烟销水见沙"，描写山路险仄，随溪宛转，自己旅途艰辛，侵晓趱程。三、四两句"只度关山魂已断，可须疏雨湿梅花"，慨叹仅仅是跋涉的劳顿已使自己极度地苦恼与怅惘，像断魂一般，心中哪里还能受得住眼见梅花为雨所湿的凄迷情状，而沸涌的痛苦之情的折磨呢？此诗前三句是铺垫，末一句才是主旨。要说的就是这样一句话：生活中，一切打击、阻碍、痛苦自己都能勉强忍受，而不堪忍受的则是理想的花朵受到风雨的摧残。怜花，自然也包含自怜。

第三首，写花怜人。前两句"篮舆晓入关山路，玉节珠旛次第开"，写关山路上，梅花相继灿然开放，像仪仗队中玉制的符节，以珍珠为饰的旗帜，仿佛有意慰藉自己，欢迎自己。"篮舆"，竹轿。"玉节"，玉制的符节。"珠旛"，以珍珠为装饰的旗。后两句"白发微官何用许，似怜身出道山来"，是说自己年龄老大，满头白发，却只是一个卑微的小官，没有前途，没有希望。哪里当得起如此隆重的欢迎。之所以如此，大概是梅花可怜我远离朝廷，被贬谪到这偏僻的道山来吧。此处将梅花写得情意绵绵，善体人意，绝似一位含情脉脉的女性。从中可以感觉到，诗人一颗备受霜寒的心，是在怎样地期待着温柔的抚慰。

韩驹一生写诗不多，但创作态度极其严肃认真。《宋诗抄·韩驹小传》说他"诗有磨淬剪截之功，不吝改窜，有寄人数年，复追取更定一二字者"。他这种锤炼语言的功夫，从这三首梅花诗中是可以窥见一斑的。

韩驹（公元 1080—1135 年），江西诗派诗人，诗论家。字子苍，号牟阳，学者称他陵阳先生。陵阳仙井（今四川仁寿）人。少时以诗为苏辙所赏。徽宗政和初，召试舍人院，赐进士出身，除秘书省正字，因被指为苏轼之党谪降，后复召为著作郎，校正御前文籍。后除秘书少监，迁中书舍人兼修国史。高宗立，知江州。写诗讲究韵律，锤字炼句，追求来历典故，写有一些反映现实生活的佳作，今存《陵阳集》四卷。

梅

宋朝　李邴

绵霜历雪忿开迟，风笛无情抵死吹。
鼎实未成心尚苦，不甘桃李傍疏篱。

李邴南宋初曾签枢密院事，四月拜尚书右丞，又参知政事。是一位主战的爱国官吏，因与吕颐浩政见不合而辞官。曾向宋高宗上陈主战方略：战阵、守备、措画、绥怀等各五事。高宗不予采纳。故作此诗借咏梅以寄托壮志难酬之痛。

诗的开端一句是借梅抒愤。"绵霜历雪忿开迟"，诗人看到饱经霜雪的梅花开放了，欣慰之余，也怨愤它开得太迟。梅花不畏寒冷，经霜历雪，迎春开放，本是自然的规律，不因人的喜怒而开早或开迟。诗人的忿怨从何而来呢？是诗人的心理活动。罢官之后，目睹国难当头，皇帝主和，理想破灭，失望怨愤纠集心头，欲借梅花抒忧，愿其早开，寻求精神寄托。"忿"字即有怨情，有借此洗涤内心郁闷的渴望。

次句写梅花落。"风笛无情抵死吹"，无情的风送来不休止的强笛声，传出来梅花落的曲调声，令人凄楚！风吹花落，笛曲落梅，由欣慰忿怨而转为凄楚悲凉。仅有一点的希望，也在心理上消失了。"抵死"与"无情"联结，写出了风的残酷性，冒死地吹落梅花。梅花本为诗人美好理想的象征物，遭到了摧残，于凄楚之中含愤怒。敷陈了首句的"忿"字。

第三句写梅子未成熟。"鼎实未成心尚苦"，无端花落而梅实未成熟，内核还很苦。借以表达看不到美好的理想得到实现后的美好结果，而内心痛苦。"鼎实"，即鼎中所盛的食物。此借代为梅花的果实。"鼎"又是国家的象征，暗寓着复国大业未成。国家分裂，遗民涂炭，而忧心如焚。由形转神，由外入内地描绘。"心尚苦"三字语义双关，既是写梅之果实未成熟中心苦，也巧喻自己方略未得见用而心中悲苦，亦梅亦人，浑然为一。

结尾句再抒忿情，照应开端。"不甘桃李傍疏篱"，不甘心与桃李花为邻，虽然还有疏疏的篱栅。表面是写梅怨，实为写人怨。桃李花尚华，富艳一时，轻浮媚人。而梅花华实相符，神形俱清，韵胜格高，其香过于桃李。诗人以梅自喻，以桃李喻主和派官吏，表明不甘于同这些媚主求荣的官吏同流合污，保持自己的高尚气节，坚定抗金复国的壮志。睹桃李而悟佞臣，忿成此句诗。揭示理想不能实现的根源，深化主题。

这首咏梅诗，借梅托志，亦梅亦人，剖析个人心境，表露关系国家存亡的大计，展示出南宋初期朝廷中主战与主和的重大斗争，刻画出爱国志士孤独坚韧的形象与心理。此诗妙在借梅托意，以梅喻人，含意深远。在众多咏梅之作中，如此关联政事而又不露痕迹者确实不多见。

李邴（公元 1085—1146 年），字汉老，号云龛先生。济州任城（今山东济宁）人。徽宗崇宁五年进士，累官翰林学士。高宗即位，为兵部侍郎兼直学士院。拜尚书右丞，改参知政事，后除资政殿大学士。宋绍兴五年，条上战阵、守备、措画、绥怀各五事，不报。提举洞霄宫。寓居泉州十七年，后遂家焉。好游佳山水，以诗自娱，南安胜迹，题咏尤多。著有《草堂集》一百卷。

渔家傲

宋朝　李清照

雪里已知春信至，寒梅点缀琼枝腻。香脸半开娇旖旎，当庭际，玉人浴出新妆洗。

造化可能偏有意，故教明月玲珑地。共赏金尊沉绿蚁，莫辞醉，此花不与群花比。

渔家傲：词牌名。

李清照十分喜爱梅花，写有多首咏梅词。这首词咏的是雪里梅花。

上片，集中表现了梅花的特点：娇和洁。"雪里已知春信至，寒梅点缀琼枝腻"，起笔便点出季节——初春乍到，要言不烦地为我们描绘了一幅"寒梅傲雪图"。一片白雪覆盖着苍茫大地，万物不见了，唯有一树报春的梅花点缀在白雪之中，着雪的梅枝有如天工雕就的琼枝。前一句是概言，画面阔大，把视野投诸整个天空大地；第二句凝墨一端，特写"琼枝"。梅花盛开，正是"春信至"的具体表现，照应前句，行文谨严。"雪"给人以寒冷的肃意，"春"给人以温暖的欢快。况且这春意又是在皑皑白雪中透露出来的，故而令人倍感可爱。这两句字面上是冬与春的对比，寒冷与温暖的对比，还蕴含着雪之洁白与梅之红艳的色彩对比。白雪映红梅，使雪更洁美，令梅更娇艳。

因此，词人自然联想到："香脸半开娇旖旎，当庭际，玉人浴出新妆洗。""香脸"指古代美女的脸，这里比喻半开的梅花。"半"字在这里有着无限的魅力。对人来说，是美人的侧面。白居易有"犹抱琵琶半遮面"（《琵琶行》）的诗句，它有吸引人想见其全貌的魅力，对花来说，开了一半，是最鲜艳动人的刹那，让人恨不得立刻用手扒开她的另一半，看个仔细。以上着重描写梅花的娇。"玉人浴出新妆洗"，则侧重表现梅花的洁。庭院中的梅花，花蕾初绽，芳香袭人，好像一个刚刚出浴，洗去脂粉严妆，方显出天然本色的美女。亭亭玉立，惹人喜爱。

上片主要是写景，词人的内心情感不着一字，却使我们分明感受到了词人青春般蓬勃的朝气，字里行间跳动着欢快的旋律。

下片，淋漓酣畅地抒写了词人对月赏梅的情怀。"造化可能偏有意，故教明月玲珑地"，造化，即孕育万物的大自然。大自然可能特别偏爱梅花，所以才有意地让今晚的月色分外明亮。这两句创造了一个非常优美的意境：融融的月色和皑皑的白雪交相辉映，月光下，雪地上，一树梅花横斜疏瘦，傲然怒放，愈发显现出冰清玉洁的性格。月色因梅花的点缀更美丽，梅花因月色的映照更皎洁。

"共赏金尊沉绿蚁，莫辞醉，此花不与群花比"，"金尊"，是古代金制的酒杯。"沉绿蚁"，即饮酒。这三句是说，让我们举起金盏畅饮，一道来欣赏这月色里的梅花吧，请不要推辞酒量不胜，这梅花是其他花所不能相比的。"莫辞醉"，写出了词人欢乐的程度。读了这三个字，我们仿佛看到词人略有酒意，不断举杯邀请丈夫赵明诚或朋友们再干一杯的动人情景。那么是什么原因使词人这样"贪杯"呢？结句"此花不与群花比"点明原因，揭示了主题。这是画龙点睛之笔。词人之所以喜爱梅花，是因其不同群花，它皎洁，具有清高傲寒的品格。词人对寒梅的咏赞，反映了她鄙弃尘俗的情感，也表现了她孤芳自赏的一面。

这首词写得细腻传神，意境优美，和谐欢快。如潺潺流水，如叮当驼铃，自然纯真，明朗显豁，别具一格。

玉楼春·红梅

宋朝　李清照

红酥肯放琼苞碎，探著南枝开遍未？不知酝藉几多香，但见包藏无限意。
道人憔悴春窗底，闷损阑干愁不倚。要来小酌便来休，未必明朝风不起。

玉楼春：词牌名。

这首《玉楼春》，是一首被誉为"得此花之神"（清·朱彝尊《静志居诗话》）的咏梅之作。但它又不是一首单纯的咏物词，而是通过咏梅，婉曲地写出了词人"不知酝藉几多香"的高洁的内心世界，表达出她"憔悴春窗底"，"闷损阑干愁不倚"的无限愁意，透露了她极力使自己摆脱和暂时忘却"愁"的愿望。

这首词以梅花为描写对象，着意表现了梅花的"酝藉"之香，"包藏"之意。起句"红酥肯放琼苞碎"一句，便首先描绘了梅花的形态。那饱蕴着青春活力的花蕾，犹如一颗颗晶莹的玉珠，经过天工的雕琢，正绽成一朵朵新花；渐渐舒展的花瓣，细腻柔润，焕发着动人的光彩。寥寥几字，含英咀华，描绘出梅花天然的美质，青春的光华。如果说含苞欲放的梅花还未免有些"稚气"，还没能充分显露她美妙的风韵；那么，开得正盛的梅花也同样有"美中不足"，因为盛极必衰，旺盛的背后必然是红落香残。而只有在梅花刚刚开放的时候，她才最富有生机，最令人心醉神迷。词人正是抓住这一时机，用"肯放"二字把它表现出来。"琼苞碎"的"碎"字，生动地描绘了梅花开放时的情景，让人从静中体会出它的动。本来，花的开放过程是人的视觉难于察知的，刚才看还是颗颗蓓蕾，转眼间却变成簇簇新花。一个"碎"字，正好写出了人的这种"错觉"：仿佛无数花苞经过酝酿，在短暂的瞬间一下子都绽裂开来，馨香正从花瓣间缓缓涌出……

词人爱梅花，以她对梅花的特殊感受去写梅、赞梅。看到眼前绽开的星星点点的梅花，又不禁引起了她对所有梅花的关切，而且满怀兴致地去"探著南枝开遍未"，看看那向阳的枝头是否都遍着了新花。这里，词人仍像一个天真、纯洁的少女，盘桓于梅花树下，仔细察看着每一个花蕾、每一朵花。"探著南枝"，真的使词人陶醉了。那可爱的梅花啊，"不知酝藉几多香，但见包藏无限意"，欲放的、半开的，每一朵、每一瓣，都包含着数不清的缕缕幽香，蕴藏着说不尽的依依深情。如果说"红酥肯放琼苞碎"还只是对梅花"形"的描写，那么这两句则是对梅花"神"的刻画。"无限意"三字，用得深沉、亲切，引人联想回味。

上片这四句表达出的词人的心境是平静的，情感是纯真的，她的一切心思都扑在了梅上，梅花几乎占据了她的全部精神世界。女主人公以情观物，似乎觉得梅花也对自己有着友好的感情。

然而，也许"包藏无限意"的梅花勾起了词人的心事，也许她由盛思及衰，由日暖想到了风起，想到了好景不长，青春倏忽而逝，她再也无心去料理梅花，而是在"春窗底"愁闷起来——下片与上片所表达的情感完全不同了。

"道人憔悴春窗底，闷损阑干愁不倚"，词人在上片还写到"探著南枝开遍未"，而现在，却因愁闷而憔悴，因愁闷连去凭栏的心思也没有了。尽管词人以"道人"自称，希望能超然脱俗，但眼前的"愁""闷"都使她无法摆脱，以致精神损伤，面容憔悴了。词人是在伤春还是在伤别？这些大概也像那梅花"包藏无限意"一样，说也说不清吧。词人笔下的梅花"不知酝藉几多香，但见包藏无限意"，正蕴含着不尽的生机，而词人自己的心中却是"不知几多闷，但有无限愁"。

无法排遣的"闷"！无法解脱的"愁"！在重重愁闷的包围之中，词人哪里还会有心去赏花探梅呢？但闷坐在春窗之下，也就更加难挨，莫不如姑且借酒浇愁，借酒遣闷吧——"要来小酌便来休，未必明朝风不起。"是啊，有谁能保证明天不会刮风呢？刚强的梅花纵然能耐住春寒，可是怎能经得起狂风的摧残？因此词人说道：要来园中梅下赏花饮酒，立刻就来吧，也许明天，就在未曾想到之际，梅花便被风摧残败落了。"未必明朝风不起"一句，把词人怜惜梅花，慨叹盛景难久的心理清晰地展示了出来。

一首好的词，十分关键的就是要有一个好的结句。这首词的结句可谓兼得章法与意味之妙。它的上片都是写梅：梅的开放，梅的"几多香"，"无限意"，写人探梅。下片却避而不谈梅，只是写人：写人的"憔悴"，"闷损"，写主人公"要来小酌便来休"的心理。而结句的"未必明朝风不起"，看似怕风起，实则为梅忧，使全词既不为"梅"所束，又不抛开"梅"不管，从而关合全篇。同时，它又使"要来小酌"一句中看似稍得平息的愁闷再次得到加强、延伸；表面看似平静，实则隐藏着更深的忧愁。在意思的表达上，这一结句又非常含蓄，把"惜梅""忧梅"这一层意思深深地隐藏在背后。词人在《清平乐》中有"看取晚来风势，故应难看梅花"之句，可以作为这一结句的印证。

清代况周颐《蕙风词话》中说："含蓄无穷，词之要诀。含蓄者，意不浅露，语不穷尽，句中有余味，篇中有余意。其妙不外寄言而已。"这首《玉楼春》正是如此。词人说"憔悴"、说"闷"、说"愁"，看似浅露，但对于愁闷的原因词人却隐而不宣，而是用"未必明朝风不起"一句婉曲道出，让读者自己去体会，体会"风"字所包含的深刻意义，从而使全词收到了句有余味、篇有余意的效果。

临江仙·梅

宋朝　李清照

庭院深深深几许，云窗雾阁春迟。为谁憔悴损芳姿，夜来清梦好，应是发南枝。

玉瘦檀轻无限恨，南楼羌管休吹。浓香吹尽有谁知，暖风迟日也，别到杏花肥。

临江仙：词牌名。

我国古代社会中，感情丰富的诗人、词家，在自己的理想无所寄托，自己的心境无人相知的时候，常常愿意寄情于大自然的山水风光、花草树木，而他们所着力描绘的自然界中的相知，也便是他们自己的化身。李清照写《临江仙·梅》也属于这类情况。

开头两句"庭院深深深几许，云窗雾阁春迟"，意思是，庭院啊，这样幽深，幽深难测。云窗雾阁阻隔着春天的脚步，也阻碍着深居在这里的主人公对春光的感知，当她感觉到春天来临的时候，那春天已经到来许久了。

"为谁憔悴损芳姿，夜来清梦好，应是发南枝"，词人一感觉到春天的来临，便立即来探问梅花消息。可是，她的探梅也同样迟了一步，那梅花已经憔悴不堪了。这使得词人的心境顿时罩上一层愁云，她不禁轻轻地叹道：可爱的梅花啊，我原以为只有人才会因相思而消瘦，哪里知道你也这样多情？可是，你究竟是为了哪一个而如此憔悴，以致损伤了自己美丽的姿容呢？昨天夜里我曾做了一个好梦，照此推算，你本来应该在向阳的枝条上英姿勃发的，谁料到竟憔悴到如此地步呢？

上片写的是词人为梅花的凋零而惊异，惊异中已含惋惜，到了下片这种惋惜的情感就更加强烈。

"玉瘦檀轻无限恨，南楼羌管休吹"，这是在写飘零的梅花之态。它像风韵美妙的女子一样，玉体渐渐消瘦，那美人檀口般可爱的颜色也日渐淡薄，然而，它的胸中却包容着无限的怨恨。南楼的羌管啊，请千万不要再吹了，内心的绞痛已使它如此憔悴，如果再把幽怨的曲子吹下去，它的后果当如何设想呢？"浓香吹尽有谁知，暖风迟日也，别到杏花肥"，这里的"浓香吹尽有谁知"，与上片中的"为谁憔悴损芳姿"遥相呼应，相辅相成，既写出梅花的孤妍，也写出词人自己的孤傲。她一方面为不被世人理解而痛苦，一方面又不愿意为俗气所染，她笔下的梅花也具有同样的品格。词中说，梅花的浓郁的芳香随风飘散，尽管到处都可以闻到它的香气，可是却没有人理解，没有人知道这就是梅花的芳香。春季的白日已经一天比一天长了，暖和的春风从早上吹到傍晚，不过它再也不来理会这已经飘尽芳香的梅花了，而是另外寻到了杏树枝头，杏花因为它的光临而盛开，花朵肥大且可爱。

总之，全词写的是凋谢的梅花和梅花的幽怨。我们读了这首词之后，就会觉得词人笔下的梅花正是她自己后半生痛苦经历的缩影，正是她眼前窘迫处境的真实写照。在这首词中词人把凋零的梅花与飘零的自身联系起来思索，熔铸成美好的梅花形象。这梅花虽面容憔悴，芳姿已损，却依旧浓香飘洒，报春于人间；这梅花虽色减体衰，却饱含着无限的怨恨和忧愁，它恨暮年来之太急，恨凋零之境太苦，恨飘尽芳香而无人相知。

词人写梅花，感情非常真挚。在她的笔下，梅花已不是"花"的形象，似乎是她的相交甚厚的朋友，又像她的情意极深的亲人。她不仅为梅花的憔悴而惊奇，甚至当面询问对方是为了相思哪一个而忧伤得损了芳姿，似乎对方真的会坦襟相告一样。"夜来清梦好，应是发南枝"，更进一步描写了词人与梅花的相依为命。那意思是说，"我"既做了好梦，你何以又临逆境呢？在词的下片里，词人对于梅花凋零的叹息之声可闻，怜惜之态可见。"玉瘦檀轻无限恨，南楼羌管休吹"，那情景很像是慈母抚爱幼女，一面将梅枝轻揽于怀中，以柔情相慰；一面对着南楼频频摇手，示意羌管莫吹。最后几句，表达的是对梅花所处境遇的不平和愤慨，以至于慨叹迟日暖风的无情无义。那感情的真切，即使是"梅妻鹤子"的林和靖怕也自愧弗如吧。

满庭芳·小阁藏春

宋朝 李清照

小阁藏春，闲窗锁昼，画堂无限深幽。篆香烧尽，日影下帘钩。手种江梅更好，又何必、临水登楼。无人到，寂寥浑似，何逊在扬州。

从来知韵胜，难堪雨藉，不耐风揉。更谁家横笛，吹动浓愁。莫恨香消雪减，须信道、扫迹情留。难言处，良宵淡月，疏影尚风流。

满庭芳：词牌名。

这首词的主要形象是梅花，梅花的形象即抒情主人公的形象。

"小阁藏春，闲窗锁昼，画堂无限深幽"，开始这三句，首先交代了词人所处环境的幽雅、寂寞。小小阁楼，重重门扉，好像要把春天藏在屋里；扇扇窗子，常常关闭，似乎要把白昼锁在房中。堂舍虽然很宽敞，光线却较为暗淡，给人以十分幽深的感觉。

"篆香烧尽，日影下帘钩"，"篆香"是一种样子像篆文的盘香，燃后的香烟也像篆文一样萦回、缭绕。这两句词写出词人终日闲愁的情绪。篆香已经慢慢燃尽，日影也渐渐移下帘钩。由于"篆香""日影"不再继续相伴，于是，本来深幽的堂舍便显得愈发幽深，本来孤单的词人也感觉更加孤独。

"手种江梅更好，又何必，临水登楼？无人到，寂寥浑似，何逊在扬州"，词人在寂寞中偶然见到亲手栽种的江梅，心情豁然开朗。她不禁想起两位古人：陶渊明曾经临水赋诗，王仲宣（三国文学家王粲）也曾登楼写赋，现在自己面对着亲手栽种的江梅，就不必像两位古人那样登楼临水了。更何况，把江梅栽在这样深幽的庭院中，长期没人来访，其寂寞程度要比何逊在扬州赏梅更为深沉，别是一种境况，别有一种韵味。

上片写的是赏梅的环境和情趣。下片写的是对梅花的惋惜和咏叹。

"从来知韵胜，难堪雨藉，不耐风揉。更谁家横笛，吹动浓愁"，所谓"韵胜"，指的是梅花的风韵超过其他的花。唐代诗人崔道融曾称赞梅花："香中别有韵，清极不知寒。"（《梅花》）宋代诗人范成大也在《梅谱·后序》中说："梅以韵胜，以格高，故以横斜疏瘦与老枝怪奇者为贵。"这几句是说，很久以来，大家都知道梅花是以风韵之美胜于它花的。像梅花这样的疏影横斜，暗香浮动，风韵美妙，哪里经得起春雨浇注、春风摇曳呢？更为难堪的是，不知谁家竟用横笛吹起《梅花落》的曲子，使得困境中的梅花愈添愁绪。

"莫恨香消雪减，须信道，扫迹情留。难言处，良宵淡月，疏影尚风流"，前面几句是在称赞梅花的风韵，怨风雨之无情，那么这几句则是面对梅花，倾肺腑之言，既有对身处困境的将要凋零的梅花的抚慰、劝勉，也有对"疏影尚风流"的赞许、倾慕。可爱的梅花啊，你不要为暗香逐渐消散而懊丧，也不要为雪白的花朵日渐褪减而怨恨，应当相信，即使你的香气已经飘尽，即使你的花朵已经凋谢，即使你的踪迹已经被扫得无影无踪，但你的风韵、你的情意，还将久留在你的横斜疏瘦的枝干之上，继续为人们所欣赏；而最叫人珍惜、最叫人难以描摹的，还是那美好的夜晚，在淡淡的月光下面，你的疏影还会同样的风流、蕴藉，同样的叫人心醉。

这最后几句，点出了词的旨趣所在，寄托高远。自古以来，咏梅之作虽多，佳品却是少数。刘勰在《文心雕龙·物色》中说："吟咏所发，志惟深远。"指出咏物最要紧的在于命意，在于寄托的高远。咏梅也是同样的道理。以咏梅而闻名的北宋隐者林逋，曾有"疏影横斜水清浅，暗香浮动月黄昏"（《山园小梅》）的佳句，这两句比较准确地把握了梅的特征，素来为人称道，抒发的却仅是孤芳自赏的隐者胸怀。号称"一树梅花一放翁"的陆游，咏梅诗词的格调升高了许多。他的著名的《卜算子·咏梅》，把自己所坚守的节操融进了梅花的形象，不是描写冰雪中盛开的梅花，而是描写花朵虽被碾作尘土，但香气依存的梅花。然而，他的词有些暗淡、低沉。李词也有感伤，也有孤寂之感，但总的情调是向上的，是坚信"扫迹情留"，坚信香消花落，情意仍在。她的美学理想是"良宵淡月，疏影尚风流"，哪怕只剩枝干也依旧风韵美妙。以往的人们在谈起咏梅词时，常常不能给予李清照以应有的地位，这是不够公道的。

清平乐·年年雪里

宋朝　李清照

年年雪里，常插梅花醉。挼尽梅花无好意，赢得满衣清泪。

今年海角天涯，萧萧两鬓生华。看取晚来风势，故应难看梅花。

清平乐：词牌名。

此词写于李清照晚年，是词人对自己一生早、中、晚三期带有总结性的追忆之作。

这首词处处跳动着词人生活的脉搏。她早年的欢乐，中年的幽怨，晚年的沦落，在词中都约略可见。饱经沧桑之后，心中许多难言之苦，通过抒写赏梅的不同感受倾诉了出来。词意含蓄蕴藉，感情悲切哀婉。

上片忆旧。分为两层：开头两句回忆早年与赵明诚共赏梅花的生活情景：踏雪寻梅、折梅插鬓多么快乐，多么幸福！这"醉"字，不仅是酒醉，更表明女词人为梅花、为爱情、为生活所陶醉。她早年写下的咏梅词《渔家傲》中有句云："雪里已知春信至，寒梅点缀琼枝腻……共赏金尊沉绿蚁，莫辞醉，此花不与群花比。"可作为"年年雪里，常插梅花醉"的注脚。

三、四句当写丧偶之后。李清照在抒情时善于将无形的内心感情通过有形的外部动作表现出来，如"倚楼无语理瑶琴"（《浣溪沙》），"更挼残芯，更捻余香，更得些时"（《诉衷情》），"夜阑犹剪烛花弄"（《蝶恋花》）。花还是昔日的花，然而，花相似，人不同，物是人非，怎不使人伤心落泪呢？李清照婚后，夫妻志同道合，伉俪相得，生活美满幸福。但是，时常发生的短暂离别使她识尽离愁别苦。在婚后六、七年的时间里，李、赵两家相继罹祸，紧接着就开始了长期的"屏居乡里"的生活。生活的坎坷使她屡处忧患，饱尝人世的艰辛。当年那种赏梅的雅兴大减。这两句写的就是词人婚后的这段生活，表现的是一种百无聊赖、忧伤怨恨的情绪。词中"挼尽"二句，说把梅花揉碎，心情很不好，眼泪把衣襟都湿透了。插梅与挼梅，醉赏梅花与泪洒梅花，前后相比，一喜一悲，反映了不同的生活阶段与不同的心情。

下片伤今。"今年海角天涯，萧萧两鬓生华"，"生华"，生长白发。词人漂泊天涯，远离故土，年华飞逝，两鬓斑白，与上片第二句所描写的梅花簪发的女性形象遥相对照。三、四句又扣住赏梅，以担忧的口吻说出："看取晚来风势，故应难看梅花。""看取"意为看着。晚来风急，恐怕落梅已尽，想赏梅也看不成了。早年青春佳偶，人与梅花相映；中年迭经丧乱，心与梅花共碎。晚年漂泊天涯，不想再看梅花委地飘零。词人南渡后，特别是丈夫去世后更是颠沛流离，沦落漂泊。生活的折磨使词人很快变得憔悴苍老，头发稀疏，两鬓花白。词人说：如今虽然赏梅季节又到，可是哪里还有心思去插梅呢？而且看来晚上要刮大风，将难以晴夜赏梅了。而且一夜风霜，明朝梅花就要凋零败落，即使想看也看不成了。

最后的"看取晚来风势，故应难看梅花"，可能还寄托着词人对国事的忧怀。古人常用比兴，以自然现象的风雨、风云，比政治形势。这里的"风势"既是自然的"风势"，也是政治的"风势"，即"国势"。词人辛弃疾的《摸鱼儿》"更能消几番风雨，匆匆春又归去"，与此寓意相似，都寄寓着为国势衰颓而担忧的情绪。词人所说"风势"，似乎是暗喻当时极不利的民族斗争形势；"梅花"以比美好事物，"难看梅花"，则是指国家的遭难，而且颇有经受不住之势。在这种情况下，她根本没有赏梅的闲情逸致。身世之苦、国家之难糅合在一起，使词的思想境界为之升华。

这首词篇幅虽小，却运用了多种艺术手法。从依次描写赏梅的不同感受看，运用的是对比手法。赏梅而醉、对梅落泪和无心赏梅，三个生活阶段，三种不同感受，形成鲜明的对比，在对比中表现词人生活的巨大变化。从上下两片的安排看，运用的是衬托的手法，上片写过去，下片写现在，但又不是今昔并重，而是以昔衬今，表现出当时词人飘零沦落、衰老孤苦的处境和饱经磨难的忧郁心情。以赏梅寄寓自己的今昔之感和国家之忧，词语平实而感慨自深。

这一首小词，把个人身世与梅花紧紧联系在一起，在梅花上寄托了遭际与情思，构思甚巧而寄托甚深。

李清照（公元 1084—1155 年），号易安居士。宋齐州章丘（今山东济南章丘西北）人，宋代著名女词人。她出身于书香门第，早期生活优裕。出嫁后，与丈夫赵明诚共同致力于金石书画的搜集整理，共同从事学术研究。金兵入据中原后，流落南方，赵明诚病死，李清照境遇孤苦。她是中国古代罕见的才女，擅长书、画，通晓金石，而尤精诗词。她的词作独步一时，流传千古，被誉为"词家一大宗"。其词分前期和后期。前期多写其悠闲生活，多描写爱情生活、自然景物，韵调优美；后期多慨叹身世，怀乡忆旧，情调悲伤。有《漱玉词》辑本。

梅

宋朝　陈与义

爱欹纤影上窗纱，无限轻香夜绕家。
一阵东风淫残雪，强将娇泪学梨花。

这是一首借物抒情的咏花诗。诗中赞美了窗上倾侧纤袅梅影的可爱和梅的轻香怡人。但是诗人又不喜欢梅因残雪融于花瓣，而像梨花那样故作娇态权当泪流。

诗的前二句"爱欹纤影上窗纱，无限轻香夜绕家"，是说梅影梅香的可爱怡人。第一句着意写梅影的可爱，而它的可爱之处，就在于它是"纤影"。而这"纤影"又是倾斜着爬上窗纱的，因此就更加可爱了。第二句意在写梅香的怡人。这梅香不是浓香，而是"轻香"。既有香而又不浓。在静夜中缭绕满室，轻轻飘溢，不散不尽，这种氤氲怡人的环境多么令人陶醉呵！

后二句"一阵东风淫残雪，强将娇泪学梨花"，诗人显然已由盛赞梅影、梅香而转到了对梅作态的一种批评。诗人在一、二句都是虚写，他赞梅影和梅香时并没有看到梅花本身。看梅影是隔窗而看梅的；闻梅香是在夜室中闻到的。诗人并没有直接面对梅花，只是写诗人的感受和联想。但是这感受是美好的，联想是丰富的。当三、四句一转到实写，写梅花自身时，诗人又认为梅花把残雪化为花泪，颇有点儿类似梨花的邀娇邀宠。于是他顿时升起一种对梅不满的情绪。诗人认为只有梨花才会如此矫揉作态，而梅花为什么要勉强自己去学那梨花呢？诚然，"梨花一枝春带雨"也是很美的，可是那毕竟有点儿太娇媚了，而梅花为什么偏偏要以残雪为娇泪，装模作样地学起梨花来了呢？这里虽然也有诗人对梅花不掩矫饰的批评和惋惜，而更主要的则是诗人对梨花有一种不言而喻的嫌厌。

此诗语言生动形象，善作类比，而且把静物写出了动意。如写影，这影竟是能够"上窗纱"的"纤影"；而写香，这香也是能够"绕家"流溢的"轻香"。同时这一个"纤影"对一片"轻香"，又都是那么细袅、恬淡，非常的耐推敲有韵味。

"东风淫残雪"，本来是与梅无关的，可是诗人却用推理的方法，偏说那是梅花的"娇泪"，并且再进一层推论说：梅花更不应该强用这"娇泪"去"学梨花"。这种类比把本来不合理的推论，硬推导出一种似乎是很合情理的结论。这就是古典诗词的那种"虽无理却有情"的"无理而妙"。

梅花

宋朝　陈与义

高花玉质照穷腊，破雪数枝春已多。

一时倾倒东风意，桃李争春奈晚何。

诗人在这首咏花诗中，用明快抒情的语言赞誉了梅花欺冰傲雪，专在穷腊岁首开放的品格，同时也对桃李有意争春却又晚开的失意表示惋惜。

诗的前二句"高花玉质照穷腊，破雪数枝春已多"，是对梅花高雅圣洁的赞美。"高"，是说梅花的品格高。她不屈于寒势，不落于流俗；"玉质"，说明她芳艳圣洁。她欺冰傲雪，专在腊尽春回时开放，因此她是众花之先魁。

正因为梅花能破雪而开，有时虽然仅仅是数枝，却带来了很多的春意。唐代诗人齐己《早梅》诗中有"前村深雪里，昨夜一枝开"。这"一枝"，仅仅是一枝梅花，数量是很少的，但她却是在"深雪里"开放的。这一方面说明了梅花欺冰傲雪的品格，一方面也说明了梅花一开，春就快回到人间了。据《唐才子传》说，齐己在《早梅》诗中原来也是写成"昨夜数枝开"的。后来他拿了这首诗去向郑谷请教，郑谷说："未若一枝为佳。"齐己很佩服郑谷的诗见，认他为一字之师，于是便将"数枝"，改成了"一枝"。陈与义在这首诗里化"深雪"为"破雪"，并把"一枝"返原为"数枝"。一下子就有数枝梅花破雪而开，正是为了给下面的"春已多"做铺垫。只有数枝、多枝梅花骤然而开，才能把更多的春意带到人间来。所以此处用"数枝"又比"一枝"更加合理。

破雪迎春，是梅花所独具的特点和个性。同时这种性格也是中华民族节操的象征，所以古人也曾将梅花作为中国的国花。故而诗人才称她为"高花玉质"。东汉文学家王逸在《九思》中也有"委玉质兮泥途"之句。"玉质"，就是称赞其本质的圣洁。

后二句"一时倾倒东风意，桃李争春奈晚何"，是说梅花由于开得早，走在了东风之前，竟然使送春的东风都为之倾倒了。然而，梅花尽管开得早，但她却与桃李不同，她不是争春的尤物。"俏也不争春，只把春来报"（毛泽东《卜算子·咏梅》），极为中肯地道出了梅花高尚的品格。苏东坡诗中有"化工未议苏群槁，先向寒梅一倾倒"（《再和潜师》），"一时倾倒东风意"，就是化此句而来的。本来"东风"才是春的先行者，花草树木只有凭借东风之力才能复苏，才能萌生，只有东风才是春之信使，才是报春的先锋。然而，诗人却说东风在梅花面前却一时为之"倾倒"了，自觉来迟了，真是妙语妙境。"桃李争春奈晚何"，诗人认为桃李不仅娇艳，而且又极善于争春，但与梅花相比，最值得惋惜的是在时间上来得太晚太迟了！

此诗语言明快，态度明朗，诗人通过种种对比极赞梅花而力贬桃李。当然，作为春天这一盛大的时节，她是需要万紫千红、浓淡疏密各种色彩来打扮的。至于花期的或早或迟或先或后，正是春之不可一日骤去的需要。而诗人的喜先而厌迟，正是对梅花高贵品格极度喜爱的表露。

陈与义（公元 1090—1139 年），字去非，号简斋，是南北宋之交的著名诗人，诗尊杜甫，也推崇苏轼、黄庭坚和陈师道，号为"诗俊"，与"词俊"朱敦儒和"文俊"富直柔同列洛中八俊。在北宋做过太学博士，在南宋拜翰林学士、知制诰，授参知政事、知湖州。他是一位爱国诗人，给后世留下不少忧国忧民的爱国诗篇，前期清新明快，后期雄浑沉郁。存词19首，豪放处尤近于苏轼，语意超绝，笔力横空，疏朗明快，自然浑成。著有《简斋集》。

峭寒轻·赏残梅

宋朝　曹勋

照溪流清浅，正万梅都开，峭寒天气。才过了元宵，渐昼长禁宇，迤逦佳时。断肠枝上雪，残英已、片影初飞。苒苒随风，送春到、便烂漫香迟。

凝睇。迎芳菲至。觉欣欣桃李，嫩色依微。应是有新酸、向嫩梢定须，一点藏枝。乍晴还又冷，从尊前、自落轻细。寄语高楼，夜笛声、且缓吹。

峭寒轻：词牌名。

这首词着重描写梅花凋残时的形态，并由此生发联想，富有新意，在众多的咏梅之作中别具一格。

词一开始，用倒装笔法首先描写梅花凌寒开放时的形态："照溪流清浅，正万梅都开，峭寒天气"，现在把语序颠倒过来解析："峭寒天气"四个字生动具体地描绘出梅花开时的季节特点：春寒料峭、北风刺骨。可就在此时梅花却芬芳吐艳了，"万梅都开"一句充分表现出梅花竞相开放的风姿，而一个"正"字则突出了梅花不畏风雪严寒的品格。你再看它的风神韵致："照溪流清浅"，"清浅"表明水清见底，直视无碍，所以有浅的感觉。溪水这么清澈，那梅花的倩影照在这碧透的溪水上，横斜的枝条、鲜艳的花朵如在明镜之中，该是多么美妙的画境啊！这一句化用林逋《山园小梅》诗句"疏影横斜水清浅"，但毫不牵强，与自己的词境非常吻合。

接下来三句词，时间一点一点向前推移："才过了元宵，渐昼长禁宇，迤逦佳时。"由"元宵"一词可知此时为农历正月。"禁宇"即皇宫所在地。"迤逦"是连绵之意。元宵节后，宫城地区白天渐渐长了，初春的良时渐次而至，天气也越来越暖和了。此时那凌寒早开的梅花怎么样呢？"断肠枝上雪，残英已、片影初飞"，"枝上雪"，指的是白梅，它同雪花一般颜色。"残英"一词指梅花之瓣。夜短昼长，东风送暖，梅花已开始凋谢了，一片片花瓣飘飞零落，景象令人伤感，所以词人在前面冠以"断肠"二字，明白地表现出自己的心境。

后面紧接着的三句词就是词人的感叹："苒苒随风，送春到，便烂漫香迟。""苒苒"是渐渐之意，"烂漫"在此处是零乱消散之意。梅花是报春的使者，在风雪严寒之时，它给人们带来春的信息，春的欢乐；可是当它真的把春天送到人间之后，自己便渐渐地零落香退，不能与百卉千花共享春天的温暖了，实在太可惜了。

下片一开始，词人写的是自己："凝睇，迎芳菲至。""凝睇"即凝视。白居易《长恨歌》中写杨贵妃"含情凝睇谢君王"，此处"凝睇"即用此意。"芳菲"指花草之香。词人站在梅树下，凝视着残梅，迎着它那缕缕清香，禁不住神驰遐想。首先，由眼前之梅花他"觉欣欣桃李，嫩色依微"，即感到那桃树李树已欣欣向荣，其柔嫩之色依稀可辨，大好的春色就在前头。梅花之后，那千红万紫斗芳菲的烂漫时刻就要来临。同时又联想到，在那草长莺飞之时，那原先报春的梅花一定是带着果实了，"应是有新酸、向嫩梢定须、一点藏枝"，梅的果实味酸，是一种调味品。朱熹《诗集传》："盐咸梅醋，羹须咸醋以和之。"南朝刘义庆撰写的《世说新语》又早就记载"望梅止渴"一事。词人正是由此而想象开去，想那梅在春夏之时又将结出带有酸味的果实，长在那嫩嫩的树梢上，还有密密的枝叶遮掩着它。

不过，词人一停止想象，眼前还是梅花飘落的狼藉之象："乍晴还又冷，从尊前、自落轻细。""乍晴还又冷"真实地描写出初春之时的气候特点，乍晴之时，春日照耀，人觉温暖；但阴云一来，凉风一起，天气又冷起来，正所谓"乍暖还寒时节"（李清照《声声慢》），"尊"即"樽"也，酒杯。"尊前"指宴饮。在这乍暖又寒之时，词人举杯宴饮之际，那梅花眼见着从枝头上飘落下来，轻轻的，没有多大声息，使人越发产生一种怜惜之情。

结尾三句"寄语高楼，夜笛声、且缓吹"，这几句词非常含蓄，耐人寻味。在古代诗人笔下，笛声常与梅花有联系，唐代大诗人李白有"黄鹤楼中吹玉笛，江城五月落梅花"（《与史郎中钦听黄鹤楼上吹笛》）的名句，由听《梅花落》这笛子独奏曲引出怀乡之悲。词人此时的心境虽与李白当时的心境不尽相同，但他见梅花凋落本已十分伤感，此时若再有笛声传来，吹的再是《梅花落》一类曲子，岂不更令人难以忍受？因此他寄语高楼，让那笛声且缓。这一笔十分精当，它委婉地表现出词人当时低沉的心绪。

这首词在立意上不落俗套，新颖别致。例如写梅花凌寒而开，春归而谢，报春而又不争春，在入夏之时又结出有用的果实，让人品味，这便把梅花的品格翻新了。同时，在状物上本词也有自己的特点，如"觉欣欣桃李，嫩色依微。应是有新酸、向嫩梢定须，一点藏枝"，这几句细腻妥帖，精微准确，状难写之物如在目前，给人的印象很深。另外，本词结尾处含蓄有味，不直写自己见梅花凋落如何伤感，而是借寄语高楼、让笛声且缓这一期盼，便淋漓尽致地表现出了自己的心境。确实用笔不凡。

曹勋（公元1098—1174年），字公显，一字世绩，号松隐，颍昌阳翟（今河南禹县）人。南宋大臣。靖康元年（公元1126年），与宋徽宗一起被金兵押解北上，受徽宗半臂绢书，自燕山逃归。建炎元年（公元1127年）秋，至南京向宋高宗上御衣书，请求招募敢死之士，由海路北上营救徽宗。当权者不听，被黜。绍兴十一年（公元1141年），宋金和议成，充报谢副使出使金国，后又两次使金。孝宗朝拜太尉。著有《松隐文集》《北狩见闻录》等。他的使金诗颇值得注意。

一剪梅

宋朝　黄公度

冷艳幽香冰玉姿，占断孤高，压尽芳菲。东君先暖向南枝。要使天涯，管领春归。

不受人间莺蝶知，长是年年，雪约霜期。嫣然一笑百花迟。调鼎行看，结子黄时。

一剪梅：词牌名。

词人在宋高宗绍兴八年（公元1138年）考中状元，签书平海军节度判官。为人忠直劲节，后来因为奸臣秦桧的诬陷被罢归。他的这首咏梅词，在一定程度上表现了自己的人格和气质。

词人一下笔便紧紧抓住梅花的特点进行描绘："冷艳幽香冰玉姿。"一是说它"冷艳"，这是写它"冷艳全欺雪"（唐·丘为《左掖梨花》）的耐寒特点。试想，在"万木冻欲折"（唐·齐己《早梅》）的严寒季节里，其他花卉根本经受不住寒气的侵袭，连树木都要被冻折了。可梅花却在此时芬芳吐艳，充满生机，这就可见其耐寒之性了。所以说它"冷艳"确实是恰如其分的。二是说它"幽香"，更为地道之言。梅花香气清芬，而且内蕴，随风轻轻四溢，所以言"幽"，正如唐代诗人齐己《早梅》诗中所写，是"风递幽香出"，素雅芳洁，清醇可人。三是说它是"冰玉姿"，很显然这是写的白梅。白梅在严冬中开花，经过冰霜的洗礼，长出冰清玉洁的花朵，实在是"冰玉之姿"。如果不是有暗香飘来，在远处谁能轻易知道它不是雪呢？因此唐代诗人郑綮在《梅》一诗中说："晓觉霜添白，寒迷月借开。"这的确是可以理解的错觉了。词人开头这一句便把梅花的香、色、态三点概括以尽。

接下来描写白梅出尘绝俗的品格："占断孤高，压尽芳菲，东君先暖向南枝。"梅花不争春，不夺夏，又不占秋，偏在严冬千里冰封、万里雪飘之时傲然开放，可谓"冰容不入时"（苏轼《红梅》），它"天然根性异，万物尽难陪。自古承早春，严冬斗雪开。艳寒宜雨露，香冷隔尘埃"（唐·朱庆馀《早梅》）。这不是占断孤高又是什么？梅花这种出尘绝俗、又耐寒耐冻的品格，没有哪一种花卉能同它相比，所以就凭这一点，它的确"压尽芳菲"，没有可比的。可能是由于梅花这种品格受到司春之神东君的喜爱，所以，它那朝南向阳的花枝率先得到春天的温暖，绽出春蕾，被东君命为报春之使，让它来驱遣天涯芳草，把春天带到人间。这就是词中所写的"要使天涯，管领春归"。所以，"冷艳幽香冰玉姿"的梅花不仅一身傲骨，清香可人，压倒群芳，而且还会把春信带给人们，为人们引来明媚的生机盎然的春天。这就更为可贵了。

词的下片继续围绕着梅花的优良品格来描写，第一句"不受人间莺蝶知"，主要写梅花不趋贵附势、不愿奉迎的高贵品格。"人间莺蝶"在这里是有所指的。词人刚直不阿，正道直行，不向权贵低头，更不向奸佞们取宠，所以曾遭奸臣秦桧的陷害。但即使这样，他也傲岸不屈，实在是傲霜斗雪的寒梅品格。所以"人间莺蝶"实际上是指当时的那些奸佞和权贵。接下来两句"长是年年，雪约霜期"，字面上是描写梅花的遭遇：年年岁岁，梅花开放之时，霜雪不断地带来寒威，一味地摧残它。实际上这是词人在自述身世。词人当年被召命而西过分水岭，有诗云："呜咽泉流万仞峰，断肠从此各西东。谁知不作多时别，依旧相逢沧海中。"（《题分水岭两绝》）可在他受秦桧之诬而贬归莆田老家时，丞相赵鼎也因被秦桧诬陷，谪居湖阳。此时有人谗毁。说黄公度之诗指的是赵鼎，说他们不久都将回中都。秦桧于是更恼，又把他贬到岭南荒恶之地。这首词中的这几句就是自述连遭打击的境遇。真如同"雪约霜期"的寒梅，饱经风霜之苦。

下片第四句"嫣然一笑百花迟"，表明在风刀霜剑的威逼之下，梅花丝毫没有怯懦，"嫣然一笑"，迎风怒放，在百花之先，独占早春，那些凡花俗卉一下被它抛在后面。这句词里面透露出词人愈挫愈坚、蔑视奸佞的不屈不挠的精神。"嫣然一笑"本是一典，宋玉《登徒子好色赋》中写东家之子有"嫣然一笑，倾阳城，惑下蔡"之句，此句本来是形容女子笑容之美，而词人此处则用来表现花开之态，既写出梅花之美，又表现出它傲霜斗雪的风格。最后两句词还是在描写梅花的品格："调鼎行看，结子黄时。""调鼎"，《尚书·说命下》中写道："若作和羹，尔惟盐梅。"梅和盐都是调味品，梅酸盐咸。唐代诗人刘禹锡《咏庭梅寄人》一诗中写道："君问调金鼎，方知正味难。"也指梅可调味。这里词人的意思是：梅花即使到了黄时结子，没有原来的芳香，同样可以为人造福，可在鼎中调味，不失其用。言外之意是在说自己的境况：秦桧死后，黄公度又被起用，虽然此时他已上了年纪，但词人自己认为仍可为国家出力。"调鼎"一词本来就有治理国家之意。唐人孟浩然在《都下送辛大之鄂》一诗中写道："未逢调鼎用，徒有济川心。"用在此处，充分表明词人老当益壮、犹怀济世之志。

这首词无论思想性还是艺术性都是值得称道的。就思想性来说，词人借描写梅花不畏酷寒、不惧风雪的品格，表现出自己不畏强暴、敢于抗争的精神。就艺术性而言，此词刻画梅花香、色、态出神入化，精妙无比。尤其开头四句尤为出色。后来的南宋词人刘克庄曾取法此词的开头。他在《念奴娇·菊花》一词中有这样几句："冷艳幽香，轻红淡白，占断西风里。"显然这几句词是从本词"冷艳幽香冰玉姿，占断孤高"等句中化出。由此不难看出此词对后人的影响。

黄公度（公元1109—1156年），字师宪，号知稼翁，莆田（今属福建）人。绍兴八年状元，签书平海军节度判官。后被秦桧诬陷，罢归。桧死复起，仕至尚书考功员外郎兼金部员外郎。为人忠直劲节。他工词善文，其咏梅词有好几首，盖是欣羡梅傲雪凌霜之高洁品性故也。著有《知稼翁集》十一卷，《知稼翁词》一卷。

满庭芳·探梅

宋朝　葛立方

狂吹鸣篱，祥霙剪水，分明欺压寒梅。冰威初敛，曦影上池台。应有一番和气，南枝上、恐有春来。须勤探，呼吾筇杖，屐齿上苍苔。

春风、浑未到，徘徊香径，巡绕千回。见琼英一点，小占条枚。且看先锋素艳，看看便、繁蕾齐开。香浮动，微薰诗梦，须更著诗催。

满庭芳：词牌名。

鲜花是春讯的天然使者，而在各种花卉中，梅花开放得最早，是二十四番花信风的第一位，前人早咏写道"梅花特早，偏能识春"（南朝梁·萧纲《梅花赋》）。因此，在严寒之中渴盼春天到来的人们，往往对梅花特别留意，本词便细腻地刻画了词人探梅寻春的见闻感受。

词的上片，主要写梅花将开时词人的感受和举止。由"狂吹鸣篱"至"分明欺压寒梅"，抒写风狂雪寒之际，词人唯恐梅花推迟开放的担忧之情。"狂吹"即风，"祥霙"即雪，风鸣篱落，雪落水面，生动地描绘出江南冬天的景色。"分明欺压寒梅"，是对风雪的嗔怨，从中透露出词人对梅花的偏爱。

由"冰威初敛"至"恐有春来"，写天气转暖时，词人的心境也为之开朗，对梅花或将迟开的担忧，也化为生怕错过早梅的急切。最后三句，则纪写词人为探访梅讯，迫不及待地决意出游。"须勤探"，是词人有心起身外出的动因，"呼吾筇杖，屐齿上苍苔"，则是即将出游的情状。一个"呼"字，将词人内心的急迫托于词表。"筇杖"，竹杖。"屐齿"，木屐的跟；携枝履屐的出游，特指观赏景物的旅游，有别于游学、游宦等出行。

词的下片，主要写梅花乍开时词人的感受和举止。由"春风、浑未到"至"巡绕千回"，紧承上片的决意出游，具体描写出游的情状。"徘徊香径"写出游的地点，是通往梅丛的幽径；"巡绕千回"写词人在梅树下徘徊往复，急切渴盼见到最早开放的花朵。由"见琼英一点"至"繁蕾齐开"，写乍见花开的惊喜欣悦。"见琼英一点"是实写，"看看便、繁蕾齐开"是想象，未见花开时殷勤探访花讯，既见花开后向往花事繁艳，一样的急切，一样的渴盼，生动地刻画出词人对梅花的喜爱和痴迷。最后三句，更将花事与人事揉为一体，写早梅薰香了词人的梦境，词人则愿用诗作催促繁花竞艳。花孕诗情，诗催花讯，花与人，至此完美地融合在一起。

全词从"探"字入笔，层次井然地纪写了词人在梅花将开乍开时对花讯的觅取和赞叹，角度新颖，韵味深厚，在诸多咏梅诗词中，自具特色。

尤其耐人寻味的是，词人共作有同调词作 7 首，即《催梅》《和催梅》《探梅》《赏梅》《泛梅》《簪梅》《评梅》，是我国文学史上最早的系列咏花诗词。另外，他还作有《多丽·赏梅》《沙塞子·咏梅》及未在题中标明的咏梅词多首，足见其对梅花倾倒备至。词人的其他咏梅词作，也都极耐品读，如《催梅》对梅花未开的惆怅："霜叶停飞，冰鱼初跃，梅花犹闷芳丛"；《和催梅》对梅花的一往情深："知音是，冻云影底，铁面葛仙翁"；《评梅》对梅花高洁品格的激赏："问横空皎月，匝地寒霙。何似此花清绝，凭君为、子细推评"等，都是上乘佳作。

葛立方（？—公元 1164 年），南宋诗论家、词人。字常之，自号懒真子。丹阳（今属江苏）人。于绍兴八年（公元 1138 年）举进士。曾任考功员外郎等职。后因忤秦桧而罢吏部侍郎，出知袁州、宣州。著述现存《归愚集》《韵语阳秋》；词现存 40 首，多是写景咏物和赠答之作。他写有数首咏梅词，赞美梅花的"傲霜凌雪""高标孤韵"，都比较清丽。

梅苍村咏梅作

宋朝　陈焕

云里溪桥独树春，客来惊起晓妆匀。

试从意外看风味，方信留侯似妇人。

这首咏梅诗，以妙思奇趣独标异彩，使世人耳目一新。

起句写梅花所处地理环境幽美。"云里溪桥"，说梅花生在耸入云天的高山之上，长在小桥流水旁边。地势优越崇高，环境僻静幽雅，可见此梅不凡。"独树春"，俗言"一株梅"。雅、俗对照方知诗家妙语传神。不用"一"而用"独"字，表明此梅傲然独立，风采独秀。卓绝不群，珍贵无比。不用"株"

而用"树"字，显示梅之高大。她不是一株娇小梅花，而是枝干健壮的梅树。咏梅不言"梅"，而用"春"字，以表现梅花春意盎然、生机勃勃之气象，同时为全诗抹上了春天的色调。此句虽为平铺直叙，但词语含蓄蕴藉，意境高远清新。我们仿佛看到：高山耸峙，白云缭绕，小桥卧波，流水淙淙，一树红梅迎风怒放，生机盎然地昭示着美好春天。

二句"客来惊起晓妆匀"，紧承首句，极赞梅花美丽动人的意态风姿。诗人以比拟的艺术手法，把春梅喻为红妆素抹的绝代佳人。这位家住"云里溪桥"的美女，青春妙龄，幽闺独处。天香国色，无人顾盼。一旦有客，便恍然惊起。她轻匀红粉，淡扫蛾眉，娇羞迎客，光彩照人，确有倾国倾城之貌。

第三句以议论入手，急转诗意。"试从意外看风味"，此句似浅而实深，乃一篇之枢纽，极应当意，不然与下句难以连贯成章。"意外"，即超出第二句诗的意蕴之外。第二句是以梅花喻美女，这是咏梅诗的老生常谈。诗人认为，只有跳出这个陈旧的圈套，寻求新的观照点，方能别开生面，探求梅花深层美质。因而他要试探着从"意外"来观察梅之"风味"。所谓"风味"，就是风情韵味，是事物内质美的外现。那么，诗人从"意外"看出梅花什么"风味"来了呢？

这便自然引出结句"方信留侯似妇人"。世人皆惊叹此句"想落天外"，认为不着边际，离题万里，但又不敢说此诗不好。只能空言其"奇妙"，然而，知其妙，又不知其所以妙。"留侯"就是辅佐汉高祖刘邦定天下，完成统一大业的张良。此人大智大勇，文韬武略无与伦比，是位奇男子、大丈夫。但这位建立奇功伟业的盖世英豪，其外表却像温柔典雅的美貌少女。这本是司马迁《史记》所载，明标史册，不容怀疑。而诗人为什么此时才信以为真呢？这是顿挫之笔，并非以前不信，只是现在由梅花"意外风味"得到了新的印证而已。诗意为：梅花和留侯张良很相类似，他们有共同的"风味"，这"风味"就是伟男其心，美女其貌；就是温柔美丽的外表和刚健的英雄本色相结合；就是具备阴柔美与阳刚美于一身，达到了最完善的美学境界。结句以留侯赞梅，出人意表，乃一篇之警策。

此诗构想奇妙，意新趣浓，深折曲喻，余味无穷，堪为咏梅诗中的神妙之章。

陈焕（生卒年不详），字少微，广东博罗人。安贫守道，以礼逊化闾里之横逆者，乡人敬称为"陈先生"。高宗绍兴中，以特科调高安县主簿，秩满，归隐不仕。监察御史、广东提刑芮烨曾经到他家造访，见他家四壁萧然，于是赠送他一首诗："原思非病贫何患？回也虽贫乐有加。岁晚与谁同此味？梅花深处是君家。"其诗清劲，颇为时传诵。

点绛唇·暗香梅

宋朝 王十朋

雪径深深，北枝贪睡南枝醒。暗香疏影。孤压群芳顶。

玉艳冰姿，妆点园林景。凭阑咏。月明溪静，忆昔林和靖。

这首咏梅词突出描写梅花不畏严寒、傲然独立的个性，素艳清香的风韵，寄托了词人自己的情志。

"雪径深深，北枝贪睡南枝醒"，词一开始便描写出梅花所处的恶劣环境和它傲雪而开的姿态。前一句是环境描写。词人主要是从自己的感受上落笔的。"雪径"，看梅的路上白雪覆盖，道路已经封住了，说明了时节的特点：隆冬酷寒，大雪封山，天气阴冷。"雪径"之后词人又特别加上"深深"两个字，这重叠的形容词突出了自己的感受，更说明雪之大，路之艰，天气之酷寒。在这种严酷的环境下，梅花是什么情形呢？"北枝贪睡南枝醒"。花木朝阴朝阳是不一样的，阴处日照少，花开晚，而朝阳处则日照时间长，花开早，即所谓"向阳花木易为春"（宋·赵麟《断句》）。但是词人在这里用笔很俏皮，不说背阴的北枝背着阳光花开晚，而说它是"贪睡"，十分幽默地表明北枝梅花不是因为寒冷背阴而迟开，而是"怕愁贪睡独开迟"（苏轼《红梅三首》其一），落后于南枝，没能一起开花。写南枝开花，词人又不用开字，而用"醒"字，也新鲜别致。初放的寒梅，花蕾初绽，半开半闭之态，可不就像熟睡初醒的人刚刚睁开的眼睛么！同时，梅花自夏秋一直到隆冬，一直默默沉睡，而今开花，有了新的机运，也真可以说是"醒"过来了。因此"醒"字实在是精妙传神的一个字。

三、四两句着重描写梅花的香气和姿态，以及它独占早春的风神："暗香疏影，孤压群芳顶。"前句是描写寒梅的芳香和姿态，后一句是描写它凌寒早开的神韵。写梅之香，词人用了一个"暗"字，恰如其分。梅花香气素以清幽著称，即它的香气清醇隐微，袅袅不绝，耐人寻味，只有用"暗"字来形容它才真实贴切。描绘梅花的姿态，词人用了"疏影"一词更为贴切，梅枝条不密，花也不繁，看了确实有稀疏之感。这句词是从北宋诗人林逋《山园小梅》中"疏影横斜水清浅，暗香浮动月黄昏"诗句化出，境界十分优雅，如同一幅淡雅的山水画：昏黄的月光之下，清澈的池水旁边，一树寒梅疏影横斜，映在清水之中，清风徐来，清香浮动，轻轻四溢，沁人心脾，实在太美了。因此，"暗香疏影"可以说把寒梅的特殊香气和优雅的姿态写尽了，无以复加。

描绘了梅花的香气和姿态之后，词人接着又赞美它独占早春的高傲气韵：在雪满山野，寒凝大地，百卉千花"愁未醒"之时，唯有梅花"晴日南枝暖独回"（宋·王安中《红梅口号》），"与占百花头上开"（宋·李子正《减兰十梅·早》）。所以词人说它"孤压群芳顶"确实合乎实际。"孤压"二字活灵活现地表现出梅花独占早春、压倒群芳的气势，人格化地点明梅花所特有的品格：不同凡俗，一身傲骨，敢斗霜雪，无所畏惧。所以，在词人眼中，它不仅比百花开放得早，而且那不惧寒威的品格更是凡花俗卉们无法比拟的。

词的下片，词人一方面继续描绘梅花的风神韵致，一方面抒写自己的情怀。起首二句"玉艳冰姿，妆点园林景"，重在描写梅花的姿色。有"玉"和"冰"两个字，很显然词人写的是白梅。从颜色上看，此树梅花洁白无瑕，如同白璧，这就可见其高洁。它又是"冰姿"，玲珑剔透，无尘无垢，又可见其纯正。所以白梅这样的姿色的确是出尘绝俗、极为高雅的。它是冰霜造就出来的，又是在冰天雪地里芬芳吐艳的，点缀着园林之景。因此王安中早就有诗说它"雪里园林玉作台，侵寒错认暗香回。化工清气先谁得，品格高奇是蜡梅。"（《蜡梅口号》）这首诗正好与王十朋这首词互相生发。

词的最后三句"凭阑咏。月明溪静，忆昔林和靖"，是在描写自己赏梅时的情怀：词人凭栏吟咏之时，但见一轮明月当空朗照，小溪在深冬之夜格外沉静，眼前那冰肌玉骨、香气清幽的寒梅在如水的月光下显得格外美丽动人。词人觉得自己似乎处在一个奇异的世界里。不由得想起那位以写梅出名的前辈诗人林和靖。林逋年少既孤，从小力学，不慕荣利，刻志不仕，自己结庐西湖的孤山之上，终身不娶，所居之处多植梅花，又喜欢养鹤，人称其"梅妻鹤子"。词人在这里忆起林和靖绝不是闲语。这透露出词人自己仰慕林逋像寒梅一样高洁的品格，并显露出他有心效法的情绪，这与词人自己忠正耿直的人格有关。

这首词在艺术上是值得称道的，其突出点在于写景状物既有画境，又有传神之妙，写景如开头"雪径深深"和结尾处的"月明溪静"，极富于诗情画意。状物如"暗香疏影"和开头的"北枝贪睡南枝醒"，奇妙贴切，具有特殊的艺术效果。

王十朋（公元1112—1171年），字龟龄，号梅溪，温州乐清（今浙江省乐清市）人。南宋著名政治家、诗人，爱国名臣。绍兴二十七年（公元1157年）

他以"揽权"中兴为对,被宋高宗亲擢为进士第一,官秘书郎。曾数次建议整顿朝政,起用抗金将领。孝宗立,累官侍御史,力陈抗金恢复之计。历知饶、夔、湖、泉诸州,救灾除弊,有治绩,时人绘像而祠之。追谥"忠文"。有诗1700多首,文140多篇,诗文刚健晓畅,有《梅溪集》

落梅

宋朝 尤袤

清溪西畔小桥东,落月纷纷水映红。
五夜客愁花片里,一年春事角声中。
歌残玉树人何在,舞破山香曲未终。
却忆孤山醉归路,马蹄香雪衬东风。

此诗是诗人见梅花飘落而兴发的感慨。

首联写梅花飘落的地点及飘落的情状。"清溪西畔小桥东,落月纷纷水映红",在清溪的西岸和小桥东边,但见红梅纷纷飘落水面,在将落的月亮照耀下,水面映出一片红色。红梅飘落,将水面映红,可见落梅之多,给人一种悲壮的感觉。

颔联写落花带来的客愁。"五夜客愁花片里,一年春事角声中","五夜",即甲夜、乙夜、丙夜、丁夜、戊夜。这里指终夜。"角",吹角,也指吹笛,古横吹曲中有《梅花落》曲。在落花之中,客居他乡的游子终夜愁苦难眠,一年的春耕农事,就要在这令人凄恻的《梅花落》角声中开始。游子见梅花飘落,想到家乡春忙在即,思乡之情不由得涌上心头,彻夜难眠。

颈联"歌残玉树人何在,舞破山香曲未终","玉树",即南朝陈后主所创新曲《玉树后庭花》。"山香",舞曲名,见《羯鼓录》。那位唱腻了《玉树后庭花》的陈后主今在何处?狂舞《山香》的乐曲也似乎仍未奏完。诗人由梅花飘落联想到时局动荡,借陈后主的下场讽喻那些仍沉迷于歌舞,"直把杭州作汴州"(南宋·林升《题临安邸》)的达官贵人。

尾联"却忆孤山醉归路,马蹄香雪衬东风","孤山",在杭州西湖边。北宋爱梅诗人林逋曾在此隐居。"香雪",指梅花。诗人回想当年隐居孤山时,酒醉归来,马蹄踏着香雪般的梅花,迎着东风向前奔驰。"马蹄香雪"照应首联"落月纷纷",仍回到落梅上。以回忆"孤山醉归""马踏香雪"作结,表现了诗人"哀而不痛,怨而无怒"的风格。

元代诗论家方回跋尤袤诗云："宋中兴以来，言诗必曰尤杨范陆，诚斋时出奇峭，放翁善为悲壮，公与石湖，冠冕佩玉，度骚婉雅。"（见《宋诗纪事》卷四十七）诗人作为宋王朝的上层官僚，能够以国运为念，感伤时事，自然难能可贵；但诗中哀而不痛，怨而无怒，正不失风人骚客之旨。所谓"冠冕佩玉，度骚婉雅"，谁云不然！

尤袤（公元1127—1194年），字延之，小字季长，号遂初居士，晚号乐溪、木石老逸民，常州无锡人。南宋诗人、大臣、藏书家。绍兴十八年登进士第。累官至太常少卿，权充礼部侍郎兼修国史、权中书舍人兼直学士，礼部尚书兼侍读。卒后谥号"文简"。与杨万里、范成大、陆游并称为"南宋中兴四大诗人"。原有《梁溪集》五十卷，早佚。清人尤侗辑有《梁溪遗稿》两卷刊行于时。

落梅二首
（其一）

宋朝　陆游

雪虐风饕愈凛然，花中气节最高坚。
过时自合飘零去，耻向东君更乞怜。

这首诗作于绍熙三年（公元1192）冬末。诗中歌颂梅花在百花中气节最高尚最坚强，实质是诗人借梅花来宣示自己的崇高气节。

"雪虐风饕愈凛然，花中气节最高坚"，诗的前两句刻画梅花在风雪肆虐的天气里坚持高尚气节的形象。在大雪侵害、风势凶猛要吞噬一切的时候，梅花愈加表现出凛然不可侵犯的样子。她与其他花相比，气节最高尚最坚定。

"过时自合飘零去，耻向东君更乞怜"，后两句点题，写梅花在飘落时坚持气节的具体表现。到过了梅花开花的时令，梅花会顺应自然，甘愿飘落离开，她羞耻于向春神再乞求怜悯，以延长花期。梅花坚持气节的表现更使人肃然起敬。这可以联想到诗人自己晚年仍坚持抗金北伐的理想，他宁可自甘寂寞，也决不向当时掌权的主和派屈服。

这首诗艺术上的特点，是形象描写与直白评论相结合。既描写梅花在风雪中的凛然姿态，又直白的评定梅花气节最高尚。更以拟人手法，写梅花落花时耻向春神乞怜的具体表现，把对梅花气节最高最坚的评论进一步加以落实。

梅花绝句

（其二）

宋朝　陆游

幽谷那堪更北枝，年年自分著花迟。

高标逸韵君知否？正是层冰积雪时。

这首诗侧重赞美梅花于严冬季节，在深幽山谷的朝北枝条上开放的精神品质。而对梅花的赞美，实际就是对人的不怕严寒艰苦，不惧环境恶劣的高尚品质的赞颂，也就是对人性的"高标逸韵"的肯定和期盼。

"幽谷那堪更北枝，年年自分著花迟"，诗的前两句，是对客观景物的描写，描写梅花开放的特殊环境和对自己命运的预料。首句说，这株梅花开放在深暗的山谷中，又是开在朝北的枝条上，（那里更不容易晒到阳光）怎能忍受这样恶劣的环境呢。次句接着用拟人的手法，把梅花当成人来写，她每年自己料定开花会很迟（梅花要在冬天才开放），这就是说，梅花对自己的命运很清楚，对眼前的恶劣环境早有预料，并不惧怕。这两句对恶劣环境的极力渲染，更反衬出梅花形象的坚强和崇高。

后两句"高标逸韵君知否？正是层冰积雪时"，是诗人的主观抒情，进一步用拟人的手法，以对人的"高标逸韵"的品质、情操来比拟梅花，赞美梅花。诗人先用设问句，问梅花具有清高脱俗的品质情操和超逸的风韵（像那些不畏环境艰苦，坚持崇高气节的人），你是否知道？回答是梅花的品质正是在冰结得很厚、雪积得很深的严冬时候表现出来。这两句不仅是诗人对梅花的直接赞美，而且用"层冰积雪"对梅花所处的恶劣环境作了深入描写，梅花的"高标逸韵"正是在这样的环境中展示出来的。

显然，诗人对梅花精神品质的赞美，就是对有高尚气节的人的歌颂，也是诗人以梅花的精神自喻。

东园观梅

宋朝　陆游

出世仙姝下草堂，高标肯学汉宫妆。

数苞冷蕊愁浑破，一寸残枝梦亦香。

问讯不嫌泥溅屐，端相每到月侵廊。

高楼吹角成何事，只替诗人说断肠。

这首七律诗抒写诗人到东园仔细观赏梅花的感受。看到仙女一样的梅花，让他破除了忧愁，但高楼的号角声又使他极度的伤心。

首联"出世仙姝下草堂，高标肯学汉宫妆"，描写梅花的美丽姿态和高尚品格。诗的上句，诗人把东园看到的梅花看成是天上仙女下到世上的草堂，写出梅花的不凡出身和美丽姿态。下句写梅花具有高尚的品格和情操，怎么肯穿汉代宫女的服装？暗示梅花的素雅。

颔联"数苞冷蕊愁浑破，一寸残枝梦亦香"，极写诗人见到东园梅花的惊喜和闻到梅花香气的持久。上句写诗人看到几个梅花的花苞和冷冷的花蕊后，心里的忧愁全扫除了，从反面写出自己看到梅花的惊喜。下句写诗人闻到一寸长的梅花残余枝条，也可感到满是香气，甚至在睡梦中也仍感受到香气。这里用"一寸残枝"，是夸张手法，因一寸残枝都有香气，那么可以想象整株梅花香气有多浓郁了。

颈联"问讯不嫌泥溅屐，端相每到月侵廊"，进一步写诗人观赏梅花的细致和时间之长。上句写为了观赏梅花，除了仔细查问，甚至不嫌泥土沾满木屐，走近梅树下面去看。下句写诗人仔细观赏梅花时间之长，一直到月光照进走廊，天色很晚。从诗人观赏梅花的行动里，可见诗人被东园的梅花深深吸引住了。

尾联"高楼吹角成何事，只替诗人说断肠"，写诗人对梅花观赏的惊喜和投入，被高楼吹号角的声音打破，又回到悲伤的心情。暗示诗人当时对时局的忧虑。

此诗表现了诗人观赏梅花独特的感受和心情的起伏变化。看到梅花想象到是仙女，闻一寸残梅枝而梦闻香气，可见诗人观赏的想象力和敏感度。而从观梅的破愁，到听到吹角声而断肠，感情明显有了变化，赏梅的喜悦被对时局的忧虑所代替。

晚梅

宋朝　陆游

春晚城南十里陂，亭亭独立见奇姿。

品流不落松竹后，怀抱唯应风月知。

旋拂乱云成小仵，重携芳榼卜幽期。

佳人空谷从来事，莫恨桃花笑背时。

此诗写诗人观赏一株晚春才开的梅花而引起的感慨。全诗借梅花的品流、怀抱，暗喻自己的政治抱负和对势利小人的态度。

首联"春晚城南十里陂，亭亭独立见奇姿"，描写晚春才开的梅花的奇丽姿态。上句写这株梅花在春天的晚期开放在城南的山坡，开放时间已晚，又加开在城南十里远的山坡，不容易引起人们的注意。但下句补充说这株梅花姿容很美，亭亭玉立，呈现出一幅奇特秀丽的姿态。

颔联"品流不落松竹后，怀抱唯应风月知"，以梅花自言的口气，表示自己的品类不在松竹之后，自己的怀抱只有清风明月知道。松、竹、梅本是岁寒三友，都具有抗严寒的高贵品格。清风明月一直伴着梅花，所以最了解梅花的怀抱了。这可以理解为是诗人自喻一直坚持自己的政治怀抱。

颈联"旋拂乱云成小仁，重携芳榼卜幽期"，诗人把梅花比喻为女性，写这位女性等待约会的行动细节。这在意思上与颈联比有递进，但较含蓄。这位女性既自信自己的品行，马上理顺散乱的头发，作稍稍的等待；重新携着带芳香的酒器，选择与情人秘密约会的时间。这可以理解为是诗人表示要等待合适的时机，实现自己报国的理想。

尾联"佳人空谷从来事，莫恨桃花笑背时"，写梅花对自己所处的现状有清醒的认识。这两句的意思是说，梅花开在空旷的山谷里是从来就有的事，不忌恨桃花讥笑自己已过了开花的时令。暗喻自己虽然孤立，但对政治上的小人不屑一顾。

这首诗中的梅花意象明显带有拟喻性，即从表面上看，似乎诗人只是在单纯地写晚开梅花之景物，但透过全诗的结构可以看出，诗人在梅花身上寄寓了某种人的精神状态，已赋予梅花一定的象征意义，以梅花喻美人，实又以美人喻自己。

梅花绝句（其一）

宋朝 陆游

闻道梅花坼晓风，雪堆遍满四山中。

何方可化身千亿？一树梅花一放翁。

此诗是陆游在嘉泰二年（公元 1202 年）春作于山阴居闲之时，时年七十八岁。此组诗共六首。诗人爱梅花，也写过不少梅花诗，在梅花身上寄托了多种情思。这首诗表现了诗人对笑傲寒风的梅花的爱慕之情。也通过赏梅表现了诗人傲然独立、高洁不凡的清怀雅趣。

起句"闻道梅花坼晓风"，"坼"，裂开，开放之意。听说梅花在清晨寒风中开放了。此是"闻道"，尚未亲睹。但这一梅信足以诱发诗人赏梅逸兴。二句"雪堆遍满四山中"，写赏梅，以"雪堆"比喻梅花色白，而且花树繁多，并非说梅花开在雪中。这句写梅林之景，不是单枝独树之梅。此句紧承上句，写诗人闻听清晨梅信之后，便挂杖出门赏梅，只见四周岗峦，漫山遍野开满梅花，恰似铺满了晶莹洁白的瑞雪，整个大地银装素裹，极其赏心悦目。

这玉树琼林的大千世界，宏观尚可；如若细赏，岂能穷尽其妙？但世间万物难不倒诗人。他忽发奇想，欲分身而观之。于是诗便转入三、四句："何方可化身千亿？一树梅花一放翁。"诗人想到，以何种妙法把自己变化成千万个，乃至亿万个身体呢？使一树梅前就有一个陆放翁，尽情地饱赏梅花之高标逸韵。甚而一树梅花就变为一个陆放翁吧！

此诗虽小，但情味极为隽永。闻梅凌风，赏梅似雪，以显诗人高风亮节和清白品格。下联更是脍炙人口的奇警之句。身化千亿，确是奇思异想；"一树梅花一放翁"，更为传神妙语。花人相对，貌异神合。是人是花？谁能分清！诗笔出神入化，赢得历代诗家叹赏。或谓此联从唐代诗人柳宗元"若为化得身千亿，散在峰头望故乡"（《与浩初上人同看山寄京华亲故》）句学来，仅观上句，放翁确有学步之嫌。而分析整联，关键在于下句。子厚被贬岭南，虽化身千亿，只见乡井之悲；放翁赏花，身化千亿，再化而为花。花人合一，神妙莫名。不只意境清绝，且情思深婉，当使子厚叹赏莫及。

陆游写梅花的诗大多是退居山阴（今浙江绍兴）老家时所作，他在山阴老家住了二十年，一直到他去世。可以看出，在他的梅花世界中，无论哪一种梅花形象，都有逆境中陆游的影子；无论哪一种梅花，都经过了陆游心灵的过滤，都具有很高的审美价值，能给人一种强烈的精神震撼。陆游眼里的梅花，不仅是精神的一种寄托物，也具有情感性与感染力。他对梅花不只是停留在欣赏和喜爱的层面，而这种欣赏和喜爱丝毫不能遮蔽他那炽热的情感；而且，通过梅花，我们可以看到一个具有英雄气概的陆游的同时，也可以看到一个作为普通人的陆游。对人生社会的看法与评价，对人情冷暖的感受与抒发，可以说隐含在他的梅花世界里，开放在特殊时令的梅花与生活在那个特殊时代的陆游，似乎有着某种关联，因为梅花怒放冰雪的精神、色香淡雅的品质与陆游的人生追求是一致的，陆游也像梅花一样，在那个严酷的环境中"绽放"过。他以梅花自勉，走完了自己的人生之路。虽然他"但悲不见九州同"，但是，他把自己移入了梅花，开放了千秋万代。

卜算子·咏梅

宋朝　陆游

驿外断桥边，寂寞开无主。已是黄昏独自愁，更著风和雨。

无意苦争春，一任群芳妒。零落成泥碾作尘，只有香如故。

陆游一生主张抗金复国，屡遭投降派排挤打击，难遂其志。晚年因赞成韩侂胄北伐，韩失败后被诬陷。我们读他这首词，联系他的政治遭遇，可以看出这是他身世的缩影，词中所写的梅花正是他高洁品格的化身。

这首词中所歌咏的梅，不是游人云集的园林中的梅，也不是文人雅士庭院中的梅，而是生长在"驿外断桥边"那穷乡僻壤的一株无人理睬的野梅。"驿"是指古代的驿站，是远离繁华城市的地方，而这株梅树尚不属于驿站，她生长在驿站外的一个断桥旁，可见那里是怎样的荒凉偏僻了。身处这样的环境，她只能"寂寞开无主"。她只身孤影，自开自落，无人前来观赏，也没有人养护。随着四季代谢，它默默地开了，又默默地凋落了。它孑然一身，四望茫然——有谁肯一顾呢，它是无主的梅呵。"寂寞开无主"这一句，诗人将自己的感情倾注在客观景物之中。

日落黄昏，暮色朦胧，这孑然一身、无人过问的梅花，何以承受这凄凉呢？它只有"愁"——而且是"独自愁"。偏偏在这个时候，又刮起了风，下起了雨。"更著"这两个字力重千钧，写出了梅花的艰难处境。然而，尽管环境是如此冷峻，它还是"开"了！从上面四句看，对梅花的压力，天上地下，四面八方，无所不至，但是这一切终究被它冲破了，因为它还是"开"了！上片集中写了梅花的困难处境，它也的确还有"愁"。从艺术手法说，写愁时，词人没有用诗人、词人们惯用的比喻手法，把愁写得像这像那，而是用环境、时光和自然现象来烘托。

下片托梅寄志。梅花，它开得最早，是它迎来了春天，但它却"无意苦争春"。春天，百花齐放，争丽斗妍，而梅花却不去"苦争春"；凌寒先发，只是一点迎春报春的赤诚。梅花并非有意争春，"群芳"如果有"妒心"，那是它们自己的事情，就"一任"它们去妒忌吧。这里把写物与写人，完全交织在一起了。花木无情，花开花落，是自然现象，说"争春"，是暗喻。"妒"，则非草木能所有。这两句表现出词人标格独高，决不与争宠邀媚、阿谀奉承之徒为伍的品格，和不畏谗毁、坚贞自守的傲骨。

最后两句把梅花的"独标高格"，再推进一层："零落成泥碾作尘，只有香如故。"前句承上句的寂寞无主、黄昏日落、风雨交侵等凄惨境遇。这句七个字四次顿挫："零落"，不堪雨骤风狂的摧残，梅花纷纷凋落了，这是一层；落花委地，与泥水混杂，不辨何者是花，何者是泥了，这是第二层；从"碾"字，显示出摧残者的无情，被摧残者承受的压力之大，这是第三层；结果呢，梅花被摧残被践踏而化作灰尘了，这是第四层。看，梅花的命运多么地悲惨，简直令人不忍卒读。但词人的目的绝不是单写梅花的悲惨遭遇以引起人们的同情；从写作手法说，这些仍是铺垫，是蓄势，是为了把下句的词意推上最高峰。虽说梅花凋落了，被践踏成泥土了，被碾成尘灰了，请看："只有香如故！"它那"别有韵"的香味，却永远如故，一丝一毫也改变不了啊！

末句具有扛鼎之力，它振起全篇，把前面梅花的不幸处境，风雨侵凌，凋残零落，成泥作尘的凄凉、衰飒、悲戚，一股脑儿抛到九霄云外去了。

纵观全词，词人以梅喻人，托物言志，巧借饱受摧残、花粉犹香的梅花，比喻自己虽终生坎坷、绝不媚俗的忠贞，这也正像他在一首咏梅诗中所写的"过时自合飘零去，耻向东君更乞怜"（《落梅》）。诗人以他饱满的爱国热情，谱写出一曲曲爱国主义诗篇，激励着一代又一代人，真可谓"双鬓多年作雪，寸心至死如丹"！

陆游（公元 1125—1210 年），字务观，号放翁。越州山阴（今浙江绍兴）人。南宋著名文学家、史学家、爱国诗人。赐进士出身，历任福州宁德县主簿、隆兴府通判等职，因坚持抗金，屡遭主和派排斥。乾道七年投身军旅，任职于南郑幕府。后升为礼部郎中兼实录院检讨官。后主持编修孝宗、光宗《两朝实录》和《三朝史》，官至宝章阁待制。书成后，长期蛰居山阴。他一生笔耕不辍，诗词文具有很高成就。其诗语言平易晓畅，章法整饬谨严，兼具李白的雄奇奔放与杜甫的沉郁悲凉，尤以饱含爱国热情对后世影响深远。词与散文成就亦高。有手定《剑南诗稿》八十五卷，收诗 9000 余首。又有《渭南文集》五十卷、《老学庵笔记》十卷及《南唐书》等。书法遒劲奔放，存世墨迹有《苦寒帖》等。

岭上红梅

宋朝　范成大

雾雨胭脂照松竹，江面春风一枝足。

满城桃李各嫣然，寂寞倾城在空谷。

城中谁解惜娉婷？游子路傍空复情。

花不能言客无语，日暮清愁相对生。

　　南宋诗人范成大是位赏梅、咏梅、艺梅、记梅的名家。他晚年隐居苏州石湖辟范村，自建梅园，搜集多种梅花，以供赏乐，并著有我国最早介绍梅花的专著《范村梅谱》，石湖也成为山水绝胜之地。当朝许多文人雅客，常会集此地赋诗作文。姜夔的《暗香》《疏影》便是在石湖梅园中填成。

　　这首《岭上红梅》，前人以为是两首不同的绝句，其理由一是前四句与后四句风格变化太大，前四句清新出挑，后四句泛泛入俗。二是韵律存疑：律诗的用韵非常严格，必须一韵到底，不能通韵、重韵或换韵。而在此诗中，竹、足、谷，婷、情、生，押的两韵。不过《永乐大典》（残卷）中是作为一完整版律诗收入的。

　　"雾雨胭脂照松竹，江面春风一枝足"，"胭脂"，也称腮红，是一种红色美容化妆品，此处比喻红梅花。在雾雨弥漫的荒山野岭，红梅花冒寒开放，映照在松树竹林间，更显姿容光彩。红梅不畏严寒独自开放，即使只有一枝，也足于迎接江面春风，向世间万物传送春天的信息。诗人运用衬托手法，用"雾雨"衬托梅花开得火红耀眼，照亮了雾雨中的松竹。又用"松竹"来衬托梅花，突出万绿丛中的一点红，有力地表达了"一枝足"的主旨，寓赞美之情于景物描写之中。

　　"满城桃李各嫣然，寂寞倾城在空谷"，"倾城"形容女子极其艳丽，貌压全城。此处比拟红梅。当春满大地的时候，满城桃李花开得格外艳丽，只有寂寞的红梅花在空寂的山谷中慢慢地凋落。诗人在为红梅的凋落而惋惜的时候，也赞美了梅花甘愿寂寞、保持清高、洁身自好的品格。"任他桃李争欢赏，不为繁华易素心"（元·冯子振《西湖梅》）。虽然桃李嫣然时，梅花已寂寞了，但是一枝盛开的梅花，报告了春天来临的消息，唤来了春风，这就心满意足了。

　　这份惋惜，体现在诗中是后四句的"清愁"。"城中谁解惜娉婷？游子路傍空复情"，"娉婷"，形容女子容貌姿态娇好的样子。这里指红梅。城中的人谁能

146

理解梅花此时的心情？游子也只是站在路边空表怜惜之情。"花不能言客无语，日暮清愁相对生"，繁华最寂寞，倾城亦枉然。花、客均无语，日暮清愁生。诗人因梅花的凋落而产生的愁绪，进一步显示了他对梅花的喜爱与怜惜之情。

霜天晓角·梅

宋朝 范成大

晚晴风歇，一夜春威折。脉脉花疏天淡，云来去、数枝雪。

胜绝，愁亦绝，此情谁共说？惟有两行低雁，知人倚、画楼月。

霜天晓角：词牌名。

这首咏梅词，起首两句先写梅花开放的前奏。"晚晴风歇，一夜春威折"，晚晴天气，风停了下来，严酷的春寒也为之稍稍收敛。"春威"指春寒，"折"有减损之意，"春威折"三字用得很别致。还未写梅花，梅花已经呼之欲出了。

"脉脉花疏天淡，云来去、数枝雪"二句，写早梅的神韵，也初步写了早梅的环境。花开得不多，只是疏疏的几朵，在轻云的衬托下，已经脉脉含情。"云来去"承"天淡"，"数枝雪"承"花疏"，虽没有写月色，但从"云来去"三字看，实际上是很传神地写了月色的。不仅写了月色，连渲染月色的微云也非常灵动地烘托出来了，实在是神来之笔。

过片"胜绝"句承上，整个概括上片。未写赏花之人，先写梅花的胜绝。"愁亦绝"启下，再引入赏花的人，就不突兀了。梅花本无所谓愁不愁。只因为它在严寒中开花，又开得如此稀疏，如此洁白，在愁人眼中，它就成了愁的象征，不但"胜绝"，而且"愁亦绝"了。这是愁的感情移入，所以接下去就写人，写赏花人的主观感受："此情谁共说？"这是一句不需要回答的提问句，是为了加重语气的。愁到无人可以倾诉，甚至无人能够理解的程度，愁之深重也就可以概见了。

最后二句却又不继续写愁，倒是一笔荡开去，再一次补写梅花的环境："惟有两行低雁，知人倚、画楼月。"除了天淡云闲以外，还有画楼，还有明月，还有飞度长空的飞雁，更主要的是还有赏花的人，但诗人偏偏以不经意的手法出之。"惟有"二字，写出了环境的极端孤寂。除了"两行低雁"以外，就再也没有其他活动的生物了。"低"字也用得极好，仿佛雁是故意低飞，要来与独自倚楼赏花的人做伴，要来看清楚赏花人的愁眉似的。最后才仿佛在有意无意之中带出，楼头还有一个因赏花而倚栏未眠的人。"人倚画楼月"，来赏"胜绝，愁亦绝"的花，这个倚栏人的"胜绝，愁亦绝"就不言自明了。写梅花的孤寂，正是写赏花人的孤寂；写梅花的胜绝，正是写赏花人的胜绝；写梅花的愁绝，也正是写赏花人的愁绝。写花正是写人。至于这个赏花人为什么愁绝，是愁梅花的容易凋残，还是别有所愁，只因梅花才引起呢？诗人不说，给读者留下充分想象的余地。这种有余不尽的写法，也是符合梅花的风韵的。是花是人，在诗人笔下已经不可分，在读者眼中心中也不必分了。

范成大（公元1126—1193年），字至能，晚号石湖居士，吴郡（今江苏苏州）人，与杨万里、陆游、尤袤合称南宋"中兴四大诗人"。绍兴二十四年进士，初授户曹，历官监和剂局、处州知府，至官起居郎。其作品在当时即有显著影响，到清初则影响尤大。晚年退居故乡石湖。谥文穆。有《石湖集》《揽辔录》《吴船录》《吴郡志》《桂海虞衡志》等著作传世。还著有《范村梅谱》，是我国最早介绍梅花的专著。

探梅

宋朝　杨万里

山间幽步不胜奇，正是深寒浅暮时。

一树梅花开一朵，恼人偏在最高枝。

梅开盛时，有人赏梅；瑞雪过后，有人寻梅。但可能很少有人知道，在梅含苞欲放时，还有探梅一说。探梅须及时，过早含苞未放，迟了便落英缤纷。将开未开之时，正是梅花最美之时，半遮半掩，略有羞涩，仿佛靠近那丝丝缕缕的花蕊，便能听见盈盈花语的声音。

这首《探梅》诗，就是记录诗人探梅过程中所获得的一份惊喜。

"山间幽步不胜奇，正是深寒浅暮时"，诗的开头两句，交代了探梅的地点和时间。地点是偏僻幽静的山间，时间是"深寒浅暮"。在一个寒气正深的薄暮时分，诗人漫步在偏僻幽静的山间，去探看梅花是否开放，感觉是那么的新奇与兴奋。诗人不顾天寒日暮，兴致勃勃地到山间去探梅，爱梅之情跃然纸上。

"一树梅花开一朵，恼人偏在最高枝"，诗人经过艰苦地寻找，终于发现了一棵梅树，诗人喜出望外，赶紧上前查看，可是整棵梅树上只开了一朵花；更让人懊恼的是，这朵花却偏偏开在最高的枝条上。诗人本想好好观赏梅花，可因开在高枝而不得，不免有些失望吧。

这首诗叙写了诗人探梅的过程。山间行走的新奇，发现梅树的惊喜，看到梅花而不能近观的失望，都写得真切自然，清新可人。

明发房溪二首
（其二）

宋朝　杨万里

山路婷婷小树梅，为谁零落为谁开。

多情也恨无人赏，故遣低枝拂面来。

淳熙七年（公元 1180 年）至淳熙九年，杨万里任广东常平茶盐使、提点刑狱，期间两次经过程乡县（梅州），共写有十九首有关梅州的诗篇，《明发房溪二首》即其中一组。房溪：位于广东省梅州。

曙色微明的时候，诗人沿着曲折崎岖的山路前行，一树亭亭玉立的梅花垂枝路旁，几欲拂拭人面，牵衣问话，煞是多情。诗人扶枝而立，遂有感而发，写下了此诗。

前两句写梅花的寂寞。"山路婷婷小树梅，为谁零落为谁开"，"婷婷"，是美好的样子。山路旁有一株亭亭玉立的小梅花树，正在凌寒开花，花朵艳丽，呈现出美丽动人的意态。可是生长在这荒僻的地方，又有谁注意到呢？它在寂寞中开花，又在寂寞中零落，不管花开还是花落，都没有人欣赏、关注。诗人化用陆游《卜算子·咏梅》中"驿外断桥边，寂寞开无主"的诗意，写出了路边梅花凄凉的处境和孤寂的命运。

三、四两句转写梅花的"多情"："多情也恨无人赏，故遣低枝拂面来。"山梅寂寞开放，多么希望有人欣赏啊！于是，她故意压低枝条拂人脸面。这里所描写的实际上只是梅枝拂面这样一个细节。但在诗人的想象中，这正是寂寞开无主的山梅多情的表现，它多么希望有人欣赏啊。三句点"多情"、点"恨"，四句说"故遣"，这山梅就被人格化了，变成了有情之物。诗人在山梅身上发现了多情而又无人鉴赏的幽谷佳人的形象与个性，或者说，是诗人把这样一种形象与个性赋予了路边的山梅。

全诗描写了山梅的寂寞与多情，表现了诗人对这株"无人赏"的"小树梅"的同情及遗憾，隐含了诗人对那些怀才不遇的人才的惋惜。当然，这山梅中也有诗人自己的影子。诗人借山梅形象，表达了希望自己能在官场发挥才干的愿望。

杨万里（公元 1127—1206 年），字廷秀，号诚斋，自号诚斋野客。吉州吉水（今江西吉水县黄桥镇湴塘村）人。南宋文学家、官员，与陆游、尤袤、范成大并称为南宋"中兴四大诗人"。他绍兴二十四年举进士，授赣州司户参军。历任国子监博、漳州知州、吏部员外郎秘书监等。是主战派人物。绍熙元年（1190 年），辞官而归，自此闲居乡里。谥号文节。杨万里的诗自成一家，独具风格，形成对后世影响颇大的"诚斋体"。其词清新自然，如其诗。今存诗 4200余首。

枯梅

宋朝　史文卿

樛枝半著古苔痕，万斛寒香一点春。

总为在今吟不尽，十分清瘦似诗人。

本诗名为枯梅，写的其实是一棵老梅。范成大的《梅谱》中说，绍兴、吴兴一带有一种古梅，其枝樛曲万状，苔藓鳞皱，封满花身。另外，梅花愈古老愈显得苍劲古朴，故有"老梅花，少牡丹"之说。

首句"樛枝半著古苔痕"，"樛"，是指树木向下弯曲。"古苔"指有古苔留在梅枝上。全句是说，弯曲的树干上，有一半残留着古苔。南宋词人吴文英在《花犯·谢黄复庵除夜寄古梅枝》中，曾用"古苔泪锁霜千点"的词句去形容古梅枝。次句"万斛寒香一点春"，就在这弯曲的老梅枝上，开放着一点点花，但传来的香气，却很浓很远，仿佛有千斛万斛。"斛"是古代的一种量器名，这里只是用"万斛"形容花香之浓之多。"春"在这里是指开花。一棵偌大的老梅树，只开了那么一点点花，看起来的确是一株枯梅了。以上两句，从正面描写了枯梅的枝干、小花和浓香。古代的咏花七绝，都是上两句实写，下两句议论或抒情，这首诗也正是如此。

三、四句"总为古今吟不尽，十分清瘦似诗人"，梅花啊梅花，古往今来，为什么人们总是不间断地吟咏你呢？因为你与诗人有着共同的特点，那就是非常清高瘦削。在这里，梅即诗人，诗人即梅花，诗人与梅花已经合而为一了。宋人用诗人比喻梅花的，并不只史文卿一人。比如：刘克庄在《落梅》中就有这样的诗句："飘如迁客来过岭，坠似骚人去赴湘。"这里的"迁客"指唐代大文学家、诗人韩愈，"骚人"则指屈原。也有用诗句比喻梅花的，如南宋诗人徐玑的《梅》："不厌垅头千百树，最怜窗下两三枝。幽深真似离骚句，枯瘦犹如贾岛诗。"将梅比作"离骚句""贾岛诗",状写梅的幽深、枯瘦,很是新颖。但这毕竟比不上本诗的明了干脆。作者将梅花与诗人融为一体,也表明了自己的心志:要像梅花那样性格坚强,敢与恶劣环境抗争;也要有梅花的品格,清新脱俗,志向高洁。

史文卿(生卒年不详),字景望,鄞县(今浙江省宁波市)人。宋高宗绍兴中(公元1145年左右)知南康军。《全宋诗》录诗8首。

墨梅

宋朝　朱熹

梦里清江醉墨香,蕊寒枝瘦凛冰霜。
如今白黑浑休问,且作人间时世妆。

墨梅是指只用水墨而不着颜色画出来的黑色的梅花。

此诗对画卷中凌寒傲放的梅花进行了赞咏,寄寓了自己独特的生命体悟,借助题画诗抒发自己的主观情感。

"梦里清江醉墨香,蕊寒枝瘦凛冰霜",诗一开始,把读者带入梦境般的观画氛围中。这丹青描画的梅花散发出阵阵墨香,使观者恍然进入梦中,在清澈的江边欣赏梅花,那遒劲清瘦的枝干上盛开的梅花,在冰霜中傲然挺立,不惧严寒。诗歌用清淡的笔墨勾勒出了寒蕊傲雪、清香沁脾、疏瘦清逸、骨气遒劲的寒梅形象。虽然寒梅经受了严霜寒雪的摧残,但仍冒着严寒开放,保持旺盛的生命力,表现出自强不息、昂扬不屈的君子性情。

"如今白黑浑休问,且作人间时世妆",诗的后两句为全诗点睛之笔,直刺人世间趋炎附势、迎合时世的丑恶行径。这两句诗貌似游离于墨梅之外,实则紧紧相扣。前句"蕊寒枝瘦凛冰霜",是说这枝墨梅是开白花的,否则,不能以冰霜作比。但白色花朵反用水墨来画,所以分不出个黑白来。如今色彩单调的墨梅,即使格高韵胜,也无人问津,所以,还是赶快作世俗的打扮吧。结尾两句,是诗人激愤的反语:不要过问当今这黑白混淆的世道,姑且把这个鱼龙混杂的社会当作是一种潮流好了。对世间庸俗风气的厌恶之情溢于言表。这与宋代诗人李唐的"早知不入时人眼,多买胭脂画牡丹"(《题画》)两句诗有异曲同工之妙。

朱熹这首题写墨梅的诗,立意超凡,情志高远。寂寞孤洁自赏之情浸透纸背，令人肃然起敬。

念奴娇·梅

宋朝　朱熹

　　临风一笑，问群芳谁是，真香纯白。独立无朋，算只有、姑射山头仙客。绝艳谁怜，真心自保，邈与尘缘隔。天然殊胜，不关风露冰雪。

　　应笑俗李粗桃，无言翻引得，狂蜂轻蝶。争似黄昏闲弄影，清浅一溪霜月。画角吹残，瑶台梦断，直下成休歇。绿阴青子，莫教容易披折。

念奴娇：词牌名。

梅花最根本的特点是生命力极旺盛，适应性很强，耐寒抗冷，傲雪争春，先于百花而开，古人曾有"十月先开岭上梅"（唐·樊晃《南中感怀》）之句。梅花的这种个性，象征着我们民族坚毅刚强的民族精神，因此它在群芳谱中被推为第一，得到人们的普遍喜爱。朱熹的这首《念奴娇》词，正是赞颂梅花的。

"临风一笑，问群芳谁是，真香纯白"，词一起首就化用"一笑千金"或"千金买笑"的典故，写出梅花临风怒放，好像是美女巧笑一样妩媚动人，同时也点出群芳不具而梅花独有的特殊风韵——"真香纯白"，表明它抱负高远、纯正洁白、香而不腻、朴实无华的个性。"独立无朋，算只有、姑射山头仙客"两句，写出梅花虽然率先开放，孤芳自赏，却不免孤单，没有朋侣，只有仙客与它为伴。前句词提到梅花"真香纯白"的特性，接着又指出它"独立无朋"的处境，词人为避免词意失之于空，便紧接着举出"仙客"的典故来加以印证。据《庄子·逍遥游》载："藐姑射之山有神人居焉，肌肤若冰雪，绰约若处子。""姑射山"，指传说中的仙山。"仙客"，指居住在姑射仙山上的美丽神女。此句以美女衬托梅花，回应开头"临风一笑"句。

接下来"绝艳谁怜，真心自保，邈与尘缘隔。天然殊胜，不关风露冰雪"几句，继续赞颂梅花清高绝俗、岁寒独秀的品格。"真心"，指纯正自然的本性。这几句词是说，尽管梅花孤单无朋，但它依然真心真诚，矢志不变，不随流俗，保持着自己的天然本性。

下片换头"应笑俗李粗桃，无端翻引得，狂蜂轻蝶"几句，以桃李之花被轻狂蜂蝶所追逐的庸俗可笑，反衬出梅花洁身自爱的高雅风度。"争似黄昏闲弄影，清浅一溪霜月"两句，是说桃李哪能比得上梅花如霜月溪水一般洁白清澈呢？"争似"，怎能比得上。"黄昏闲弄影"，化用林逋《山园小梅》中"疏影横斜水清浅，暗香浮动月黄昏"的咏梅名句，即指梅花。

接下来"画角吹残，瑶台梦断，直下成休歇。绿阴青子，莫教容易披折"几句，表达了词人对梅花的美好祝愿。"画角"，古管乐器，军中多用，常于城楼高处吹奏，以司昏晓。"瑶台"，指想象中神仙居住的华丽楼台，此乃回应上片"姑射山头仙客"句。"直下"，直到。"绿阴青子"，指梅花落后树上所结的青绿色果子。这几句是说，天将晓，梦已断，梅花也有零落的时候。但愿它的果子好好生长，不要夭折。词人爱梅之心，于此可见一斑。

朱熹曾有《探梅得句》诗："迎霜破雪是寒梅，何事今年独晚开？应为花神无意管，故烦我辈着诗催。"只因梅花晚开几日，诗人竟急不可耐了，并以诗相催。在此词中当梅花"直下成休歇"的时候，词人的无限惋惜、无限留恋之情，也就不难想见了。

朱熹（公元1130—1200年），尊称朱子，又称紫阳先生、朱文公，字元晦，又字仲晦，南宋徽州婺源县（今江西省上饶市婺源县）人，南宋理学家，程朱理学集大成者。历高宗、孝宗、光宗、宁宗四朝。他总结了宋代理学思想，建立了庞大的理学体系，开创了紫阳学派。他还在建阳云谷"晦庵"草堂讲学，并校订了四书，成为后代科举应试科目。

探梅

宋朝　朱淑真

温温天气似春和，试探寒梅已满坡.
笑折一枝插云鬟，问人潇洒似谁么？

在朱淑真的咏梅诗词中，有一些是写"梅花妆"的诗。这首《探梅》，写出了青春觉醒的少女之浪漫情怀，表现了女诗人对青春和生命的热爱之情。

"温温天气似春和，试探寒梅已满坡"，在一个冬末春初的暖阳天气里，萧条的严冬呈现出一片春的浪漫生机。女诗人和她的女伴们怀着对春天的渴望，到山坡去探梅。只见满山坡的梅花开满枝头，带给她们一阵惊喜。

"笑折一枝插云鬟，问人潇洒似谁么"，她们笑着折一枝梅花插在发髻上，梅花装饰着人，潇洒自然、生动美丽而妩媚妖娆。她们互相问着同伴：这样潇洒漂亮像谁呀？那闪现在少女脸上的笑和询问时的自信，将内心深处洋溢的青春朝气和魅力尽情地释放出来。这个细节描写，浸染着女诗人对生活的热爱和对人生的自信，洋溢着浓厚的青春气息。

诗人通过梅花这个意象，为我们细腻地描绘了春雪初融、映日梅花的清秀、滋润、富丽、娇媚的秀美姿态，生动地再现了梅花作为春天使者的动态形象。诗人眼中的梅花是春的象征，是生命的象征，在梅花意象中投入了诗人热爱大自然、热爱生活的丰富情感。

梅花二首

（其二）

宋朝　朱淑真

消得骚人几许时，疏篱淡月着横枝。

破荒的皪香随马，春信先教驿使知。

许多人欣赏梅花只能领略其自然美，为花的色彩、诱人的香气所吸引，却不能发现其内在之美。朱淑真却将花的外在之美与内在之美看得很透彻，于花中感悟人生，抒发性情。

"消得骚人几许时，疏篱淡月着横枝"，诗人在一个淡淡的月光之夜，来到稀疏的篱笆之前，欣赏那横枝伸出的梅花，惊叹古往今来多少文人墨客，都为梅花的幽香与高洁所折服。

"破荒的皪香随马，春信先教驿使知"，"的皪"，光亮、鲜明的样子。梅花冲破冰雪封杀灿烂开放，其清香跟随着驿马奔向四方，使驿站上的信使最先得到春的消息，向人间报告春的信息。

诗人在此写梅，不在形似，而重神似，侧重表现梅花横枝的神韵，盛赞了梅花的幽香冲破冰雪，最先向人间报春的精神。诗人在此慰藉自己，虽然身处不幸的婚姻当中，但是只要心存对美好生活的希冀，总有一天也会冲破世俗的偏见而获得新的生活。

菩萨蛮·咏梅

宋朝　朱淑真

湿云不渡溪桥冷，蛾寒初破东风影。溪下水声长，一枝和月香。

人怜花似旧，花不知人瘦。独自倚阑干，夜深花正寒。

菩萨蛮：词牌名。

同许多孤傲、失意的文人一样，朱淑真也酷爱梅花。翻开《断肠诗集》，立题咏梅诗便有十几首，语涉梅事的，均不在此列。这首《菩萨蛮》，便是一篇"清新婉丽，蓄思含情"，令人"一唱三叹"的咏梅佳作（南宋·魏仲恭《朱淑真断肠诗词集序》）。

这首词赞美了梅花不畏严寒的高洁品质。词人在词中以梅花自况，直接或间接地表达了自己对梅花的喜爱，以及对美与生活的热爱。

词的上片，在浓重的背景下，描绘出梅的俏丽花枝。"湿云不渡溪桥冷，蛾寒初破东风影"，开端两句，便勾勒出了一幅凄冷的画面。"湿云"是带雨的乌云，"不渡"，写凝聚的气氛。小桥流水，本是诗中常见之景，着一个"冷"字，便突出了冬末春初的时令。这是词眼所在，引出一系列文字。"蛾寒"，一作"嫩寒"。"蛾"通"俄"，这里是"轻寒""微寒"之意。初春的夜里，乌云凝聚而春雨未至，显得溪桥更加清冷。春寒料峭，生机萌动的草木，在东风里轻摆着枝条。这两句笔法柔婉细腻，令人感到压抑中带着寒意，确为词中佳句。

接着转入主近景的描绘。"溪下水声长，一枝和月香"，先循声而写溪水，一个"长"字，状潺潺水声，由近而远，连绵不断，更觉空旷寂静。在精心地完成衬景、近景的勾画以后，词人才在上片的最后一句正面点出主题："一枝和月香"。一枝独秀，往往更能鲜明地表现梅的舒展、俏丽。然而，词人并没有着意于形、色的状写，而是融融的月色下托出一个"香"字，以表现梅的孤寂清高，内美超俗。着一"香"字，既突现了梅花芳馨幽艳的卓异风标，连同"和月"一起又给人以嗅觉、视觉、味觉、触觉并生的通感联想。强调梅的"一枝"独秀，不仅有如林和靖赞梅名句"众芳摇落独暄妍"（《山园小梅》）的高妙，展现了梅树凌寒傲骨的幽姿逸韵，而且跟词作的主人公于下片"独自倚阑干"也暗相扣合而发人深思。

朱淑真的咏物词，往往人随景至。本词下片，人与花形影相吊，直抒郁闷之情。"人怜花似旧，花不知人瘦"，梅花依旧，年年斗雪迎春，尚能够惹人爱怜；佳人易老，却早减了玉肌，只落得孤苦凄凉！词人确实跟梅花早已情深意挚，其"人怜花似旧"绝非虚语；而埋怨"花不知人瘦"，乃责备梅花不该忘却自己这钟情于人世生活的忠实伴侣。李易安有"帘卷西风，人比黄花瘦"（《醉花阴》）的佳句，朱淑真也曾咏叹"窗上梅花瘦影横"（《元夜三首》其一）。这里拈来"瘦"字，也暗含相比之意。有情之人，面对无情之梅，那结果只能是人瘦人自知了。

因此，下句自然引出一个"独"字。"独自倚阑干"，又正碰上那孤傲的"一枝"，真是"临风对月，触目伤怀"！结尾句"夜深花正寒"，将时间推移到夜深，写人的心事重重，久久难寐。"花正寒"的"寒"字，照映了开端的"冷"，使全词上下一片悲凉之气，明里写花，暗里写人，大有凄风彻骨之感。夜深了，连不畏苦寒的梅花尚且因寒气包围似乎瑟瑟有声，而本已瘦弱伶仃的女词人竟思绪联翩无法拥衾入睡，还在"独自倚阑干"。独倚无眠是在搏击寒风，是在思索人生，是在追寻世间的"知人"者！

本词题为咏梅，全篇不着一个"梅"字，却无处不在写梅。宋人沈义父《乐府指迷》云："咏物词最忌说出题字"，本篇正得其妙。

卜算子·咏梅

宋朝　朱淑真

竹里一枝斜，映带林逾静。雨后清奇画不成，浅水横疏影。

吹彻小单于，心事思重省。拂拂风前度暗香，月色侵花冷。

卜算子：词牌名。

词的上片写梅花的清幽雅致。"竹里一枝梅，映带林逾静"，一枝梅花从竹林里伸出来，让人觉得喧闹的竹林在梅花的映衬下似乎安静了下来。这一景致的描绘，突出了梅花的清幽雅致。"雨后清奇画不成"，雨后的小溪清澈见底，秀丽幽静，美得难于描绘。"浅水横疏影"，取意于林逋的"疏影横斜水清浅"（《山园小梅》），写梅花的清幽疏枝映在水中，在清亮柔缓的溪水映照下，梅花更加卓然孤高、清丽雅致。

下片写梅花的孤寂清冷。"吹彻小单于，心事思重省"，吹奏小单于乐曲的呜咽悲凉的声音响彻夜空，让人不由得心事重重。"小单于"，唐"大角曲"中有《小单于》曲调，乐曲的声音呜咽悲凉。凄凉的乐曲，引起了词人的重重心事，是对自己的处境、对人生有了更多的思考吧。"拂拂风前度暗香，月色侵花冷"，清凉的夜风吹来梅花的一阵阵清香，月色照在梅花上，梅花更显得孤寂清冷。以花喻己，词人的心情也像这深夜的梅花一样，更加孤寂清冷。

"断肠才女"朱淑真以一种寂寞、凄凉的心境，融情于景，缘情布景。她的丰富情感，她的遭遇与心声，在婉丽清幽的意境里融合得蕴藉自然。

作寄情、抒怀之用的梅花意象，主要是以梅花自喻。梅花傲雪耐寒，孤高绝俗，有着高洁自爱的君子情操，这正是词人所要追求的理想境界。作为封建社会的女子，被禁锢在男权的世界里，失去了属于自己的自由和独立。在理学盛行、贞节观念极强的宋代，朱淑真敢于以自己的实际行动来反抗封建礼教的压迫，而梅花意象正是词人自身追求与行动的理想寄托。

朱淑真（约公元1135—约1180年），号幽栖居士，宋代女诗人，亦为唐宋以来留存作品最丰盛的女作家之一。生于仕宦之家。其夫为文法小吏，因志趣不合，夫妻不睦，终致其抑郁早逝。又传她过世后，父母将其生前文稿付之一炬。其余生平不可考，素无定论。现存《断肠诗集》《断肠词》传世，为劫后余篇。

探春令·赏梅十首
（其二）
宋朝　赵长卿

而今风韵，旧时标致，总皆奇绝。再相逢还是，春前腊后，粉面凝香雪。
芳心自与群花别，尽孤高清洁。那情怀最是，与人好处，冷淡黄昏月。

探春令：词牌名。

赵长卿自号仙源居士，著有《惜香乐府》九卷，集中绝大多数为吟花草、咏节序的"觞咏自娱"之作。在众多的咏花词中，仅咏梅词就近四十首，可见其爱梅之甚。这两首格调相同的咏梅词，选自他的《探春令·赏梅十首》，盖为同时同地之作，同是表达词人对梅花的酷爱、艳赏之情。

这首词赞美梅花的外貌和品格。

上片先从赞赏梅花的形貌落笔。"而今风韵，旧时标致，总皆奇绝"，今朝见梅，梅花那逸韵高标，已是令人叹为观止。"再相逢还是，春前腊后，粉面凝香雪"，明年重逢，风前雪里，想必依旧风韵不减。这里，词人不去具体描绘眼前的梅花，而是有意将笔触下伸，遥想明年再度相逢时梅花的姿色，不仅形象地补足了"而今风韵"一层意思，而且诱导读者一同驰骋想象，使词意更显丰厚。由"旧时"到"而今"，又由"而今"念及下一个"春前腊后"，足见词人爱梅之心始终不渝。

下片进一步称颂梅花的品格。"芳心自与群花别，尽孤高清洁"，梅花于百花头上傲然独放，清洁孤高，不随流俗，自与百花不同，大有"遗世独立"之概。"那情怀最是，与人好处，冷淡黄昏月"，黄昏时分，淡月光里，愈显其傲骨仙姿，更与人相得相宜。这几句词借写梅花，生动地展示出一副居士情怀。

赵长卿（生卒年不详），号仙源居士，宋宗室。南宋著名词人。喜爱苏轼书文，"文词通俗，善抒情爱"，颇具特色，耐读性强，享誉南宋词坛。著有词集《惜香乐府》十卷，《全宋词》收录其词作 260 多首，宋代词人中现存有作品能超过该数者寥寥。从作品中可知他少时孤洁，厌恶王族豪奢的生活，后辞帝京，纵游山水，居于江南，遁世隐居，过着清贫的生活。他同情百姓，友善乡邻，常作词呈乡人。晚年孤寂消沉。《四库提要》云："长卿恬于仕进，觞咏自娱，随意成吟，多得淡远萧疏之致。"

生查子·重叶梅

宋朝　辛弃疾

百花头上开，冰雪寒中见。霜月定相知，先识春风面。
主人情意深，不管江妃怨。折我最繁枝，还许冰壶荐。

生查子：词牌名。

绍兴三十二年（公元 1162 年），青年辛弃疾满怀报国雄心，渡江投奔南宋，然而，南宋朝廷的所作所为，使他大失所望。主张抗金，收复中原的仁人志士屡遭投降派、主和派的打击。辛弃疾曾向朝廷上《美芹十论》《九议》等奏章，力主抗金，反而受到当权者的猜疑。辛弃疾看到了在寒风中盛开的重叶梅，他赞叹重叶梅不畏严寒的精神，不怕雪虐风威的高尚品格，于是写下了这首词。

上片写重叶梅在雪中独放，下片写重叶梅受到主人喜爱及主人对重叶梅的情深意重。词中对重叶梅的形态并没有进行描摹，而是突出其不畏严寒的精神，深得咏物词"取形不如取神"之真谛。

"百花头上开，冰雪寒中见"，开头二句写重叶梅雪中独放，写出重叶梅不怕风雪严寒，在百花开放之前开放，从容自如，从而突出重叶梅不怕雪虐风威的高尚品格。三、四句写梅花报春："霜月定相知，先识春风面。"在早春开放的重叶梅，与寒霜冷月相知，与宋代诗人晁无咎说的"一蓓故应先腊破，百花浑未觉春来"（《次韵李秬梅花》）意思相近，在"百花浑未觉春来"的时候"先识春风面"，具有先百花而报春的先觉者的独特风神。南宋诗人陈亮说："欲传春信息，不怕雪埋藏。"（《梅花》）宋代词人向子湮在《虞美人·梅花盛开，走笔戏呈韩叔夏司谏》中也说："满城桃李不能春，独向雪花深处、露花身。"

写的都是梅花"雪里已知春信至"的品格，表现出重叶梅在百花之前开放的特性。

下片前二句"主人情意深，不管江妃怨"，写重叶梅受到主人喜爱和主人对重叶梅的情深意重，而且主人对重叶梅的喜爱从没动摇过。这两句词除了说明主人爱梅之外，也从侧面衬托出重叶梅之美与可贵。最后两句"折我最繁枝，还许冰壶荐"，紧承上句"情意深"，是对主人爱梅之情做具体的描述，写主人把最好的重叶梅折下来，插在冰壶水中，供自己和友人玩赏。从主人再一次折重叶梅那一方面来说，是花、人合一，暗含寄托。

重叶梅在百花开放之前开放，在寒风凛冽中独自绽放，表现出重叶梅的不惧风雪；主人对重叶梅的情深意重，把最好的重叶梅折下来供友人欣赏，更加表现出主人对重叶梅的喜爱。

这首词在赞美梅花凌霜傲雪品格之时，寄托了自己的命运与身影，也抒发了自己孤高脱俗的志趣和超卓挺拔的个性。

永遇乐·赋梅雪

宋朝　辛弃疾

怪底寒梅，一枝雪里，直恁愁绝。问讯无言，依稀似妒，天上飞英白。江山一夜，琼瑶万顷，此段如何妒得。细看来，风流添得，自家越样标格。

晓来楼上，对花临镜，学作半妆宫额。著意争妍，那知却有，人妒花颜色。无情休问，许多般事，且自访梅踏雪。待行过溪桥，夜半更邀素月。

永遇乐：词牌名。

词的上片写雪地里一枝梅花，面对漫天飞雪，"直恁愁绝"，她在愁什么呢？"问讯无言，依稀似妒，天上飞英白"，问她她不说话，好像是嫉妒雪的洁白。词人接着笔锋一转，说"江山一夜，琼瑶万顷，此段如何妒得"，"琼瑶"，本指美玉，这里喻冰雪晶莹剔透。千里江山，一夜之间，大雪覆盖，冰雪晶莹剔透。而这"琼瑶万顷"，使得梅花更添风流，"自家越样标格"。梅花在冰雪的衬托之下，更加晶莹素洁，品格高雅。

下片"晓来楼上，对花临镜，学作半妆宫额"，以美女喻梅花。写美女对花临镜，学宫女妆扮。"著意争妍，那知却有，人妒花颜色"，本想妆扮得漂亮一些，可没想到却"人妒花颜色"。诗人写梅花遭人嫉妒，暗喻自己的身世遭际。"无情休问，许多般事，且自访梅踏雪"，词人感叹道，对于"妒花"的"无情"之人，不要去责问他们，许多事是无处讲理的。词人胸怀复国大志，却屡遭投降派排斥打击，无处可以诉说，只得被迫闲居二十余年。"待行过溪桥，夜半更邀素月"，词人只好寄情山水，"访梅踏雪"，"邀素月"为伴，聊度时光。

词人将梅花比喻成美丽清绝之女子，她含愁带忧，在白雪的映衬下更添"越样标格"。词人满怀赞美与欣赏之情，以女子之态写梅花之态，以女子之心写梅花之心，词人体察入微，以浓墨重彩之笔，细致描摹梅雪之风度与标格。这梅雪的标格，正是词人自我形象的写照。

念奴娇·梅

宋朝　辛弃疾

疏疏淡淡，问阿谁、堪比天真颜色。笑杀东君虚占断，多少朱朱白白。雪里温柔，水边明秀，不借春工力。骨清春嫩，迥然天与奇绝。

常记宝奁寒轻，琐窗人睡起，玉纤轻摘。漂泊天涯空瘦损，犹有当年标格。万里风烟，一溪霜月，未怕欺他得。不如归去，阆苑有个人忆。

念奴娇：词牌名。

词的上片写梅之风韵，赞美梅花独出凡花的天然标格。

开头二句写梅花的颜色。"疏疏淡淡，问阿谁、堪比天真颜色"，写梅花花影稀疏，花色浅淡，颜色天真自然，没有什么能与其天然的风韵相比。词人以带有感情色彩的反问语气落笔，对梅花的喜爱赞美之情溢于言表。"笑杀东君虚占断，多少朱朱白白"，二句紧承上文，对此做进一步描写。在这里，词人使用映衬的手法，言在东君的管领下，有的花白，有的花红，红红白白，颜色甚多，但山下千林花太俗，都没有梅花的神韵，枉称为花，实在可笑。词人在对众芳的肆意嘲笑中肯定了梅花独出众芳之幽姿。

"雪里温柔，水边明秀，不借春工力"三句，写梅花凌寒独放。梅花长在水边，开在雪里，清新脱俗，十分幽静，温柔明秀，不需要借助春天的暖气开花。"骨清春嫩，迥然天与奇绝"，赞美梅花玉洁冰清，香嫩魂冷，骨骼奇绝，具有超凡入圣的品格。

词的下片写梅之遭遇，映带词人身世。亦梅亦人，充满对梅花的怜惜疼爱之意。

"常记宝奁寒轻，琐窗人睡起，玉纤轻摘"，写梅花曾一度受宠，被琐窗人"纤手轻摘"，插戴鬓边，何其荣耀。"漂泊天涯空瘦损，犹有当年标格"，以人拟物，言梅花虽然漂泊天涯，形体瘦削，憔悴不堪，但风韵不减当年，依然冰清玉洁，高雅不俗。

"万里风烟，一溪霜月，未怕欺他得"，三句是说，不论是"万里风烟"，还是"一溪霜月"，都无法使梅花屈服，表现出梅花的坚贞。"不如归去，阆苑有个人忆"，"阆苑"，为"阆风之苑"的缩写，传说中是神仙居住的地方。唐人杜光庭《集仙录》载："西王母所居宫阙，在阆风之苑，有城千里，玉楼十二。"这里指隐居之地。词人借花言人，表达出归隐情思。细读词之下片，可以清晰地感受到，词人虽然是在写梅，却已将自己的身世之感融入其中，而以感慨系之，寓意很深，耐人寻味。

词里的抒情主体情真而深，尽情抒发了赞美与怜惜之情，同时，在对梅花品格的赞美中，饱含对自我品格节操的骄傲与肯定，词人赞梅实是赞己。

瑞鹤仙·赋梅

宋朝 辛弃疾

雁霜寒透幕。正护月云轻，嫩冰犹薄。溪奁照梳掠。想含香弄粉，艳妆难学。玉肌瘦弱，更重重、龙绡衬着。倚东风，一笑嫣然，转盼万花羞落。

寂寞。家山何在，雪后园林，水边楼阁。瑶池旧约，鳞鸿更仗谁托。粉蝶儿只解，寻桃觅柳，开遍南枝未觉。但伤心，冷落黄昏，数声画角。

瑞鹤仙：词牌名。

这首词作于绍熙三年至绍熙五年（公元1192—1194年）闽中任上。

此词赋梅，形神兼备，全用拟人手法，且有寄托。

起笔三句"雁霜寒透幕。正护月云轻，嫩冰犹薄"，勾画出一幅冬末春初月夜景象：寒霜满地，寒气穿透了帘幕，天空传来阵阵大雁的鸣叫声，一轮明月高挂，四周薄云环绕。地上池塘水面结了薄薄的冰。以景衬花，更显花之迷人。以下"溪奁照梳掠。想含香弄粉，艳妆难学。玉肌瘦弱，更重重、龙绡衬着"，写梅花临水照影，一似佳人对镜饰容，并以耻于"艳妆"，显现其疏淡清瘦本色。"倚东风，一笑嫣然，转盼万花羞落"三句，想象春风中的梅花，像美人流盼一笑，百花顿失颜色。

下片以"家山何在"，唤起寂寞之叹。"雪后园林，水边楼阁"，雪园水阁，清冷之地，梅花深感寂寞。"瑶池旧约，鳞鸿更仗谁托"，鱼雁难托，虽有旧约，但托谁捎去书信？"粉蝶儿只解，寻桃觅柳，开遍南枝未觉"，粉蝶不理解梅花为何开在冰雪天里，它们只懂得亲近桃花柳絮，哪管梅花开遍南枝！"但伤心，冷落黄昏，数声画角"，梅花只得于黄昏号角声中，自伤冷落。

此词以浓墨重彩之笔赞扬梅花之美。词人笔下的梅花，"倚东风，一笑嫣然，转盼万花羞落"，其倾城之姿却"伤心冷落黄昏"，在"数声画角"里哀伤。梅花寄寓着词人对自己人品的自期，命运的叹息，同时又寄托家国情怀。词人再度仕闽，略知国事难为，虽勤于政事，但内心深感孤寂，聊借咏梅以抒心曲。

江神子·赋梅，寄余叔良

宋朝　辛弃疾

暗香横路雪垂垂。晚风吹，晓风吹。花意争春，先出岁寒枝。毕竟一年春事了，缘太早，却成迟。

未应全是雪霜姿。欲开时，未开时。粉面朱唇，一半点胭脂。醉里谤花花莫恨，浑冷淡，有谁知。

江神子：词牌名。

作为赋梅赠人之作，词中的白梅与词题上的被赠者之间应该有某种联系：品格的联系或者身世的联系。好在梅花的品格与它的身世，在词人眼中本就有因果联系；而余叔良的籍籍无名，似也可以让读者生发"品、运似白梅"的联想。这样，一首以咏白梅为中心的咏物词，就有了人事寄托的袅袅余味。

上片由景入情再入理，写白梅冒雪开放的情态，和词人对梅花这一"行为"的看法。起句"暗香横路雪垂垂。晚风吹，晓风吹"，重笔描写梅花凌寒冒雪开放的情景：在白雪飘零的时候，被冬日的寒风早晚不停吹拂的白梅，已经悄悄开放。在扎眼的白雪中，人们几乎看不见它的花朵，但是却呼吸到了它的横路暗香。

接下来"花意争春，先出岁寒枝"，词人忍不住要揣测这种肯于凌寒开放的梅花的心思，觉得它是为争先迎接春天而不惜在一年最寒冷的时候绽放于枝头。"毕竟一年春事了，缘太早，却成迟"三句，是词人对它的行为加以叹息：现在毕竟是一年的花事已经结束的时候，梅花因为要早，却反而成了一年中最晚开放的花朵。这样的叹息，不仅是为"心高命薄"的梅花而发，而且也寄寓着词人对于人事因缘的深刻体会。

下片更集中地表达词人对于"浑冷淡"的白梅的幽怨。在这种幽怨当中，不仅打入了词人自己的生命体验，也打入了词人对友人冷落不遇的真诚理解。过片"未应全是雪霜姿。欲开时，未开时"，语气突然一转，说这具有"雪霜姿"的白梅，在将开未开时也不一定全是似雪如霜的白色。那么它那时又是怎样的颜色呢？接着就回答这个潜在的问题。"粉面朱唇，一半点胭脂"，它曾像"粉面朱唇"的美人一样，有着一点儿胭脂之色。言外之意是，等到完全开放（花冠遮住了花萼），却成了浑然的白色。白梅从未开到开放的颜色变化，不仅是对于自然现象的真实记录，更在于表达了词人"早知今日，何必当初"的痛惜之情。

结句"醉里谤花花莫恨，浑冷淡，有谁知"，故意对这清冷素淡的高雅梅花致以"微词"：你既如此素雅脱俗，就莫怪世人不欣赏你。这样的反话，道尽了情深若浅、钟情若恨的复杂心理矛盾。词人对于白梅这一自然物下这样的重辞，表明他早已将它当成了某种人品、某种人的命运的象征。这样的人品和命运，既然引发了他不醉酒就无以摆脱的愁情，醉了酒也不能摆脱的幽恨，显然是包括了他对自己的人品和命运看法的。

词人二十二岁率众起义、擒叛南归，二十六岁奏进《美芹十论》，表现出非凡的作战勇猛与军事谋略，实属古今罕见的早成人才。可是迟迟不得重用，迟迟不能发挥他的经天纬地的才干。因此，与其他诗人词人咏梅不同，词人别开生面地感叹梅花"缘太早，却成迟"。篇末，进一层感叹梅花"浑冷淡，有谁知"！尽管梅花美艳动人，秀外慧中，香飘远近，但是，却具有一副处世冷静、淡薄名利的心肠。这种不阿谀、不逢迎的品格，有谁能理解呢？有谁是知心呢？这里寄托了词人被黜退的身世之感，流露了词人高洁的情怀，蕴藏了词人深层的心理。词人最后将这首词寄给了余叔良，也许余叔良也是一个自感冷落不遇的幽人，词人以这样的方式向他表达自己的理解和安慰。

临江仙·探梅

宋朝　辛弃疾

老去惜花心已懒，爱梅犹绕江村。一枝先破玉溪春。更无花态度，全是雪精神。

剩向空山餐秀色，为渠著句清新。竹根流水带溪云。醉中浑不记，归路月黄昏。

临江仙：词牌名。

起句"老去惜花心已懒",言明词人已经年老,加上精力不济,已无心惜花了。词人并非不喜爱花,只是其抗金主张得不到采纳之不可名状的苦闷,才有些心灰意冷了。次句笔锋一转,"爱梅犹绕江村"。尽管惆怅无绪,然爱梅之心尚存,还要绕着江村去找寻。这里表明词人此时或许不愿看到别的花,但是那傲雪凌霜的梅花却是令人神往的。所以,他一扫倦怠,宁愿拼着"老"而又"懒"的身心去探寻梅花。一个"绕"字,就把词人对梅的热切向往和执着的追求之态表露无遗。为了找到自己偏爱的梅花,不惜绕道费时,不畏小路崎岖,其情感人,其景动人。这也可以理解为词人那种图大业而不倦地追求、探索精神的写照。在这里,词人不仅将梅花和他花相对,以显其别具品格;而且一反一正,先说一意,接着随即一转,点出了其真正意图所在,期待引起关注。并以此两句统领全词。

"一枝先破玉溪春",是说在山村外的玉溪河边,终于寻到了词人所渴慕的梅花。虽然只有一枝开放,却已经给玉溪带来了春意。在这残冬的季节里,无疑给大地带来了生机和希望。这里词人所刻意表现的是独有"一枝",意蕴深长。"一枝""破"春,着一"破"字,则意境皆出。"破"字用得形象、传神、奇巧、醒目,给整首词带来了动感,应为全词的词眼。它表明梅花不畏严寒,在霜雪的威逼面前,它顽强地破苞而放,独显风情,向自然界报告着春天的讯息。虽仅有一枝,但不久就会有千枝万枝,各式各样的花朵将展现出春天的美景。

不过词人并没有照此下笔,而是把眼光面对梅花本身,发出了这样的赞叹:"更无花态度,全是雪精神。"这笑迎春的梅花,不像其他花那样媚人,却似雪花一般洁白纯真。词人没有形象地描绘,更无浓墨重彩地涂抹,而是直抒胸臆。眼中所见、心中所感只是梅的冰雪之姿,梅的傲霜斗雪的本性;而无丝毫一般花朵的柔媚之貌、艳丽之态。只两句,便勾勒出了梅之神韵,梅之魂灵。至此,梅的精神境界全出。

词人在过片以"剩向空山餐秀色"开始,笔锋一转,另起一意,把视野扩展开去,更向远处的青山尽情欣赏秀美的景色。"剩"为尽意。此句并非题外之笔,而是以秀色可餐的美景给梅作衬,并从中"为渠著句清新","渠"在这里指梅花。词人深为梅花所动,一心要寻求最为清新美妙的句子来表现它、赞美它,从而将自己的情感也融入了其中。

第三句宕开一笔,写梅的前后左右,"竹根流水带溪云",竹林下的潺潺流水带走了水上的浮云,呈现出一派烟水迷离的景致。用一个"带"字,给人以流动、和谐之感,且有想象的余地,很有些风韵。这句看似闲笔,实则还有承上转下的作用。

天色渐渐暗淡下来，该回转去了。可是，"醉中浑不记，归路月黄昏"，面对如此佳景胜境，怎不令人陶醉？词人沉醉于如此美妙之境，竟流连忘返，忘记了时间和回归，转眼已到黄昏，只好抱着残醉缓步而返。"归路月黄昏"句，显然受林逋"暗香浮动月黄昏"（《山园小梅》）句的启发。"月黄昏"指月色在黄昏时的朦胧景致。月亮出来了，天已近黄昏，空中浮动着梅花的香气。月色朦胧，加之已醉眼恍惚，梅香也似若有若无，因而，对归途之景物，自然不再记省。词人因探梅而醉，又由醉而归。人与梅，人之心与梅之神相通，物我莫辨，合而为一。此乃"浑不记"的含义之所在。无疑，词人的思想境界在此中得到了升华。读者也已领悟于心。

全词起句以出村寻梅开始，最后以踏月而返结束，首尾意脉相合，结句和起句互应，连贯而不自流，完整而不失意蕴，可见词人构思之精巧，笔力之深厚。

辛弃疾（公元 1140—1207 年），字幼安，中年后别号稼轩。山东济南府历城县人。南宋著名豪放派词人、将领，有"词中之龙"之称。与苏轼合称"苏辛"，与李清照并称"济南二安"。他一生以恢复为志，以功业自诩，却命运多舛，备受排挤，壮志难酬。但他恢复中原的爱国信念始终没有动摇，把满腔激情和对国家兴亡、民族命运的关切、忧虑，全部寄寓于词作之中。其词艺术风格多样，以豪放为主，沉雄豪迈又不乏细腻柔媚之处。其词题材广阔又善于化用典故入词，抒写力图恢复国家统一的爱国热情，倾诉壮志难酬的悲愤，对当时执政者的屈辱求和颇多谴责；也有不少吟咏祖国河山的作品。现存词 600 多首，有词集《稼轩长短句》等传世。

梅花

宋朝　陈亮

疏枝横玉瘦，小萼点珠光。

一朵忽先变，百花皆后香。

欲传春信息，不怕雪埋藏。

玉笛休三弄，东君正主张。

陈亮是南宋著名的哲学家、政论家、词人，他胸怀大志，力主抗金恢复中原，和他的挚友辛弃疾一样，是一位爱国志士。他很少作诗，集中仅存这首咏梅花的五律。这首诗是咏梅的佳作，也确能代表诗人的气质和性格，与《龙川词》中几首咏梅词相比，显得更有特色。

首联"疏枝横玉瘦，小萼点珠光"，对梅花的形态，略加描绘。诗人以疏枝横玉，写已开的梅花；以小萼缀珠，写未开的梅萼。"瘦"，以见梅花的清姿；"光"，以见梅萼的俊采。用语相当质朴。明代毛晋跋陈亮的《龙川词》说：陈同甫词"不作一妖语媚语"。他的诗文也是这样。在《书作论法后》一文中他曾写道："大凡论不必作好语言，意与理胜，则文字自然超众。故大手之文，不为诡异之体而自然宏富，不为险怪之辞而自然典丽。"他的《咏梅》诗，正是以"意与理胜"见长的。

颔联"一朵忽先变，百花皆后香"，写梅花的标格。梅花开放，正当隆冬，百花还在沉睡当中，梅花却最先苏醒。向南的枝条，只要一朵冲寒先放，马上就带动全枝的花朵次第争开。南枝开了，北枝也不甘示弱，不管是水边篱落、雪后园林，全不选择。"梅占百花魁"，它香在百花之先，不与百花竞艳。它是一种温馨高洁的花，冷艳幽香，赢得千古诗人的赞赏。

颈联"欲传春信息，不怕雪埋藏"，写梅花的精神。"数点梅花天地心"（宋·翁森《四时读书乐》），见到梅花，人们便有春已归来的感觉。她不怕冰风的摧折，不怕寒雪的埋藏，这种傲雪凌霜的精神，正是梅花品格高贵之所在。

尾联"玉笛休三弄，东君正主张"，是写梅花的命运。笛曲有《梅花落》，又称《梅花三弄》《落梅花》。花谢花开自有时，在梅花原不介意，但诗人表示惜花之意，感到玉笛横吹《落梅花》，似乎在催花早谢，所以感叹说：玉笛呵！你休得吹这三弄的哀曲吧，梅花自有自己的命运，东君正在为梅花作主张呢！"我劝东君多作主，永留清瘦雪霜姿。"这兴许是诗人的愿望吧！

这首咏梅诗，着重说理，以义理胜。诗人赞美梅花傲雪凌霜的品格，正是以梅花自喻，表现自己不怕打击挫折的坚贞精神，寄托自己一生力主抗战、反对投降的爱国主义思想。

好事近·咏梅

宋朝　陈亮

的皪两三枝，点破暮烟苍碧。好在屋檐斜入，傍玉奴横笛。

月华如水过林塘，花阴弄苔石。欲向梦中飞蝶，恐幽香难觅。

好事近：词牌名。

借物咏怀，是自屈原《橘颂》及阮籍咏怀诗以来，许多身处乱世不能直抒胸臆的诗人所常采用的假物寄心、写怀述志的手法。"咏梅"更是向来诗词作家写得滥熟的。梅的芳洁为人所共知，若只从这点着眼，自不能不落前人窠臼；但若离开这一突出的特点，又失掉咏梅的重要意义。因此，这类常见的题材是很难写的。如何从这里别觅蹊径，自出新意，那就看诗人的本领了。陈亮这首小令，从字面上看，既无惊人之语，又未多用事典，似乎寄寓不深。但仔细玩味，便可感到它以新的手法表达新的意趣，并未蹈袭前人旧套，实得独创之美。

词的上片，词人用简练的画笔，似乎毫不经意地就点染出屋角檐下，那两三枝常见却并未留心过的梅，突然放出春花的幽姿："的皪两三枝，点破暮烟苍碧。""的皪"，是鲜明的意思。用这两字点出梅花的秀洁和出人意料的美。又因其只有"两三枝"，故虽美却并不繁艳，而在"苍碧"的暮烟衬托下，却十分醒目。词人特用"点破"二字，以示不俗不凡。接下来，再用带有主观情意的"好在屋檐斜入，傍玉奴横笛"一句，让这梅介入人事，而赋予它以人的灵性。本来，此景应该说是"玉奴倚梅吹笛"，但在诗人眼中恰恰相反，而是这梅有意地循屋檐斜入过来，陪伴着吹笛的玉奴。词人这样写，不但化无情为有情，而且突出了梅的形象，吹笛的玉奴反成为陪衬了。

词的下片进一步抒情。换头两句"月华如水过林塘，花阴弄苔石"，不仅有承转作用，而且极力渲染夜色，造成一种优美静谧的境界，为写朦胧梦境创造条件。继而，"欲向梦中飞蝶"一句，词人别出心裁地以梦中化蝶、追踪香迹，抒发自己对梅的喜爱和追求之情。然后更出新意，续以"恐幽香难觅"一句，言梦中虽可化蝶穿花，却因无法再嗅觅到梅的幽香而深感若有所失，写出对梅可望而不可即的微妙心理。如此虚虚实实，或梦或醒，既真切而又恍惚，把这梅的品格和诗人的心境表达得曲折尽意，饶有余味。

陈亮（公元 1143—1194 年），初名汝能，21 岁改名亮。字同甫，号龙川，婺州永康（今属浙江）人，南宋思想家、文学家。多次上书陈述复国方略，触怒权贵，三次被诬告下狱，身体遭受摧残。51 岁状元及第，被授职签书建康军判官厅公事，但因长期"忧患困折，精泽内耗"，于次年去世，赐谥"文毅"。其所作政论气势纵横，词作豪放，倡导经世济民的"事功之学"，是宋词中"豪放派"的主要人物之一。代表著作有《龙川文集》《龙川词》等。

感受梅花诗意美 —— GAN SHOU MEI HUA SHI YI MEI ······ 宋朝、金朝咏梅诗词赏析

昭君怨·梅花

宋朝　郑域

道是花来春未，道是雪来香异。竹外一枝斜，野人家。

冷落竹篱茅舍，富贵玉堂琼榭。两地不同栽，一般开。

昭君怨：又名"宴西园""一痕沙"，词牌名。

这首词上片描写出山野中梅花的姿态，较富有诗意。下片具体描写野人家的环境，与前面的一树寒梅掩以疏竹相互映发，形成一种优美恬静的境界。这首词以咏梅为题材，采用了比兴手法，表现出了一种清新可喜的逸情雅趣，颇有发人深思的地方。

自《国风·召南·摽有梅》以来，历代诗歌中咏梅之作屡见不鲜，但有两种不同的倾向：一种是精粹雅逸，托意高远，如林逋的《梅花》诗，姜夔的咏梅词《暗香》《疏影》；一种是巧喻谲譬，思致刻露，如晁补之的《盐角儿》。郑域这首词为第二种，由于受到宋诗议论化的影响，这种倾向使诗歌在韵味上稍逊前者一筹。

宋代诗人张炎说："诗难于咏物，词为尤难。体认稍真，则拘而不畅；模写差远，则晦而不明。"这首词贵在神似与形似之间，它只抓住蜡梅的特点，稍加点染，重在传神写意，与张炎所提出的要求，大概相近，风格质朴无华，落笔似不经意，小中见大，弦外有音，堪称佳作。

明代诗人杨慎说此词"兴比甚佳"，主要是指善用比喻。但它所用的不是明喻，而是隐喻。此词起首二句采用隐喻的手法，它不正面点破"梅"字，而是从开花的时间和花的色香等方面加以比较：说它是花么，春天还未到；说它是雪呢，却又香得出奇。前者暗示它在腊月里开花，后者表明它颜色洁白，不言梅花而梅花自在。从语言结构来看，则是每句之内，自问自答，音节上自然舒展而略带顿挫，如"道是花来——春未；道是雪来——香异"，涵泳之中，别有一番情趣。

以"雪""香"二字咏梅，始于南朝苏子卿的《梅花落》："只言花是雪，不悟有香来。"后人咏梅，不离此二字。而此词在"香""雪"二字之前附加了一个条件，即开花时间，似乎是词人的独创。

上片三、四两句，写出山野中梅花的姿态，较富有诗意。"竹外一枝斜"，语本苏轼《和秦太虚梅花》诗："竹外一枝斜更好。"宋人正敏《遁斋闲览》评东坡此句云："语虽平易，然颇得梅之幽独闲静之趣。"此词没有遇竹而忘梅，用典而不为典所囿，一气呵成，构成了一个完整的意境。它以疏竹为衬托，以梅花为主体，在猗猗绿竹的掩映之中，一树寒梅，疏影横斜，闲静幽独，胜境超然。而且以竹节的挺拔烘托梅花的品格，更能突出梅花凌霜傲雪的形象。句末加上"野人家"一个短语，非但在音节上倩灵活脱，和谐优雅，而且使整个画面有了支点，流露出不识人间烟火者的生活气息。

下片具体描写野人家的环境。原来山野之中这户人家居处十分简朴，数间茅舍，围以疏篱。这境界与前面所写的一树寒梅掩以疏竹，正好相互映发：前者偏于虚，后者趋向实。它成了一种优美恬静的境界，引人入胜。而"冷落竹篱茅舍"之后，接着写"富贵玉堂琼榭"，意在说明栽于竹篱茅舍之梅，与栽于玉堂琼榭之梅，地虽不同，开则无异。词人由山中之梅想到玉堂之梅，思路又拓开一层，然亦有所本。李邴《汉宫春》咏梅词云："问玉堂何似，茅舍疏篱？伤心故人去后，冷落新诗。"相比起来，李词以情韵佳，此词则以哲理胜。它以对比的方式，写出了梅花纯洁而又傲岸的品质，体现了"贫贱不能移，富贵不能淫"的高尚情操。同一般的咏梅诗词相比，思想又得到了进一步升华。

郑域（生卒年不详），南宋词人。字中卿，号松窗。淳熙十一年（公元1184年）进士。庆元二年（公元1196年）随张贵谟使金，著有《燕谷剽闻》二卷，记金国事甚详。嘉定中官行在诸司粮料院干办。能词，赵万里《校辑宋金元人词》辑有《松窗词》一卷。

梅花

宋朝　江朝宗

小小人家短短篱，冷香湿雪两三枝。
寂寥竹外无穷思，正倚江天日暮时。

在咏梅诗词中，诗人们往往竹梅并写，互相衬托，相得益彰。这首咏梅诗正是这样作的。

"小小人家短短篱，冷香湿雪两三枝"，前两句诗，首先写出了梅花所处的环境。普通的人家，短短的竹篱，接着便开始正面写梅：在这竹篱边，长着几枝梅花，雪白的花朵正洋溢着清冷的幽香。以"冷香"形容梅香，以"湿雪"代指白梅，这在古诗词中是很常见的，比如南宋词人姜夔《暗香》词中，就有：

"但怪得竹外疏花，香冷入瑶席。"而南宋诗人陈与义的《梅》诗则说："一阵东风湿残雪。"

古人写诗讲究起承转合。这第三句"寂寥竹外无穷思"，就是起转的作用的。"寂寥竹外"，上承开头的"小小篱"与"两三枝"；而"无穷思"，则下启"正倚江天日暮时"。这两句诗，化用了唐代诗人杜甫诗句"天寒翠袖薄，日暮倚修竹"（《佳人》），和北宋诗人苏轼"竹外一枝斜更好"（《和秦太虚梅花》）。在诗人的笔下，"冷香""湿雪"的梅花，仿佛是一位寄身竹外的绝代佳人，面对着寥廓的江天与西沉的太阳，不禁产生了悠远无尽的情思。

综观全诗，诗人由近及远形色俱佳地为我们勾勒出一幅"江天日暮，小篱疏梅"的画图。这幅画，仿佛也散发着一阵阵清冷的幽香，使我们不仅可以赏味到梅花的清高孤傲，朴素淡雅，也可以领略到诗人幽冷凄清的心情。

汪朝宗（生卒年、生平均不详），南宋诗人。南宋诗人高文虎（公元1134—1212年）有《次韵江朝宗梅花》诗："新新数点照疏篱，又折今生第一枝。只为知心无著处，雪中独立最多时。"

雪梅二首

宋朝　卢梅坡

其一

梅雪争春未肯降，骚人阁笔费评章。
梅须逊雪三分白，雪却输梅一段香。

其二

有梅无雪不精神，有雪无诗俗了人。
日暮诗成天又雪，与梅并作十分春。

宋代咏梅诗不止千首，以哲理见长的，这首《雪梅》堪称代表作。

梅花盛开时洁白似雪，又开在群芳凋谢的寒冬，因而，历代诗人咏及梅花，都不免联系到冰雪。从南朝梁简文帝的"绝讶梅花晚，争来雪里窥"（《雪里觅梅花》）、宋代诗人陆游的"高标逸韵君知否？正在层冰积雪时"（《梅花绝句》），代代相承，吟咏不绝。特别是大雪纷飞之时，面对雪中束束梅花凌霜傲雪，盛开怒放，情动于心、思绪萦怀是很自然的。雪野中梅花玉立婷婷、幽香阵阵，自然使人心头春意融融；而白雪扬扬、漫天飞舞，不也昭示着春天已经临近了吗？因而，都是出现于冬春之交，一个是梅花报春，一个是飞雪迎春，究竟是谁带给人间春的讯息，究竟谁高谁下，倒真是一个饶有兴味、又费人思量的问题。

《雪梅》第一首，前二句"梅雪争春未肯降，骚人阁笔费评章"，起句开门见山，点出诗的题旨：梅雪争春。诗人用拟人的手法，写出了梅雪争显其美难解难分、谁也不肯服输的情景。"未肯降"三字，形象地表现出梅与雪各自恃强气盛的傲岸之态。无怪乎诗人们感到那么为难，一个个搁下笔，苦苦地思索、细细地品评起来。

经过一番评论，结果怎样呢？"梅须逊雪三分白，雪却输梅一段香"，诗人以工整的对偶句式，雅中有趣的词语，做出了看似不偏不倚、模棱两可，实则恰如其分、公允合理的评价。雪以白见长，论及色泽皓洁，梅不及雪；梅以香取胜，论及气味芬芳，雪显然又不及梅。以梅之长，攻雪之短，自然胜券在握；而以雪之长，攻梅之短，情况亦然。因而，雪与梅既各有千秋，也各有所短，无论以梅的芳香否定雪的洁白，或是相反，都失之偏颇，于理不合。在此，诗人对梅、雪各自特点的比较分析，既代表了诗人们思索品评的共同结论，也是对梅、雪争夺高下的委婉批评。

那么，盎然春意究竟是谁带来的呢？《雪梅》第二首作了回答。

"有梅无雪不精神"，一语道破梅、雪之间的辩证关系：梅不仅不能贬斥雪，而且只有在雪的衬托映照下，才更能见其光彩。"春近寒虽转，梅舒雪尚飘"（南朝·阴铿《咏雪里梅》），这是正衬；"雪虐风饕愈凛然，花中气节最高坚"（宋·陆游《落梅》），这是反衬。它们都从不同角度证明，没有雪的衬托，梅的高风亮节、梅的清神逸韵便难以真切地体现出来，"不精神"三字的内涵也就在这里。

"有雪无诗俗了人"，这里，诗人没有紧承上句，写有雪无梅将会如何，其意十分明显，所谓《雪梅》，重心是落在梅花上的。假若有雪无梅，雪便只会令人感到严寒酷冷而兴味索然；同理，有雪而无诗，雪便只会以其自然的特性——寒冷、砭人肌肤、炫人眼目，而无法化作生动美好的意象。这里，诗人简洁的笔触又揭示了一个深刻的道理：自然景物若无人的审美意念的观照，达到物我两谐、景人一体的境地，自然景物的内在美便无从感知、无从发现。所谓"景无情不发"（宋·范晞文《对床夜语》），便是这个道理。"有雪无诗"为何使人俗气，缘由也在这里。

显然，诗人是深谙这一妙理的。诗的后两句"日暮诗成天又雪，与梅并作十分春",形象地勾画出雪花梅花交相辉映、诗情美景融汇一体的深远境界,点出了全诗的主旨:雪也好,梅也好,尽管它们各有独到之美,但只有在相互衬托中,美才愈见辉煌。而且,只有把人的主观感情熔铸于客观的雪梅之景中,达到情景"妙合无垠"(明·王夫之《姜斋诗话》)的境地,才能真正感受到茫茫雪花中梅花怒放带给人们的浓郁春意。

这两首诗,前者写梅雪争春,后者写梅雪共春,既各有侧重,又紧密相接。全诗都是议论,但绝无宋代理学家以理语成诗的流弊,而是发前人所未发,从梅雪争春起笔,从比较透视入手,阐发出一个个引人深思、言简意远的哲理来。同时又写得生动活泼,毫不呆板,达到了理趣与情趣的和谐。

卢梅坡(生卒年、生平事迹均不详),南宋诗人,《全宋词》录其《鹊桥仙》等 4 首。自号为梅坡,原名和原字都散佚了,独留下一个卢梅坡的名字。与刘过(公元 1154—1206 年,南宋文学家)关系很好。他的诗擅长写绝句,喜欢咏花,极其喜欢梅花。

暗香·旧时月色

宋朝　姜夔

辛亥之冬,予载雪诣石湖。止既月,授简索句,且征新声,作此两曲。石湖把玩不已,使工妓隶习之,音节谐婉,乃名之曰《暗香》《疏影》。

旧时月色。算几番照我,梅边吹笛?唤起玉人,不管清寒与攀摘。何逊而今渐老,都忘却、春风词笔。但怪得、竹外疏花,香冷入瑶席。

江国,正寂寂。叹寄与路遥,夜雪初积。翠尊易泣,红萼无言耿相忆。长记曾携手处,千树压、西湖寒碧。又片片吹尽也,几时见得?

暗香:词牌名。为姜夔自创。北宋诗人林逋《山园小梅》诗的名句是:"疏影横斜水清浅,暗香浮动月黄昏。"姜夔的"新声"各取每句的首二字作词调名。

姜夔词于词调下多有小序,或记写作时间,或记写作缘起,或记心绪景物。语清句秀,要言不烦,对于了解词作,往往有所助益。从本词的小序我们知道,它写于宋光宗绍熙二年(公元 1191 年),是冒雪乘船到南宋诗人范成大晚年退居的苏州石湖后,应范的要求而创作了《暗香》《疏影》两首新词。在姜夔八十多首词中，咏梅的有十七首，这是其中的两首。范成大"把玩不已"，颇为赞赏。作者说"音节谐婉"，看来自己也是满意的。

"旧时月色。算几番照我，梅边吹笛？"起首便感慨无限，情思绵邈。"旧时月色"，是什么时候的月色呢？据夏承焘先生《姜白石词编年笺校》称："二词（《暗香》《疏影》）作于辛亥之冬，正其最后别合肥之年"，而"时所眷者已离合肥他去"。由此可知是指合肥旧事。词人几次客游合肥，与当地妓女来往密切，后来写了十九首怀念合肥妓女的词。"旧时月色"四个字，以破空而来的突兀之势，一下旋入对往事的回忆，而今夕对月怎样，词人却一个字也没有写。如此更使人感到对"旧时月色"之情深。梅边月下，笛声悠扬，清景无限，如今想来，那已成为颇堪回忆的往事了。这层意思，紧连下两句"唤起玉人，不管清寒与攀摘"，"不管清寒"，可见雅兴之浓，唤起美人，又一同去摘梅花了。从词的艺术层次说，不妨这样看：当石湖"授简索句，且征新声"时，词人运笔构思，可能蓦然望见月色，因此想起了"旧时月色"，而有"算几番照我"之感。于是脑海中展开一幅诗情画意的往事：先是梅边月下独自吹笛，后是唤起玉人，同去摘梅。这两个镜头是紧相连的，它表现出月色之美，人的闲适与优雅的生活情趣。这个"海边吹笛，唤起玉人，不管清寒与攀摘"，可说是清丽中透出幽香的"雅语"吧。北宋词人贺铸有"玉人和月摘梅花"（《浣溪沙》）句，也是写自己往日的爱情生活，但总觉得不如白石的既"唤起"又"不管"而且是共折，意味隽永，情思缠绵。此中三昧，是很耐人寻味的。

写过旧时合肥的欢乐情事，那么今天又怎样呢？"何逊而今渐老，都忘却、春风词笔"，这里词人自比何逊，说岁月流逝，如今已渐渐衰老，再无咏诗寻梅那样的雅兴了。"春风词笔"，用语含蓄。这里的"春风"隐喻所爱之人，就是被"唤起"相与攀摘梅花的那位"玉人"。所以这两句不只是"词笔"（诗兴）不如以前，应该"忘却"，而是说两者应该"都忘却"。不过说忘却，正是由于忘却不了，忍痛说的反话。不仅忘却不了，实际还总是要想起来的。五年后在梁溪，他因"人间离别易多时，见梅枝，忽相思"，还忆起"几度小窗幽梦手同携"（《江梅引》），可知他俩常是梦中携手相会的。

"但怪得、竹外疏花，香冷入瑶席"，自己的心情如此，可那竹林外面几枝稀疏的梅花，却完全不解人意，它们偏把清冷的幽香，飘入现在这华美的宴席上来。"疏花"，并不是说花枝零乱，而是说梅花的神姿潇洒，如林逋"疏影横斜水清浅"便是。梅花的冷香入席，岂不更要忆起前情？那么，梅花如此不识情趣，又怎能不"怪得"！表面上看，是"何逊而今渐老"，已无昔日的豪情，实际是因为再也无"玉人"可"唤起"了。真是"肥水东流无尽期，当初不合

173

种相思"呵！六年后，在"元夕有所梦"的《鹧鸪天》里发出了更沉痛的呼声！而在这里却是写得很含蓄的。

下片紧承上片。"江国，正寂寂"，"江国"，泛指江南水乡。词人此时所居的江苏苏州西南的石湖在其范围内。此刻，夜晚下雪，显得格外静寂，人也就更感到孤独。或说，"正寂寂"是揣想之辞，由此及彼：当此雪落江南大地之时，而揣想"旧时"的"玉人"又身在何处呢？这样情更深。但是刚兴起折梅寄远以慰相思的念头，却马上想起：一是路遥，二是夜雪，这一来便只有"叹"的份儿了。曾经"唤起玉人"，"不管清寒"，两人共摘梅花，现在如果梅花能寄到，"睹物思人"，也会更忆起旧情来。所以说词人用心甚苦。但正由于词人使用了这反复缠绵的笔法，把词人和对方的"寂寂"心情，刻绘精微，使人觉得怎能不"叹"呢。

"翠尊易泣，红萼无言耿相忆"，这两句是由物及人，由于人的心绪凄迷，而觉得尊前的绿酒，室外的红梅（即上片的"疏花"）似乎也都在深深地怀念着那个人！"亦泣""无言"，使物拟人化，具有人的感情，从而也更写出了词人的情深。

下面，又是忆旧。"长记曾携手处，千树压、西湖寒碧"，宋时西湖孤山的梅树成林，直到清代的陈锡嘏也仍有"孤山开遍早梅花"（《送汤西崖归西泠》）句。"千树"，是形容梅树很多。从前曾经在这里"携手"同游，如今人去物在，湖水仍是那样一片清寒碧绿，雪后梅花盛开，花朵繁茂。一个"压"字，把雪后湖上梅花绚烂的景象，描绘得形象传神。或者说，这个"压"字是迫近的意思，那就是：岸上的红梅，湖中的碧波，相挨相近，景物异常鲜艳。美景如此，可惜已成过去，但人却"长记"不忘！那么以后呢？"又片片吹尽也，几时见得？"不要看现在花开似锦，终有一天会片片吹尽，那几乎是没有疑问的了。"长记"，何等欢快；"又片片"，何等凄清，又是两相映照的对比手法，和上片的"旧时"与"而今"的对比相同，只不过写来更浑然一片。看来这又是"想其盛时，感其衰时"了。

《暗香》之外，还有《疏影》，两词同是咏梅花的姊妹篇。这首词全词咏梅怀人，思今念往。咏梅贯穿全篇，怀人也由头到尾。上片从时间上立意，"旧时"的欢乐，"而今"的凄惶，两相对照，因而对梅生"怪"，觉得它颇不识趣。"怪"之极，实"情"之深。下片从空间立意，"路遥""雪积""寄与"成空，因梅而兴"叹"；最后"长记"中的光景，何等欢乐，推想未来，又是"片片飞尽"，其苦可知，低徊缠绵，怀人之情，溢于言表。咏物而不滞于物，言情而不拘于情；物中有情，情中寓物，无论从咏物词或抒情词的角度说，都是佳品。难怪对姜夔有微词的周济在《介存斋论词杂著》里也说"惟《暗香》《疏影》二词，寄意题外，包蕴无穷，可与稼轩伯仲"了。

疏影·苔枝缀玉

宋朝　姜夔

苔枝缀玉，有翠禽小小，枝上同宿。客里相逢，篱角黄昏，无言自倚修竹。昭君不惯胡沙远，但暗忆、江南江北。想佩环、月夜归来，化作此花幽独。

犹记深宫旧事，那人正睡里，飞近蛾绿。莫似春风，不管盈盈，早与安排金屋。还教一片随波去，又却怨、玉龙哀曲。等恁时、重觅幽香，已入小窗横幅。

疏影：词牌名。姜夔自创。

《暗香》重点是对往昔的追忆，而《疏影》则集中描绘梅花清幽孤傲的形象，寄托词人对青春、对美好事物的怜爱之情。《疏影》一篇，笔法极为奇特，连续铺排五个典故，用五位女性人物来比喻映衬梅花，从而把梅花人格化、性格化，比起一般的"遗貌取神"的笔法来又高出了一层。

上片写梅花形神兼美。"苔枝缀玉"三句自成一段，它描绘了一株古老的梅树，树上缀满晶莹如玉的梅花，与翠禽相伴同宿。"苔枝"，长有苔藓的梅枝。"缀玉"，梅花像美玉一般缀满枝头。这三句用了一个典故。讲的是隋代赵师雄在罗浮山遇仙女的神话故事，见于唐代诗人柳宗元《龙城录》"赵师雄醉憩梅花下"："隋开皇中，赵师雄迁罗浮。一日天寒日暮，在醉醒间，因憩仆车于松林间酒肆傍舍，见一女子淡妆素服，出迓师雄。时已昏黑，残雪对月色微明，师雄喜之与之语，但觉芳香袭人，语言极清丽，因与之扣酒家门，得数杯相与饮。少顷有一绿衣童来，笑歌戏舞亦自可观。顷醉寝，师雄亦懵然，但觉风寒相袭。久之东方已白，师雄起视，乃在大梅花树下，上有翠羽啾嘈，相顾月落参横，但惆怅而尔。"原来美人就是梅花女神，绿衣童子天亮以后就化为梅树枝头的"翠禽"了。词人用这个典故，入笔很俏，只用"翠禽"略略点出。读者知其所用典故，方知"苔枝缀玉"亦可描摹罗浮女神的风致情态，"枝上同宿"也是叙赵师雄的神仙奇遇。这个典故，使得梅花与罗浮女神融为一体，似花非花，似人非人，在典雅清秀之外又增添了一层迷离惝恍的神秘色彩。

"客里"三句由"同宿"，转向孤独，于是引出第二个典故——唐代诗人杜甫笔下的佳人。杜甫的《佳人》一诗，其首尾云："绝代有佳人，幽居在空谷。……天寒翠袖薄，日暮倚修竹。"这位佳人，是诗人理想中的艺术形象，词人用来比喻梅花，以显示它的品性高洁，绝尘超俗，宁肯孤芳自赏而绝不同流合污。词人在引出佳人这个艺术形象之前，先写了"客里相逢"一句，使作品带上了一种漂泊风尘的知遇情调，又写了"篱角黄昏"一句，这是与梅花非常相称的环境背景，透露了一点冷落与迟暮的感叹，显示了梅花的高洁品格。

"昭君"至上片结句是词中重点，写梅花的灵魂。意谓：梅花原来是昭君的英魂所化，她不仅有绝代佳人之美容，而且更有始终荣辱于国家的美好心灵。这几句用王昭君的典故，词人的构思，主要是参照杜甫的《咏怀古迹》五首之三："群山万壑赴荆门，生长明妃尚有村。一去紫台连朔漠，独留青冢向黄昏。画图省识春风面，环佩空归月夜魂。千载琵琶作胡语，分明怨恨曲中论。""一去紫台"句，被词人加以想象，强调昭君"但暗忆江南江北"，用思国怀乡把她的怨恨具体化了；"环佩空归"一句也得到了发挥，说昭君的月夜归魂"化作此花幽独"，化为了幽独的梅花。为昭君的魂灵找到了归宿，这对同情她的遭遇的人们是一种慰藉；同时，把她的哀怨身世赋予梅花，又给梅花的形象增添了楚楚风致。

换头三句推开一笔，说明梅花不仅有美的容貌，美的灵魂，而且还有美的行为——美化和妆扮妇女。用的是寿阳公主的典故。"蛾"，形容眉毛的细长；"绿"，眉毛的青绿颜色。《太平御览》引《杂五行书》云："宋武帝女寿阳公主，人日卧于含章殿檐下，梅花落公主额上，成五出花，拂之不去。皇后留之，看得几时，经三日，洗之乃落。宫女奇其异，竞效之，今'梅花妆'是也。""犹记深宫旧事"，引出"梅花妆"的故事。"那人正睡里，飞近蛾绿"，写出了公主的娇憨之态，也写出了梅花随风飘落时的轻盈样子。这个典故带来了一股活泼松快的情调，使全词的气氛得到了一点调剂。

最后一个典故是汉武帝"金屋藏娇"事。《汉武故事》载，汉武帝刘彻幼时曾对姑母说："若得阿娇作妇，当作金屋贮之也。""盈盈"，仪态美好的样子，这里借指梅花。这三句由梅花的飘落引起了惜花的心情，进而联想到护花的措施。这与上片"昭君"等句遥相绾合，是全词的题旨所在。"莫似春风，不管盈盈"，直是殷切的呼唤，"早与安排金屋"，更是热切的希望。可是到头来，"还教一片随波去"，花落水流，徒有惜花之心而无护花之力，梅花终于又一次凋零了。

五个典故，五位女性，包括了历史人物、传奇神话、文学形象；她们的身份地位各有不同，有神灵、有鬼魂、有富贵、有寒素，有得宠、有失意；在叙述描写上也有繁有简、有重点有映带，而其间的衔接与转换更是紧密而贴切。"却又怨、玉龙哀曲"，可以看作是为梅花吹奏的招魂之曲。东汉马融《长笛赋》："龙鸣水中不见己，截竹吹之声相似。"故"玉龙"即玉笛。唐代诗人李白诗云："黄鹤楼中吹玉笛，江城五月落梅花"（《与史郎中钦听黄鹤楼上吹笛》）。"哀曲"当是《梅花落》那支古代曲子。这是从音乐这一侧面来申明爱护梅花的重要性。再有，这儿的"玉龙"是与前篇的"梅边吹笛"相呼应的，临近收拍，词人着力使《疏影》的结尾与《暗香》的开头相呼应，显然是为了形成一种前勾后连之势，以便让他所独创的这种"连环体"在结构上完整起来。

"等恁时，重觅幽香，已入小窗横幅"，又从绘画这一角度加以深化主题。《疏影》最后一句的"小窗横幅"应该是与《暗香》的开头一句"旧时月色"相呼应的，那么，"小窗横幅"就既可解释为图画又可解释为梅影了。月色日光映照在纸窗上的竹影梅影，也是一种"天然图画"，非常好看。

《疏影》中所出现的梅花的形象，梅花的性格，梅花的灵魂，梅花的遭遇，寄托了词人身世飘零的感叹，表现了对美好事物应及时爱护的思想。

姜夔作《暗香》《疏影》词，的确是"自立新意"，新在何处？在于他完全打破了前人的传统写法，不再是单线的、平面的描摹刻画，而是摄取事物的神理，创造出了多线条、多层次、富有立体感的艺术境界和性灵化、人格化的艺术形象。词人调动众多素材，大量采用典故，有实有虚、有比喻有象征，进行纵横交错的描写；支撑起时间、空间的广阔范围，使过去和现在、此处和彼地能够灵活地、跳跃地进行穿插；以咏物为线索，以抒情为核心，把写景、叙事、说理交织在一起，并且用颜色、声音、动态作渲染描摹，并且多用领字起到化虚为实的作用，这样，姜夔就为梅花作出了最精彩的传神写照。

姜夔（约公元 1155—约 1221 年），字尧章，号白石道人。南宋著名文学家、音乐家。他少年孤贫，屡试不第，终生未仕，一生转徙江湖，靠卖字和朋友接济为生。其词题材广泛，抒发了自己虽然流落江湖，但不忘君国的感时伤世的思想，描写了自己漂泊的羁旅生活，抒发自己不得用世及情场失意的苦闷心情，以及超凡脱俗、飘然不群，有如孤云野鹤般的个性。有《白石道人诗集》《白石道人歌曲》《续书谱》《绛帖平》等书传世。

西江月·赋红白二梅

宋朝　汪莘

红白虽分两色，清香总是梅花。早春风日野人家。相对伯夷柳下。

爱影拈将灯取，惜香放下帘遮。长安如梦只堪嗟。乐此应须贤者。

西江月：词牌名。

这首词清丽、朴素，浅近如话，读来自有亲切之感。

词的上片以白描手法，将红梅、白梅的风貌展示在读者面前。"红白虽分两色，清香总是梅花"，红梅颜色艳丽，欺桃压杏；白梅气韵高绝，如冰似雪。二者颜色虽异，但其清香却是相同，都占尽梅花的高标品格。"早春风日野人家。相对伯夷柳下"，在早春微风的日子里，在居住着人家的山野上，红梅、白梅相对而开在柳树下。"伯夷"，是商末孤竹君的长子。相传孤竹君遗命立三子叔齐为君，孤竹君死后，叔齐让位给长兄伯夷，伯夷不受。叔齐尊天伦，不愿打乱社会规则，也未继位。这里用了一个"伯夷"的典故，取其手足情深的故事，用来比喻红梅、白梅的关系亲如手足。

下片写词人的爱梅心情。"爱影拈将灯取，惜香放下帘遮"，因为喜爱梅花的风姿绰约，而将其折取，在灯下观看梅影；因为喜爱梅花的缕缕幽香，而用帘幕遮挡，免得香气随风飘去。"长安如梦只堪嗟。乐此应须贤者"，在结句中，词人隐隐透露了一点感时怀抱。长安是前朝故都，在诗文中经常作为帝京的借代词，在这里可领会为宋朝旧京。偏安江南的南宋朝廷，恢复旧日河山已成空谈，而在金人蹂躏下，旧日帝京的繁华早已成为如梦往事，满腔忧愤的人们对于这种局面，只有嗟叹而已。而一些利欲熏心之辈，还在抢权夺位，手足相残。面对这格调高标的野外红、白梅，大概只有贤者才能领悟一些什么而进一步欣赏它吧。联系上片的"伯夷"典故，我们可以隐约感受到词中隐含的旨趣。

汪莘（公元 1155—1227 年），南宋诗人。字叔耕，号柳塘，徽州休宁（今属安徽）人，布衣。隐居黄山，研究《周易》，旁及释、老。宋宁宗嘉定年间，他曾三次上书朝廷，陈述天变、人事、民穷、吏污等弊病，以及行师布阵的方法，没有得到答复。晚年筑室柳溪，自号方壶居士，与朱熹友善。作品有《方壶存稿》九卷、《方壶集》四卷。

梅

宋朝　戴复古

孤标粲粲压群葩，独占春风管岁华。

几树参差江上路，数枝装点野人家。

冰池照影何须月，雪岸闻香不见花。

绝似林间隐君子，自从幽处作生涯。

此诗赞美梅花"绝似林间隐君子",有以梅花自况的意味。

"孤标粲粲压群葩,独占春风管岁华","粲粲",鲜明华美的样子。首联两句,一写梅花之艳,一写梅开之早。梅花独具高洁品格,花朵鲜明华美,早于百花开放;独占春风,却只管自己的岁月年华。道出了梅花非同流俗的独特风姿。陆游诗云:"无意苦争春,一任群芳妒。"(《卜算子·咏梅》)可见梅花虽艳,非为争春,天生高致,自管岁华。

"几树参差江上路,数枝装点野人家",颔联两句,诗人进一步描绘了一幅美丽的山乡梅景图。从外形来看,梅花没有高大挺拔的枝干,也没有硕大娇艳的花朵,只是"几树参差""数枝装点",但恰恰就是这疏朗横斜的姿态,往往给人一种赏心悦目、清高脱俗之美。在诗人笔下,梅花就像贫寒的农家少女,虽不事修饰,却有着难得的素朴淡雅,清纯美丽。"江上路""野人家",这是对梅花特定生长环境的交代,也是对梅花不竞奢华、不同世俗品格的进一步表现。

"冰池照影何须月,雪岸闻香不见花",颈联两句巧妙地化用前人诗句,显得别出心裁。林和靖《山园小梅》云"疏影横斜水清浅,暗香浮动月黄昏",王安石《梅花》云"遥知不是雪,为有暗香来"。石屏糅合二家,化为新辞,说寒冬水面结冰,即使没有月光,照样映出倩影;积雪覆盖岸边,虽然不见梅花,依然闻到梅香。凸显了梅花的高洁芳香,颇有耳目一新之感。

诗人最后说梅花"绝似林间隐君子,自从幽处作生涯",这是诗人对梅花形象的总结、概括。诗人赞美梅花似隐者高士,在幽僻之处度过一生,分明带有以梅花自况的意味。诗人一生不仕,浪游江湖,后归家隐居终身。恰似梅花居山野之间,自葆高洁品性。

古往今来,咏物之诗甚多,总要以有所寄托为好。梅花因其精神可贵,历来成为诗人喜爱的描写对象,咏梅诗因而其数浩繁。然石屏此诗,颇有独特之处。于表面看,句句绘形,入内而思,则字字精神,具有形神兼备、虚实相生、含蓄有致、回味无穷的特点。

戴复古(公元 1167—约 1248 年),字式之,常居南塘石屏山,故自号石屏、石屏樵隐,天台黄岩(今属浙江台州)人。南宋著名江湖诗派诗人。曾从陆游学诗,作品受晚唐诗风影响,兼具江西诗派风格。部分作品抒发爱国思想,反映人民疾苦,具有现实意义。晚年总结诗歌创作经验,以诗体写成《论诗十绝》。一生不仕,浪游江湖,后归家隐居。著有《石屏诗集》《石屏词》《石屏新语》。

落梅

宋朝　郑性之

夜来几阵隔窗风，便恐明朝已扫空。

点在苍苔真可惜，不如吹入酒杯中。

　　写诗贵在不落俗套。古往今来，写落梅的诗文，不可胜数。但多是从正面描写。南朝梁代吴均的《梅花落》就是着力写落梅的"飘荡不依枝""流连逐霜彩，散漫下冰澌"；南宋的刘克庄，他写落梅，也主要写它的"飘如迁客来过岭，坠似骚人去赴湘"。这种描写，当然是传神的。不过，南宋嘉定元年状元郑性之的这首落梅诗，却通篇没写梅花飞落的情景，只是通过诗人心理活动的描写，表现了诗人对落梅的喜爱与关心。

　　全诗朴实无华，无一句用典。除了第一句是实写外，其他三句都是虚的。"夜来几阵隔窗风"，夜里，窗外接连刮了好几阵大风。历来描写落花的诗词，差不多都是从风雨写起的。比如，上文引用的吴均的《梅花落》，开头两句就是"经冬十二月，寒风西北吹"，再如唐代诗人孟浩然的"夜来风雨声，花落知多少"（《春晓》）。刮风不止一阵，它必然会引起诗人的担心："便恐明朝已扫空"，到了明天早上，满树的梅花恐怕都要被风一扫而空！

　　"点在苍苔真可惜，不如吹入酒杯中"，这些梅花如果落在青苔上，那就太可惜了。因为青苔是污浊之物，它根本不会理解梅花的高洁，而且易被玷污。要是被风吹进诗人的酒杯里那就好了，因为只有诗人才是梅花的知音。"点在苍苔"的"点"字用得很好。一方面，他告诉人们梅花的形状，既圆且小；另一方面也表现了梅花着地时的悄然无声。难怪诗人的同代人蔡襄在描写落梅时也用了一句"旋看飞片点青苔"。"不如吹入酒杯中"，与宋代词人郑少微《鹧鸪天》中的"何似横斜酒盏中"的词句颇为相似，虽然前者是写落梅，后者是写梅影，但都意在以梅自喻，表现诗人脱俗出尘，清高贞洁的气质与胸怀。在诗人眼中，落梅绝不只是自然界里美丽的花朵，而是诗人理想和纯美的象征。

　　郑性之（公元1172—1254年），字信之，初名自诚，号毅斋。闽清人。初受学于朱熹。嘉定元年（公元1208年）进士第一，授承事郎，奉国军节度判官，后任知枢密院事，最高军事长官兼参知政事。他一生勤奋好学，利用职权把朱熹理学上升到南宋官方哲学的高度，影响中国历史数百年之久。

梅花

宋朝　王公炜

枯霜翦尽千林叶，才放江头第一春。

瘦影看来天爱画，孤根生处地无尘。

夜郎岁晚逢羁客，谷口寒云见似人。

绝是精神吟不尽，好枝和月插纱巾。

这首咏梅诗，是从赞颂梅花精神的角度来立意的。

首联"枯霜翦尽千林叶，才放江头第一春"，写梅花于万木萧条时绽放迎春。待寒霜遍地、千林叶落、一片萧索之时，梅花才在江头绽放出美丽的花蕊，向人们昭示着春的讯息。百花竞妍时，看不到梅花争俏的身姿；众芳摇落，万木霜天，梅花则为世间带来了美。

颔联"瘦影看来天爱画，孤根生处地无尘"，写梅花高洁孤峭的品格。"瘦影"句是写梅花的形貌，像是上天作的图画，而梅花的高逸绝俗于其中得到了表现。"孤根"句，写梅花的孤峭，不同流俗，故云"无尘"。这两句，通过对梅花形态的描写，来表现梅花的品格，形与神是高度统一的。

颈联"夜郎岁晚逢羁客，谷口寒云见似人"，引申开去，用"羁客"与"隐士"来比喻梅花。"夜郎"，汉时我国西南地区的古国名，大致在今贵州西北、云南东北及四川南部等地区。常为被贬之人流放之地。李白即因永王李璘案而被肃宗长流夜郎。"谷口"，即寒门，故地在今陕西礼泉县东北。汉代隐士郑子真曾耕于谷口。"夜郎"与"谷口"都是当时极为僻远之地，"岁晚""寒云"，都是形容其荒寒。诗人由梅花联想到长流夜郎的羁客与躬耕谷口的隐士。他们独处荒远，自甘寒苦，与梅花的境遇颇有类似之处。通过这样两个比喻，就把士大夫与梅花的精神联系揭示出来了。

可贵者在于梅花之精神。她象征着高洁孤峭，不随流俗，因此备受诗人们的称赏。在诗的尾联，诗人直接发出了"绝是精神吟不尽"的赞叹，揭出了诗的题旨所在。"好枝和月插纱巾"一句，则又以景结情，创造了一个朦胧清美、余韵无尽的艺术境界。在清冷而皎洁的月光之下，梅花的枝条和花朵是何等安详。她宁馨的微笑泛溢在朦胧的月华之中，好像萦绕着纱巾。诗人把他的深情，都注入这种境界之中。

这首诗着意刻画梅花的精神气韵，诗中的摹写，都围绕于这个主题展开。

写梅花的瘦影、孤根，都旨在表现梅花的高洁与幽独。然而，又能于笔墨间见出梅花的个性特征。而结尾处所创造的审美境界，使全诗得到了升华。

王公炜（生卒年、生平事迹均不详），宋代诗人。《后村千家诗》卷七收有《梅花》诗2首。

落梅

宋朝　刘克庄

一片能教一断肠，可堪平砌更堆墙。

飘如迁客来过岭，坠似骚人去赴湘。

乱点莓苔多莫数，偶粘衣袖久犹香。

东风谬掌花权柄，却忌孤高不主张。

嘉定年间，诗人任建阳（今属福建）令时，作了这首《落梅》诗，其中有"东风谬掌花权柄，却忌孤高不主张"之句，被言官李知孝等人指控为"讪谤当国"，一再被黜，坐废十年。这就是历史上有名的"落梅诗案"。诗人对此深感不平，他后来所写"梦得（唐·刘禹锡）因桃数左迁，长源（唐·李泌）为柳忤当权。幸然不识桃与柳，却被梅花误十年"（《病后访梅九绝》），及"老子平生无他过，为梅花受取风流罪"（《贺新郎·宋庵访梅》），都强烈地表露了他难以抑制的愤懑。但正直孤高的诗人并没有因此而屈服，相反从此便开始了他大量的咏梅诗词的写作（一生写了130多首咏梅诗词），托物寄情，一发而不可收，表现了他的铮铮傲骨和高洁的品格。

这首《落梅》确乎不同于一般以体物入妙为主的咏物诗，而是有着深刻的寓意。当时南宋朝廷已经奄奄一息，濒于灭亡，统治阶级的上层人物却依旧沉迷在西湖的"销金窟"里醉生梦死。目睹此情此景，爱国忧民的诗人真是万分痛心。他由自己备受压抑报国无门、有志难伸的境遇，自然联想起历史上屈原、韩愈、柳宗元等仁人志士，空怀一腔忠愤却不得重用、反遭迫害的悲惨遭遇，不禁对历代当权者嫉贤妒能、排斥异己的卑劣行为产生了极大的愤慨。但这一切又不便明言，于是便将自己内心的悲愤和不满统统借"落梅"曲折地传达出来。

诗一开始便描绘了一幅凄凉衰败的落梅景象，透露出诗人浓重的感伤，奠定了全诗凄怆忧愤的基调。"一片能教一断肠，可堪平砌更堆墙"，每一片飘零的梅花都使诗人触目愁肠，更哪堪那残破凋零的花瓣竟如雪片一般纷落，铺满了台阶又堆上了墙头呢？这两句诗与南唐李后主《清平乐》词中的名句"砌下落梅如雪乱，拂了一身还满"所描写的意境极为相似，同样生动地表现了诗人惜花复伤春的情感。正是眼前这凄清的自然景象唤起了诗人对社会、人生的丰富联想。

颔联承上，用工整的对仗、形象的比喻进一步刻画落梅："飘如迁客来过岭，坠似骚人去赴湘。"两句诗不仅生动描绘出落梅在风刀霜剑摧残下枯萎凋零、四散飘坠的凄惨情景，而且高度概括了历史上无数"迁客""骚人"颠沛流离的不幸遭遇。"迁客来过岭"，用"一封朝奏九重天，夕贬潮州路八千"（唐·韩愈《左迁至蓝关示侄孙湘》）的韩愈的典故；"骚人去赴湘"，指柳宗元因"永贞革新"失败被贬永州一事。然而，这里的"迁客""骚人"又不仅指韩、柳，而且泛指漫长的封建社会里包括屈原、李白、白居易、刘禹锡、陆游等人在内的一切仕途坎坷的有才有志之士，含蕴极为丰富。在手法上，诗人将典故融化在诗里，如水中着盐，不见痕迹，显示了他在这方面的深厚功力。同时，用"迁客""骚人"迁谪放逐的遭遇来比喻"落梅"，不仅表达了对梅花的深刻同情，而且是对"迁客""骚人"梅花般高洁品格的赞美。取譬十分贴切。

颈联继写落梅之结局："乱点莓苔多莫数，偶粘衣袖久犹香。""乱点莓苔"，写曾经是那么美好高洁的梅花如今却沉沦委顿于泥土之中，寂寞凄凉地与莓苔之类为伍。"多莫数"，极尽梅花凋残之形容，表现出诗人对其不幸命运的无限叹惋。但接下去却将笔锋一转，写梅花飘摇零落而不失其高洁，香气经久不灭。这两句与陆游《卜算子·咏梅》中"零落成尘碾作泥，只有香如故"异曲同工，赞美的显然不只是梅花，更是指那些虽身遭挫折却不改初衷、不易志节的"迁客""骚人"，运笔委婉，寄托遥深。

以上三联反复烘托渲染落梅景象，尾联在此基础上抒发议论点明正意，是全篇的画龙点睛之笔。通常诗人在描写落梅之后多抒发自己的伤感，这里却别有会心地责备东风说："东风谬掌花权柄，却忌孤高不主张。"表面上谴责东风不解怜香惜玉，却偏偏掌握了对众花生杀予夺的大权，忌妒梅花的孤高，任意摧残它；实则将暗讽的笔触巧妙而曲折地指向了历史上和现实中一切嫉贤妒能、打击人才的当权者。同时寄托了自己仕途不遇的感慨，以及对当前这个弃毁贤才的时代的不满。笔力奇横，言近旨远，讽喻之意、不平之气，溢于言表。

这首咏梅诗通篇不着一个梅字，却不仅刻画出梅花的品格和遭遇，而且处处透露出诗人的自我感情，是咏物诗的上乘之作。然而运笔却又是那么委婉，写梅又似写人，其旨在有意无意之间，表明诗人十分善于将悲愁感兴巧妙地融汇在诗歌形象之中，故能将咏物与抒怀结合得如此天衣无缝。此诗从咏梅这一常见题材中发掘出不平常的诗意，新颖自然，不落俗套，启人深思。从哀感缠绵中透露出来的那股抑塞不平之气，正是广大文士愤慨不平心声的集中表露，难怪当权者视为"讪谤"，一再加害于他。而这便是此诗的旨趣所在。

沁园春·梦中作梅词

宋朝 刘克庄

天造梅花，有许孤高，有许芬芳。似湘娥凝望，敛君山黛，明妃远嫁，作汉宫妆。冷艳谁知，素标难裹，又似夷齐饿首阳。幽雅意，纵写之缣楮，未得毫芒。

曾经诸老平章。只一个孤山说影香。便诏书存问，漫招处士，节旄落尽，早屈中郎。日暮天寒，山空月堕，茅舍清于白玉堂。宁淡杀，不敢凭羌笛，告诉凄凉。

沁园春：词牌名。

刘克庄的词有两个特点：多议论，多用典。有人说多议论影响了词的形象性，用典多不易读懂，也乏新意。这首词可以说通篇都是议论，但议论中不乏形象。因为词人不是空洞地评论，而是用形象的故事表达对梅花的评价。

词的上片写梅的孤高、芬芳的情操。开头三句是全篇的词眼，是纯评论语言，但又充满赞美之情："天造梅花，有许孤高，有许芬芳。"大自然造就了梅花，有这般的高超情志，有如此的芬芳节操。梅早春开花，不畏寒冷，不同一般，可谓孤高。梅花很清香，许多诗人都赞美它的这一特点，最够味的要算陆游的《卜算子·咏梅》了，他说梅花"零落成泥碾作尘，只有香如故"。词中用两句"有许"排句，加重说明这两个特点的语气，又蕴含着饱满的热情，造成一种奔放的气势。

接着写了三个典故，用形象来证实、说明"孤高""芬芳"的结论。"湘娥"，指尧之女、舜之妃娥皇、女英。相传舜南巡，死于苍梧之野，娥皇、女英追至。因她们死于湘水，人们称为"湘君"，葬于洞庭湖中的湘山，故湘山又叫君山。"明妃"，是汉代宫女王昭君，她深明大义，代汉与匈奴和亲，使汉与匈奴和好。她们一个是忠于丈夫，一个是忠于汉朝，她们的志向不同凡响，她们的英名千古流传，她们可以说是忠贞、芬芳的象征。所以词人把梅的品格用她们来比喻。像湘娥永世站在君山凝望着盼夫君归来，像昭君虽然远嫁异邦，却仍着汉宫的服饰。又进一步从梅的特性（耐寒）和颜色（白色）角度，引出伯夷、叔齐的典故。"冷艳"，耐寒的花。唐朝丘为诗说"冷艳全欺雪"（《左掖梨花》），可见这种花的高洁。"素标"，洁白的形体和格调。伯夷、叔齐，是商末的孤竹君之二子，商亡，周立，二人逃到首阳山，不降周朝，采薇为食，不食周粟，最后饿死。历来把他们当成有气节的典范。三句的大意是：这般耐寒的花有谁了解？圣洁的格调使人不忍玷污。从这一点来看，梅又像商末的伯夷、叔齐，宁肯饿死在首阳山，也不食周粟的气节。到此，把对梅品格忠贞的评价，推到了高峰。三个典故都体现出"孤高"的特点，虽都为忠贞，但又有忠夫和忠国不同，所以在引喻中也有渐进的层次。

在上片最后又用退一步的说法，反衬梅的气节深远高雅。"幽雅意，纵写之缣楮，未得毫芒"，"缣楮"，是细绢和素纸，古代上等的书写工具。"毫芒"，毫末之意。梅深远的高雅气节，即使写在细绢、素纸之上，也表达不出梅高尚品格的九牛一毛。用夸张的手法，极力赞美梅的高雅品格。

词的下片进一步写梅的清高、坚贞品德。承上片对梅形象化的称赞，进一步引申出"曾经诸老平章"。"平章"，是品评的意思。许多人都品评过，"只一个孤山说影香"不同一般。"孤山"，指北宋隐居于西湖孤山的林逋，他的《山园小梅》诗，其中有"疏影横斜水清浅，暗香浮动月黄昏"两句，"评诗者谓：'前世咏梅者多矣，未有此句也。'"（宋·欧阳修《归田录》卷二）林逋的诗确实写得别致，体现了梅的高雅、芬芳。在诸多评论者中"只一个"林逋说得极好。林逋是什么样的人呢？紧接着就写林逋甘做隐士而不出山做官的故事，用以比喻梅的高雅节操。一个林逋还不够，又推进一步，引出更有名气的苏武的故事："节旄尽落，早屈中郎"。汉朝的苏武留胡十九年不辱使命，据《汉书》记载："（汉武帝）乃遣（苏）武以中郎将使持节送匈奴使留在汉者"，后又"杖节牧羊，卧起操持，节旄尽落"。这种不为强暴所屈的坚贞品德，不正是梅花那种不畏寒冷而傲然独放的品格吗？"日暮天寒，山空月堕，茅舍清于白玉堂"，"日暮天寒"，来自杜甫诗《佳人》："天寒翠袖薄，日暮倚修竹。"写一个被丈夫遗弃的女子过着清苦生活，犹守节操，赞扬她品德的坚贞。"白玉堂"来自杜甫的《八哀诗》："上君白玉堂"，指官宦富贵人家的华贵房屋。用佳人甘过清苦生活而保守贞操，用茅舍比白玉堂清雅，比喻梅的品格不俗。

最后三句更进一层说："宁淡杀，不敢凭羌笛，告诉凄凉。""羌笛"，是羌族人的笛子，多吹奏凄怨之调。意思是说，宁可过着极清苦的生活，也不愿借羌笛的声音，向人们诉说自己的凄凉境况。梅花就是这样的性格，它虽不如牡丹的雍容华贵，但它淡雅清香，又很顽强倔强，它没有凄凄切切之态，而总是有一种焕发向上的精神。

全词共用了五个历史故事，又借杜诗之典，一气呵成，通篇作比，赞扬了梅的孤高、淡雅、坚贞的品格。不能不说词人掌握典故和比喻手法的熟练。在引典中从道德和政治两方面选取典型，可看出词人的一番苦心。刘克庄词的基调是爱国的，他久蓄复国大志，但都未实现，历经坎坷，所以即使在吟花咏物的作品中，也流露出他的基本思想。他写明妃远嫁，写苏武留胡，有力地表现出他关心复国大业的思想。题目叫"梦中作"，似也有深意，在现实中报国无门，在梦中也念念不忘为国忧心。所以在我们欣赏这首词作时，就不能单纯把它视为吟花的雅作了。

刘克庄（公元1187—1269年），初名灼，字潜夫，号后村，福建莆田县人。南宋豪放派词人，江湖诗派诗人。因其父在朝中任职而荫补将仕郎，后历任靖安主簿、枢密院编修官等。淳祐六年（1246年），宋理宗因其久有文名，赐其同进士出身，官居工部尚书、建宁府知府。谥文定。其诗属江湖诗派，作品数量丰富，内容开阔，多言谈时政，反映民生之作。词深受辛弃疾影响，多豪放之作，散文化、议论化倾向也较突出。作品收录在《后村先生大全集》中。

见梅

宋朝　何应龙

云绕前冈水绕村，忽惊空谷有佳人。

天寒日暮吹香去，尽是冰霜不是春。

我国古代诗歌，诗和画常常融为一体。读这一首诗，犹如欣赏一幅情意深深的画，心中油然而生"诗中有画，画中有诗"的美感。

起句"云绕前冈水绕村"，七个字中出现了白云、山冈、溪水、村落，缀以两"绕"字，把景物有机地组合在一起。在这错落有致、清雅古朴的环境中，诗人心神恬适。正在此时，抬眼看去，"忽惊空谷有佳人"，诗人的惊奇之情跃然纸上；眼前一亮，"佳人"从天而降。但这"佳人"不是"人"，而是借喻梅花，梅花生长在这空旷寂寥的环境中，犹如空谷佳人，引起了读者的无限遐想。正是于无"神"字处传出梅花的风神。

第三句"天寒日暮吹香去"，与上句"惊"相比，似是高峰已过的平原；

实际上相反，这句把梅花的性格作了更深刻的描绘。前两句，看到的是梅花的孤独和她的外形美；这一句进一步挖掘和描写了梅花的内在性格美和精神境界的高尚。这句中的"香"字，不宜简单地理解作静态的"芳香"，而应理解成"不断地散溢着芳香（动态的）"才较完整。从中可以看到梅花不畏严寒的不屈不挠的精神，这正是梅花的精魂！此句恰做到了古代诗评所说的，绝句"宛转变化工夫，全在第三句"（元·杨载《诗法家数》）。

最后一句，"尽是冰霜不是春"点明题意，表明梅花生长的环境是在冰霜雪地的冬天，而不是风和日丽的春天。既以"冰霜"喻梅之生长环境恶劣，又以"冰霜"喻己之所处环境艰难。借此倾诉自己生不逢时、不能一展抱负的襟怀，流露了欲争春而不得的悲凉心境。

此诗情景交融，颇具兴象，赞梅是表象，其所喻极为明显：抱负既不能伸展，唯有顾影自怜、孤芳自赏而已！

何应龙（生卒年不详），字子翔，号橘潭。钱塘（今浙江杭州）人。宋宁宗嘉泰（公元1201—1204年）进士，曾知汉州。著作已佚，仅《南宋六十家小集》中存《橘潭诗稿》一卷。

玉楼春·东山探梅

宋朝 刘镇

泠泠水向桥东去。漠漠云归溪上住。疏风淡月有来时，流水行云无觅处。

佳人独立相思苦。薄袖欺寒修竹暮。白头空负雪边春，著意问春春不语。

玉楼春：词牌名，又名《木兰花》《木兰花冷》。

这首词以梅拟人，在描写梅花情韵的笔墨中，寄托了词人孤寂、凄凉的心境，物象带兴，颇含意蕴。

词的上片，以疏淡、动荡之笔写梅的生长环境，着力渲染凄迷空寂的气氛。

"泠泠水向桥东去。漠漠云归溪上住"，"泠泠"，清畅高响。"漠漠"，弥漫广布貌。早春的河水在桥下不停地向东面流淌，凄声寒响传送远方。天空的云朵，无声无息地飘然而至连成大片，阴笼溪流，显得有些单调沉闷。这二句交代了梅生长的空间，从天上到地面，于不同的方位里摄取色调相近的景物，互为映衬，展示出一幅早春寒郊的图画。为正面咏梅作了必要的铺垫。

"疏风淡月有来时，流水行云无觅处"，俗语说：早春的天，孩儿面，说变就变。词人面对这阴晴不定的春空，瞬间逝去的行云流水，不禁产生许多联想。自然景物一刻不停地变化着，此际眼中所见，如同宝贵的时光，一去不再复返了。清风明月虽是经常出现，然而，流逝的水、逸去的云是无处寻觅的。正像苏轼《赤壁赋》说的那样，天地万物"盖将自其变者而观之"，"曾不能以一瞬"。这里明议景物变幻更易的现象，暗吐对光阴的珍惜之意。空灵的诗句，含蓄的情思，十分熨帖地绘出了梅的形象。

词的下片，直接以人写梅，宣达抒发主人公的情怀。

"佳人独立相思苦。薄袖欺寒修竹暮"，"薄袖"，指梅的花瓣。"修竹"，高高的青竹。残冬时节，地冻天寒，百花凋零，而那孤高殊雅的梅花，清姿丽质，于冰中育蕾，雪里开花，迎着烈风寒霜，亭亭玉立，等待着春天的到来。南宋陈亮的咏梅诗说出了梅的这种品格，"一朵忽先变，百花皆后香。欲传春消息，不怕雪埋藏。"可是，这篇词作把此境此情拟为娴雅不群的少女，经受着痛苦的折磨，时刻在盼望着自己恋人的归来。不是吗，依偎着青竹的冬梅，那香蕊花瓣被薄暮的寒风所困扰，疏枝癯干亦会使人想到相思中的佳人。词人借梅写孤寂愁怨的思绪，正是要表露梅花对春天的追求，迎来春天又要付出一定的代价。

"白头空负雪边春，著意问春春不语"，"空"，徒然。"负"，忧虑。执意追求春天到来的梅花，一旦大地回春，冰消雪融的时候，梅花已临衰谢，它在"等待春天"的过程中自己奉献出一切，而春天却不动声色悄悄地来到人间，对先"传春消息"的梅花冷冷相待。这二句陡然一转，以梅花遭受春之冷落，抒发了词人对世情的感叹，包含一定的人生道理。

这首词在写法上值得提及的地方主要有两点。其一，遗形取神，着重写意。诗词中咏梅之作，或写疏影横斜的风韵，或写清雅宜人的幽香，或写凌风傲霜的劲节，以及姿色体态，等等，而此作品是以词人主体感受来写梅的标格、梅的意态，凭此流露词人情怀。其二，情景交融，寄情于物。词篇上片描写了梅花生长的自然天地，下片刻画梅的形象，通首笔笔不离外物，却语语深含诗情，好似主人公在表白对人生的体验。因此作品有"象外之旨""味外之味"的特点。

刘镇（生卒年不详），南宋诗人。广州南海人。字叔安，号随如，学者称"随如先生"。宋宁宗嘉泰二年（公元 1202 年）进士。以讵误谪居三山三十年。性恬淡，士大夫皆贤之。工诗词，尤长于诗，明白清润，为时所推。有《随如百咏》。

花犯

宋朝　吴文英

谢黄复庵除夜寄古梅枝。

剪横枝，清溪分影，翛然镜空晓。小窗春到，怜夜冷孀娥，相伴孤照。古苔泪锁霜千点，苍华人共老。料浅雪、黄昏驿路，飞香遗冻草。

行云梦中认琼娘，冰肌瘦窈窕、风前纤缟。残醉醒，屏山外，翠禽声小。寒泉贮、绀壶渐暖，年事对、青灯惊换了。但恐舞、一帘蝴蝶，玉龙吹又杳。

花犯：词牌名。

这是一首除夕咏梅词。

词的上片写友人寄梅的过程。开头三句写友人准备寄梅的情景。先写友人剪下梅枝。一个"横"字，写出了友人家梅枝纵横生长的形状。"清溪分影"，化用宋代诗人林逋《山园小梅》诗"疏影横斜水清浅"之句，写梅枝剪下后，清溪中的梅影也就一分为二。"翛然"，无拘无束、自由自在的样子。这句写影分后，梅在镜中的映象也就更加空疏。这三句分别从人剪、溪影、镜照三个不同角度来写寄前的梅枝。

"小窗"三句，写梅寄到自己住处的情景。梅花报春，故以"春"代梅，这是运用借代的修辞手法。"小窗春到"，写梅花给词人的小屋带来春天的气息。"孀娥"，指嫦娥，嫦娥弃夫奔月，故称为孀娥。词人采用拟人手法，以嫦娥比喻古梅枝。相伴孤照，写词人与古梅枝相依为命。这三句表现了词人对古梅枝的欣赏喜爱，也表现了词人在除夕的孤独寂寞。"古苔"二句，写梅枝的古老特征。古苔，指有古苔留在梅枝上。"霜千点"，指梅枝上有许多白霜点。这些苔霜像是眼泪滴成的，故用"泪锁"形容之。"华"，指华发，即花白的头发。"共老"，指梅枝上的古苔白霜与词人的花白头发，共同呈现出苍老状态。上句正面描写古梅，下句从人老的角度侧面衬托古梅。

"料浅雪"三句，补写送梅的经过。"料"，料想。陆游咏梅诗有"孤城小驿初飞雪"（《十二月初一日得梅一枝绝奇戏作长句今年于是四赋比花矣》）之句，这里化用其意境，用"浅雪""黄昏""驿路"，组合成一个沿途运送梅枝的意境。"飞香遗冻草"，写梅花的香气遗留在沿途浅雪中的冻草上。这三句，表现了词人丰富的想象。

词的下片，写得梅后词人的心理活动。"行云"三句写梦中见梅。"行云"，语出宋玉《高唐赋》，神女"且为朝云，暮为行雨"，这里以行云代指神女。"琼娘"，指仙女许飞琼，相传许飞琼是王母娘娘的侍女。唐代诗人许浑《记梦》诗有"晓入琼台露气清，座中唯有许飞琼"之句。词人着力刻画了琼娘形象的两个特征：一是冰莹，她既具有冰肌玉骨，又外披洁白的缟素；二是窈窕，她的纤瘦身材在风前翩翩起舞。这两个特征正与梅花的特征相通。词人在这里又将梅花拟人化，把它比作一个冰莹洁白、窈窕起舞的仙女。

"残醉醒"三句，写词人醒来后的感觉。近代杨铁夫《梦窗词全集笺释》说："梦中见琼娘，方以为真美人，乃醒来闻翠禽声，方知原来是梅。"据柳宗元《龙城录》记载，隋代开皇年间，赵师雄迁罗浮，天寒日暮，见林间酒肆旁舍一美人，淡妆靓色，素服出迎。赵师雄不觉醉卧，既觉，在大梅树上，有翠羽（翠鸟）啁唧其上。词人正是利用前人关于梅神的传说，创造了这个与梅花梦魂相交的意境。"寒泉贮"二句，写梅枝陪伴词人由除夕至元旦。"绀壶"，天青色的壶。插梅枝的壶泉由寒变暖的过程，也就是由除夕青灯变为元旦天明的过程，这二句体现了词人善于因物寓意的艺术技巧。

结尾二句"但恐舞、一帘蝴蝶，玉龙吹又杳"，写词人担心梅花飞落。"一帘蝴蝶"，指梅落如一阵蝴蝶飞舞。"玉龙"，是形容下雪。北宋诗人张元《雪》诗"战死玉龙三十万，败鳞风卷满天飞"，这里以玉龙比喻梅花如同下雪那样飞舞至远方。这个结尾，表现了词人对梅花爱惜备至。

这首咏梅词，以古梅枝为主体形象。作品描写古梅枝陪伴词人度过除夕，抒发了词人除夕的孤寂感与衰老感。所以，全词不是纯客观地咏物，而是托物寄情。在描写古梅枝的形象时，采用了拟人化手法，上片将它比拟为嫦娥，下片将它比拟为琼娘。作品通过嫦娥、琼娘的形态美，表现了古梅枝的形态美。在描写古梅枝的形象时，既有绵丽的辞藻，又有一定的法则。上片以事情的时间先后为序，先写寄前，后写寄到。下片则以心理活动的先后为序，先写梦见，后写梦醒。但是，词人又不是呆板地按时间先后平铺直叙，如上片将送梅经过放在收到梅之后补叙。近代学者杨铁夫说，这种补叙"不使一平笔，开人无数法门"（《梦窗词全集笺释》）。

解语花·梅花

宋朝　吴文英

门横皱碧，路入苍烟，春近江南岸。暮寒如剪。临溪影，一一半斜清浅。

飞霙弄晚。荡千里、暗香平远。端正看，琼树三枝，总似兰昌见。

酥莹云容夜暖。伴兰翘清瘦，箫凤柔婉。冷云荒翠，幽栖久、无语暗申春怨。东风半面。料准拟、何郎词卷。欢未阑，烟雨青黄，宜昼阴庭馆。

解语花：词牌名。

开篇三句写江南早春时令物候。门前长出了好像皱纹的苔藓，路上一片苍茫烟景，这是一个明丽的江南早春，恰是梅花开放的时节。在梅信初闻的一个傍晚，"暮寒如剪"，一阵阵春寒如同剪刀一样，刮肌刺面。诗人来到河边寻赏梅花。梅花临溪照影，那水中一枝枝半斜的梅影，显得溪水清而且浅。正如林逋诗中所说："疏影横斜水清浅"（《山园小梅》），真是绘形绘影的摄魂之笔。

"飞霙"三句，写雪中梅香。"霙"，指雪花。这三句词意为：傍晚，天空飞舞起雪花。这雪花犹如梅花，飘荡在千里平原之上，把梅花的幽香，也带到广阔的天地之间。"暗香"一词，虽是袭用林逋"暗香浮动月黄昏"中的字面，但本词把梅香和千里飞雪合写，不但气势阔大，而意境悠远。"端正看"三句，写雪中梅树的风姿。诗人仔细端详雪中的梅树，只见那三株梅树，亭亭玉立，恰似三位英俊豪杰。"兰昌"，即兰荪、菖蒲，古人以此喻有德的贤俊之士。

上片写梅花清俊的暗香、疏影和迎风斗雪的英俊风采。下片写梅花洁白俏丽和荒冷的幽怨之情。

"酥莹云容夜暖"，说梅花容色细腻润泽，如白云一样轻灵俊秀，能为寒夜带来春的温暖。"伴"，陪伴之意，领起下面二句。"兰翘"是翡翠戏兰苕的简化，出自东晋诗人郭璞"翡翠戏兰苕，容色更相鲜"（《游仙诗》）诗句。这是玲珑鲜丽的和美意象。"箫凤"是萧史凤鸣的典故。传说萧史善吹箫，作凤鸣，秦穆公以女儿弄玉妻之，二人共居凤台，吹箫引来凤凰，二人骑之飞升成仙。后世以此比喻高雅和美的爱情。以上两句说，梅花气质情韵之美，和"翡翠兰苕"，"萧史凤鸣"那样清瘦而柔婉。这是极力赞美之语。

"冷云"三句，写梅花的幽怨。说梅花被遗弃在云水荒冷之地，其幽期蜜意久不得实现，她默默无言，却暗中申诉着浓重的春怨。这被遗弃的幽怨，乃是词人不平心情的写照。词人一生坎坷，幽怨深广，故借梅花出之。"东风"三句，以何郎之典，赞梅之洁白美丽。"何郎"是三国时的何晏，为人喜欢修饰仪容，是个白面美男，行步顾影自怜，脸上擦粉，人称"傅粉何郎"。唐代宋璟《梅花赋》"俨如傅粉，是谓何郎"，开了以花比男子的先例。以上三句意为：春风吹拂着梅花半面，那花色之白，如同玉面粉妆的何郎。料想，完全可以写一篇《梅花赋》了。最后三句，写天阴雨淋，停止赏梅的寂寥情怀。大意是：

赏梅兴致正浓（"未阑"，未尽），忽然下起阵阵如烟的细雨，使庭院和池馆一片阴暗。在寂寥之中收束全篇。

此词非写一时一地之梅，时空及意象变化不定，表现了词人赏梅的复杂情绪。词语优美精炼，然而，典故较多，在意绪深曲的悠长之中，间杂晦涩之病。词的结构比较纷繁，故前人有"七宝楼台"之讥。

吴文英（约公元1200—1260年），字君特，号梦窗，晚年又号觉翁，四明（今浙江宁波）人。南宋词人。他一生未第，游幕终身。于苏、杭、越三地居留最久。游踪所至，每有题咏。晚年一度客居越州，先后为浙东安抚使吴潜及嗣荣王赵与芮门下客，后困踬而死。有《梦窗词集》一部，存词340余首。其词作数量丰沃，风格雅致，多酬答、伤时与忆悼之作，号"词中李商隐"。

落梅

宋朝　潘牥

一夜风吹恐不禁，晓来零落已骎骎。

忍看病鹤和苔啄，空遣饥蜂绕竹寻。

稚子踌蹰看不扫，老夫索莫坐微吟。

窗前最是关情处，拾片殷勤在掌心。

潘牥，南宋诗人，少有文名。传说他在六、七岁时，就能写出"竹才生便直，梅到死犹香"的精彩诗句。他的这首《落梅》用侧面烘托的手法，委婉曲折地表达了诗人对落梅的深切热爱。

"一夜风吹恐不禁，晓来零落已骎骎"，"骎骎"，是疾速之意。写落花者多数以风雨开篇，本诗也是如此。这两句是说，刮了一夜的大风，一直惦念着梅花的诗人放心不下，天亮了出外一看，果然梅花很快就凋谢净尽了。一个"恐"字，很好地表明了诗人对梅花即将飞落的惴惴不安。本联旨在破题，并为下文做了铺垫。

"忍看病鹤和苔啄，空遣饥蜂绕竹寻"，"忍看"二字，承上启下，点明了以下的场景都是诗人眼见的，并进一步描绘了诗人惋惜落梅的心情。人们在写梅花时，往往用一些与之有关的鸟类昆虫进行烘托。比如：林逋《山园小梅》中有"霜禽欲下先偷眼，粉蝶如知合断魂"二句；苏轼《次韵杨公济奉议梅花》一诗中有"明日酒醒应满地，空令饥鹤啄莓苔"的句子。本联正是从这里化出的。没精打采的仙鹤把落花与莓苔一道啄食，饿着肚子的蜜蜂绕着竹边的空树枝飞来飞去。病鹤啄苔，饥蜂绕竹，够凄凉的了，然而，这一切都是因为落梅引起的。诗人正是通过对病鹤饥蜂的描写，烘托了落梅的可惜与可贵。

"稚子踟蹰看不扫，老夫索莫坐微吟"，"踟蹰"，即踟蹰，形容犹豫不决。"索莫"，表示消沉。面对着落梅，打扫院子的孩子迟迟不愿动手，老人也心神黯然地坐在那里低吟浅唱。本联化用了唐人张籍"不教人扫石，恐损落来花"（《溪梅》），和宋人林逋"幸有微吟可相狎"（《山园小梅》）的意蕴，着重描写了儿童与老人对落梅的珍惜与怜爱。

"窗前最是关情处，拾片殷勤在掌心"，对待落梅，禽虫童叟尚知怜惜，那么诗人呢？最能牵动诗人心的，大概就是窗前的落梅了，于是诗人便拾起一片，倍加珍重地放在手心上。这一举动，该蕴含着诗人对落梅的多少深情啊！诗人正是通过手捧梅花这一典型细节的描写，奏出了全诗爱梅惜梅的最强音，给人留下了悠远的回味。

综观全诗，诗人从风吹梅落兴起全诗，先写鹤、蜂，续写童、叟，最后写自己，可谓层层递进，步步深入，显示了诗人独到的匠心。古来写落梅的诗人很多，但很少有像本诗作者这样专事侧面描写的。与潘牥同代的刘克庄，写过一首"落梅"七言律诗，也属咏梅名篇，但其写法却与本诗大相径庭，刘诗全是正面描写。当然不论正写还是侧写，只是手法问题，都可以写出精彩的诗篇。潘诗与刘诗相比，虽各有千秋，都不失为高妙之作。

潘牥（公元 1204—1246 年），字庭坚，号紫岩，初名公筠，为避理宗讳改，福州富沙（今属福建）人。南宋诗人。端平二年进士第三名，历浙西茶盐司干官，改宣教郎，除太学正，旬日出通判潭州。有《紫岩集》，已佚。刘克庄为撰墓志铭。《宋史》《南宋书》有传。

梅花

宋朝　张道洽

行尽荒林一径苔，竹梢深处数枝开。

绝知南雪羞相并，欲嫁东风耻自媒。

无主野桥随月管，有根寒谷也春回。

醉余不睡庭前地，只恐忽吹花落来。

历代的咏梅诗，千变万化，丰富多彩。或歌其色，或咏其香，或绘其形，或借梅抒情，或以梅言志。而张道洽的这首《梅花》诗，是专写梅花的精神，并借以表达自己对梅花的深切热爱。

"行尽荒林一径苔，竹梢深处数枝开"，诗从寻梅写起，诗人沿着野树林中的一条长满苍苔的小路走去，快到尽头的时候，发现在竹枝深处正开着几枝梅花。通过这种场景的渲染，突出地表现了梅花的清高疏野。

接下来的四句，诗人既未写梅的颜色，也没写梅的姿影，而是全力挖掘了梅花的精神。"绝知南雪羞相并"，"南雪"，是指朝阳处易于融化的雪。尽管梅花与雪关系密切，但却不屑与之为伍，因为梅花尽管生长在冰天雪地之中，却不易凋零，而南雪却易融化，这句主要写梅的坚贞。"欲嫁东风耻自媒"，梅花开于冬春之际，虽然也想委身春风，但又耻于像桃杏那样，自炫自媒。本句源于北宋诗人张先《一丛花令》中的"不如桃杏，犹解嫁东风"，主要写梅花的清高。"无主野桥随月管"，是说有的梅花长在野桥旁，没人管理，仿佛月亮是它的主人。"有根寒谷也春回"，是说生长在寒谷里的梅花，只要有根在，就会抽枝吐蕊，这里的"春"，应指开花，因为梅花在冬天里也一样开放。这两句主要写梅花有着顽强的生命力，它可以自生自长，即使在寒冬这样的恶劣环境里，只要有根在，依然可以发花吐香。这里的"野桥""月管"，烘托出梅花高洁的境界；而"寒谷""春回"，则反衬出其蓬勃的生机。

也许正因为梅花有如此不同流俗的高尚风格，才引起诗人对梅花的深切热爱。当然这种爱是通过这样一个动人的细节表现出来的，即"醉余不睡庭前地，只恐忽吹花落来"，醉后也不睡在庭前的梅花树下，因为担心风吹花落，怕梅花被玷污了。这种写法，与唐代诗人张籍《溪梅》诗中的"不教人扫石，恐损落来花"，有异曲同工之妙。

综观全诗，首联写实，颔联写虚，颈联实写，尾联虚写，一实一虚，相得益彰。从竹梢深处的梅，写到野桥边寒谷里的梅，最后又写到庭前的梅，每字每句，都饱含着诗人强烈的感情，闪动着诗人的身影。特别是颔联中"绝知南雪羞相并，欲嫁东风耻自媒"两句，完全是诗人主观的移情入梅，借梅抒情。但这种移情，绝不是牵强附会的，因为它毕竟没有脱离开梅的本身特点，诚可谓"物物而不物于物"。正是在对梅花的一片赞誉声中，塑造和讴歌了诗人的"洁身自好，清高孤傲"的自我。

历史上，因宋代是栽培梅花的鼎盛时期，所以宋代文人歌咏梅花的诗词无论是数量还是质量，都是历代高峰。而张道洽又恰恰是宋代咏梅诗作最多的一位，一生共创造了三百多首有关梅花的作品。同时，从本诗看来，他也是一位咏梅的好手。有的诗即使与林逋、苏轼、陆游等相比，也是不相上下的。

张道洽（公元 1205—1268 年），南宋诗人。字泽民，号实斋，衢州开化（今属浙江）人。理宗端平二年（1235）进士。历广州司理参军，景定间为池州金判，改襄阳府推官。生平作咏梅诗三百余首。有《实斋花诗》四卷，已佚。清代吴允嘉抄《南宋群贤小集》中存《梅花诗》一卷。宋代方回评论张道洽咏梅诗，认为"纵说横说，信口信手，皆脱洒清楚，他人学诗三五十年未易及也。"

次萧冰崖梅花韵

宋朝　赵希㯝

冰姿琼骨净无瑕，竹外溪边处士家。

若使牡丹开得早，有谁风雪看梅花？

这是一首诗友唱和的七绝。"次韵"为唱和诗的一种，要求严格依照原诗用韵次序而作。《次萧冰崖梅花韵》，就是依照诗友萧冰崖梅花诗用韵的先后顺序而写此诗。这种作诗方法，非常拘谨，难得好诗。而此篇却令人刮目相看。

起句"冰姿琼骨净无瑕"，写梅花玉洁冰清的美质。"冰姿"，形容梅花如冰似雪的姿容。"琼骨"，形容梅花玉树琼林般的风骨。"净无瑕"，言梅花纯净洁白，如无瑕美玉。千百年来，多少诗人搜肠刮肚，用尽美好词汇描写梅花。而诗人仅用七字便穷尽梅花美质，诗笔精省已极。

二句"竹外溪边处士家"，写梅花所处的环境。这梅花不是开在达官贵人的园林庭院，而是开在"处士"之家。"处士"，是有才德而不为官的隐士。这种人多半是鄙弃官场，厌恶世俗的高才雅士。梅花开在此种人家最为适合，梅花的纯净风骨与处士的清高品格相得益彰。但诗人尤觉不足，又补以"竹外溪边"。梅花以修竹为邻，竹子的高风亮节和梅花的高情逸韵也相当和谐。梅又开在小溪边，清澈流水，一尘不染，与梅花的纯洁晶莹又相映成趣。梅花在修竹、小溪和处士家的映衬之下，构成了清新幽雅、俊爽秀逸的美境，益显梅花的奇美。

第三句"若使牡丹开得早"，如异军突起，竟把笔锋转到牡丹花上，令人惊疑莫测。及第四句"有谁风雪看梅花"，方归结到梅花，使人恍然大悟，原是以牡丹反衬早梅之奇美。牡丹本是花中之王，国色天香，艳丽无比。诗人设想：

牡丹如果和梅花同时早开，人们定会争赏牡丹，哪里会有人肯冒风踏雪去赏梅呢？但梅花是幸运的，它在万花纷谢时开放，不但傲霜斗雪令人佩服，冰肌玉骨清奇无双，而且是早开报春之花。在百卉凋残时，它孤芳独秀，给人带来幽香和春的信息，这是牡丹及百花无法比拟的。此句主旨是：梅花早开，为花中珍品奇芳。但诗人并不直说，而是抑扬牡丹，从反面衬托。不但想象奇特，手法巧妙，而且理趣浓郁，颇有绕梁余韵。

赵希㯭（生卒年不详），字谊父，宋太祖九世孙。宋理宗宝庆间（公元1225—1227年）有诗名，与李龏相唱和。有《抱拙小稿》一卷。

梅

宋朝　王淇

不受尘埃半点侵，竹篱茅舍自甘心。

只因误识林和靖，惹得诗人说到今。

在佳作如林的咏梅诗中，王淇的《梅》以其新颖别致、风趣活泼而独具一格。

也许，诗人是从北宋诗人林逋"梅妻鹤子"的佳话中受到启发，在这首诗中，梅花被比作一位天生丽质的女子。"不受尘埃半点侵，竹篱茅舍自甘心"，她纯真无瑕，洁身自好，素来不受浊世风尘的半点侵蚀沾染；她不贪慕金迷纸醉的闹市深宅，甘心情愿生活在清贫凄苦的乡间茅舍。诗的前两句，从梅花的自然习性比附其品德的质朴高尚，虽然对这"梅女子"的容颜身姿未置一词，但透过字里行间，不难想见其玉肌冰骨、卓然脱俗的美好形象。通过对梅花在简陋的条件下，保持洁心雅性，淡泊名利，与世无争，来借喻诗人雅洁的志趣操守。曹雪芹《红楼梦》第六十三回里众人抽签行令侑酒，李纨抽到的是枝梅花签："众人瞧那签上，画着一枝老梅，是写着'霜晓寒姿'四字，那一面旧诗是：竹篱茅舍自甘心。"这里曹雪芹就是借用这句古诗，来借喻李纨坚贞守节的品性。

由此推想，林逋正是缘于梅花这种高雅纯洁的品质，而终身与梅相伴的吧。林逋一生未做过官，亦无妻子儿女，早年游历于江、淮间，后在西湖孤山结庐隐居长达二十年，直至终老。宋仁宗赐谥"和靖先生"。林逋性喜种梅养鹤，在孤山种梅360余株。他还咏有多首梅花诗，其咏梅名句"疏影横斜水清浅，暗香浮动月黄昏"（《山园小梅》），充分体现出他对梅花的认识之深，珍爱之重，历来为人激赏不已。因而，人们说他以梅花为妻，初看似为笑谈，细细想来实在贴切得很。依常理论，诗人用此典故，应大加褒扬才是。然而，诗的后两句却来了个欲扬故抑："只因误识林和靖，惹得诗人说到今。"用"误识"二字，以调笑的口吻，写出了一番颇为诙谐轻松的别样情趣来。

所谓"误"，字面上看即是"错误"之意。因为，其一，梅花天性孤贞高洁，岁寒时只与松、竹为友。嫁为人妇，恐非本愿；其二，历代酷爱梅花者不乏其人，仅以宋代而言，苏轼、陆游、张道洽等都写过大量梅花诗，何以梅花独钟情于林逋？然而，恰因此"误"，才使得诗人们一提到梅花，便记起林逋；一谈及林逋，便想到梅花。正所谓"清风千载梅花共，说着梅花定说君"（宋·吴锡畴《林和靖墓》），使文坛中多了一段说不尽的佳话，为冰清玉洁、高雅清淑的梅花更添了一层光彩。试想，如林逋这样不羡仕途荣华，一生甘愿隐居于山水茅舍，其高风亮节与梅花的品性格调何其相通；又如林逋这样诗、书俱佳，爱梅如命，终身以梅为侣者，世上能有几人？倘若梅是女子，面对如此德厚、才高、情深、意重之人，能不为之动心，随其相伴终生吗？

因而，"误"者，实为"幸"之反语也。一个"误识"，一句"惹得诗人说到今"，林逋高风亮节感人之深尽在其中，梅花的高格雅性尽在其中，诗人对梅花、对林逋的爱重敬仰也尽在其中了。于谈笑之中容括这样深厚的感情，这样丰富的内容，同时又写得那么轻松活泼，有情有趣，这首小诗的确是值得称道的。

王淇（生卒年不详），字菉猗，宋末诗人。与诗人谢枋得（公元 1226—1289 年）有交，谢曾代其女作《荐父青词》。

凤凰台忆吹箫

宋朝　权无染

水国云乡，冰魂雪魄，朝来新领春还。便未怕、天暄蜂蝶，笛转羌弯。一树垂云似画，香暗暗，白浅红班。东风外，清新雪月，潇洒溪山。

应是飞琼弄玉，天不管、年年谪向人间。占芳事，铅华一洗，红叶俱残。多少烟愁雨恨，空脉脉、意远情闲。无人见，翠袖倚竹天寒。

凤凰台忆吹箫：词牌名。

这首咏梅词很有特点，它不对个体梅花作具体形象的描述，而是写群体形象。

上片写梅花生长的环境与其高洁的品格。"水国云乡，冰魂雪魄，朝来新领春还"三句，是说梅花生活在江南这水国云乡之中，她具有洁白无瑕的高贵品质，具有冰雪般的灵魂。近日来梅花开放，她给人间带来了春意，仿佛又把春姑娘领回来了。"朝来"按字面讲是"今天早晨以来"的意思，但这里只不过是说梅花在近日开放，不必过于拘泥。"便未怕、天暄蜂蝶，笛转羌弯"三句，赞美梅花迎春、报春而又不争春、不怨春的气度。实际旨在说明梅花"俏也不争春，只把春来报"的品性。她不怕在温暖的春光里，百花齐放蜂飞蝶忙的景象淹没了她的美貌，也不怕羌笛因为春天的归去而奏出的哀怨婉转的乐曲。她只是默默地奉献，以自己"凌寒独自开"的风姿为人类奏响春将来临的第一个音符，而又不要任何的报偿，这是多么令人赞佩啊！

"一树垂云似画，香暗暗，白浅红班"，从总体上描摹梅花的色与味。看吧，远远望去，一树树的梅花像垂着的云朵一般，香气飘向四方。在那白色的花群中，还有一些红色的蓓蕾和刚刚绽开的浅红色的花朵点缀其间，斑斑点点，分外妖娆。"东风外，清新雪月，潇洒溪山"，总收上文，再现梅花生活的清幽环境。伴随着东风的是白雪和明月，整个宇宙显得是那么静谧、和谐、清新和高雅，整个溪谷和山岭是那么旷远和潇洒。梅花就生活在这样的环境里，这里便是梅的家。

下片起句便用典故，"应是飞琼弄玉，天不管，年年谪向人间"，词人驰骋想象，紧扣梅花的形态下笔，用两位传说中的仙女来比喻梅花，更巧妙的是这两位仙女的名字又都是美玉，而梅花晶莹光泽的质地又有些像玉，所以只是用"琼"和"玉"两字来比喻梅花就已经很奇妙了，而"飞琼""弄玉"又是音乐修养极高的两位著名仙女，把梅花的神韵比拟成这两位仙女，则是更深一层的意义。不只如此，"飞琼"与"弄玉"又同本词词牌的名称相关，词人用此典也含有紧扣词牌题名的用意。"飞琼"是许飞琼，《汉武内传》载："王母乃命侍女许飞琼鼓震灵之簧。"又《本事诗》说："许浑尝梦登山，人曰'此昆仑也'。既入，见数人饮酒，赋诗云：'晓入瑶台露气清，座中唯有许飞琼。尘心未断俗缘在，十里下山空月明。'他日，复梦至其处，飞琼曰：'子何故显余姓名于人间？'即改为天风吹下步虚声。曰：'善。'"于此可知，飞琼本是西王母手下的一个鼓奏"震灵之簧"的乐女，后来因为许浑的缘故，又化为天风吹向人间。弄玉出自《列仙传》，据说她是春秋时期秦穆公的女儿，最善于吹箫，秦穆公把她嫁给一位吹箫高手萧史，并为他们建造一座凤台让她居住。这对夫妇经常吹箫合奏，音乐效果达到了至臻至美无以复加的程度。数年后，弄玉乘凤，萧史乘龙，双双升天而去。弄玉在凤台上吹箫而成仙，这与本词牌"凤凰台忆吹箫"吻合。词人在这里用这两位仙女名字中的"玉"字来暗拟梅花的晶莹剔透，又用其高洁来比喻梅花的仙骨玉肌，同时也暗合词牌之意，确是一举三得之笔，意蕴深远。

"占芳事，铅华一洗，红叶俱残"，写梅花凋落时的情景。"铅华"是搽脸的白粉，这里代指白色的梅花。梅花占尽了芳事，已开始凋残，白色的花瓣已飘然而去，如同被洗过一样荡然无存，那红色的花片亦都纷纷零落。应当指出，本词所写乃梅花的群体形象，所以红白并举，这句词又暗应上片的"白浅红班"四字。梅花的芳景已逝，引起了人们尤其是那些多愁善感的女性的伤怀，于是下文出现了人物形象。

"多少烟愁雨恨，空脉脉，意远情闲"，表面在写残梅的意态，也可理解为在写一位女子失落迷惘的愁情。她看到梅花凋落的景象，不免有些怅然若失，多少烟雨般隐约难言的忧愁怨恨袭上心头；她含情脉脉，情意是那样的幽远闲适，缱绻缠绵。"无人见，翠袖倚竹天寒"，于是她在那寂寞无人的地方，冒着凛冽的寒风，独自倚竹而立，联想翩翩。这位佳人在想什么？是憧憬向往，还是怨艾忧伤？词中没有道破。然而，细品全词情调，她当是在忧怨哀伤，而这种情感也许正是由于梅花的凋零而引起的，或许这正是残梅神韵的象征。言尽而意未终，引人深思。

本词的用典极为贴切自然。"飞琼""弄玉"两个典故的运用，加强了词的表达效果，意深味浓。结句"翠袖倚竹天寒"，则是化用杜甫《佳人》诗中"天寒翠袖薄，日暮倚修竹"的语意，不但字面工整凝练，在思想内涵上也十分妥帖准确。

权无染（生卒年、生平事迹均不详），南宋词人。《全宋词》收词5首，全都是咏梅的，可见是个酷爱梅花的人。

齐天乐

宋朝 周密

紫霞翁开宴梅边，谓客曰：梅之初绽，则轻红未消；已放，则一白呈露。古今夸赏，不出香白，顾未及此，欠事也。施中山赋之，余和之。

　　宫檐融暖晨妆懒，轻霞未匀酥脸。倚竹娇鬟，临流瘦影，依约尊前重见。盈盈笑靥，映珠络玲珑，翠绡葱蒨。梦入罗浮，满衣清露暗香染。

　　东风千树易老，怕红颜旋减，芳意偷变。赠远天寒，吟香夜永，多少江南新怨。琼疏静掩。任剪雪裁云，竞夸轻艳。画角黄昏，梦随春共远。

　　齐天乐：词牌名。

　　周密是南宋后期的词人。他的词写得纤丽隐约，尽洗靡曼。这首咏梅词是宋亡以前的作品，时代气息不浓，然而，在艺术上却有可借鉴之处。

　　从词作正文前序文的意思看，词人借紫霞翁之言，提出了赏梅的准则：应该从梅花初绽时的"轻红"状态赏起，渐次而至梅花全放时的"一白"，这样的赏梅才能真正领略到梅的全部风韵。而以往人们只是在梅花盛开时才去观赏，这是一件很为欠缺的憾事。序文中提及的施中山，是词人友人，名岳，字仲山，吴人。能词，精于音律，同词人常有唱和。《齐天乐》便是在这篇序文提出的赏梅准则指导下产生的咏梅词。

　　上片用拟人手法，将初绽之梅的粉红轻艳的姿容比作宫中美人的笑靥，极力描摹初梅的娇嫩可爱。下片用实写表现游子思乡的情感。全词写得脉络清晰，层次分明，手法别致，情感深婉，艺术水准较高。

　　这首词上片前两句先点季节、地点、人物。从"融暖"知天时渐温，一派融和，冬去而春来。从"宫檐"知梅树所植处为宫殿周围的园苑之中。"轻霞未匀酥脸""晨妆懒"则以梅喻人，这人该是个宫中女子。"轻霞"是淡淡的红霞，这里比中有比，又把梅花初绽时的薄红比作初升的朝霞，它自有浅沫的红晕。现在梅花只是涂上浅浅的一层红色，所以才叫"未匀酥脸"。假若全花呈现彤红的色泽，便不能用"未匀"来描状。"酥"字又写出梅花初发时的鲜嫩欲滴的水灵样。"晨妆懒"是以人的动作说明"未匀"的原因，这就使拟人中愈带有活气，更使词句有了灵动感。

　　"倚竹"三句写梅树的种植地点为"倚竹""临流"和"尊前"处。"尊"，同樽。"樽前"即宴席前。词人又选用三个动词写出梅树的虬曲盘折的姿态："倚""临""见"，便使树之形态各异，竞现妙枝。又以"娇鬟""瘦影"状摹梅树、梅花的妩媚可人，使读者几欲陶醉其中。"盈盈"三句是对梅所摄的特写镜头，笔法精雕细刻。你看，这朵朵迎东风斗残雪红白相间的梅花，摇曳纷披，好似微微分开的一张张灵巧的樱桃小嘴，又好似长着一双双迷人的小酒窝，脸颊上又如略施朱粉，显得又红又白，白里透红，红中泛白。那成串联袂相映的梅花，又像是绕系在树枝上剔透玲珑的珍珠项链；那初生的长满白茸茸毫毛的新叶，似乎替梅树披上一件翠绿的绸衣，使它显得格外精神。这里的"葱蒨"意为青翠茂盛的样子。

"梦入"两句为引用典故而盛赞梅之动人。唐代诗人柳宗元《龙城录》"赵师雄醉憩梅花下"载："隋开皇中，赵师雄迁罗浮。一日天寒日暮，在醉醒间，因憩仆车于松林间酒肆傍舍，见一女子淡妆素服，出迓师雄。时已昏黑，残雪对月色微明，师雄喜之与之语，但觉芳香袭人，语言极清丽，因与之扣酒家门，得数杯相与饮。少顷有一绿衣童来，笑歌戏舞亦自可观。顷醉寝，师雄亦懵然，但觉风寒相袭。久之东方已白，师雄起视，乃在大梅花树下，上有翠羽啾嘈，相顾月落参横，但惆怅而尔。"后因以罗浮梦比喻梅花。从这则故事可知，词人又以梅树比作故事中那位淡妆素服的美人，这又是比中之比。末句的"清露""暗香"，使人觉得仿佛是这梅树从罗浮梦境中携带而回。词人就是这样调动多种艺术手段，从多种角度摹画了初绽春梅的"未消""轻红"的丽质。

下片前三句先写时日迅捷，芳意难驻。一个"怕"字便将描写对象从梅树移易到赏梅人。"赠远"三句中"多少江南新怨"，即复指"怕"字的承受者。所谓"新怨"是指新春带给他们的烦恼。缘何而烦，因何而恼？"赠远天寒""吟香夜永"便是答复。原来如许羁留江南的游子，自己乡情未已，却要慰抚在家亲友，故将梅枝寄赠远方之人。古人有赠梅相慰的习俗。江南游子一不能速归，二不能使亲友前往团聚，只好以赠梅略表寸心了。

"琼疏"三句写这花树仿佛懂得赏梅人的一番深意，任人攀折，任人夸耀。"静""任"便是这种情思的外现。这里的"琼疏"指梅枝，"雪""云"指的是梅花。"画角"两句，写被攀折过后的梅树，青春已逝，只得将自己的悠悠情思追随春风而去，直至天涯海角，那里正是那些江南游客的家乡呢！后五句描写侧重有变化，从游子回复到梅花，突现了它的灵性，这是多么善解人意的非同寻常的梅花呵！

周密（公元 1232—1298 或 1308 年），字公谨，号草窗，又号霄斋、弁阳老人等。宋末元初词人、文学家、书画鉴赏家。先后出任两浙运司掾属、丰储仓检查。南宋覆灭后，入元不仕，专心著述。擅长诗词，作品典雅浓丽、格律严谨，亦有时感之作。能诗，擅书画。著述繁富，留传诗词有《草窗旧事》《萍洲渔笛谱》《云烟过眼录》《浩然斋雅谈》等。编有《绝妙好词笺》。另有笔记体史学著作《武林旧事》《齐东野语》《癸辛杂识》等。

花犯·苔梅

宋朝　王沂孙

古婵娟，苍鬣素靥，盈盈瞰流水。断魂十里。叹绀缕飘零，难系离思。故山岁晚谁堪寄？琅玕聊自倚。谩记我、绿蓑冲雪，孤舟寒浪里。

三花两蕊破蒙茸，依依似有恨，明珠轻委。云卧稳，蓝衣正、护春憔悴。罗浮梦、半蟾桂晓，么凤冷、山中人乍起。又唤取、玉奴归去，余香空翠被。

花犯：词牌名。

这是一首咏物词，以"苔梅"为题。"苔梅"即古梅。王沂孙的家乡会稽，古梅特盛。范成大《梅谱》中说："古梅会稽最多，四明、宜兴亦间有之。"又说"项里（在会稽）出古梅，老干奇怪，苔藓封枝，疏花点缀，夭矫如画。殊令人爱玩不忍舍。"词中"谩记我、绿蓑冲雪，孤舟寒浪里"，就是词人追忆他告别家乡的梅花，从此孤舟漂泊的往事。

"苔梅"以树干上遍布苔藓而得名，状貌甚古。此词首句入题，以"古婵娟"美人为喻，显出苔梅的风华高古。同时，以"苍鬣"状苔，"素靥"状梅，两者结合在一起，"古婵娟"的容貌呼之欲出。"苍""素"为色，皆雅淡高洁，也切合古梅苍劲而又娟好的特点。"盈盈瞰流水"一句，是说苔梅生长水边，临水照影，顾盼生姿。同时，也以此与下文"绿蓑""孤舟"的临影场景相呼应。接着从断魂离思，写飘零流落的别后心情。"故山岁晚"化用杜甫"天寒翠袖薄，日暮倚修竹"（《佳人》）的诗意，用以衬托苔梅的高洁品性，还暗寓着乱世流离的感叹。"绿蓑冲雪，孤舟寒浪里"，写自己告别"故山"后在"雪""浪"里"孤舟"飘荡的情景，而从"冲雪""寒浪"的环境中，又暗示了一股寒气逼人的悲凉的时代气氛。

下片"三花两蕊"，写老树疏花的状态，点缀于草木蒙茸之间，不免有自伤沉沦的"明珠轻委"之恨。"云卧"与上片的"故山"呼应，"蓝衣"喻苔藓。"罗浮梦"至"乍起"，即借助神话传说中的梦境写对故乡苔梅的怀念，表现他梦寐萦怀的情思。"罗浮梦"的神话故事，见唐代诗人柳宗元的《龙城录》。词人借用这个典故，寄托自己作为一个南宋遗民的失落感和痛苦心情。最后是说梅魂归去，梦醒后仅留下翠被余香，一腔无穷的惆怅哀怨，溢于言表。清代陈廷焯说"三花两蕊"到"山中人乍起"句，"笔意幽索，得屈宋遗意"（《白雨斋词话》卷二）。

王沂孙的咏物词，尤其是宋亡后借咏物以言志之作，都有其寄托，不同于仅为体物，徒作工巧的一般词社中的命题唱和之作。《白雨斋词话》卷二说："（张惠言）《词选》云'碧山咏物诸篇，并有君国之忧'。自是确论。读碧山词者，不得不兼时势而言之。亦是定理。或谓不宜附会穿凿，此特老生常谈，知其一不知其二。古人诗词，有不容穿凿者，有必须考镜者，明眼人自能辨之。"这首咏古梅词，不仅工巧地写出了梅态、梅影、梅神、梅恨，而且还隐含了故国故乡之思，为我们留下了想象研索的余地。

王沂孙（生卒年不详），宋末词人。字圣与，号碧山、中仙，会稽（今浙江绍兴）人。工文词，广交游，元兵入会稽，杨连真伽掘宋帝六陵，王沂孙与唐珏、周密等赋《乐府补题》，托意莲、蝉诸物，以抒愤慨，寄托亡国之恸。至元中一度出为庆元路学正。晚年往来杭州、绍兴间。今存词60余首，风格近周邦彦，含蓄深婉，其清峭处，又颇似姜夔。

暗香

宋朝　汪元量

西湖社友有千叶红梅，照水可爱。问之自来，乃旧内有此种。枝如柳梢，开花繁艳。兵后流落人间。对花泫然承脸而赋。

馆娃艳骨。见数枝雪里，争开时节。底事化工，著衣阳和暗偷泄，偏把红膏染质，都点缀、枝头如血。最好是、院落黄昏，压栏照水清绝。

风韵自迥别。谩记省故家，玉手曾折。翠条袅娜，犹学宫妆舞残月。肠断江南倦客，歌未了、琼壶敲缺。更忍见，吹万点、满庭绛雪。

暗香：词牌名。

此词的题旨，一如小序所言，乃借咏花寄托词人的故国之思。由此亦可知，此作当写于宋亡之后。

由于词人对千叶红梅有着特殊的感情，所以词一开头就把它直接比作绝代佳人西施。春秋时，吴王夫差得美人西施，作宫于砚石山以馆之。吴人谓美女为娃，故称"馆娃"。但这里并非只取西施貌美的一面，当还有更深的含意。关于西施，史籍上记载虽然褒贬不一，但她以身事夫差，使其耽于淫乐，为助越灭吴作出了牺牲，却是值得肯定的。并且据说功成后，她不留恋宫中生活而与范蠡偕入五湖，风节亦可嘉。因此，词人突出西施的"艳骨"，当含有此意。而用她来比喻红梅尤为恰切。不是吗？它傲雪而开，花枝俏丽，岂是一般的芳草美人可比！"底事化工，著衣阳和暗偷泄"，词人以问句出之，不仅意在说明大自然对它的厚爱，而且饶有情趣。"阳和"，本指春天的暖气。《史记·秦始皇本纪》："时在中春，阳和方起。"这里是用以比喻造物主的骨血。下一句的"染质"二字，也意在强调千叶红梅之红，非人工在外表涂染，乃是"造化钟神秀"。

上片的最后二句"最好是、院落黄昏，压栏照水清绝"，是此篇之警策，写得最妙。词人认为，红梅最好看的时刻，既不是清晨，也不是正午，而是黄昏照水时节。何以此时最好呢？一是黄昏天色暗淡，梅花在烟霭的笼罩下有一种朦胧美。二是当这种美态映入水中时产生另一种意境；倘若风吹影动，将会更加珊珊可爱。三是紧扣词调名"暗香"，林逋的《山园小梅》诗云："疏影横斜水清浅，暗香浮动月黄昏"，这是说梅花在月色中，疏影映清水，香气四溢，沁人心脾。

过片"风韵自迥别"，既承上片梅花之艳骨幽香，又总写下片昔日之殊遇。接下二句意谓，想当年千叶红梅生于大内之中，后妃们的玉手曾经攀折。"故家"，指皇宫而言，写红梅身世之高贵。但一个"谩"字，却道出了她今日无限怅惘之情。"翠条袅娜，犹学宫妆舞残月"，写红梅轻柔的枝条随风飘动，好似美人著宫妆在月下舞翩跹。"袅娜"，写梅条之披拂，承"馆娃"而来；"残月"，点夜深时晚，与"黄昏"相应。这里，"犹学宫妆"四字，耐人寻味。花儿尚且有情，留恋旧时宫中之风尚，何况人乎！词人的故国之思，自在言外。至此，婀娜多姿的红梅已跃然纸上：她或在黄昏亭亭玉立，照水可爱；或在月下翩翩起舞，楚楚动人。

词人面对这美不胜收的红梅，不禁感慨万端："肠断江南倦客，歌未了、琼壶敲缺。"此刻，词人既有家国之思，又有民族之恨，慷慨激昂，不能自已！词人在度宗时以善琴为宫廷琴师，曾目睹过千叶红梅。宋亡后，他辗转南归沦为道士。如今见到流落人间的"旧相识"红梅，他自然会产生"同是天涯沦落人"之感。于是国破家亡之痛，身世飘零之感，一齐涌上心头，词人怎能不激动呢！

但词人的感慨到此并未完结，特别是当他看到满庭落红被风吹万点时，他的心情更加沉痛。"更忍见，吹万点、满庭绛雪"，"更忍见"三字，不仅进一层揭示了词人的深哀，而且写出他久遭不幸后脆弱之神经。这脆弱的神经，一方面说明他历尽沧桑后的复杂心态；一方面反映了他的多情，倘若他神经已经麻木，那便会"花开花落两由之"了！

汪元量生活于宋亡之际，"其亡国之戚，去国之苦，间关愁叹之状，尽见于诗"（宋·李珏《湖山类稿跋》）。其词亦复如此。这首《暗香》便是通过咏红梅抒发自己的去国之思和亡国之痛。

此词在艺术上也颇具特点。首先，咏花寄志，亦花亦人。词人之所以对流落人间的千叶红梅产生感慨，主要是因为自己的际遇与她颇有相似之处，所以才借以咏怀。但是要处理好"似"与"不似"的关系。"太似"，笔笔写真，"穷其枝叶"，则无以寄托；"不似"，咏梅而非梅，则所寄之情也失去了真实性。这首咏花词，由于词人既描绘出梅的风姿，即"似"的一面；又表现出人的气质，即"不似"的一面，所以才达到了咏物寄志的目的。

其次，章法严谨，层次清晰。此词以时间为顺序，次第展开。上片描写红梅凌雪而开。先写白日"枝头如血"之艳骨，后写黄昏映水之芳姿。下片转写红梅往昔之殊荣。先写当年"玉手曾折"，后写今日"犹学宫妆"，亦昨亦今，笔法曲折。最后写词人之感慨，以晚春花落回应开头雪里"争开时节"。前后呼应，层次井然。

再次，化用前人诗句，不留痕迹。前文已述，如"院落黄昏，压栏照水清绝"，系暗用林逋咏梅名句，自然而贴切，毫无生硬之感。又如"吹万点"句，本是化用杜诗"一片花飞减却春，风飘万点正愁人"（《曲江》），但浑如己出，含蓄蕴藉。

汪元量（公元1241—1317年后），南宋末诗人、词人、宫廷琴师。字大有，号水云，亦自号水云子、楚狂、江南倦客，钱塘（今浙江杭州）人。度宗时以善琴供奉宫掖。恭宗德祐二年（公元1276年）临安陷，随三宫入燕。后出家为道士，获南归，次年抵钱塘，终老湖山。诗多纪国亡前后事，时人比之杜甫，有"诗史"之誉，有《水云集》《湖山类稿》。其词分为前后两期。前期词描述宫廷生活辞采华美，结构缜密，境界不高；后期词继承爱国词的传统，不事雕琢，直抒观感，言显意真。

梅花

金朝 元好问

一树寒梅古寺边，荒山草木动春妍。

东家赖有诗人在，照影横枝莫自怜。

这首诗赞美梅花不畏恶劣环境，自由开放的品格。

诗的前两句写梅花生长的环境。"一树寒梅古寺边，荒山草木动春妍"，这一树梅花生长在一座古寺旁边，周围是荒山野岭，长满了杂树野草。寒冷的冬天里，梅树在这荒山野草树丛中绽开了美丽的花朵。诗人笔下的梅花，是那样普通，又是那样不凡，它不择环境，冒着严寒，自由开放，传递出春天的信息。在诗人心目中，梅花的形象，就是隐者形象的写照。

诗的后两句写诗人的感叹。"东家赖有诗人在，照影横枝莫自怜"，梅花生长在这偏僻无人的地方，幸亏其邻居有诗人在欣赏她、描绘她，梅花的树影横枝也就不必自我感伤了。诗人安慰梅花，不要为环境的恶劣而悲伤。诗人对梅花的安慰，也是自己内心情感的表露。

梅花不畏恶劣的环境，自由自在地开放，在寒冷的冬天传递春天的信息，赢得诗人的赞美，也隐含了诗人愿做隐者的人生追求。

元好问（公元1190—1257年），字裕之，号遗山，世称遗山先生。太原秀容（今山西忻州）人。金末元初著名文学家、历史学家。他以宏词科登第，授权国史院编修，官至知制诰。金朝灭亡后，被囚数年。晚年重回故乡，隐居不仕，于家中潜心著述。擅作诗、文、词、曲，其中以诗作成就最高，词为金朝之冠，散曲对当世有倡导之功。他是宋金对峙时期北方文学的主要代表，在文学上起着承前启后的作用。著有《遗山集》，编有《中州集》《壬辰杂编》等。

江梅引·为飞伯赋青梅

金朝 李献能

汉宫娇额倦涂黄，试新妆，立昭阳。萼绿仙姿，高髻碧罗裳。翠袖卷纱闲倚竹，暝云合，琼枝荐暮凉。

璧月浮香摇玉浪，拂春帘，莹绮窗。冰肌夜冷滑，无粟影，转斜廊。冉冉孤鸿，烟水渺三湘。青鸟不来天也老，断魂些，清霜静楚江。

江梅引：词牌名。

这是一首咏物抒怀词。

上片，词人运用拟人手法，着力刻画梅花风神。开头"汉宫娇额倦涂黄，试新妆，立昭阳"，化用南朝宋武帝女寿阳公主人日卧含章殿檐下，有梅花飘着其额，染成五出之花（《太平御览》卷三十）一事，形容梅花的高贵妍丽，一个"倦"字，明是写汉宫女子的慵倦娇态，实则暗托出梅花的雍容风雅。"萼绿仙姿，高髻碧罗裳"两句，写梅花的风姿绰约，婀娜潇洒，宛若严妆轻盈、来去无踪、形影不定的仙子。"萼绿"用仙女萼绿华之典。南朝陶弘景所编《真诰》载："萼绿华者，自云是南山人……年可二十许。以晋穆帝升平三年十一月夜降于羊权家。"这里用"萼绿"二字，既借典故以传神，又符合梅花实体的色泽，可谓形神得兼。

然词人似犹嫌不足，更用"翠袖卷纱闲倚竹"三句，进一层来刻画梅花幽贤淑贞的品格。唐代诗人杜甫有《佳人》诗云："天寒翠袖薄，日暮倚修竹。"本词当化用其意。至此，诗人连用三个不同品性各具风姿的女性形象反复比拟，从而使梅花的神韵格外丰满蕴厚，具有多层次的意象内涵。"暝云合，琼枝荐暮凉"，读来令人感到，在暝云四合，凉意满怀的黄昏里悄然独立的梅树，有一种超然而孤寂的心绪。本句始才点出梅花，又转启下片情旨。

下片，紧承"暮"字，笔触轻巧地将时间移转至夜晚。"璧月浮香"三句，描绘出一幅无比纯美的画面：月光融融的夜晚，梅花散吐着的幽香在澄澈明丽的流水上轻轻浮动，掩映于绮窗绣帘之间；深夜因月光而朦胧，月光因梅香而温馨，梅花因流水而漾映……整个境界是那么空灵纯净而又凄迷幽雅，而梅仍为其境界主心，其余尽作渲染烘托。

"冰肌夜冷滑"二句，是再用比喻来体现梅树的枝丫沐着月光，就像美人的臂膊浸浴在秋水里那般冰清玉洁，那般孤傲沉静；只是在孤傲沉静里含着一种执着的情思，一种幽怨的情怀，任月移情影，流光暗度。接着，"冉冉孤鸿"数句，词人的目光不再拘泥于眼前的梅树，而是睹物思人："冉冉孤鸿，烟水渺三湘。"由于某种原因，"孤鸿"远征，"飞"向"渺渺"的"三湘"楚地。"青鸟不来天也老，断魂些，清霜静楚江"，而青鸟使者不通信息，这连天也为之愁老。想到这里，诗人不禁愁肠断绝，痛断肝魂，那冉冉孤鸿飞去的渺渺三湘楚地，大概正是清霜初肃的时候吧！至此，词人借梅树的形象所寄托的隐约的消息，终于一吐为快。

诗人赋梅，实际上是怀人，以拟人的手法写梅，实际上其心目中是有具体的人物形象在的。是仙女，还是梅，诗人已经进入了混一的境界，唯其如此，才使得词的结尾余味隽永，含蓄蕴藉。

咏梅词，前代文人创作中佳篇不少，有南唐李后主"砌下落梅如雪乱，拂了一身还满"（《清平乐》）那般恼人的梅；有南宋诗人陆游"驿外断桥边，寂寞开无主"（《卜算子·咏梅》）那般孤独郁悒的梅；有姜白石"红萼无言耿相忆"（《暗香》）之类情深缱绻的梅。同是梅花，竟有如许不同的风神，不同的美感，正因为它们是词人各自情感的寄托。赋物以体志，故物为宾而情为主，物同情设，景为境造，落笔于一草一木，而寄情于千古兴亡。李献能这首咏梅词，除最后几句外，处处写梅，实即处处写情。故而全词能妍雅而不淫丽，空灵而不质实，带有一种朦胧的美。

李献能（公元 1192—1232 年），字钦叔，河中人，金末官员，诗人。苦学博览，擅作文章，尤长于四六文。与元好问为至好。贞祐三年（公元 1215 年）特赐词赋进士，廷试第一人，宏词优等。授应奉翰林文字，在翰苑凡十年。正大末，以镇南军节度副使，充河中帅府经历官。元兵破河中，奔陕州行省，权左右司郎中。值兵变遇害。献能为诗风雅，文刻意乐章，在翰林日，应机敏捷，号称得体。

忆梅

金朝　段克己

姑射仙人冰雪肤，昔年伴我向西湖。

别来几度春风换，标格而今似旧无。

段克己与其弟成己早以文章著名，被学者、礼部尚书赵秉文誉为"二妙"。此诗写与梅花久别重逢的喜悦，赞美梅花冰清玉洁的品格。

首句"姑射仙人冰雪肤"，赞美梅花冰清玉洁的品格。"姑射仙人"，神仙美女。《庄子·逍遥游》："藐姑射之山，有神人居焉。肌肤若冰雪，绰约若处子。"宋代诗人苏轼《南乡子》词："冰雪透香肌，姑射仙人不似伊。"诗人用"姑射仙人"比喻梅花，赞美梅花的冰清玉洁。次句"昔年伴我向西湖"，回忆往年在西湖边与梅花相伴的情景。诗人往年在西湖边居住，有多株梅树，梅花开时，诗人徘徊梅树下，与梅花为伴。

三句"别来几度春风换"，写诗人与梅花久别重逢。冬去春来，几度春秋，过了一些年，诗人又回到西湖边居住，见到了久别的梅花，感到格外亲切，不由得问道："标格而今似旧无?"梅花啊，我们分别了这么多年，你的冰清玉洁的品格还像以前一样吗？这一问，道出了诗人喜爱梅花的原因：注重梅花的标格，即冰清玉洁的品格。

诗人把梅花当作自己的伙伴和朋友，表明了自己坚持操守、不与世俗同流的志向。

段克己（公元 1196—1254 年），金代文学家。字复之，号遁庵，别号菊庄。绛州稷山（今山西稷山）人。早年与弟成己并负才名，赵秉文目之为"二妙"，大书"双飞"二字名其居里。金哀宗时与其弟段成己先后中进士，但入仕无门，在山村过着闲居生活。金亡，避乱龙门山中，时人赞为"儒林标榜"。蒙古汗国时期，与友人遨游山水，结社赋诗，自得其乐。工于词曲，有《遁斋乐府》。

乘兴杖屦山麓，值梅始华，徘徊久之。因折数枝置几侧，灯下漫成两首
（其二）

金朝　段成己

幽香不许俗人知，才是东风第一枝。
误认文君新睡起，读书窗下立多时。

看诗题可知，诗人拄着拐杖，穿着麻鞋，乘着兴致在山坡游览。正好看到梅花开始绽放，高兴得久久在梅树下来回走动，欣赏梅花。之后折了几枝带回家，放在茶几旁边，以供观赏。然后在灯下作了两首咏梅诗。这首是第二首。

前两句"幽香不许俗人知，才是东风第一枝"，诗一开篇，赞美梅花超凡脱俗，是"东风第一枝"。梅花，不畏严寒，独步早春。它赶在东风之前，向人们传递着春的消息，被誉为"东风第一枝"。诗中赞美梅花幽香暗送，不让俗人知道，是真正的"东风第一枝"。

后两句"误认文君新睡起，读书窗下立多时"，以汉代才女卓文君作比，赞美梅花的优雅姿容。"文君"，卓文君，汉代才女，中国古代四大才女之一，姿色娇美，精通音律，善弹琴，有文名。与汉代著名文人司马相如成为伉俪。她有不少佳作，如《白头吟》诗中"愿得一心人，白头不相离"，堪称经典佳句。诗人描写梅花新蕊吐芳，好似卓文君新睡才起，站在窗下读书，给人优雅娴静之美感。

段成己（公元 1198—1279 年），金代文学家。字诚之，号菊轩。稷山人。与兄克己以文章擅名，赵秉文目为"二妙"。金正大年间中进士。金亡后与兄避世龙门山中，时人赞为"儒林标榜"。元世祖召其为平阳府儒学提举，坚不赴任，闭门读书。与兄克己所作诗合刊为《二妙集》，词有《菊轩乐府》一卷。克己殁后，自龙门山徙居晋宁北郭，闭门读书，近四十年。

元朝咏梅诗词曲赏析

踏莎行·雪中看梅花

元朝　王旭

两种风流，一家制作。雪花全似梅花萼。细看不是雪无香，天风吹得香零落。

虽是一般，惟高一着。雪花不似梅花薄。梅花散彩向空山，雪花随意穿帘幕。

踏莎行：词牌名。

早春时候，词人外出游玩，途中观赏到梅花的灿烂与雪花的精致，因而诗兴大发，于是借物抒情，写下了这首词。

梅雪争春，是咏梅诗常见的题材，著名的如宋代诗人卢梅坡的《雪梅》（其一）："梅雪争春未肯降，骚人搁笔费评章。梅须逊雪三分白，雪却输梅一段香。"写出了各自的特点，颇有情趣。此词与众不同的是，词人不是只咏雪或只咏梅，而是花开两朵、两朵俱美。一会是一个平台上的比较，一会是各自舞台上的辉煌；既各有高低，又各有所长。

上片一开篇，词人就直接点出"两种风流，一家制作"，梅雪争春，同样风流，都是大自然的杰作。词人同时赞美梅花和雪花，两者都具有风韵、标格，都是大自然的产物。下句"雪花全似梅花萼"，进一步说明两者的相似：雪花的雪片仿佛就是梅花的花瓣。从外形上突出了两者的相似。接下来"细看不是雪无香，天风吹得香零落"，写出两者的不同：梅花的美丽，在于不仅有形，而且有香。雪花有梅之形，香气好像全被天风吹掉了，于是就输了一段香。

词人的智慧，就在于丰富的想象力。在梅花与雪花的比较中，明知雪花有弱点，却把她的弱点，放在险恶的处境中，想象为是狂风夺去了雪花能与梅花媲美的香气，这是极其高明的想象。正是这样的想象，既说明了"全似"中的真实距离，也说明了雪花无香确实情有可原。这既是替雪花找托词，又进一步展示了梅花的风采。

"虽是一般，惟高一着"，下片开头承接上片词意，归纳说，雪花梅花的风韵标格看似一样，但梅花其实更高一着（zhāo）。前面是雪花与梅花异中之同，这里是二者终有高下、毕竟不同的现实状态。"雪花不似梅花薄"，一个"薄"字，意味深长。按"薄"的本义，即草木丛生。是啊，雪是水气的精华，而梅花是草木的精华、百花的精华、生命的精华，不愧是花中之花。所以，雪花的"不似"，表现了略逊一筹。是啊，梅花把自己的生命、把生命的色彩，装点着草木凋零、万花俱谢的雪山；而雪花虽无生命，却依然善解人意地飞向人们的身边。

这就是词人最重要的比较。"梅花散彩向空山，雪花随意穿帘幕"，梅花开在空山，放射出光辉异彩；雪花在人家帘幕下低飞，装点着寒冬的色彩。两种美丽的花朵，一是梅花，她挑战着寒冷的世界，以自身的豪气，呼唤着天地中生命的色彩，呼唤着天地中美丽的春天，也呼唤着天地中美丽的百花；另一是雪花，她把单调的冬天变成飞花溅玉的世界，这就是异中有同。那雪花与梅花各展所长，只要都是风流，又何必在意第一第二呢。这就是美丽的雪花，不卑不亢，绝无对梅花的嫉妒，只有与梅花的互补。即使得不到第一，也绝不与第一对立。这就是雪花，甘做背景，甘做配角，恬淡中显示出雪花的美丽。

可见，词中梅雪并举，映衬之妙、比拟之巧、想象之高，就让梅花与雪花刚柔相济，共迎春光。

王旭（生卒年不详，约公元1264年前后在世），字景初，东平（今山东泰安）人。以文章知名于时，与同郡王构、永年王磐并称"三王"。早年家贫，靠教书为生。主要活动于至元到大德年间。有《兰轩集》十六卷，其中诗九卷，文七卷。诗文中往往流露出怀才不遇的情绪。《古风三十首》集中表达了对人生的感慨。

观梅有感

元朝　刘因

东风吹落战尘沙，梦想西湖处士家。

只恐江南春意减，此心元不为梅花。

梅花，疏影横斜，暗香浮动，是花中的隐士，高标逸韵，为历代诗人所倾倒和吟唱。刘因这首咏梅绝句，却别开生面，着重"感"字，借梅花以针砭时弊，寄托遥深，不同凡响。

这首诗大约作于元世祖至元二十五年（公元1288年）春天。至元二十四年十一月，元世祖忽必烈诏责州县限期捕获"江南盗贼"。江淮行尚书省参知政事高兴进剿婺州、处州、温州等地的农民起义，杀害其领袖柳分司、詹老鹞、林雄等二百多人。因此，诗一开始就指出："东风吹落战尘沙，梦想西湖处士家。"宋代林逋隐居西湖孤山，梅妻鹤子，闻名后世。诗人梦想当年林处士栖隐的西湖上，梅花盛开，东风劲吹，大概能把那些积聚在梅花上的战尘吹去了吧！这里将"战尘"与"梅花"相对照，梅花晶莹如玉，但她蒙上了战尘，玷污了她的圣洁。诗人梦想东风吹落战尘，表现了他对民疾的关心。

"帐下健儿休尽锐，草间赤子俱求活"（南宋·刘克庄《满江红·送宋惠父入江西幕》），诗人希望停止江南追捕"盗贼"的军事行动，让人民能够生活下去。这里，"东风吹落战尘沙"是诗人"梦想"的内容，但是为了突出此意，采用倒装句法，语意突兀，峭拔有力。

接着两句笔锋一转，"只恐江南春意减，此心元不为梅花"，我这种心情原来不是为梅花被污染，而是恐怕江南的春意从此减少了。这两句也是倒装句法，用"只恐""原不"两个虚词旋转勾连，寄寓诗人对世事的关注，担心这次追捕"盗贼"会使民生凋敝，江南经济文化会一落千丈，表现了他爱国爱民的博大胸襟。

明代诗评家李东阳《麓堂诗话》说："予独谓高牙大纛，堂堂正正，攻坚而折锐，则刘〔因〕有一日之长。"刘因这首咏梅诗，仅二十八字，就反映了元初的政治风云，表现出诗人"穷年忧黎元"的进步思想。全诗大声镗鞳，正气凛然，有勇夺三军之势，真可谓大手笔。

刘因（公元1249—1293年），字梦吉，一字梦骥，号静修，容城（今河北徐水）人。元朝理学家、诗人。家世儒宗。入元后，与许衡并为"元北方两大儒"。至元十九年应召为承德郎、右赞善大夫，旋辞归。至元二十八年，再度征召为集贤学士、嘉议大夫，称疾固辞，以授徒终其余生。朝廷追封容城郡公，谥文靖。他继承程朱理学，谓研读宋儒之学，当从六经、汉唐传疏入门，方可"始终原委，推索究竟"，不致"穿凿"。提出"《诗》《书》《春秋》皆史"之说。著作有《静修先生文集》。

题李蓝溪梅花吟卷

元朝　黄庚

孤芳不与众芳同，肯媚东君事冶容。
寒苦一生苏武雪，清高千古伯夷风。
琼瑶照树偏宜晚，铁石盘根却耐冬。
几度看花立霜晓，断肠都有角声中。

这是诗人为好友画家李蓝溪《梅花吟》画卷题写的诗。诗人曾写有《和李蓝溪梅花韵》："孤山别后有谁邻，踏雪看花又一年。几度相思空夜月，角声吹恨不成眠。"可见两人都是爱梅的人。

诗的前三联赞画中梅花，尾联写自己看梅的感受。

"孤芳不与众芳同，肯媚东君事冶容"，"肯"，岂肯。"东君"，司春之神。诗的首联开门见山，说梅花与众花不同，天生傲骨，不作妖艳打扮来谄媚春神，故而在寒冬开花。赞美了梅花傲然独立的品性。

颔联"寒苦一生苏武雪，清高千古伯夷风"，用了苏武与伯夷的典故来赞美梅花的高洁品格。汉代苏武寒漠牧羊，坚持汉人气节，是忠臣守节的代表；西周伯夷，视富贵如粪土，宁饿死也不食周粟，是清高忠于故国的代表。诗人用这两个典故来比喻梅花，极力赞美梅花坚持操守、清高脱俗的高洁品格。

颈联"琼瑶照树偏宜晚，铁石盘根却耐冬"，"琼瑶"，美玉，这里比喻梅花。像美玉一样的花朵，在晚霞映照下满树生辉；梅的树根似铁石一样坚硬，抗得住严冬寒冷的侵袭。赞美梅花不怕环境艰苦，凌寒不惧，用自己的光彩装点大地。

尾联"几度看花立霜晓，断肠都有角声中"，点出自己多次在寒霜遍地的清晨观赏梅花，当听到军中画角声响，不由得流出了伤心的泪水。诗人身处南宋末世，他为自己的国家被外族侵占而伤心，为自己家乡的沦陷而痛苦。在《和李蓝溪梅花韵》中，也有"几度相思空夜月，角声吹恨不成眠"的诗句，诗人念念不忘的是亡国之痛、沦陷之恨。面对梅花的高洁品格，他勉励自己要做一个坚守气节、不忘故国的人。

这首诗运用比喻、拟人、用典等多种艺术手法，赞美梅花的高洁品格，寄托自己以梅为像的情思，表现了深沉的民族意识。这跟所处的朝代不无关系。

黄庚（生卒年不详），字星甫，号天台山人，天台（今属浙江）人，宋末元初诗人。元初"科目不行，始得脱屣场屋，放浪湖海，发平生豪放之气为诗文"。以游幕和教馆为生，曾较长期客越中王英孙（竹所）、任月山家。晚年曾自编其诗为《月屋漫稿》。

墨梅

元朝　王冕

我家洗砚池边树，朵朵花开淡墨痕。

不要人夸好颜色，只留清气满乾坤。

王冕以画梅负盛名，清代朱方蔼在《画梅题记》中说："画梅须高人，非人梅则俗，会稽煮石农，妙笔绘寒玉。""会稽煮石农"即王冕。"会稽"是他隐居的地方，"煮石山农"是他的号。他不但工于画梅，也长于咏梅。

《墨梅》是一首题画诗，是诗人为自己所画的墨梅而题写的诗。诗人赞美墨梅不求人夸，只愿给人间留下清香的美德，实际上是借梅自喻，表达自己对人生的态度以及不向世俗献媚的高尚情操。

清代朱方蔼曾说："宋人画梅，大都疏枝浅蕊。至元煮石山农（王冕）始易以繁花，千丛万簇，倍觉风神绰约，珠胎隐现，为此花别开生面。"（《墨香居画识》）这一幅"墨梅图"即是繁花的代表作。此图作倒挂梅，枝条茂密，前后错落。枝头缀满繁密的梅花，或含苞欲放，或绽瓣盛开，或残英点点。正侧偃仰，千姿百态，犹如万斛玉珠撒落在银枝上。白洁的花朵与铁骨铮铮的干枝相映照，清气袭人，深得梅花清韵。干枝描绘得如弯弓秋月，挺劲有力。梅花的分布富有韵律感。长枝处疏，短枝处密，交枝处尤其花蕊累累，勾瓣点蕊，简洁洒脱。

上海博物馆珍藏有一幅王冕的《墨梅图》，所画梅花枝条生长茂盛，相互交错，繁花盛开，姿态千秋，一改宋代画梅"疏枝浅蕊"之法，而以繁花万枝胜出，更显得勃勃生机与风姿绰约。虽是枝茂花繁，却给人毫无纤弱妩媚之感，反显孤傲清贞的气概。

开头两句"我家洗砚池头树，朵朵花开淡墨痕"，直接描写墨梅。画中小池边的梅树，花朵盛开，朵朵梅花都是用淡淡的墨水点染而成的。"洗砚池"，化用晋代书法家王羲之"临池学书，池水尽黑"的典故。诗人与王羲之同姓，故说"我家"。

三、四两句盛赞墨梅的高风亮节。它由淡墨画成，外表虽然并不娇艳，但具有神清骨秀、高洁端庄、幽独超逸的内在气质。它不想用鲜艳的色彩去吸引人，讨好人，求得人们的夸奖，只愿散发一股清香，让它留在天地之间。这两句正是诗人的自我写照。诗人自幼家贫，白天放牛，晚上到佛寺长明灯下苦读，终于学得满腹经纶，而且能诗善画，多才多艺。但他屡试不第，又不愿巴结权贵，于是绝意功名利禄，归隐浙东九里山，作画易米为生。"不要人夸好颜色，只留清气满乾坤"两句，表现了诗人鄙薄流俗、独善其身、不求功名的品格。

这首诗题为"墨梅"，意在述志。诗人将画格、诗格、人格有机地融为一体，字面上在赞誉梅花，实际上是赞赏自己的立身之德。"画梅须具梅气骨，人与梅花一样清"，人们是这样称赞王冕的。现实中的王冕与他笔下的梅花一样，坚贞不屈、孤芳自赏。相传由于王冕的画画得特别的好，当地的县官和一个有权势的大财主慕他之名，几次想见他都遭到了拒绝，最后，当县官亲自下乡见他时，他听到消息后赶紧躲了起来，又让县官吃了闭门羹。因而《墨梅》这首诗不仅反映了他所画的梅花的风格，也反映了诗人的高尚情趣和淡泊名利的胸襟，鲜明地表明了他不向世俗献媚的坚贞、纯洁的操守。

题墨梅图

元朝　王冕

朔风吹寒冰作垒，梅花枝上春如海。

清香散作天下春，草木无名藉光彩。

长林大谷月色新，枝南枝北清无尘。

广平心事谁与论？徒以铁石磨乾坤。

岁晚燕山云渺渺，居庸古北无人到。

白草黄沙羊马群，琼楼玉殿烟花绕。

凡桃俗李争芬芳，只有老梅心自常。

贞姿灿灿眩冰玉，正色凛凛欺风霜。

转身西泠隔烟雾，欲问逋仙杳无所。

夜深湖上酒船归，长啸一声双鹤舞。

这首《题墨梅图》，是诗人在自己所画的《墨梅图》上题写的诗。

王冕善于写诗，每次作画毕，常自题其上，借图、诗以见志。这首《题墨梅图》诗，采用七言古诗的体裁、平仄韵交替的用韵方式，运用以画作真的艺术手法，将画梅当作真梅，绝口称赞梅之品格、风神，直是一首赞梅诗。

全诗共二十句，每四句押一韵，四次换韵，按诗意和用韵的变化，可以将全诗分成五个层次。这是一首绝妙的长诗，足见王冕诗歌创作的艺术功力。

第一层从"朔风吹寒冰作垒"至"草木无名藉光彩"，赞美梅花的清香。诗的开端，先从画面形象入手。画上的梅花，在朔风劲吹、寒冰堆砌的环境中繁密开放，开满枝头的梅花灿烂热烈，如春花的海洋。诗句写出自己画梅的艺术特征。清人朱方霭说："宋人画梅，大都疏枝浅蕊。至元，煮石山农始易以繁花，千丛万簇，倍觉风神绰约，珠胎隐现，为此花别开生面。"（《画梅题记》）王冕这幅梅画，繁枝密蕊，繁花怒放"如海"，送来"春"的信息。"清香"，是梅花的精神。诗人抓住这一点，盛赞梅花给天下送去清香，送去春光，"清香散作天下春"句，与"只留清气满乾坤"的艺术意想同出一辙。

第二层从"长林大谷月色新"至"徒以铁石磨乾坤"四句，赞美梅花清高脱俗的品格。这层诗意，是通过月色烘托和运用典故两种艺术手法表现的。前二句写月下梅花"清无尘"，不直接写出，却用"月色新"来衬托，这种艺术意想或许从前人的诗作中得到启示，如宋代诗人林逋的《山园小梅》："疏影横斜水清浅，暗香浮动月黄昏。"用清幽的月光烘托梅花清高脱俗的品格。后二句意谓世人哪能认识唐代宰相宋璟借《梅花赋》以抒写怀才不遇的心事，徒然看到他的"铁肠石心"的处世态度。"广平"，即宋璟，唐睿宗、玄宗时宰相，玄宗封他为广平郡公，故称"宋广平"。"广平心事"，指宋璟科举失利后借梅花以自喻的心意。"铁石磨乾坤"，指宋璟刚强坚毅、铁石心肠的处世态度。这两句用宋璟写作《梅花赋》的典故，将赞梅、赞人交揉在一起，梅品中有人品，梅格中有人格，盛赞人和梅的贞姿劲质。

第三层"岁晚燕山云渺渺"至"琼楼玉殿烟花绕"四句，赞美梅花耐寒之气骨。诗人热情赞美"岁寒特妍""玉立冰姿"的梅花，她具有极强的生命力和耐寒冷的气骨，北方荒寒的地方，如寒云渺渺的燕山，渺无人迹的关隘，白草黄沙的牛羊放牧地，冰天雪地的山谷里，她都能顽强地生长，在冰山雪谷里形成烟花缭绕的壮丽美景。在"琼楼玉殿烟花绕"的景色描写之中，饱含着诗人多么深挚的赞美之情。"琼楼玉殿"，用白玉、琼珠装饰的宫殿、楼阁，此处比喻冰山雪谷。

第四层从"凡桃俗李争芬芳"至"正色凛凛欺风霜"四句，赞美梅花傲霜雪的贞姿。这里，诗人先以"凡桃俗李争芬芳"句一垫、一衬，突现梅花"心自常"的不受外物干扰的品格，再用洁白的冰玉比况梅花灿灿的贞姿，用凛凛正色压倒风霜的威胁。这四句用反衬、拟人、对偶等不同的艺术手法，从不同的侧面，赞扬梅花的贞姿，与第三层诗意互为呼应，由衷地赞美梅花耐寒冷、傲霜雪的气骨和精神。

第五层从"转身西泠隔烟雾"至"长啸一声双鹤舞"四句，写诗人爱梅之深情。前四层诗意不写梅花之色泽、形貌，却一赞梅之清香，二赞梅之品格，三赞梅之气骨，四赞梅之贞姿，诗人深爱梅花之感情一而再、再而三地得以表露。最后四句，写诗人月下寻梅，夜访林逋。月下烟雾弥漫，他登上西泠桥，漫步梅林，寻访爱梅诗人林逋，一声长啸，通仙的双鹤依然翩翩起舞。在空灵幽美的境界里，诗人淋漓尽致地抒写自己爱梅成癖的情思。

作画、题诗，赞美梅花的品格、气骨和风神，而诗人兼画家的王冕的情操、气质、精神，也就寄寓于绘画形象和诗歌意境之中。王冕这幅墨梅图，这首题画诗，含蕴丰富，意境深远，耐人寻味，而语言清丽，诗思清幽，具有很高的审美价值。

白梅
（《素梅》其五十六）

元朝　王冕

冰雪林中著此身，不同桃李混芳尘。

忽然一夜清香发，散作乾坤万里春。

《素梅五十八首》是王冕咏梅组诗的代表作，这些诗从不同的角度歌颂了白梅花的形态、颜色、品格，寄托了自己的人格操守和理想追求。这首诗，语言明快流畅，意境优美深邃，颇得"平中见奇"之妙。

这首诗歌咏了白梅的高洁品格。她生长在冰天雪地的严冬，傲然开放，不与桃李凡花相混同。忽然一夜花开，芳香便传遍天下。诗人既是咏物，也是歌咏人的精神品格。

开头两句"冰雪林中著此身，不同桃李混芳尘"，将白梅与桃李做了生动的比照。由于志趣不同，置身的生态环境也不同，随之也造就了它们不同的品格。白梅志趣高远，不愿同桃李一样混迹芳尘，流于俗艳，而是择"冰雪林中"而生，择"冰雪林中"而长，在"冰雪林中"孕育它的"清香"，塑就它的高格逸韵。诗将混迹芳尘的普通桃李与冰雪林中的白梅对比，从而衬托出梅花的素雅高洁。

"忽然一夜清香发，散作乾坤万里春"，"忽然"二字承上启下，化静为动，用得极妙。也不知道是在哪一个夜间，静默的白梅枝上"忽然"绽开花蕾，"清香"大发。它把清香之气散开来撒向乾坤，化为万里春色。于是，以香满天下为己任的"白梅"便最终实现了它的自身价值。

这首诗中的白梅形象与诗人的自我形象重合一体，"梅即我，我即梅"。"清香"散作"万里春"是白梅的理想，也是"我"的理想。王冕幼年家贫，自学成材，仕途一直不曾得意，济世之志却难以忘怀。他曾"仿《周礼》著书一卷，坐卧自随，秘不使人观。更深人寂，辄挑灯朗讽，既而抚卷曰：'冕未即死，持此以遇明主，尹吕事业不难致也'"（《王冕传》）。不管是"忽然一夜清香发，散作乾坤万里春"，还是"不要人夸好颜色，只留清气满乾坤"（《墨梅》），他的意愿是明确的，就是要以梅之"清香"、梅之"清气"，驱除乾坤间的浊气、俗气，赢得属于梅之高格的万里春色。

这是一首托物言志之作。诗人以白梅自况，借梅花的高洁来表达自己坚守情操、不与世俗同流合污的高格远志。

红梅

（其十四）

元朝　王冕

罗浮仙子醉春风，玉骨冰肌晕浅红。

一味清香消不尽，几回飞梦锦云中。

王冕写有《红梅》诗十九首，从不同侧面赞美红梅的绰约风姿与高雅气质。这是第十四首，赞美红梅花的冰清玉洁和弥久清香。

"罗浮仙子醉春风"，诗一开始，将红梅花比喻为罗浮仙子。"罗浮仙子"，据唐代诗人柳宗元《龙城录》中记载：隋人赵师雄赴广东罗浮山，傍晚在林中小酒店旁遇一美人，遂到店中饮酒交谈。赵师雄喝醉睡着了，在东方发白时醒来，发现睡在一大梅花树下。后人用"罗浮""罗浮美人""罗浮梦"等代指梅花。"玉骨冰肌晕浅红"，化用宋代诗人苏轼《红梅》中的诗句："寒心未肯随春态，酒晕无端上玉肌。"赞美红梅拥有"玉骨冰肌"般的内在品格和纯真姣美的容颜。"晕浅红"，将红梅花色想象成仙女害羞脸红时的模样。

后两句"一味清香消不尽，几回飞梦锦云中"，写罗浮仙子身上散发的香气，弥久不散，让人在梦中随着香气飞到云中。这里诗人极力赞美红梅花开放时散发出来的清香之气浓郁长久，弥漫空间，香绕云端。

诗人笔下的红梅花，高雅纯洁，拥有"玉骨冰肌"般的高洁品格，又有纯真姣美的容颜，清香浓郁，弥漫空间，是世间美好事物的化身。在红梅花上，体现了诗人的理想追求。

梅花

元朝　王冕

三月东风吹雪消，湖南山色翠如浇。

一声羌管无人见，无数梅花落野桥。

此诗为自题梅画诗。画不可得见，题诗则别具一格。

历来咏梅之作数不胜数，对梅花倍加赞赏。有咏其凌霜傲雪的品格，有咏其姿色超凡的风韵，或高洁，或清香。这一首却独咏落梅的冷落孤寂。

诗人采用画龙点睛的手法，上联不写梅花，却写暮春三月的景物。"三月东风吹雪消"，和煦的春风，把残留大地的冰雪消融了。"湖南山色翠如浇"，"湖南"，西湖南边。以"翠如浇"比喻山色极为传神。"翠"，青翠，已是春意浓郁。"浇"字更使青翠浓郁中闪现出鲜嫩的光彩，这正是江南春天山色的写照。

一首绝句写了一半还没点到标题所示的"梅花"。下联突然一转，"一声羌管无人见，无数梅花落野桥"，"羌管"，也作羌笛，原为羌族民间乐器，后以吹羌笛表示惜别，表示春将尽。元曲家乔吉《双调水仙子·寻梅》："酒醒寒惊梦，笛凄春断肠。"写正在与梅花缠绻痴迷之际，没想到羌笛一声，春尽梅落，心情无比惆怅。这里是虽闻羌管之声，仍无人见到梅花，当人们发现的时候，已是无数梅花飘落在野桥边。

上联写得春意盎然，美丽如画，下联写得冷落孤寂，颇有南宋词人陆游《卜算子·咏梅》的意味。陆游积极用世，报国心切，却屡受投降派排挤打击，但能贞洁自守，写梅明志。王冕这首诗虽也写梅的孤寂冷落，却无失落之感，甘愿深隐不出。陆王两诗人的品格有共同之处，所处时代却不相同。陆游至死不忘兴宋复国，虽百折而不回。王冕是看透黑暗社会必将崩溃，隐居山林，不与黑暗社会同流合污，他的这首梅花诗就是他生活环境的写照。而且诗中有画，画中有人，落梅的形象就是诗人的自况。诗中并无消极伤感的情调。

赠云峰上人墨梅图

元朝　王冕

粲粲疏花照水开，不知春意几时回。

嫩云清晓孤山路，记得短筇寻句来。

清代卞永誉《式古堂书画汇考》载："绢本，中挂幅，泼墨倒垂古梅一枝，繁花红蕊，开展馥然。""丁酉季冬，山农王元章为云峰上人作。"云峰上人，僧人名，王冕友人，生平不详。丁酉，时当元顺帝至正十六年（公元1356年），王冕年七十岁。诗人一生淡于功名，与僧人云峰上人交游，情趣相投，故赠以墨梅。

全诗写画家兼诗人王冕的逸趣。画幅上明明是"繁花"，完全符合王冕梅画的艺术特征，而诗作从画面向前推想，追溯早梅初开时"疏花照水开"的景象，所以次句承以"不知春意几时回"，呼唤着春天的到来。绘画的"繁花"具象和诗歌的"疏花"意象，形成明显的差异，这种差异正表明诗歌可以借着语言艺术的特殊功能，表达"画外意"，表达画面难以表现的意象，补充画面形象，丰富画意。

"嫩云清晓孤山路，记得短筇寻句来"，"孤山"，在杭州西湖边，著名吟梅诗人林逋居于孤山。"筇"，筇竹，可以做手杖。诗人因画梅、题诗而忆及咏梅圣手、西湖处士林逋，想象他当年拄杖漫步在淡云飘拂的孤山路上，寻得佳句、欣然成篇的情状，心与神会，笔底闲逸之趣，心底爱梅之情，自然溢于纸上。这一切诗意，自然在画面上是找不到的，完全是"画外意"。联系前半首诗意看，王冕这首题画诗，只字未及画面形象，全从"画外"措意，情趣盎然，颇有特色。

王冕（公元1310—1359年），字元章，号煮石山农，亦号食中翁、梅花屋主等，浙江省绍兴市诸暨枫桥人。元朝著名画家、诗人、篆刻家。他出身贫寒，幼年替人放牛，靠自学成才。王冕性格孤傲，鄙视权贵，诗作多同情人民苦难，谴责豪门权贵，轻视功名利禄，描写田园隐逸生活。有《竹斋集》三卷，续集二卷。他一生爱好梅花，种梅、咏梅，又工画梅。所画梅花花密枝繁，生意盎然，劲健有力，对后世影响较大。存世画迹有《南枝春早图》《墨梅图》《三君子图》等。能治印，创用花乳石刻印章，篆法绝妙。《明史》有传。

题画红梅

元朝　钱选

水晶宫里玉真妃，宴罢瑶台步月归。

行到赤城天未晓，冷霞飞上绿珠衣。

钱选此诗，是题写在自己所画的红梅画上。

诗的前两句"水晶宫里玉真妃，宴罢瑶台步月归"，"玉真妃"，指仙女。陆游《寺楼月夜醉中戏作》："海山缥缈玉真妃，贪看冰轮不肯归。""瑶台"，指传说中的神仙居处。晋代王嘉《拾遗记·昆仑山》："傍有瑶台十二，各广千步，皆五色玉为台基。"诗人把梅花比作水晶宫的仙女，她在瑶台参加宴会后踏着月色归来。

"行到赤城天未晓，冷霞飞上绿珠衣"，"赤城"，传说中的仙境。元代诗人曹文晦《新山别馆十景·赤城栖霞》："赤城霞起建高标，万丈红光映碧寥。美人不卷锦绣段，仙翁泻下丹砂瓢。"这位仙女飞行到赤城时天还未亮，寒冷的朝霞飞到绿色的珍珠衣上，光彩照人。诗人想象奇特，把红梅花随风飘舞的姿态表现得曼妙灵动。

红梅与白梅相比，较鲜艳华丽。诗人借助神话传说，用仙女作比，将仙境作为其活动的环境，就显得美艳高雅，缥缈灵动。既表现了红梅的美丽动人，又显示其高雅气质，给人以生动的美感。

钱选（公元 1239—1299 年），宋末元初著名画家，与赵孟頫等合称为"吴兴八俊"。字舜举，号玉潭、雪川翁，别号川翁、习懒翁等。善画人物、山水、花鸟。他的绘画注入了文人画的笔法和意兴，表现出一种生拙之趣，自成一体。南宋灭亡之后，他的朋友赵孟頫等纷纷应征去做元朝的官员，独有钱选"励志耻作黄金奴，老作画师头雪白"，不肯出仕元朝，甘心"不管六朝兴废事，一樽且向画图开"。钱选学识渊深，并有诗文集，《元诗选二集》中现存有他的诗 20 余首，流存下来，名为《习懒斋稿》。

梅花百咏·山中梅

元朝　冯子振

岩谷深居养素真，岁寒松竹淡相邻。

孤根历尽冰霜苦，不识人间别有春。

元代文学家冯子振，诗词曲赋无所不能，尤擅曲词。一生著述颇丰。他为官一生清廉，深受百姓敬仰，故有墓联"一丛芳草先人墓，百树梅花学士魂"赞之。诗人一生酷爱梅花，他与释明本唱和的《梅花百咏》，是现存最早且保存完整的百咏组诗。他的梅花诗从方方面面描绘了梅花的形态、花香、花色，赋予梅花超凡的品格、精神，寄托了诗人的志趣、情致、理想，透露出宦海沉浮和人情冷暖，远大抱负与现实之间的矛盾状态，反映了当时士大夫的境遇。

这首诗开端一句直接入题。"岩谷深居养素真"，是写梅在山岩深谷之中，外人不易到此处，也就不易见到它。正因如此，它才能与世隔绝，修养自己的纯洁直率的本性，没有一点世俗的熏染。扣"山中梅"的题目，写出它的生长环境与条件，以及其素真的本性特征，这与经过人工嫁接、栽培修理，按园艺家们意志生长的园梅，迥然不同，具有"野性"，即按自己的独立自由意志、朴素直率的本性生活。这一"野性"特征，与那些远身避乱、独善其身的隐士君子的特征何其相似！

第二句叙写山中梅的性情志趣。"岁寒松竹淡相邻"，梅的特性喜洁、耐久、抗寒，开在百花之先，性淡泊而不争艳。山中梅又与青竹、苍松杂生在荒山幽谷，水滨僻野之中，与竹、松为邻。这句诗亦是写梅兼喻人。以梅之特性，妙悟出做人的道理。

第三句转写山中梅的孤独、磨难、争生存的精神。"孤根历尽冰霜苦"，山中的野梅，无人爱怜，孤独寂寞，经历了无数的严霜冰雪的磨难之苦。它没有被折磨死，没有枯萎零落，而是劲干虬枝傲然独立苍穹，冰姿玉骨，坚强抗争，独立求生的精神多么令人神往！

结尾诗句是全诗的结论："不识人间别有春。"是说山中梅生活在自己的天地之中，以自己的花容清香迎接自己天地中的春天，而不知道人间还有与自己不同的春天。这是化用陶潜《桃花源记》的思想，表示永葆这种"素真"本性，追求这种永无穷尽的自然美的境界，而不改变自己的志节情操。

这首咏山中梅的咏物诗，不是纯粹的静物写照，而是托物言志。塑造的山中梅的艺术形象与品格，渗透着诗人人格美的情思与追求。

梅花百咏·西湖梅

元朝　冯子振

苏老堤边玉一林，六桥风月是知音。

任他桃李争欢赏，不为繁华易素心。

此诗用对比手法，将梅花与桃李进行对比，表达了对梅花淡泊品性的赞美之情，借以表达自身坚守本心、固守节操的决心。

"苏老堤边玉一林，六桥风月是知音"，"苏老堤"，即苏堤，是北宋诗人苏轼任杭州知州时，疏浚西湖，利用浚挖的淤泥构筑的大堤。"六桥"，苏堤上有六座桥，合称"六吊桥"。在西湖苏堤边上有一片梅林，花开似玉，清香四溢，六桥的清风和天上的明月是他的知心朋友。诗人笔下的西湖梅花，是那样的清新脱俗，素雅高洁。

"任他桃李争欢赏，不为繁华易素心"，"素心"，指心地纯朴洁净（《辞海》）。梅花按照自身生长节律，自开自落，只为报春，不争春光。当春光明媚之时，桃花李华竞相开放、邀宠争赏的时候，梅花仍然保持着自己纯朴洁净的本性，悄然隐退，不与百花争春。

全诗描写了西子湖畔的美丽梅花，与清风明月为知音，不与桃李争欢赏的清幽纯美，不为繁华改变素心的素雅高洁的品质。诗人对梅花坚守素心的赞美，也是咏花明志，表明自己不易素心的坚定志向。

梅花百咏·野梅

元朝　冯子振

花落花开春不管，清风明月自绸缪。
天然一种孤高性，真是花中隐逸流。

在南宋诗人范成大的《梅谱》中，列第一位的便是野梅。文云："江梅，遗核野生，不经栽接者。又名直脚梅，或谓之野梅。凡山间水滨，荒寒清绝之趣，皆此本也。花稍小而疏瘦有韵，香最清，实小而硬。"范成大对野梅的评断，透出了"荒寒清绝"的审美趣味。

这首诗，赞美了野梅天然孤高的品性。

开始两句"花落花开春不管，清风明月自绸缪"，写野梅与大自然的关系。野梅有着天生的自在秉性。它的花开花落都是顺应自身节律，花开时春天未到，春天来了，它却开始凋落；自由开花，自在凋落，都用不着春天来管。它与清风明月原本就情谊深切，在清风吹拂、明月映照下，更显袅娜俊逸之姿。

后两句"天然一种孤高性，真是花中隐逸流"，是诗人的评论。说野梅天生就有一副孤高的品性，简直可以称为花中的隐逸高人。这两句正面夸赞野梅具有天然孤高的品性，是花中的隐逸之辈。诗人写出了野梅独善其身、不与世俗同流合污的品格。他在写梅的时候何尝不是在写自己？

诗人借物抒情，用语含蓄，以野梅之"野"来抒发自己的内心感受。含蓄地表露了自己不与世俗同流、追求自在生活的美好愿望。

梅花百咏·孤梅

元朝　冯子振

标格清高迥不群，自开自落傍无邻。

天寒岁晏冰霜里，青眼相看有几人。

这是一首咏郊野孤生的野梅的诗。诗人选择了这一独特的视角，赞扬孤梅的品格和精神，感叹孤梅的知音者稀少，唤起人们思索和对美好事物的探寻。

诗的第一句就推出孤梅的清高品格："标格清高迥不群。"清高的品格是梅的共性特征，而它更突出地表现在孤梅的身上，出类拔萃。南宋诗人戴复古说这种梅"绝似林间隐君子，自从幽处作生涯"（《梅》）。清高本是形容人的仪表与风度，这里借来形容孤梅，是对孤梅由形透神的赞颂。宋人张镃说梅花为天下神奇，"标韵孤特，若三闾（屈原）、首阳二子（伯夷、叔齐），宁槁山泽，终不肯俯首屏气受世俗湔拂。"（《南湖集》）赞美梅花清高的风韵，比之为野中的遗贤与不遇于时、坚持节操的隐士君子。在元代黑暗的统治下，倡导这种品格、精神，是何等的可贵！接着第二句补叙迥然不群的表现："自开自落傍无邻。"开落自然不违于时，不媚于群，不与众花争春，孤洁自好。无邻而居，无人观赏而开，扣"孤梅"诗题，显示出悠然自得之乐。这与弃世的隐士君子之风何等的相似！透过写梅花自开自落、孤立无邻的形象，传出梅的孤高自赏、韵胜格高的神情。

诗的第三句一转，转写孤梅的开花环境，以衬托孤梅的精神、品格的高尚纯美。"天寒岁晏冰霜里"，梅开于腊月寒尽春来之交，又当年末之际，白花万点，如冰雪一样洁白。又曾在冰雪中开，梅雪相映相衬，美不尽言。这句诗不仅写出孤梅开花的季节与花色之美，而且还透视出孤梅战胜严酷的冬寒，傲然独花的可贵精神。真可说是形神俱美。所以诗人尤酷爱梅花。

在诗的结尾处，诗人发掘出这种独特的见解和感慨："青眼相看有几人。""青眼"，是正眼看人，表示敬重喜爱对方。晋代阮籍不满意司马氏的统治，饮酒佯狂。对礼俗之辈则以白眼视之，而对嵇康来见，"大悦，乃见青眼"。这句诗是说真正喜爱孤梅花者，以黑眼珠看孤梅花的人，能有多少人呢！感叹欣赏孤梅者少，欣赏园梅者多。这是不同于流俗的审美见解、独特的审美视角、艺术独创性的表现。

梅花百咏·粉梅

元朝 冯子振

玉妃平碾白朱砂，散作春风六出花。
夜半月明霜露重，满襟清泪湿年华。

梅以花色分有白色、红色、粉色、紫色、墨色等，而古人习惯看法以白色为上。每种花色之梅，其名亦多。这首诗则是吟咏粉色梅花。花碟形、单瓣，有五、六片花瓣，呈粉红色。其具体花名繁多，从诗意中揣测，可能是"杨贵妃"一种。诗人尤酷爱之。

诗的首句写粉梅的由来与颜色特征。"玉妃平碾白朱砂"，"玉妃"，指杨贵妃，居东海蓬壶的最高仙山的玉妃太真院。因杨贵妃之美，又为仙人，遂又借指梅花。唐人皮日休《野梅诗》："葛拂萝梢一树梅，玉妃无侣独裴回。""朱砂"是无机化合物，呈红色或深红色。既可入药，又可作颜料。这句诗是诗人构拟的仙女制造粉梅的细节。玉妃仙女在东方仙山的太真院楼阁中，在平平的案上，把红色朱砂碾成带有白色的粉末（即粉色），实际是写梅花开放，红色花瓣蒙着白色细小粉粒，呈现在人们眼里的花色则成为粉色。暗扣"粉梅"的题目。

第二句写玉妃仙人碾朱砂，化作人间的六瓣梅花。"散作春风六出花"，春风把玉妃碾碎的朱砂细末吹到人间，散落在人间的梅树上，化作万朵六出梅花。梅花原本是逢雪迎春自然开放，是其生长的自然规律，并非神人所造。东风吹来春的消息，带来一点暖意，梅开花，这是事实。诗人借这一点事实，幻拟出玉妃造粉梅的神话，既富情趣，又给人以神秘的美感。人们只管欣赏粉梅之美，而不问其是否符合科学的真实性。这两句诗所描写的梅花习性，开放的环境、条件，符合梅的一般特征，而其花色却有特殊性，呈粉色，不同于白色、紫色、红色等。这样的花色可能符合"杨贵妃"这种梅的特征，表现了花美如杨贵妃，花色如杨贵妃粉黛姿容，三千佳丽第一人。于此我们不能不赞叹诗人想象力的丰富与神奇。以"白朱砂"，即红中透白来形容花色之粉，比喻新颖，前人所不及。

后两句诗人又独辟蹊径，写月夜中的粉梅。"夜半月明霜露重"，是写环境气候，月明之夜，银光普照。夜深春寒砭骨，霜露重重，而这是粉梅遭遇的环境，人们担心忧虑粉梅的命运。这也正能表现梅花不同于那些娇弱的百花的独特地方。进一步赞美粉梅抗霜御寒的精神与品格。

"满襟清泪湿年华"，诗人把粉梅幻化为神人，春寒霜露虽重，只不过在衣襟上留下清莹的泪珠，沾湿了辞旧岁迎新春的粉色梅花。实际是描写月夜下粉梅花色的湿光与枝条上如泪滴一样的露珠。但诗人不是作简单的直接描摹，而是采用拟人与比兴的手法，刻画逼真而有情趣。更易激起人们的同情、关注，把读者带入到纯净的月美的境界中，欣赏粉梅的独特英姿美色，从而获得美感。

这首七绝，以刻画粉梅的独特形象与品格而见长。诗人采取多样化手法，多种角度、多侧面地表现粉梅独特的美，并以美的境界来烘托。诗人的爱梅之情深寓在描写的意象之中，其独特的审美视角与审美创造力更让人赞叹。

梅花百咏·鸳鸯梅

元朝　冯子振

并蒂连枝朵朵双，偏宜照影傍寒塘。

只愁画角惊吹散，片影分飞最可伤。

鸳鸯梅为梅中奇品，顾名思义，应为双果并生，但花是单生还是并生，在各朝代记载的略有不同。纵观前人记载的可知，鸳鸯梅包括一蒂（花）结双果和并蒂（花）结双果两种梅花。宋人所指的鸳鸯梅为一蒂双果之梅，如《梅谱》云："鸳鸯梅，多叶红梅也。花艳轻盈，重叶数层，凡双果必并蒂，惟此一蒂而结双梅，亦尤物。"元、明两代，鸳鸯梅则指的是并蒂双果之梅。

冯子振的这首诗，就是写的并蒂双果之梅。

"并蒂连枝朵朵双，偏宜照影傍寒塘"，诗的首句描写了并蒂梅花，蒂枝相连，成双成对，恰似鸳鸯的美丽形状。这树鸳鸯梅长在水塘边，临水照影，风姿绰约。双花映照水中，恰似鸳鸯戏水，别有情趣。

"只愁画角惊吹散，片影分飞最可伤"，只可惜军营的号角吹响，惊散了并蒂梅花的花瓣，最让人伤心的莫过于一片纷飞，一片仍留在树上。本来并蒂花被风吹散分开，这是自然现象，诗人却说是被号角声惊散，这就赋予了梅花人的情感、命运，隐喻动乱战争给人们带来的灾难，表达了诗人对时事的忧虑，对百姓命运的担忧。

冯子振（公元 1253—1348 年），元代著名散曲家、诗人，字海粟，自号瀛洲客、怪怪道人，湖南攸县人。元大德二年（公元 1298 年）进士，时年 47 岁，人谓"大器晚成"。朝廷重其才学，先召为集贤院学士、待制，继任承事郎，连任保宁（今四川境内）、彰德（今河南安阳）节度使。晚年归乡著述。世称其"博洽经史，于书无所不记"，且文思敏捷，下笔不能自休。一生著述颇丰，传世有《居庸赋》《十八公赋》《华清古乐府》《海粟诗集》等书文，以散曲最著。曾与元代中峰禅师唱和，有《梅花百咏》一卷。

梅花百咏·江梅

元朝　明本

寻香日日醉江边，更买扁舟花下眠。
酒醒潮生风力紧，掀蓬无奈雪漫天。

诗僧明本的七言绝句《梅花百咏》，是和冯子振的《梅花百咏》而作。《四库全书》载："是编所载七言绝句一百首，即当时所立和者是也。后又附'春'字韵七律一百首，则仅有明本和章，而子振原倡，已不可复见矣。"由此可知，当时两人各写了一百首七绝和一百首"春"字韵七律，但冯子振写的七律未保存下来。

明本的七言绝句《梅花百咏》，题材广泛，从不同方面展示了梅花的姿态和特点。他的诗歌透露出许多禅道思想，在人生困境时仍能看到乐观，在乱世中仍能看到希望。他的咏梅诗更多的是追求内心的平静。静心明性，不争也是一种态度。

这首《江梅》，借隐者行为，侧面表现江梅自由开放的本性。

"寻香日日醉江边，更买扁舟花下眠"，诗的前两句描写了一位隐者的怪诞行为：他为寻觅梅花的香气，每天到江边梅树下喝酒赏花，醉倒在江边。他又买下一只小船，停泊在江边梅树下面，就在花下船中睡觉。这位隐者爱梅、赏梅已到了痴迷的程度了。

"酒醒潮生风力紧，掀蓬无奈雪漫天"，后两句诗人笔锋已转，写江边环境的改变。这位隐者酒醒之时，潮水涨了，风刮得更紧了，他掀开船的篷盖一看，只见大雪纷纷，白茫茫一片，展现在眼前的是一幅天地混茫的银色世界。在这严酷的环境中，梅花依然任性开放。

这首诗的突出特点是侧面描写。诗中描写了一位爱梅成痴的隐者形象，赞美了梅花的不择环境，不惧寒冷，任性开放，清香怡人。

梅花百咏·落梅

元朝　明本

风榭飞琼舞遍时，春初早赋惜花诗。
家童轻扫庭前雪，莫遣香泥污玉肌。

此诗表现了诗人爱梅、惜梅之情。

"风榭飞琼舞遍时，春初早赋惜花诗"，诗的首句直接点题，写春深时节，梅花随风起舞，落英遍地都是。第二句接得很巧妙，说诗人早在初春之时就意料到梅花将要凋落，写了一首惜花诗。诗人爱花、惜花之情已然可见。

"家童轻扫庭前雪，莫遣香泥污玉肌"，进一步写惜梅之举。"庭前雪"，比喻庭院中飘落的梅花花瓣。诗人嘱咐家童轻轻打扫庭前飘落的梅花花瓣，莫让污泥污染了这冰清玉洁的落花。同样写惜花的唐代诗人张籍《和韦开州盛山十二首·梅溪》中有"不教人扫石，恐损落来花"的诗句，写因为爱惜落梅花瓣，不叫人打扫石阶，以免损伤花瓣。两首诗一首写轻扫落花，以免污染花瓣；一首写不扫石阶，以免损伤落花。虽然角度不同，但都表达了诗人对飘零梅花的怜惜之情。

这首诗语言自然平实，语义明白如话，读来感到亲切自然。

九字梅花咏

元朝　明本

昨夜西风吹折千林梢，渡口小艇滚入沙滩坳。
野桥古梅独卧寒屋角，疏影横斜暗上书窗敲。
半枯半活几个撅蓓蕾，欲开未开数点含香苞。
纵使画工奇妙也缩手，我爱清香故把新诗嘲。

明本这首《九字梅花咏》流传甚广，同代中即获盛誉。《风月堂杂志》载：大书画家赵子昂与明本为方外至交，对明本赞赏有加，翰林学士冯子振却不以为然。赵子昂强拖明本同访冯子振，冯出示自己所作《梅花百咏诗》，颇有炫耀之意。明本一览，走笔亦成百首。冯子振仍未认可。明本出此《九字梅花咏》求和，冯悚然久之，难以下笔。乃服输并致礼，遂成知交。

这首诗用浓重的笔墨描绘寒梅忍受西风，含苞欲放的生动姿态。以诗喻人，提醒人们也要坚守自己的节操，保持自己的本性。

诗的一、二句"昨夜西风吹折千林梢，渡口小艇滚入沙滩坳"，大有"昨夜西风凋碧树"（宋·晏殊《蝶恋花》）之感。西风劲吹，吹断了千林树梢，一派肃杀之气笼罩大地，小船停在渡口沙滩低凹的地方，以避风寒。写出的大环境给人悲凉之感，为下面写梅花作了很好的环境铺垫。三、四句"野桥古梅独卧寒屋角，疏影横斜暗上书窗敲"，笔锋突转，写野桥边的古梅，冒着寒风独自在屋角开放，在月光映照下，梅枝稀稀落落，敲打着书窗。这里将梅花写得活灵活现，仿佛像个调皮的小孩一样。

五、六句，对仗句式，"半枯半活几个撅蓓蕾"，古梅虽有些许枯老，仍有含苞待放的花骨朵儿，显现出生命力的顽强。"欲开未开数点含香苞"，有的花苞欲开还休，香气四溢，显出梅花的娇羞状态。结尾两句"纵使画工奇妙也缩手，我爱清香故把新诗嘲"，笔锋又突转，写到人。丹青手绘画技术纵然炉火纯青，面对这时的景色也会停止挥毫，被这宁谧之夜里梅花散发的清香所吸引。我爱梅花的清香，特意写这首新诗来表达自己的心意。

这首诗每句九个字，气势起伏，变化多端，将梅花的姿态和周围的环境写得惟妙惟肖，给人欣喜、惊奇之感。

明本（公元 1263—1323 年），元朝诗僧。俗姓孙，号中峰，法号智觉，西天目山住持，钱塘（今杭州市富阳区新登镇）人。24 岁赴天目山，受道于禅宗寺，白天劳作，夜晚孜孜不倦诵经学道，遂成高僧。元仁宗曾赐号"广慧禅师"，并赐谥"普应国师"。他能诗善曲，在文学上有相当造诣，尤能作诗，曾和冯子振《梅花百咏诗》100 首，后又附"春"字韵七律 100 首，并作《九言梅花歌》，受到冯子振叹服。又擅书法，手书遗迹留院中者甚多。故宫博物院藏有其至正四年书《乔松疏秀七言诗轴》。

梅花百咏·溪梅

元朝　韦珪

夜月滩头浸玉寒，暗香微度石桥边。

一枝带雪横清浅，不碍中流访戴船。

元代诗人韦珪也流传下一部《梅花百咏》，不过集中八十四首均见于明本的《梅花百咏》唱和集中，仅有十六首未见于其中。

这首《溪梅》诗，鲜明地反映了诗人的林泉之乐。

诗的前二句"夜月滩头浸玉寒，暗香微度石桥边"，写溪梅开花的环境。在寒冷的冬天，溪水滩头上的梅花冒着严寒开放了，梅花的清香随风传到溪水上的石桥边。赞美溪梅临水冒寒而开的品格，及暗香随风飘逸的情致。

后二句"一枝带雪横清浅，不碍中流访戴船"，写溪梅的风韵。一枝带雪的梅花横出水面，其潇洒自适的风致不亚于晋代名士王子猷的雪夜访戴。前句化用林逋"疏影横斜水清浅"的句意，写梅花的风姿绰约；后句出自南朝刘义庆所作笔记小说《世说新语·任诞》，讲述王子猷（王徽之，王羲之的儿子）雪夜访戴安道，未至而返，人问其故，他答道："吾本乘兴而来，兴尽而返，何必见戴？"一语道出了名士潇洒自适的真性情。不过历代诗、画中皆没有涉及梅花。而韦珪的"雪夜访戴"句中，有意写出"一枝带雪横清浅"，让王子猷访戴的典故与梅花发生联系，这等于让梅花的故事上延自东晋，显示了诗人的林泉之乐，是以晋人风致为范本而有意追慕之。

诗人赞美溪梅临水冒寒而开、暗香随风飘逸的品格和情韵，又化用林逋诗句和引用王子猷"雪夜访戴"的典故，赞美溪梅潇洒自适的风姿和逸致，显示了诗人追慕林泉之乐的美好愿望。

梅花百咏·野梅

元朝　韦珪

不因地僻减清香，春暖孤根到处芳。

抱蕊荒村甘寂寞，任他桃李在门墙。

韦珪的这首诗，很像是野梅的内心独白。

"不因地僻减清香，春暖孤根到处芳"，野梅生长在荒凉无人的偏僻环境，一个"僻"字点出了荒凉的气氛。野梅虽然在这样一个地方独自开放，然天生丽质，终难自弃，毕竟还要珍重自己美好的品质。野梅之香不是为了悦己者，不能因为生长偏僻，无人欣赏就自暴自弃，自我堕落，自我败坏，而是得春暖之地气，独自开放自己，清香依旧不减他处。野梅拥有最清绝的香气，不但不嫌弃和抱怨"地僻"，反而用自己的独芳氤氲荒僻的环境。

"抱蕊荒村甘寂寞，任他桃李在门墙"，野梅抱蕊荒村，孤艳自芳，甘于寂窦，这种傲世独立的卓绝风骨，代表了隐士的审美理想。

而生长在园林中的桃李，则代表了处于优裕环境中的人士的审美情趣。

诗人在赞美野梅的同时，让荒野与园林发生对比，"任他"两字表达了野梅对于桃李的不屑态度，亦由此蕴涵着诗人的价值选择。在野梅与桃李的对比中，诗人无疑选择了以野梅为象征的隐士生活模式。

韦珪（生卒年不详），元代诗人。字德圭，号梅庭主人，山阴（今浙江绍兴）人。酷爱梅花，自署读书处为"梅雪窝"。元顺帝至正二年（公元1342年）应宪使李仲山之命，作《梅花百咏》，卷末附录《补骚》一篇，据小序，其写《补骚》是因："梅花不入楚辞，古今之通恨也。予观屈子所作，其中语意有若关于梅者，因述而补其缺云。"还参与集咏《西湖竹枝词》，所作二首被杨维桢收入《西湖竹枝集》。

梦题墨梅

元朝　揭傒斯

霜空冥冥江水暮，江上梅花千万树。

无端折得一枝归，一双蝴蝶相随飞。

历代题写墨梅的诗很多，或状其形貌，或写其风神，或比梅以德，或借以抒情，或赞其画家，或论其笔法，或揭出艺术渊源，写法多种多样，各得其妙。这首题画诗是写梦中题写墨梅，与众不同的地方便在"梦"字上，诗人深知命题之奥妙，着力表现梦境。

首句"霜空冥冥江水暮"，写梦中所见的环境。"霜空冥冥"，指寒霜满天的空间，晦暗昏昧。"江水暮"，指傍晚的江边，水气迷蒙。呈现出一片扑朔迷离的梦境。在这晦暗迷蒙的时刻，忽见"江上梅花千万树"，诗人的梦魂为之一振，赶快走进江畔的梅花林里，只见千万树梅花开满枝头，一片灿烂美景，不由得陶醉在梅花清淡雅致的秀姿风韵之中。

"无端折得一枝归，一双蝴蝶相随飞"，诗人的梦魂不由自主地折取一枝梅花归来，哪知这枝梅花便是梅画上的那一枝，有一对蝴蝶闻到梅花的香味，便随着这枝梅花飞舞着归来。写蝴蝶，仍然扣住题面上的"梦"，因为这一对蝴蝶是从庄子的梦中飞来的，"庄生梦蝶"是大家熟知的典故，运化入诗，不会使诗意滞隔。

全诗纯粹题写画上墨梅，题咏梦中所见的梅花，写梅之幽美，写梅之神韵，写得轻盈灵巧，饶有韵味，给人以"趣"的回味，美的享受。

揭傒斯（公元 1274—1344 年），字曼硕，号贞文，龙兴富州江右（今江西丰城杜市镇大屋场村）人。元朝著名文学家、书法家。由布衣荐授翰林国史院编修官，历官翰林待制、翰林侍讲学士阶中奉大夫等，封豫章郡公，修辽、金、宋三史，为总裁官。谥文安。著有《文安集》，为文简洁严整，为诗清婉丽密。善楷书、行、草。与虞集、杨载、范梈同为"元诗四大家"，又与虞集、柳贯、黄溍并称"儒林四杰"。

水仙子·寻梅

元朝　乔吉

冬前冬后几村庄，溪北溪南两履霜，树头树底孤山上。冷风来何处香？忽相逢缟袂绡裳。酒醒寒惊梦，笛凄春断肠，淡月昏黄。

水仙子：散曲曲牌名。

这首散曲小令记叙了诗人寻梅的艰辛、见到梅花的惊喜，及醉梦醒后的凄凉心境。

诗人在冬前冬后转遍了几个村庄，踏遍了溪南溪北，双脚都沾满了寒霜，又爬上孤山，在梅树丛中上下寻觅，都未见到梅花的踪迹。寻梅不遇，沮丧地立于山头。忽然一阵寒风吹来，不知从何处带来一阵幽香，诗人蓦然回首，发现梅花竟然就在身后，她淡妆素雅，俏然而立。诗人顿时如遇到梅花仙子一般，惊讶于她的清丽脱俗，沉醉于她的风华绝代。然而春寒使诗人从醉梦中醒来，听到凄怨的笛声，诗人便想到春天会尽，梅花也会片片凋落。此时淡淡的月色笼罩着黄昏。

《寻梅》头三句寻觅梅花的过程，事实上是诗人对理想的执着追求过程。"冷风来何处香？忽相逢缟袂绡裳"两句，给人一种"众里寻他千百度"，终达彼岸的愉悦。出人意料的是，诗人的情绪却陡然倒转：冷风彻骨，骤然酒醒，凄婉的《梅花落》笛声令人断肠，而朦胧的月色，正把梅花消融。结尾化用典故，进一步描写梅花的神韵，自然带出诗人因理想难于实现的感叹和忧伤。

本篇情感起伏回环，情节一波三折，真实地记录了诗人复杂的心曲，折射出当时复杂的社会现实。

乔吉（公元 1280—1345 年），一作乔吉甫，字梦符，号笙鹤翁，又号惺惺道人。太原人，寓居杭州。元代杂剧家、散曲作家。他一生怀才不遇，倾其精力创作散曲、杂剧。著杂剧十一种，现存《扬州梦》《两世姻缘》《金钱记》三种。散曲作品据《全元散曲》所辑存小令 200 余首，套曲 11 首。散曲多啸傲山水，风格清丽，朴质通俗，兼有典雅。其杂剧、散曲在元曲作家中皆居前列。

清江引·咏梅

元朝　贯云石

其一

南枝夜来先破蕊，泄露春消息。偏宜雪月交，不惹蜂蝶戏。有时节暗香来梦里。

其三

芳心对人娇欲说，不忍轻轻折。溪桥淡淡烟，茅舍澄澄月，包藏几多春意也。

清江引：散曲曲牌名。

贯云石的《清江引·咏梅》小令共有四首，这里选的是其中的第一首和第三首。作者赞美报春雪梅的高雅情韵，内中不无对高人逸士孤高品节的象喻，也隐含了自己的高洁志向。

先看第一首。

开篇二句"南枝夜来先破蕊，泄露春消息"，写南枝的梅花一夜之间率先绽放，破蕊报春。而妙用"泄漏"一词，既写出雪梅的神奇，又表现了诗人对春讯的惊喜。"偏宜雪月交，不惹蜂蝶戏"，"偏宜"，偏偏喜欢。"交"，结交，交朋友。这两句接着写梅花的高格逸韵。先以梅花偏偏喜欢与雪、月交朋友，喜欢生长在白雪明月营造的纯净无瑕之境，映衬出梅花高洁的神韵。其后"不惹蜂蝶戏"一句，写梅花不招惹趋炎附势的蜂蝶，在暗暗与夭桃艳李的对比中赞扬了梅花不染尘俗的贞洁自守，表现了诗人坚持操守、不逐流俗的高尚品格。末句"有时节暗香来梦里"，写梅之幽香常来梦中，似真似幻，迷离朦胧，体现了作者爱梅之深切，饶有韵味。

再看第三首。

这首曲子咏月夜梅花之高雅幽静。"芳心对人娇欲说，不忍轻轻折"，用拟人手法，写梅花的娇羞之态。"娇欲说"三字，意蕴无穷，写尽梅花的动人神态，惹人怜爱，让人不忍心去攀折。然后由近及远，由眼前之梅花说到四周之景色："溪桥淡淡烟，茅舍澄澄月"，溪畔桥边，淡烟缥缈，明月清辉，茅舍静寂，梅花生长在这样清新幽美的环境之中，透露出优雅温馨的氛围。"包藏几多春意也"，自然包含有无限的春意。作者在传神写景的同时，细腻地吐露着自己的高雅情怀，情景交融，物我浑然，极易引起读者的共鸣。

这组曲子是作者辞官隐居时所作。作者借赞美梅花纯洁高雅的品性，来表达自己崇尚高洁品格、不求世俗名利的人格追求。此曲清丽雅致，蕴藉含蓄，情韵悠长，耐人寻味。

贯云石（公元 1286—1324 年），元代文学家。本名小云石海涯，因父名贯只哥，遂以贯为姓。名云石，自号酸斋、浮岑、芦花道人。维吾尔族。祖籍北庭（今新疆吉木萨尔县）。酷爱汉族文化，在诗文、散曲方面有很高造诣。曾任两淮万户达鲁花赤、翰林学士等职。后辞官过着隐居的生活。他是元代散曲从草创时期发展到黄金时代的一位过渡作家，在散曲发展史上占有重要地位。现存套曲八套，小令 79 首。

殿前欢·梅花

元朝　景元启

月如牙，早庭前疏影印窗纱。逃禅老笔应难画，别样清佳。据胡床再看咱，山妻骂："为甚情牵挂？""大都来梅花是我，我是梅花。"

殿前欢：散曲曲牌名。

这首散曲小令，是一首别具一格、情趣横生的咏梅佳品。

起句"月如牙"，以形象的比喻为全篇铺设了清幽、美丽的背景，又以"早庭前"三字点出时空环境，接着推出映在纱窗上的梅影，巧妙扣题。晓月朦胧，梅影婆娑，引起了画家的创作冲动。然而，当他拿起画笔时却迟疑了："逃禅老笔应难画，别样清佳。"月洒清辉，疏影横斜。绰约迷离，别有佳趣。这如诗如画的美景使画家一时竟不知从何处着笔。诗人虽然未对窗外的梅花进行具体描绘，但从"难画"和"别样清佳"中，却能引起人们对于梅花的美妙联想。那"印"在"窗纱"上的"疏影"，不由令人忆起"疏影横斜水清浅"的咏梅名句，又仿佛飘来了月下浮动的幽香。这四句实写其形其影，虚写其香其色，虚

234

实结合，耐人寻味。"逃禅"，意为逃避到佛教之中的人，此处是诗人自称。

"据胡床再看咱"一句在曲中承上启下，坐在交椅上出神地向窗外呆望，既是"别样清佳"的梅影令画家陶醉的结果，又是下面喜剧性情节的发端。"据"，凭依。"胡床"，亦称绳床，即交椅，是一种可以折叠的轻便坐具。"咱"，在这里用为语气词，无实际意义。"再看"二字看似平常语，但这一传神的动作竟引起了妻子的一场误会："为甚情牵挂？"对妻子的嗔怪，画家做出了风趣而又富有诗意的无声回答："大都来梅花是我，我是梅花。"原来，隔窗望梅的画家早已心驰神往，如醉如痴，完全沉浸在艺术创作之中，竟至变成梅花的化身了。

诗词贵雅，曲则尚俗。"梅花是我"二句纯是家常语，但回环反复，意切情真，神与物游，妙合无垠，是全篇最精彩传神之笔。作为曲中主要物象的梅花，在诗人笔下虽只是印在窗上的"疏影"，那样朦胧，那样缥缈，然而，又是那样妖媚、俏丽，那样富有灵性和情韵。看到诗人对梅花的深情描写，不禁使人想起南宋诗人陆游笔下的"何方可化身千亿？一树梅花一放翁"（《梅花绝句》）。如果说那朵朵雪白的梅花体现了陆游的高傲与纯洁，那么，这月下疏淡、婀娜的梅影则体现了画家对艺术的执着和痴情。这里，梅是人的写照，人是梅的化身，二者融为一体。清贺裳《皱水轩词筌》载："稗史称韩干画马，人入其斋，见干身作马形凝思之机，理或然也。"真正的艺术家正是在这种物我交融的陶醉中激发了自己的创作灵感。

小令的构思颇具匠心。诗人先以"山妻"的误会和嗔怪来渲染画家对梅花的酷爱和痴情，再用饶有兴味的回答揭示出画家赏梅、恋梅所达到的忘我境界。一个多情心细，一个呆望若愚，夫妻间质朴、亲密的感情和画家对艺术醉心而执着的追求，都在诗人笔下抒写得如此真切细腻、妙趣横生。

这首小令的语言直率自然、清新活泼。写山妻嗔怪不用"问"而用一个"骂"字，惟妙惟肖地活画出人物的性格和神态。"为甚情牵挂"五字，问得那样突兀、有趣，韵致翩跹。结语二句的回答更是含蓄、别致，回荡流转，呈现出风韵天成的艺术美。这种"熟中出新，常中见巧"的神来之笔，读之如饮醇醪，余味无穷。

景元启（生卒年、生平事迹均不详），元代散曲作家，约元仁宗延祐中（公元1317年）前后在世。工作曲，有《得胜令》等小令，存《太平乐府》及《阳春白雪》中。所作散曲今存小令15首，套数1套。

道梅之气节

元朝　杨维桢

万花敢向雪中出，一树独先天下春

三月东风吹雪消，湖南山色翠如滴。

一声羌管无人见，无数梅花落野桥。

湘南已见俏花枝，北地群峰白似云。

雾蒙松柳娇含玉，处处银珠踏星月。

诗人自号"梅花道人"，爱梅、赞梅之情溢于言表。

诗的首联赞美梅花凌寒盛开，独步早春。"万花敢向雪中出，一树独先天下春"，"万花"与下句的"一树"对应，应是指满树盛开的梅花，形容梅花开得多，开得旺。在百花凋零的冬天，唯有梅花迎着漫天飞舞的雪花凌寒怒放，傲立在风雪之中。满树梅花不畏严寒，独步早春，先于其他的花迎接春天的到来。诗人一开篇就热情赞美梅花不畏严寒的顽强意志，成为咏梅的名句。

二、三两联写春深雪融，梅花飘落。"三月东风吹雪消，湖南山色翠如滴"，"湖南"，与下句"湘南"联系起来看，应是指洞庭湖南边。阳春三月东风吹来，冰雪消融，春光明媚。湖南一带百花盛开，草木青翠，呈现一派欣欣向荣的湖光山色。"一声羌管无人见，无数梅花落野桥"，"羌管"，羌笛。只听到一声羌笛吹奏的《梅花落》乐曲传来，无数梅花纷纷飘落在野桥之下。梅花完成了报春的使命，悄然隐退，飘落大地，"化作春泥更护花"。

四、五联写北方的梅花。"湘南已见俏花枝，北地群峰白似云"，湘南的梅花已经开过，而北方的梅花正开满枝头，群峰上面梅花盛开，好像笼罩着一片白云。"雾蒙松柳娇含玉，处处银珠踏星月"，"娇"，指梅花。松树柳林一片迷蒙，而梅花娇面似玉，在星辉月光下闪耀着银色的光芒。展现了北方梅花晶莹亮丽的特质。

这首诗赞美了梅花凌寒绽放、独步迎春的豪迈气概，以及春深飘落、不与百花争春的谦逊品格，展现了南方、北国梅花的多样风采。是吟诵梅花的杰出诗篇。

杨维桢（公元 1296—1370 年），元末明初著名诗人、文学家、书画家。字廉夫，号铁崖、铁笛道人、梅花道人等，晚年自号老铁、抱遗老人等，绍兴路暨州枫桥全堂（今浙江省诸暨市枫桥镇全堂村）人。泰定四年进士，为官清正廉直，官至建德路总管府推官，继升江西儒学提举。元末避乱居富春山，后迁居钱塘。其古乐府诗，既婉丽动人，又雄迈自然，史称"铁崖体"。他著述等身，行于世的著作有《春秋合题著说》《东维子文集》《铁崖古乐府》《复古诗集》等近 20 种。书法以行草最工，笔势雄健，有多幅作品传世。

题画墨梅

元朝　陶宗仪

明月孤山处士家，湖光寒浸玉横斜。

似将篆籀纵横笔，铁线圈成个个花。

这首题画诗赞美了梅花不畏严寒的英姿。

诗的前两句"明月孤山处士家，湖光寒浸玉横斜"，借用北宋隐逸诗人林逋"疏影横斜水清浅，暗香浮动月黄昏"（《山园小梅》）的诗句，赞美画上墨梅的美好形象。诗人描写画中的梅花是孤山处士林逋家的，明月下倒影湖中，寒水浸润，玉枝横斜，显得清幽雅致。

后两句"似将篆籀纵横笔，铁线圈成个个花"，则是诗人看到墨梅形象的联想，说这幅墨梅是画家运用写篆文和籀文的笔法画成的，那种瘦挺圆劲的笔法画成的一朵朵梅花，如同用铁丝回环圈成的。既赞美了画家运笔技巧的高超，又突出了梅花不畏严寒、凌寒怒放的英姿。想象新奇，丰富了诗的意境。

陶宗仪（公元 1321—约 1412 年），字九成，号南村，浙江黄岩（今清陶乡）人。元末明初文学家、史学家。自幼刻苦攻读，广览群书，学识渊博，工诗文，善书画。元末兵起，他避乱松江华亭，耕作之余，随手札记。由其门生整理，得精粹五百八十余条，汇编成《辍耕录》三十卷，记述了元代掌故、典章制度、社会状况。作品还有《南村诗集》四卷、《书史会要》九卷、《说郛》一百卷等。其《书史会要》九卷，辑录从上古三皇至元末书家小传及书论，是我国第一部权威性的书史著作。

明朝咏梅诗赏析

梅花九首

（其一）

明朝　高启

琼姿只合在瑶台，谁向江南处处栽。

雪满山中高士卧，月明林下美人来。

寒依疏影萧萧竹，春掩残香漠漠苔。

自去何郎无好咏，东风愁寂几回开。

　　元末明初文学家高启创作有一组咏梅诗《梅花九首》。这组梅花诗塑造了梅花的群像，每首诗都有孤独高傲而无凄凉抑郁、怜梅惜梅却不神伤心碎的特点。整组诗巧用典故，把梅花人格化，传神地刻画出梅花的形神。历代诗人咏梅之作众多，相比之下，这九首诗写梅独摄其魂，确有不俗之处。

　　这首咏梅花的诗，是九首的第一首。主要歌咏梅花的高雅品质。

　　首联"琼姿只合在瑶台，谁向江南处处栽"，"琼""瑶"，都是美玉，主色是白。梅花、冰雪，主色也都是白。"瑶台"，是美丽的仙子所居之处，是纤尘不染的神话世界；高洁秀雅的梅花，只应在那里生长，是谁把她栽遍江南人间大地呢？这一问，暗含着宋代诗人林逋的故事。林逋一生不娶，隐居不仕，在杭州植梅养鹤，人们说他以梅为妻，以鹤为子。诗人没有责备林逋的意思，而是把梅花从天上降落到凡尘的根由，一下子与一位高人雅士联系到了一起。《宋史》记载：林逋"性恬淡好古，弗趋荣利，家贫，衣食不足，晏如也。初，放游江淮间，久之，归杭州，结庐西湖之孤山，二十年足不及城市"。可以说，林逋的品格，就是梅花的品格。

　　颔联"雪满山中高士卧，月明林下美人来"，进一步歌咏梅花的高雅。当大雪封山之际，迎风傲雪的梅花好似安卧在这冰莹世界中的高士。当月光泻进树林的夜晚，梅花又似姣美的女子在清流中飘然而至。其实，这两句又连用了两个典故。前一句化用了东汉袁安卧雪的故事。不过，袁安卧雪并不是在山中，诗人化用时稍有改变。晋代周斐《汝南先贤传》载："时大雪积地丈余，洛阳令自出案行，见人家皆除雪出，有乞食者；至袁安门，无有行路，谓安已死。令人除雪，入户见安僵卧，问：'何以不出?'安曰：'大雪，人皆饿，不宜干人。'令以为贤，举为孝廉也。"后一句则直用了赵师雄夜遇梅仙的故事。据唐代诗人柳宗元《龙城录》载："隋开皇中，赵师雄迁罗浮。一日，天寒日暮，在醉醒间，因憩仆车于松林间酒肆旁舍，见一女人淡妆素服，出迓师雄。时已昏黑，残雪未消，月色微明，师雄喜之，与之语，但觉芳香袭人，语言极清丽。因与之扣酒家门，得数杯相与共饮。少顷，有一绿衣童子来，笑歌戏舞，亦自可观。师雄醉寝，但觉风寒相袭。久之，东方已白，师雄起视，乃在大梅花树下，上有翠羽，啾嘈相顾，月落参横，但惆怅而已。"袁安耻于干谒，安贫乐道，宁受冻馁，不求嗟来之食；梅仙淡妆素服，芳香袭人，雅洁高贵，不涉神交之外。一个是阳刚之美，一个是阴柔之美。在这个故事中，"月明林下"不是梅林，而是松林，这就为下句预留地步，在咏"梅"中带出了"松"。

颈联"寒依疏影萧萧竹，春掩残香漠漠苔"，化用了林逋《山园小梅》诗中的名句"疏影横斜水清浅，暗香浮动月黄昏"，把"暗香"的"暗"字改成了"残"字，并把梅与竹结合在一起，承上句完成了松竹与梅"岁寒三友"的联合形象。这两句的句意较为费解，因为它们是倒装句。我们应当准确地还原：沙沙作响的翠竹，在寒风中与梅花横干斜枝的疏影依偎在一起；茂密的苍苔，在春阳中生长，掩过了飘落在它们之中的梅花的残香。至此，写到了梅花在春天到来时的香消玉殒。

尾联"自去何郎无好咏，东风愁寂几回开"，"何郎"即何逊，是南朝·梁诗人，他是继鲍照之后，较早发现梅的品格的文学家。何逊写有《咏早梅》诗："衔霜当路发，映雪拟寒开。枝横却月观，花绕凌风台。"不仅如此，何逊爱梅成癖，其程度也不亚于后来的林逋。他在扬州时，曾吟咏于盛开的梅花之中；后徙洛阳，因思梅如渴，竟请求迁调扬州。所以，高启不无夸张地说，自从何逊之后，就没有歌咏梅花的好诗了。这句诗当然失实有偏，可是如果我们联系下句看，诗人并不真是在讨论诗史上的评价问题，而是说历史上耿介清高之士从来很少有人赏识。确实，正因为从何逊之后真正爱梅、敬梅、护梅之人几稀，所以梅在东风里愁寂地难得有几回好好开放。

梅花九首

（其九）

明朝　高启

断魂只有月明知，无限春愁在一枝。

不共人言唯独笑，忽疑君到正相思。

歌残别院烧灯夜，妆罢深宫览镜时。

旧梦已随流水远，山窗聊复伴题诗

　　高启对梅花的爱是单纯而真挚的，梅花是他心心相印的挚友，也是他生死相恋的爱人。当诗人吟咏赋诗时，梅花就仿佛能听懂他的话一般。在这首诗中，诗人赋予梅花自主意识，甚至能够与诗人说话，倾诉思念之情。而诗人对统治者的疑惧和不安，在诗中也有所表现。

　　诗的前两联写梅花的孤寂以及对诗人的思念。

　　"断魂只有月明知，无限春愁在一枝"，梅花的孤独只有陪伴她的明月才知道，她把无限春愁都绽放在一条梅枝上。诗人运用了拟人手法来写梅花的孤独和春愁。"不共人言唯独笑，忽疑君到正相思"，她独自绽放而不与百花争春，显得那样孤单寂寞。当她想到那位爱梅的朋友正在远方思念着自己的时候，心中便有了些许安慰。唐代诗人卢仝《有所思》中有"相思一夜梅花发，忽到窗前疑是君"的诗句，诗人巧妙化用了前人诗句，借梅花的口吻道出思念之情。诗人第一次将梅花变为抒情主体，借梅之口吻、从梅之角度来倾诉对诗人的思念，而不同于以往的诗人对梅花的咏怀。这样爱梅之情就显得更加真挚感人，诗歌因为新颖的写作角度也更富有趣味性和可读性。

　　诗的后两联写诗人的忧虑与自守。

　　"歌残别院烧灯夜，妆罢深宫览镜时"，此时正是别院中灯火明亮的夜晚，歌声已残，深宫中宫女化妆结束正在照镜子的时候。诗人写深宫的歌舞不断，反衬自己的孤独与寂寞。"旧梦已随流水远，山窗聊复伴题诗"，诗人感叹旧梦已经随着流水远去，只有隐居山野，对着山窗姑且与梅花做伴题写诗篇。诗中将高启那一代文人如梦如烟、挥之不去的孤高与不幸、冷漠与自守、忧愁与自恋充分地传达出来。"旧梦"两句可谓意味深长，文人们的好运早已一去而不复返，何时再来也毫无指望，他们所能做的只有隐居山林吟咏情志而已，而这正是诗人自己的写照。

240

高启（公元 1336—1374 年）字季迪，号槎轩，长洲（今江苏苏州市）人。元末明初著名诗人、文学家，与杨基、张羽、徐贲被誉为"明初四杰"。洪武初，高启被荐参修《元史》，授翰林院国史编修官，受命教授诸王。苏州知府魏观在张士诚宫址改修府治，他曾为其作《上梁文》，有"龙蟠虎踞"四字，被疑为歌颂张士诚，连坐腰斩。有《高太史大全集》《凫藻集》等。

题画梅

明朝　刘基

天桃能紫杏能红，满面尘埃怯晚风。

争似罗浮山涧底，一枝清冷月明中。

这首题画诗以画作真，运用对比手法，歌颂了梅花的高洁品格。

诗的前两句"天桃能紫杏能红，满面尘埃怯晚风"，从题外写来，先写桃杏。桃花、杏花盛开，花朵有紫有红，色彩绚丽艳美。但是它们开放在热闹地区，尘埃遮满花面，失去风采，害怕晚风吹袭。这两句诗并没有着题，但却为咏梅作了铺垫，以桃杏的艳丽蒙尘衬梅花的高雅洁净。

后两句诗笔一转写梅花。"争似罗浮山涧底，一枝清冷月明中"，"罗浮山"，位于广东增城、博罗、河源、惠州等地之间。据唐代诗人柳宗元《龙城录》载，隋朝赵世雄在罗浮山遇到梅花仙子。宋代诗人苏轼有"罗浮山下梅花村，玉雪为骨冰为魂"（《再用前韵》）的诗句。梅花生长在罗浮山涧底，开放在清冷月明中，地处僻远，环境清幽，不受世俗红尘的干扰，保持着自身高洁清贞的品性。

这首诗，有着"比德"的深层意蕴，桃杏象征着华其表而俗其里的人，梅花象征着处于野而高其志的君子，在鲜明的艺术比照中，人们可以清楚地看出诗人的审美判断和心灵启示。

刘基（公元 1311—1375 年），字伯温，浙江青田人。元末明初政治家、文学家，明朝开国元勋。元朝进士，受朱元璋礼聘而至。参与谋划平定张士诚、陈友谅与北伐中原等军事大计。为太史令，进《戊申大统历》。奏请立法定制，以止滥杀。奏请设立军卫法，以肃正纪纲。封诚意伯，故又称刘诚意。谥号"文成"。他精通天文、兵法、数理等，以诗文见长。诗文古朴雄放，不乏抨击统治者腐朽、同情民间疾苦之作。与宋濂、高启并称"明初诗文三大家"。著作均收入《诚意伯文集》。

画梅

明朝　方孝孺

微雪初消月半池，篱边遥见两三枝。

清香传得天心在，未许寻常草木知。

这首题画诗写梅，既状其形象，更赞其风神品格，暗喻诗人自己的人品与处世态度。

前两句"微雪初消月半池，篱边遥见两三枝"，通过写景，写出梅花清高脱俗的品格。古代诗文历来以白雪、夜月、清影来烘托梅花，使之更富有幽情雅韵。如宋代诗人陆游的《梅花绝句》："高标逸韵君知否？正是层冰积雪时。"林逋《山园小梅》："疏影横斜水清浅，暗香浮动月黄昏。"元代诗人王冕《题墨梅图》："长林大谷月色新，枝南枝北清无尘。"虽然只有这么两三枝疏影傍倚篱边，但有了皎洁的月光、皑皑的白雪烘托，那静谧的意境，朦胧的月色，疏淡的梅影，缕缕的清香，确实令人陶醉，而梅花"清无尘"的品格也就更加令人瞩目了。

后两句"清香传得天心在，未许寻常草木知"，转而写梅花之清香，但它并没有如常规一般，写梅花的清香传给大地万物，如"风送幽香出，禽窥素艳来"（唐·齐己《早梅》），"清香散作天下春，草木无名藉光彩"（元·王冕《题墨梅图》）；而是反其道行之，诗人认为梅花的清香能传到天空中，因为其中寄托着崇高的"天意"，地上的一般寻常草木是绝对不会知晓理解的。这样，"老梅心自常"（王冕《题墨梅图》），不为外物所动的凛凛贞姿，更加突出了。

全诗以梅花自比，寄托了诗人孤洁高傲的思想情感，内蕴丰富，引人遐思。

方孝孺（公元 1357—1402 年），字希直，一字希古，号逊志。浙江台州府宁海县人。明朝大臣、学者、文学家、思想家。惠帝即位后，先后任翰林侍讲及翰林学士。建文四年五月，燕王朱棣进京后，拒不投降，被捕下狱。后因拒绝为发动"靖难之役"的燕王草拟即位诏书，被凌迟而死。后追谥"文正"。其政论文、史论、散文、诗歌俱佳，绝大部分收集在《逊志斋集》中。其文学作品，具有主题鲜明、议论大胆，寓热于冷、以形传神，选材严、开掘深，善于运用对比、寓言等特色。

和梅花百咏诗

（其一）

明朝 于谦

一枝香影弄精神，凭仗逋仙为写真。

幽艳未须迷醉客，孤标何事恼诗人。

冷函窗外三更月，清辟寰中万古尘。

不是此花先泄露，江南草木岂知春。

明代民族英雄于谦非常喜爱梅花，创作了《和梅花百咏诗》百首七言律诗，借高洁清远的梅花精神来展现自己忠贞刚毅的性格。

于谦之子于冕在《先肃愍公行状》中说：公"为文有奇气而主于理，诗词清逸流丽，人争传诵之。在江西时，和祭酒胡顺庵《山居十咏诗》；在河南时，周献王索和冯海黍（元代文学家冯子振）《梅花百咏》诗，皆挥笔立就"。（《于谦集》）

这首诗是《和梅花百咏诗》的第一首，总写梅花的色、香特点和品格、精神。

首联"一枝香影弄精神，凭仗逋仙为写真"，"逋仙"，指宋代诗人林逋，一生酷爱梅花，以梅为妻，以鹤为子。其咏梅诗篇对后世影响很大。这两句是说梅花在林逋的笔下，得到传神的描写。其写梅诗句"疏影横斜水清浅，暗香浮动月黄昏"（《山园小梅》），将梅花的疏影、暗香描绘得真切自然，具有很高的艺术魅力。

"幽艳未须迷醉客，孤标何事恼诗人"，梅花色泽幽艳，不须靠自己的艳丽来迷醉游客；梅花孤清高标，不与众花为伍，有什么事惹恼了诗人？宋代诗人向子諲《虞美人》词中有"江头苦被梅花恼，一夜霜须老"的词句。"恼诗人"，是说诗人被梅花的姿态、内质所吸引而难于放弃，是对梅花清高雅洁品格的赞颂。

颔联"冷函窗外三更月，清辟寰中万古尘"，写梅花的色泽和清香。梅花开在寒冬，月光照在它的身上，更增加了它色泽的冷艳。梅花的清香四溢，散发在天地之间，将世间的万古尘埃澄清。化用元代诗人王冕《墨梅》中的诗句："不要人夸好颜色，只留清气满乾坤。"极力赞美梅花散发的清香，充满乾坤。

尾联"不是此花先泄露，江南草木岂知春"，赞美梅花先春而发，报告春天的信息。梅花在寒冬开花，好似泄露了春天将要到来的消息，让江南花草树木得知了春天将到来的信息，给世间万物带来了新的希望。

这首诗赞美了梅花凌寒开放，清香散发大地，给万物报春的高尚品格及献身精神，也是诗人内在品格的形象体现。

和梅花百咏诗

（其二）

明朝　于谦

玉为肌骨雪为神，近看茏葱远更真。
水底影浮天际月，樽前香逼酒阑人。
松篁晚节应同操，桃李春风谩逐尘。
马上相逢情不尽，一枝谁寄陇头春。

这首诗是《和梅花百咏诗》的第二首，赞美梅花的冰清玉洁和清高节操。

"玉为肌骨雪为神，近看茏葱远更真"，首句化用宋代诗人苏轼《再用前韵》的诗句："罗浮山下梅花村，玉雪为骨冰为魂。"赞美梅花冰清玉洁的高洁品性。次句写远近观梅的不同景象。"茏葱"，浓密，浓厚。近观梅花，一片浓密、朦胧；远望梅林，恰似冰雪覆盖，能更真切地感受到梅花的冰清玉洁。

"水底影浮天际月，樽前香逼酒阑人"，"酒阑"，指酒筵将尽。这两句化用宋代诗人林逋《山园小梅》的诗句："疏影横斜水清浅，暗香浮动月黄昏。"写水边梅树在月光下枝影浮动，清新雅致；梅花香气逼人，让酒筵将尽的醉酒人也感到清香怡人。极力赞美梅花给人们带来的美感愉悦。

"松篁晚节应同操，桃李春风谩逐尘"，写梅花即使飘落，也能保持晚节，仍与竹篁为伍。而桃花、李花在春风中摇曳，飘零后很轻谩地追逐尘土，与世俗同流合污。诗人将梅花的飘落与桃李花的飘零作对比，赞美梅花保持晚节的清高节操。

"马上相逢情不尽，一枝谁寄陇头春"，写梅花最能传递人间情谊。化用唐代诗人岑参《逢入京使》诗句"马上相逢无纸笔，凭君传语报平安"，和南朝诗人陆凯《赠范晔》诗"折花逢驿使，寄与陇头人。江南无所有，聊赠一枝春"的诗意，写无法传递对好友的思念之情，唯有寄一枝先春而至为报春讯而开的梅花是最适当的。

诗人赞美梅花冰清玉洁的高尚品质，和保持晚节的清高形象，寄托了自己的精神追求和保持晚节的人格操守。

和梅花百咏诗

（其三十）

明朝　于谦

劲气棱棱傲雪神，乾坤生意自通真。

香同桂子还离俗，清比梨花不瓣人。

铁干摩空经岁月，冰魄入梦隔音尘。

等闲漏泄阳和信，地北天南无限春。

这首诗是《和梅花百咏诗》的第三十首，赞美梅花的顽强生命力和清新脱俗的品格。

首联"劲气棱棱傲雪神，乾坤生意自通真"，"劲气棱棱"，形容刚强正直的气概威严强盛。"生意"，生命力、生长发育的活力。诗一开始，写梅花具有刚强正直、威严强盛的气概和凌然傲雪的品格，梅花充满生机，与天地的生命力息息相通，有着旺盛的生命力。

颔联"香同桂子还离俗，清比梨花不瓣人"，"瓣人"，软柔缠人之意。诗人将梅花与桂花、梨花作比较，突出梅花的清新高洁。上句诗人将梅花与桂花比较，从嗅觉上写梅花超凡脱俗的特点。两者同样香气四溢，但桂花香气过于浓郁，而梅花的香气则显得清新脱俗。下句将梅花与梨花作比较，两者都是花朵洁白，不过梨花之白显得柔媚，而梅花则白得清冽冷俏，从视觉上突出了梅花的高雅纯洁。

颈联"铁干摩空经岁月，冰魄入梦隔音尘"，虚实结合，形神兼备，赞美梅花的外形美与内在美。上句用"铁干摩空"状梅花劲直的外形，虽历经沧桑岁月的磨砺，愈加坚硬如铁。下句写梅花清雅高洁、超凡脱俗的精神品质。其精神如"冰魄入梦"，冰清玉洁，隔断了一切世俗尘埃。

尾联"等闲漏泄阳和信，地北天南无限春"，写梅花的报春特性。在冰天雪地的寒冬时节，梅花不经意间泄露了阳春即将到来的信息，展现了大地一片春光的美好远景，寄寓了诗人脱俗的高尚品格和济世的豪情。

于谦（公元 1398—1457 年），字廷益，号节庵，官至少保，世称于少保，浙江杭州府钱塘县（今浙江省杭州市上城区）人。明代大臣、民族英雄、军事家、政治家、诗人。永乐十九年（公元 1421 年）进士。宣德元年（公元 1426 年），以御史职随明宣宗平定汉王朱高煦之乱，后巡抚河南、山西。土木之变后，英宗兵败被俘，他力排南迁之议，坚请固守，升任兵部尚书。明代宗即位，他整饬兵备，率师抵御瓦剌大军。瓦剌太师也先挟英宗逼和，他以"社稷为重，君为轻"，不许。也先无隙可乘，被迫释放英宗。英宗复辟，大将石亨等诬陷于谦谋立襄王之子，致使其含冤遇害。宪宗时追谥"肃愍"，神宗时改谥"忠肃"。有《于忠肃集》传世。《明史》称赞其"忠心义烈，与日月争光"。他与岳飞、张煌言并称"西湖三杰"。

题墨梅

明朝　丘濬

老龙半夜飞下天，蜿蜒斜立瑶阶里。

玉鳞万点一齐开，凝云不流月如水。

　　历来咏梅、画梅，多以疏者为胜，如唐代僧人齐己《早梅》诗："前村深雪里，昨夜一枝开"；宋代诗人林逋咏《山园小梅》："疏影横斜水清浅，暗香浮动月黄昏"；宋代诗人陈亮咏梅曰："疏枝横玉瘦，小萼点珠光。"（《梅花》）然而，对国画而言，梅之韵并非在于疏密之别，而"要由骨骼苍老而透出一番秀雅，如淡妆美人态度，为画梅之上上品"（清·松年《颐园论画》）。丘濬此诗描绘的就是一幅繁枝密蕊，在傲岸不屈、不畏严寒的奔放气势中，将梅花清丽淡雅之韵表现得淋漓尽致。

　　古人谓画梅，"梅花重在枝梢峭拔"（《颐园论画》）、"苍老"（清·王概《芥子园画传》），"老龙半夜飞下天，蜿蜒斜立瑶阶里"，诗人以奇特的想象，将曲劲多姿的枝干比作逶迤盘曲的虬龙。顿时，画面显现出一派神奇的境界：夜深人阑的冬夜，北风呼啸，一条虬劲的老龙从天而降，蜿蜒盘旋，最后斜立于洁白的雪地上。"瑶阶"，洁白的台阶，此处指白雪覆盖。我们如果凝神细思，诗人明写树态，其实生动形象地表现了画家淋漓纵放的酣畅笔意，让读者真正领略到"兔起鹘落""下笔有神"的神采。

　　"玉鳞万点一齐开"，更是这一神采的继续和强化。梅花如片片龙鳞，晶莹闪亮，随着巨龙纷至沓来，骤然开放。诗中不言"花"，却描绘出梅花齐放的情景，独出胸臆，使人联想起画家画笔攒动、一气呵成的情形。正缘"一笔圈成"，因而梅花"气足神完"，"乃得情趣"（《颐园论画》）。"凝云不流月如水"便是这一情趣的再现，如琼珠缀玉，又似流云泻月，正乃前人所谓"闻道梅花坼晓风，雪堆遍满四山中"（宋·陆游《梅花绝句》）、"素艳雪凝树，清香风满枝"（唐·许浑《看早梅》）般的意趣，令人想象不已，回味无穷。

丘濬（公元 1421—1495 年），字仲深，琼山人，明代中期著名的思想家、史学家、政治家、经济学家和文学家，被明孝宗御赐为"理学名臣"，被史学界誉为"有明一代文臣之宗"。他历事景泰、天顺、成化、弘治四朝，先后出任翰林院编修、侍讲学士、翰林院学士、国子监祭酒、礼部尚书、文渊阁大学士、户部尚书兼武英殿大学士。谥号"文庄"。他在明朝宰辅中以"博极群书"著称，举凡六经诸史、古今诗文、以至医卜老释之说，无不深究。一生研究范围涉及政治、经济、哲学、文学、医学、戏剧等方面。其诗法度严谨，风格典雅。著有《琼台集》《丘文庄集》等。

雪中见梅花

明朝　柯潜

溪桥倚棹雪晴时，一树寒梅玉满枝。
我道梅花开太早，梅花却笑我归迟。

这首诗尽管通篇没有高超的技巧，只是那么淡淡几笔，可是却有一种独特的美。

一、二句写梅花生长的环境及花开的景象。"溪桥倚棹雪晴时，一树寒梅玉满枝"，诗人乘着小船从溪桥下经过，此时飞舞的雪花已经停了，天气刚刚放晴，大地一片洁净。诗人看见桥旁岸边有一株梅花树，正在寒风中尽情地绽放，枝头开满了白玉似的花朵，阵阵清香随风飘来。于是停下小船，靠桨而坐，欣赏着梅花。

三、四句写诗人与梅花的对话："我道梅花开太早，梅花却笑我归迟。"这两句可谓是情景交融，有着一种温馨的韵致和独特的美。我说梅花你开得太早了，还没有到开花的时节，就在寒雪中绽放，那多不容易啊。而梅花却笑我归来得太迟了。一句看似平常的话语，把家乡亲人对游子回家的期盼，淋漓尽致地表现出来了。诗人细腻的笔触读来让人拍案叫绝。

此诗有一种委婉含蓄的美。表面上看好像写得很简单，其实只要细细品味，就会感受到诗人内心的伤感。最后一句"梅花却笑我归迟"，说明诗人正是从远方归来，常年不在故乡，所以才会有这样的感慨，也就有了一种淡淡的忧伤。诗人正是通过对梅花的描写，借梅花的口吻，来表达故乡亲人对游子归家的期盼，也表现了游子内心的无奈与伤感。全诗描写细致，情致委婉，读来感觉亲切自然，温馨美好。

柯潜（公元 1423—1473 年），明代诗人。字孟时，号竹岩，莆田人。性高介，邃于文学。景泰二年（公元 1451 年）状元，历任翰林院修撰，右春坊、右中允、詹事府少詹事兼翰林学士掌院事。奉命主持两京乡试一科、礼部会试二科，任东宫讲官、侍经筵等职。柯潜作品，所为文章，平妥整洁，诗律清婉。著有《竹岩集》一卷，文集一卷，及补遗一卷，均收录于《四库全书》，其诗冲澹清婉，文亦峻整有法。

真适园梅花盛放

明朝　王鏊

花间小坐夕阳迟，香雪千枝与万枝。
自入春来无好句，杖藜到此忽成诗。

王鏊是明代名相，博学有识鉴，经学通明，制行修谨，文章修洁。善书法，多藏书。为弘治、正德间文体变革的先行者和楷模。因不满宦官刘谨专权，辞官还乡。此诗是诗人在隐居地真适园见梅花盛开而作。

诗人在花间小坐，夕阳里看到千枝万枝梅花盛开，一片花海中清香四溢，顿时诗兴大发，遂成此诗。

"花间小坐夕阳迟，香雪千枝与万枝"，在冬末春初的一个黄昏时刻，诗人拄着拐杖来到真适园赏梅。园中梅花开满枝头，清幽的梅香沁人肺腑。各树梅花争奇斗艳，展现她们笑傲风雪、喜迎春光的热烈景象。

"自入春来无好句，杖藜到此忽成诗"，诗人看到如此欣欣向荣的早春景象，内心不由得兴奋起来，于是自入春以来没寻到好诗句的诗人，一下子诗兴大发，便写下了这首赞美梅花的小诗。诗中充满了浓烈的诗情画意，表现了诗人爱梅、咏梅的高雅情趣。

王鏊（公元 1450—1524 年），字济之，号守溪，晚号拙叟，学者称其为震泽先生，吴县（今江苏苏州）人。明代名臣、文学家。成化十一年进士，授翰林编修。历任吏部右、左侍郎，拜户部尚书、文渊阁大学士，加少傅兼太子太傅、武英殿大学士。在任上尽力保护受刘瑾迫害之人，终因无法挽救时局而辞官归乡。此后家居十六年，终不复出。谥号"文恪"。唐寅赠联称其"海内文章第一，山中宰相无双"。有《震泽编》《震泽集》《震泽长语》《震泽纪闻》《姑苏志》等传世。

题画二十四首

（其二十三）

明朝　唐寅

雪压江村阵作寒，园林俱是玉英攒。

急须沽酒浇清冻，亦有疏梅唤客看。

江南才子唐伯虎，诗、书、画俱佳。他的这首题画诗，是为自己所画梅花题写的诗。

唐寅作有多组题画诗，而《题画二十四首》是其中篇目最多的一组题画诗，共 24 首。这一组诗，各具特色而又彼此联系，代之水墨，用文字勾勒出了一个个精致秀丽的山水世界，能充分表现出唐寅题画诗的创作特点，也较为全面地表现出掩藏在美丽风景背后的唐寅，在特定时期的生存样态及独特的情感体验。其中有 6 首是有关花的内容，所描绘的花，无不是花朵初放，满载生机，花朵娇嫩艳丽，在不同的季节中展现出了不同的风姿。

此诗是其中的第二十三首，是描写梅花的。

"雪压江村阵作寒，园林俱是玉英攒"，"玉英"，形容花之美艳。"攒"，积聚。这两句写雪压江村、寒气逼人的严冬，园林里的梅花凌寒怒放，满树晶莹剔透如美玉积聚。

"急须沽酒浇清冻，亦有疏梅唤客看"，看到园林中被冰雪冻着的梅花，诗人突发奇想：这些被冻的美玉须要美酒才能把它们浇开吧！其中也有一些梅花没被冻着，摇曳着疏枝，好像在呼唤客人前来观看。

诗人构思新颖，想象奇特，把天寒地冻中的梅花写得晶莹剔透，很有生机，给人以晶莹洁净之美感。

唐寅（公元 1470—1523 年），字伯虎，后改字子畏，号六如居士、桃花庵主等。苏州府吴县人。明代著名画家、书法家、诗人。弘治十二年，唐寅与江阴徐经入京参加会试，因牵连徐经科场案下狱，后被罢黜为吏。他深以为耻，坚决不去就职，后靠卖画为生。其人物画色彩艳丽清雅，体态优美，造型准确；亦工写意人物，笔简意赅，饶有意趣。花鸟画长于水墨写意，洒脱秀逸。书法奇峭俊秀，取法赵孟頫。诗文以才情取胜。其诗多记游、题画、感怀之作。早年作品工整妍丽，有六朝骈文气息。科场案之后，多为伤世之作，不拘成法，大量采用口语，意境清新，常含傲岸不平之气，情真意挚。著有《六如居士集》。

咏花诗·梅花

明朝　文徵明

林下仙姿缟袂轻，水边高韵玉盈盈。

细香撩鬓风无赖，瘦影涵窗月有情。

梦断罗浮春信远，雪消姑射晓寒清。

飘零自避芳菲节，不为高楼笛里声。

文徵明晚年的《咏花诗》行书卷，长546厘米、宽39.3厘米，属国家一级文物。此卷行书《梅花》《桃花》《梨花》咏花诗三首，以花作寄情，歌咏梅花独傲寒霜，桃花妩媚动人，梨花素洁飘逸。书法宗黄庭坚，字疏行宽，清新隽永。

此诗咏梅花，诗人为我们描绘了一个仙姿卓绝的梅花仙子形象。

"林下仙姿缟袂轻，水边高韵玉盈盈"，"林下仙姿"，即梅花仙子。据唐代诗人柳宗元《龙城录》载，传说隋开皇中，赵师雄赴罗浮山，傍晚在林中酒店旁遇一女郎。与之语，则芳香袭人，语言清丽，遂相饮竟醉，及觉，乃在大梅树下。后人遂用林下仙子代指梅花。如明代诗人高启的《梅花九首》（其一）："雪满山中高士卧，月明林下美人来。"首联写山林下的梅花身姿如仙女般美妙，白色的裙袂轻轻飘舞，气质高雅不凡，如玉的花瓣晶莹剔透，映照在水面，韵致高远。

"细香撩鬓风无赖，瘦影涵窗月有情"，清风顽皮地吹过梅花仙子的鬓角，让淡淡的清香四处飘逸；明月饱含深情地照在仙子身上，把她苗条的身影映在窗上。赞美梅花清香四溢，梅枝婀娜多姿。

"梦断罗浮春信远，雪消姑射晓寒清"，"罗浮"，广东罗浮山，盛植梅花。宋代诗人苏轼有"罗浮山下梅花村，玉雪为骨冰为魂"（《再用前韵》）的诗

250

句。"姑射",仙山名。《庄子·逍遥游》:"藐姑射之山,有神人居焉。肌肤若冰雪,绰约若处子。"金朝诗人段克己《忆梅》:"姑射仙人冰雪肤,昔年伴我向西湖。"这两句是说,罗浮山的梅花从梦境中醒来,在寒风中绽放,春天的脚步还远远未到。那传说中的美丽缥缈的姑射山上的积雪已经消融了吧,这清晨的寒意让人觉得清凉。赞美梅花凌寒开放,独步早春。

"飘零自避芳菲节,不为高楼笛里声",梅花即使花落飘零,那是自己主动躲避百花竞放的春天时节,不与百花争艳;而不是因为高楼上吹奏的凄凉的《梅花落》笛声而飘落。唐代诗人李白有"黄鹤楼中吹玉笛,江城五月落梅花"(《与史郎中钦听黄鹤楼上吹笛》)的诗句,于是有梅花为笛声吹落之说。诗人反其意而用之,赞美梅花不与百花争春的品质。

全诗通过比喻、拟人、想象等手法,多角度描绘了梅花的"仙姿""细香"及"自避芳菲",赞美了梅花清雅高洁、独傲寒霜的品质和不与百花争春的风度。其实,这也是诗人采用的寄情于物的写作手法,以梅自喻,表达了自己淡泊脱俗的高尚情操。

千叶梅与方山人同赋

明朝　文徵明

缃梅奕叶照琼枝,不是横斜旧日姿。
繁雪吹香春剪剪,冷云团树玉差差。
罗浮梦断情稠叠,瑶圃风生佩陆离。
一任阶前明月碎,清真不负岁寒期。

这首诗作于嘉靖八年(公元 1529 年),文徵明退居故里的第三年,那一年他恰好六十岁。

"千叶梅"言其花瓣重叠,皮日休《惠山听松庵》中有"千叶莲花旧有香"的诗句。"缃梅"言其心瓣微黄,《释名·释采帛》中说:"缃,桑也,如桑叶初生之色也。"由此看,文徵明所咏的梅花是"千叶缃梅"。

这首诗通篇言"千叶缃梅"的独异之美。

首联"缃梅奕叶照琼枝,不是横斜旧日姿",把缃梅与一般梅花相比较,写缃梅已不再是"疏影横斜"的旧日姿态了,它正以浅黄的花色、重叠的花瓣映照着美观如玉的枝条。

颈联"繁雪吹香春剪剪,冷云团树玉差差",把缃梅与它身处的早春时节、早春风光相联系，写缃梅犹如一片"香雪海"，那浓郁的叫人心荡神浮的香味频频吹来，传递了春的消息，也裹挟着一些寒意。那一朵朵花儿又如冷云浮动，环绕于树干周围，状似玉石，参差不齐。

颈联连用"罗浮之梦""瑶圃之境"两典，将地上的实实在在的缃梅虚拟为神幻境界中的仙子，那仙子又分明带了缃梅的性格，带了缃梅的影子。"罗浮之梦"，指隋代赵师雄游罗浮山时，夜梦与一素妆女子共饮，女子芳香袭人。又有一绿衣童子，笑歌欢舞。赵醒来发现自己躺在一株大梅树下，树上有翠鸟欢鸣，天空已是月落参横，他心中唯惆怅而已。唐代诗人殷尧藩在《友人山中梅花》中写道："好风吹醒罗浮梦，莫听空林翠羽声。""瑶圃之境"，指神仙居住的美丽园地，屈原在《九章·涉江》中有"驾青虬兮骖白螭，吾与重华游兮瑶之圃"的诗句。文徵明将所咏的千叶缃梅置于罗浮梦境、瑶圃仙界，平添了它的飘逸之美。"罗浮梦断情稠叠"，言作为梅花化身的素妆女子已随"罗浮梦断"而消逝，但她的情意犹在，缃梅树上的重重花瓣便是她的绵绵情意叠加而成。"瑶圃风生佩陆离"，"陆离"，色彩繁杂绚丽。言置身于"瑶圃"的"缃梅仙子"，因微风乍起而摇得佩环色彩绚丽。

颈联把千叶缃梅升华于天，隐现于梦境仙界；尾联又把它着实于地，显现于可视空间："一任阶前明月碎，清真不负岁寒期。"月光明明，花瓣重叠的缃梅在阶前筛下了细碎的月影。影儿细碎无损它的"清真"之质，而"清真"之质恰与"岁寒期"的气候景观相协相衬。

这首诗平和蕴藉，用语精美，很耐寻味。通篇以缃梅的"花瓣重叠"为线，或联类比照，或以境衬托，或涂抹于缥缈，或直摄于月下，平和之中情趣迭出，"雅润之中不失法度"。

文徵明（公元1470—1559年），原名壁（或作璧），字徵明，号衡山居士，世称"文衡山"。苏州府长洲县（今江苏苏州）人。明代画家、书法家、文学家、鉴藏家。生平九次参加乡试均不中。嘉靖二年（公元1523年），53岁的文徵明以岁贡生参加吏部考试，被授予翰林院待诏之职。嘉靖五年辞官归乡，专事创作。他诗、文、书、画无一不精，人称"四绝"，与沈周共创"吴派"。在画史上与沈周、唐寅、仇英合称"明四家"。在文学上，与祝允明、唐寅、徐祯卿并称"吴中四才子"。

画梅二首

（其二）

明朝 陈淳

梅花得意占群芳，雪后追寻笑我忙。

折取一技悬竹杖，归来随路有清香。

陈淳是明中期著名画家，师从文徵明，擅长写意花卉，其作品虽表现一花半叶，却淋漓疏爽，深受当时文人士大夫的赞赏。

此诗是诗人为自己所画梅花题写的诗。

"梅花得意占群芳，雪后追寻笑我忙"，前面两句，写梅花开放，诗人寻梅。诗人笔下的梅花，先于群芳在大雪纷飞中得意而开。"得意"二字，表现了梅花不畏冰雪、凌寒怒放的傲然情态。大雪过后，大地一片白茫茫，诗人为了欣赏梅花的英姿，在雪地里四处寻找梅花，引起了人们的嘲笑，说诗人未免太匆忙。"笑我忙"三字，把诗人与众不同、渴望早日看到梅花的急切心情生动地表现出来了。

"折取一技悬竹杖，归来随路有清香"，后面两句，写看梅归来，一路梅香。诗人终于找到了梅花，欣赏之余，还折取一枝梅花悬挂在竹杖上，归来的路上一路有梅香相伴。诗人的爱梅赏梅之情，写得活灵活现。

诗写得清新活泼，自然流畅。读此诗，想象画家的梅画，如在眼前，似闻梅香。

陈淳（1483—1544 年），长洲（今江苏苏州）人。字道复，后以字行，更字复甫，号白阳，又号白阳山人。明代画家、诗人。他能诗文，擅书法，尤精绘画，与徐渭并称白阳、青藤。从师文徵明，在其门下声誉最高。他是继沈周、唐寅之后对水墨写意花鸟画的发展作出了重要贡献的画家。

题画梅

明朝 徐渭

从来不见梅花谱，信手拈来自有神。

不信试看千万树，东风吹着便成春。

徐渭是画家，又是诗人，可谓诗、书、画俱佳。这首诗，是诗人为自己的"墨梅"画题的诗。

"从来不见梅花谱，信手拈来自有神"，"梅花谱"，指南宋画家宋伯仁所作《梅花喜神谱》，全书选收 100 幅不同形态的梅花，是一部极有艺术价值的专题性的画谱。诗人自称画梅，从来没有参照，或者说没见过"梅花谱"，所画的梅花，都是信手拈来，但又神形兼备，自有风韵。

徐渭画梅，落笔自然，信手拈来，意趣横生，展图观赏，真有东风荡漾枝头之感。这便是画家在诗中所谓"信手拈来自有神"，依意而写，意到便成，艺术作品之神韵风采自现，栩栩如生。而如果是因袭古人，亦步亦趋，动辄师某人法某人，不出己意，徒据画谱，依样画瓢，所作无非是古人的摹本，绝不会有神气。在"法"这一问题上，徐渭坚决反对"学有渊源，笔笔有自"，却自倡"老来杜撰之画"（《答张翰撰阳和书》）。所谓"杜撰"，一是指前人所无，而自为撰造创新；二是不遵从格法画谱，凭自己的学识以及对自然、生活、艺术的深切领悟，直率的情感，洒然托之于花草，虽无"法"而臻神逸。诗中所谓"从来不见梅花谱"，并非未见，而不愿、不屑去见，更不愿为前人所囿。他的这一"杜撰"理论，思想极为开放，极为大胆，并推而广之，用以论述书艺、棋艺、医道。并在论述过程中又提出了"不学而天成"的最高准则："夫不学而天成者，尚矣，其次则始于学，终于天成。天成者，非成于天也，出乎己而不由于人也。敝莫敝于不出乎己而由乎人；尤莫敝于罔乎人而诡乎己之所出。凡事莫不尔，而奚独于书乎哉？"（《徐文长佚草》卷二《跋张东海草书千字文卷后》）这种"不学而天成"的重要内涵便是"出乎己而不由于人"，即不为前人所禁锢，更不拾人牙慧，而更强调缘情体物，借物抒情。以形写神，舍形求韵。

画家自己在艺术实践中遵从这一"杜撰"理论，开创完全属于自己的崭新风格。"不信试看千万树，东风吹着便成春"二句，更显示出画家无比的自豪与兴奋。几枝墨梅隐现出千树万树的拂拂春风、萌萌春意，不独令画家快意，也足令读者陶然。诗人相信自然界的花草树木，都有自己生长的形态，有自己的生长规律，要顺其自然。

洒脱不羁，率意而为，妙趣天成，这就是徐渭写诗、画画乃至做人的信条，这就造就了他崇尚自由的性格特征，以致后来造成性格扭曲，自残自辱的现象出现。

从这首诗来看，似乎告诉人们，不要拘泥于一些条条框框，而是要勤于实践，大胆创新。"东风吹着便成春"一句，本来是形容"不拘一格"，崇尚自然法则的创作方法，现在，也用来形容春天生机勃勃、生动活泼的景象，是一曲春的赞歌。

雪中红梅次史叔考韵

明朝　徐渭

雪中最妙是红梅，穄穄团团并作堆。

几点粉胭娇入座，数枝浓淡巧涂腮。

繁华种里仍冰雪，蜂蝶丛中任去来。

醉后移灯玉阑畔，嫦娥扶影上瑶台。

这是一首赞美雪中红梅的七言律诗。"史叔考"，徐渭的朋友。"次韵"，又称步韵，即依照所和诗中的韵及其用韵的先后次序写诗。

首联"雪中最妙是红梅，穄穄团团并作堆"，紧扣诗题"雪中红梅"，并突出一个"妙"字，流露出诗人对雪中红梅的赞美之情。"穄穄"，散粒也。"团团"，聚拢也。在一片银白的冰雪世界里，红梅或含苞如红穄挂树，或怒放如聚霞照空，寒香冷蕊，成团成堆，真是神仙妙境。此联从大处着眼，写出雪中红梅整体的形象、整体之美。

颔联则是从细处入笔，写出红梅具体的形象、具体之美。"几点粉胭娇入座，数枝浓淡巧涂腮"，"几点""数枝"写梅花；"粉胭娇入座""浓淡巧涂腮"写美女。用美女喻梅花，朵朵、枝枝的梅花，如一个个浓妆淡抹、绰约娇艳的美婵娟。

如果说前两联是着眼于梅花的形象之美好，那么颈联则是着眼于梅花气质之清刚。"繁华种里仍冰雪，蜂蝶丛中任去来"，"繁华"，即繁花，百卉。这两句是说，在这冰雪之天，繁花百卉的种子尚未吐芽，只会感到寒冷；而雪中红梅却傲雪开放，花团锦簇，蜂蝶可在梅花丛中自由地翻飞起舞。这梅花实非寻常花卉，它的开花，不需要阳春的熙日熏风，而是在冰天雪地之时，采天地之正风，萃水土之精华，傲霜雪而怒放，真可谓孤禀特立，丰标高举。

尾联"醉后移灯玉阑畔，嫦娥扶影上瑶台"，以月宫嫦娥为喻，进一步写雪中红梅的姣美高洁。既然雪中红梅冷香幽艳，丽质素魂，气韵清刚，风格高雅，自非世间仕女佳丽、村姑野妇可比，只有广寒素娥、瑶台仙子可喻了。诗人对雪中红梅的赞美钦羡之情已溢于言表。

诗人对雪中红梅何以如此赞美钦羡？是因为雪中红梅是他情操个性的寄托。

诗人在其一首题画诗《咏画中红梅》中写道："一条斜扫挂长空，不与寻常桃李同。翠干朱花虽觉媚，竹梢松杪尚相容。"这梅花不同寻常之桃李，虽翠于朱花，十分艳丽；但气韵清刚，可与松、竹为伴，世谓"岁寒三友"。诗人在其《梅赋》中又写道："尔其孤禀矜竞，妙英隽发，肌理冰凝，干肤铁屈"，"曾不知其处寂寞而贞厉，守冷素以自恬，悠扬乎松菊之圃，盘错乎水石之间，风飙撼之而不动，瘴疠攻之而罔颠"。这些话简直是在写诗人自己了。诗人一生坎坷多难，落魂潦倒，然而，守志不移，初衷不变。绝不趋炎附势，媚世阿俗。所以难怪他对"雪中红梅"如此赞美了。

这首诗艺术形象非常鲜明。前两联写雪中红梅外在形象之美好，后两联写雪中红梅内在气质之清刚。诗中以嫦娥为喻，使艺术形象更加丰满。"糁糁团团"这些方言俗语的运用，也增强了诗歌的生动性和感染力。

徐渭（公元 1521—1593 年），绍兴府山阴人。初字文清，后改字文长，号青藤老人、天池山人、金回山人、山阴布衣、田水月等。明代中期文学家、书画家、戏曲家、军事家。曾担任胡宗宪幕僚，助其擒徐海、诱汪直。在忧惧发狂之下自杀九次却不死，后因杀继妻被下狱论死，被囚七年后，得好友救免。晚年贫病交加。藏书数千，多才多艺，在诗文、戏剧、书画等各方面都独树一帜，与解缙、杨慎并称"明代三才子"。他是中国"泼墨大写意画派"创始人、"青藤画派"之鼻祖；书善行草；写过大量诗文，被誉为"有明一代才人"；能操琴，谙音律；爱戏曲，所著《南词叙录》为中国第一部关于南戏的理论专著。有文集传世。

题陈莲画梅轴

明朝　陈继儒

我有一枝笛，顽儿拗作橛。

三三两两花，一开绣如铁。

这是陈继儒为其子陈莲所作《梅》轴的题诗。全诗以童谣体题画，想象奇特，有天真的情趣，在俏皮幽默中表现出梅花的形神，内涵深警。

陈继儒善画水墨梅花，陈莲也喜画梅，诗歌首先风趣地把陈莲画梅时的情景表现了出来。"我有一枝笛，顽儿拗作橛"，这儿的"笛"实为"笔"，二者皆竹制，同可畅述心曲，不过方式不同而已。以"笛"作画，看来确是怪异，与下文"顽儿"绾合。"顽儿"不只是顽皮嬉戏之意，诗中更有不折不挠、顽强不屈的内涵，为了正义与理想，宁愿粉身碎骨，折成数段，也在所不惜，也就是古人所谓："可使寸寸折，不能绕指柔"（唐·白居易《李都尉古剑》）的品性。只有这样的"顽儿"，才能懂得寒梅的精神，才能挥洒自如，随形就势，写出苍虬屈劲的梅枝，犹如竹笛拗成的木橛一般刚直。诗中的"顽儿"，既指儿子陈莲，也指画家自己。画梅如述心曲，在圈点中，三三两两的梅花早就透出画作的旨意。

"三三两两花，一开绣如铁"，"绣"，同"秀"，美丽。"绣如铁"，是梅花铁骨冰心的象征，更是画家内心世界和情感的外泄，这不正印证了"心如铁石，气若风云"（唐·杨炯《唐右将军魏哲神道碑》）的古话么？陈继儒长期过着淡泊名利的隐逸生活，如梅花"无意苦争春"，但却依然关心民瘼，直抒己见，表现出"忠不避畏"的正直品格。全诗虽明白如话，幽默轻松，但如此精辟警策的内涵不能不令人深省。

陈继儒（公元 1558—1639 年），字仲醇，号眉公、麋公，松江府华亭（今上海市松江区）人。明朝文学家、画家。诸生出身，二十九岁开始，隐居在小昆山，后居东佘山，关门著述，工诗善文，书法学习苏轼和米芾，兼能绘事，屡次皇诏征用，皆以疾辞。擅长墨梅、山水，画梅多册页小幅，自然随意，意态萧疏。论画倡导文人画，持南北宗论，重视画家修养，赞同书画同源。有《梅花册》《云山卷》等传世。著有《陈眉公全集》《小窗幽记》《吴葛将军墓碑》《妮古录》。

丁卯新正三日写梅

明朝　李日华

檀口粉腮含笑语，春风拂拂为开怀。

酒人得此添狂兴，诗句从天泼下来。

此诗作于公元 1627 年新年正月里，新春来临，寒梅报春，画家以如痴如狂的欣喜之情刻画、描写梅花的神态与情韵。

"檀口粉腮含笑语，春风拂拂为开怀。"写出了梅花由含苞欲放到迎风乍放的动人情状。"檀口"，浅红的嘴唇。诗中以"檀口""粉腮"来比拟红梅，赋予了梅花以美女的娇憨之态，楚楚动人，惹人喜爱。更令人联想起"一曲清歌，暂引樱桃破"（五代·李煜《一斛珠》词），"美人既醉，朱颜酡些"（楚·宋玉《招魂》）之类的词句。那朵朵含苞欲放的红梅，远观就像朱唇欲启，粉腮含笑时美人的媚姿娇态，极富青春活力，因而给人留下了很深的印象。"春风拂拂为开怀"，则更进一步极写梅花怒放的情景。"拂拂"，风吹动的样子。在习习春风的吹拂下，"檀口""粉腮"喜不自禁，都迎风开怀，舒朗大笑。

"酒人得此添狂兴，诗句从天泼下来"，在春风的沐浴下，"开怀"的不只是"檀口粉腮"，还有画外的"酒人"。所谓"酒人"，乃是好酒之辈。古代的骚人墨客，往往都是"酒人"，他们借酒助兴，思绪纵横飘逸，奔放狂想，一倾而泻，随之而作出脍炙人口的名章佳句。李白不就曾被喻为"斗酒诗百篇"（唐·杜甫《饮中八仙歌》）吗？此时此刻，画家面对红梅初绽，"绰约粉艳，春风包绛萼"（北宋·朱敦儒《洞仙歌》）的胜景，顿添兴致，再加上"酒"的激发，更达到狂喜的地步，于是诗兴大发，奇思妙语，仿佛从天而降，又若大水决堤，一泻千里。这两句诗中所表现出的"开怀""狂兴"，恰恰映衬出自然美对人产生的陶冶和感染，最终也达到了咏画梅与赞画梅的目的。

李日华（公元 1565—1635 年），明代文学家、画家、收藏家。字君实，号竹懒，又号九疑。浙江嘉兴人。万历二十年（公元 1592 年）进士，授九江推官，官至太仆少卿。工书画，精善鉴赏，世称博物君子。著作宏富，有《恬致堂集》四十卷，《明史艺文志》及《官制备考》《姓氏谱纂》《槜李丛谈》《书画想象录》《紫桃轩杂缀》《竹懒画滕》《六研斋笔记》《恬致堂诗话》等书。擅画山水，墨竹，用笔金贵，格调高雅。所作笔记内容多论书画，笔调清隽，富有小品意致。其诗歌表现出士大夫的闲适情调。

早梅

明朝　道源

万树寒无色，南枝独有花。
香闻流水处，影落野人家。

这首《早梅》，赞美了梅花不畏严寒、傲立枝头的特点

"万树寒无色，南枝独有花"，时值严冬，北风肆虐，寒气袭人，大雪给一切树木花草披上了银装，看不到其他颜色。在这天寒地冻之时，独有梅树的南边枝条上，绽放了鲜艳的花朵。诗人在寒冷的冬天，突然发现梅树的南枝上开

有花朵，其惊喜之情溢于言表。而梅树只有南枝因为向阳而开花，也突出了早梅的特点。

"香闻流水处，影落野人家"，梅花清香四溢，在小溪旁都闻到了它的香味，抬头一看，只见梅花的影子映在农家的墙壁上。这两句通过细节描写，大有"疏影横斜水清浅，暗香浮动月黄昏"（宋·林逋《山园小梅》）的意境，在寒冷的冬天，带给人们一份暖意和清新高洁的美感。

这首诗，赞美了梅花傲寒独立雪中的顽强的生命力，体现了诗人对梅花的喜爱之情，和对生命活力的礼赞。

道源（生卒年、生平事迹不详），明代诗人。

题墨梅

明朝　柳如是

色也凄凉影也孤，墨痕浅晕一枝枯。
千秋知己何人在，还赚师雄入梦无？

作为明朝遗民，八大山人朱耷在山水画中直接题诗："墨点无多泪点多。"（《山水册页》）作为"女侠名姝"，柳如是在经历了清兵南下、故国沦丧以后，画枯枝墨梅，并题此诗，抒写自己内心的凄苦苍凉。

"色也凄凉影也孤，墨痕浅晕一枝枯"，一枝枯梅，根干无依，"影也孤"，"墨痕浅晕"，因而"色也凄凉"，诗人深感自己犹如这根茎全无的枯枝孤梅，不禁黯然泣下，这画中的"墨痕浅晕"，倒不如说是画家热泪濡染而成，蕴含着无尽的哀痛。

当年，诗人与东林党、复社的名士，抗清复明的豪俊往来，陈子龙、黄宗羲、黄毓琪、郑成功、张煌言……而今何在？当她听说黄宗羲还在秘密奔走，张煌言尚在冒死奋战时，心中的希望顿又复燃。诗中借用《龙城录》中的故事表明心迹："千秋知己何人在，还赚师雄入梦无？""师雄"，赵师雄。唐代诗人柳宗元《龙城录》载，隋开皇中，赵师雄迁罗浮日暮，于松林酒肆旁，见一美人，淡妆素服出迎，与之语，芳香袭人，并与之共饮。师雄醉寝，及其醒后，起视，乃在梅花树下，上有翠羽鸣叫，月落参横，但惆怅而已。后以"罗浮树"比作梅花，"师雄"比作梅之知己。这两句诗足以说明诗人忧国忧民，毁家纾难，救亡图存之心至死不渝，时刻都在盼望复明义军能卷土重来。一腔忠愤，碧血丹心，肺腑倾出，体现出崇高的民族气节。如此高怀远致，竟出自长期被轻薄深诋的一位女子，这是何等胸襟，读之怎不令人为之拍案，怎不令人为之潸然泪下？

柳如是（公元 1618—1664 年），明末清初女画家、女诗人。原姓杨名爱，后改名柳隐，又名如是，号影怜、靡芜君，吴江人。初为江南名妓，色艺冠一时。后为追求自由与爱情，历经坎坷，归常熟钱谦益，相得甚欢，称"河东君"。明亡，劝钱谦益殉国，谦益不能从。谦益死，亦殉之。她好学博识，工诗能文，善于书画，有《月堤烟柳图》卷及诗集《戊寅草》《湖上草》。

和梅花百咏诗·雪梅

（其三十六）

明朝　王夫之

减取琼花一片开，五铢轻较六铢裁。

亭亭小立雕楹外，白纻闲看舞袖回。

王夫之是明末著名的思想家，曾参加抗清斗争。他很喜欢梅花，作有《和梅花百咏诗》100 首，借吟咏梅花，表明自己的理想追求。

这首咏《雪梅》诗，是《和梅花百咏诗》的第三十六首。

"减取琼花一片开，五铢轻较六铢裁"，写梅花雪中盛开。"琼花"，雪花。诗人说，梅花的花瓣是将六出的雪花减少一片，用六铢仙衣裁剪成五铢钱的形状，而变成了五瓣梅花。极力赞美梅花的洁白、高贵。

"五铢"，中国古代货币。五铢钱枚重五铢（注：以西汉一斤为 250 克算，一铢约 0.65 克，五铢约 3.25 克）。"六铢"，指六铢衣。金国诗人元好问《隐秀君山水为范庭玉赋》诗："万壑风烟入座寒，六铢仙帔想骖鸾。"

"亭亭小立雕楹外，白纻闲看舞袖回"，"白纻"，白纻舞，一种穿白纻舞衣表演的舞蹈。白纻舞衣不仅质地轻软，而且袖子很长。这种长袖最能体现白纻舞舞蹈动作的特点。梅树亭亭玉立在雕像楹柱的外面，闲看雪花像穿白纻舞衣的女子表演舞蹈，来回飞舞。

诗中将梅花与雪花参照描绘，突出了两者的轻盈洁白，姿态优美。

和梅花百咏诗·红梅

（其五十四）

明朝　王夫之

对色疑非香不非，迎暄莫问素心违。

光风灼灼传新喜，残雪全消散落晖。

这首咏《红梅》诗，是《和梅花百咏诗》的第五十四首。

"对色疑非香不非，迎暄莫问素心违"，开头一句写人们见到红梅，看到她的颜色，开始怀疑其不是梅花；可闻到她的清香后，再也不怀疑了。迎着温暖的春花，不要问她是否违背了高洁的素心。化用了元代诗人冯子振《梅花百咏·西湖梅》中的诗句"任他桃李争欢赏，不为繁华易素心"，赞美红梅虽花色与春花相近，但冰清玉洁的素心不改的品格。

"光风灼灼传新喜，残雪全消散落晖"，红梅在春光明丽的早春传递着春天到来的喜讯，残雪在落日余晖中全部消融，明媚的春天自会到来。

诗人赞美红梅报春、保持素心的品质，也是表明自己坚持抗清的意志和决心。

王夫之（公元 1619—1692 年），字而农，号姜斋、又号夕堂，湖广衡州府衡阳县人。他与顾炎武、黄宗羲、唐甄并称"明末清初四大启蒙思想家"。他青年时期积极参加反清起义，晚年隐居于石船山，著书立传，自署船山病叟、南岳遗民，学者遂称之为船山先生。著有《周易外传》《黄书》《尚书引义》《永历实录》《春秋世论》《噩梦》《读通鉴论》《宋论》等书。

踏莎行·梅

明朝　刘淑

珠萼将成，香绿几遂，冰霜绘就惊春意。含英不与牡丹开，倾心原共山茶醉。

古干蟠天，孤根托地，扶摇风雪添豪气。问连枝可许调羹，遥递到春光千里。

踏莎行：词牌名。

如果说古代女词人的作品常常是情致缠绵、委婉细腻的低吟浅唱的话，那么这位明末女词人刘淑的《踏莎行》却像一位洒脱干练、豪气干云的须眉男儿的慷慨高歌，颇有几分英雄豪气。虽然梅花傲雪斗霜的风骨在诗词作品中受到过无数次推崇，但词人多是称赏梅的清高品格并以其自许。像这首《踏莎行》中梅的形象有丈夫气却又不孤傲，在咏梅词中还不多见，因而，很是独特。

"珠萼将成，香绿几遂。冰霜绘就惊春意"，词的起首称赞了梅的惊艳之处。梅花的孕育，不是在春光明媚的环境中，而是在大地一片肃杀的冬季。但是她的出现，却是在预示着春的到来。这片春意竟以冰霜绘就，又该是多么不同凡响。

"含英不与牡丹开，倾心原共山茶醉"，在这两句中，词人赋予了梅花以人的品格。梅花不肯与牡丹同时开在春光最盛处，却倾心于凌寒开放的山茶，愿与它陶醉在报春的喜悦中，它也有知己，并不孤单。

下片的前三句，更进一步赞扬了梅的豪气。"古干蟠天，孤根托地。扶摇风雪添豪气"，极力赞美梅树干苍劲盘曲，高耸云天；孤根扎地，坚硬如铁，在风雪的摇撼中更添英雄豪气。这个形象，简直就是一位顶天立地的大英雄、大丈夫，又哪有丝毫普通花草的娇娆妩媚呢？

"问连枝可许调羹"，"调羹"，调和羹汤。《书·说命下》："若作和羹，尔惟盐梅。"写梅枝上结的果实，可以调和羹汤。结句"遥递到春光千里"，化用南朝诗人陆凯《赠范晔》"折梅逢驿使，寄与陇头人。江南无所有，聊赠一枝春"的诗意，透露了词人怀念远人的心情。那千里之外的人是谁呢？词人未说，但我们知道，她多么希望这梅花带来的春光能够遥递她的感情，温暖那远方之人的心啊。这结句情感丰富，意味深长，顿使整首词变得豪放而不粗犷，于英武之中见婀娜之态，很有韵致。

刘淑（公元 1620—1657 年以后），明代女诗人。字木屏，号个山人。江西安福县人，庐陵王蔼之妻，刘铎之女。她幼年丧父，新婚丧夫。1646 年，清军攻入吉安，刘淑倾尽家资招兵买马，希冀为保卫家乡而尽一己之力。1649 年，清军再克江西，刘淑携老母稚子，辗转湖南、四川等地避难。流落五年后返回故乡，于山间辟"莲舫"庵，自此侍母课子，参禅礼佛，过着布衣蔬食、贫病交加的清苦生活。以笔抒志，共写下 800 多首诗、40 首词、14 篇杂文、我国第一部弹词长篇《天雨花》，并整理其父刘铎遗集《来复斋稿》付梓。

清朝咏梅诗词赏析

题画诗册

清朝　普荷

无事不寻梅，得梅归去来。

雪深春尚浅，一半到家开。

这是一首题画诗。诗的字面意思很好理解。读完，我们眼前仿佛出现了一幅美好的画面：诗人踏雪寻得梅花，采了许多，一些开了，一些还是花骨朵，放在家里开。

"无事不寻梅"，诗的字面意思是没事就不会去寻找梅花，隐含的意思是，诗人把"寻梅"当作一件重要的事，今天特意冒着严寒，去寻找梅花。"得梅归去来"，经过努力地寻找，找到了梅花，欣赏之余，折了一些梅花枝带回家去。"雪深春尚浅"，这时刚刚立春不久，地上还有很多积雪，天气仍很寒冷。"一半到家开"，折来的这些梅花枝上面，有的花朵已经开了，大约还有一半的是花骨朵，正好回家养在花瓶里逐渐开放。

诗句明白如话，自然清新。诗中写了"寻梅""得梅"的心情，和梅花"待放""初放"的景象。踏雪寻梅，别是一番雅趣，何况还有"一半到家开"的期盼呢？

古人赏梅，要"寻""得""归"，一样一样来，开到一半的梅就好。诗人写出了自己赏梅的过程，显示出赏梅的高雅情趣。

普荷（公元1593—1683年），明末清初诗僧、书画家。本姓唐，名泰，字大来，云南晋宁人。明熹宗天启中以明经入对大廷。明亡薙发为僧，隐鸡足山，法名通荷，后更名普荷，号担当。山水画法倪瓒，风格荒率纵放。书法董其昌而变之，后多写草，其势瘦劲清奇，豪放练达。传世作品有《诗画册》《山水图册》《溪山寺僧图》卷等。工诗，著有《工园集》《橛庵草》等。

题古梅图三首

清朝　朱耷

分付梅花吴道人，幽幽翟翟莫相亲。
南山之南北山北，老得焚鱼扫虏尘。

得本还时末也非，曾无地瘦与天肥。
梅花画里思思肖，和尚如何如采薇。

夫婿殊如昨，为何不笛床。
如花语剑器，爱马作商量。
苦泪交千点，青春事迁王。
曾云午桥外，更买墨花庄。

本诗选自故宫博物院藏八大山人《古梅图》题诗。系画家57岁时所作。此图画一株露根古梅，斜挺着枝干，主干空裂，已被摧折得半枯，树顶蟠曲光秃，疏枝作下垂之势，瘦硬如铁，但在被压抑得伸不直头颈的枝丫上却迸绽出数朵清香阵阵的梅花。形象奇古，挺劲，傲岸，虽然根不着土，却显示了顽强的生命力，这形象自然可以使人联想到在民族压迫下依然顽强生存奋斗的画家，这株古梅正是画家自我精神的写照。画成之后，作者似乎意犹未尽，先后题上三首诗。

第一首"分付梅花吴道人，幽幽翟翟莫相亲"，"梅花吴道人"，指元代画家吴镇。南宋亡后，吴镇终身隐遁作逸民，没有抵抗异族的意志，其画作纵有清高气傲之韵，但诗人觉得与自己相比亦不可同年而语，大有"南山之南北山北"的天壤之别。"南山之南北山北"，意为道不同不相为谋。取典《后汉书·逸民·法真传》："以明府见待有礼，故敢自同宾末。若欲吏之，真将在北山之北，南山之南矣。"

"老得焚鱼扫虏尘"，"焚鱼"，即"燔鱼"，周武王伐纣前，燔鱼以告天。诗人大胆直白地表露出扫除鞑虏、还我河山的愿望。这在文字狱迭兴之际，随时随地都有惹上杀身之祸的危险，该需要多大的胆量啊！故其藏画中，此"虏"

字被挖去。

第二首"得本还时末也非，曾无地瘦与天肥"，诗人将明王朝视作中国政权之"本"，而清朝只不过是"末"，到了"得本还时"，那么"末"的一切也就将全部消亡，甚至满清统治下"天肥""地瘦"的形象也将得到改变。从中可见他对清朝的强烈不满，认为清人的统治造成了人间的贫瘠荒凉，这种乾坤应尽早扭转。这层含义在此诗后的署名中也得到了充分的表现，甚至更为直露，他在落款中径题"壬小春"，只有天干"壬"，没有地支"戌"，这更是大胆地传达出"有天无地"之意。

"梅花画里思思肖，和尚如何如采薇"两句，将诗人亡国之思的心绪情感表露无遗。郑思肖在宋亡后隐居吴下，多写露根兰草，不画土地，人问之则云："地被番人夺去了。"诗人用此典，正与画中的露根古梅契合，强烈地表现了国土沦亡之后的亡国之痛和故国之思。"采薇"一典的选用，却是反其意而用之，借以抒发心志。伯夷、叔齐忠于旧朝，不食周粟，最后饿死的行动，而我这早已出家为僧的人何能效仿呢？因为在我内心深处，还有抗清复明的坚定信念，何能消极待命呢？对新朝的反抗情绪如此强烈和直露，这在画史上是史无前例的。

第三首诗的诗意略显晦涩。"夫婿殊如昨，为何不笛床"，"夫婿殊"，《古乐府·陌上桑》："坐上数千人，皆言夫婿殊。"这里"夫婿"指明朝，"殊"指降清的二臣。"笛床"，笛子。指斥这些降清的"二臣"不能吹响反清复明的号角。

"如花语剑器，爱马作商量。苦泪交千点，青春事适王"，诗人以《异闻集》中声伎换马的典故入诗，借以痛斥那些以名节换取功名利禄的民族败类、无耻"二臣"。《异闻集》载："酒徒鲍生，多蓄声伎；外弟韦生，好乘骏马，各求所好。一日相遇，两易所好，乃以女婢善四弦者换紫叱拔（善马名）。""适（dí）王"，帝王。《吕氏春秋·下贤》："帝也者天下骏之适也。"他们这些人在异族的统治与歧视下忍气吞声，为了谋取爵禄而牺牲自己的宝贵青春与才华。诗中以声伎女婢比作二臣，把清廷爵禄比作马畜。表明自己对这些人行为的不齿。

"曾云午桥外，更买墨花庄"，"午桥"，唐代丞相裴度的别墅午桥庄。裴度为唐宪宗时宰相，平定藩镇叛乱有功，晚年以宦官专权，辞官退居洛阳，于午桥建别墅，种花木万株，筑燠馆凉台，名曰绿野堂。穷昼夜相欢，不问人间事。"墨花庄"，南宋画家赵孟坚的隐居地墨花村舍。赵孟坚首创墨兰（用墨画兰），笔调劲利而舒卷，清爽而秀雅。诗人将这些人的安于现状，与凌寒的古梅对比，表现出自己不屈不挠的反抗异族的决心。

朱耷（公元 1626—约 1705 年），原名朱统鐢，字刃庵，号八大山人、雪个、个山、人屋、道朗等，出家时释名传綮，江西南昌人。明末清初画家，中国画一代宗师。明宗室后裔，明亡后削发为僧，后改信道教，住南昌青云谱道院。擅书画，早年书法取法黄庭坚。花鸟以水墨写意为主，形象夸张奇特，笔墨凝练沉毅，风格雄奇隽永；山水师法董其昌，笔致简洁，有静穆之趣，得疏旷之韵。擅书法，能诗文，有自题山水册，诗云："墨点无多泪点多，山河仍是旧山河。横流乱世杈椰树，留得文林细揣摩。"足为其生涯与艺术交融之写照。

枯梅

清朝　吴淇

奇香异色著林端，百十年来忽兴阑。
尽把精华收拾去，止留骨格与人看。

在众多的咏梅诗中，此诗以枯梅为题材，颂其精神不死，别具一格。

前两句"奇香异色著林端，百十年来忽兴阑"，首句写一株老梅有着奇异的花香和花色，独自生长在林子最偏僻的地方。交代了这株老梅生长的艰苦环境，和生前不平凡的表现："奇香异色"。次句写老梅开了一百来年的花，忽然兴致减退，不愿意再开下去了。交代了老梅枯萎的原因："兴阑"。用拟人手法，让这株梅花具有了人的情感。

后两句"尽把精华收拾去，止留骨格与人看"，写这株老梅把所有的天地精华都吸收去了，只留下不畏严寒的骨气与冰清玉洁的品格予人赏看。

此诗别开生面，以枯梅为题材，赞美枯梅虽老死枯萎，仍把骨气与品格留在人间，供人们赏看。实是赞美梅花的精神不朽。

宋代诗人史文卿也写有一首《枯梅》诗："樛枝半著古苔痕，万斛寒香一点春。总为古今吟不尽，十分清瘦似诗人。"说梅的枝干虽枯，但寒香仍存，装点春天。与此诗题旨有相似之处。

吴淇（公元 1615—1675 年），清代学者。字伯其，号冉渠，河南睢州人。顺治十五年（公元 1658 年）进士，授广西浔州推官，办案有方，提升为镇江海防同知。后忤上司，被罢官，归里后结社赋诗，潜心研究声律。他学识渊博，经史、天文、历法、易占、吕律、音韵无所不晓，被称为"中州八大才子之冠"。著述有《雨蕉斋诗集》《诗选定论》《律吕正论》《阴阳经正论》《睢阳人物志》《雨蕉斋杂录》《道言杂录》等。

折陋轩梅花入舟中作

清朝 吴嘉纪

清溪正发数株梅，惆怅芳春别钓台。
手折花枝登小艇，前途看到十分开。

吴嘉纪现存诗二百余首，其中咏花诗甚少，仅十余首，但咏梅花的竟占五首，可见诗人对梅花的偏爱。他一生无意仕途，自云"男儿自有成名事，何必区区学举业也"，"自是专工为诗，历三十年，绝口不谈仕进"。（袁承业《王心斋弟子师承表》）。因而无仕途坎坷的烦恼，无志向唯酬之忧虑，诗人笔下的梅花，自有一缕超脱隐逸的风韵。

"清溪正发数株梅，惆怅芳春别钓台"，在诗人家居的"陋轩"附近的清溪旁，已有数枝梅花开放。盛开的梅花因地处旷野荒郊，不为人知，无人观赏，正为韶华易逝、芳春难久而惆怅。表面上看是诗人为梅花而叹，实则抒发自己内心的感慨。诗人真的为自己久居穷乡僻壤而伤感吗？从诗人友人的回忆看，他"闭门穷居，蓬蒿土室，名所居陋轩，终日把一卷，苦吟自娱"，诗人在《自题陋轩》一诗中也曾写到"风雨不能蔽，谁能爱此庐。荒凉人罕到，俯仰我为居。遣病一篱菊，驱愁数卷书。款扉谁问讯，禽鸟识樵渔"。可见诗人对自己孤寂、贫穷的一生无忧伤哀怨的心绪，而有怡然自乐的情趣。在此，诗人是借梅花而抒发自己的志向。

三、四句诗人直抒胸怀："手折花枝登小艇，前途看到十分开。"诗人虽在咏花，其目的实在不是赏花，意在言志，而其志又不在"争春"，而在隐逸。诗人三十余载，处荒野，居陋室，并日而食，"竟安贫乐道，终日抱膝高吟破屋之中以古人为师范"，当诗人登舟出游之时，折一枝盛开的梅花，品味梅花的品格，对自己的"前途"是满怀乐观的。一句"前途看到十分开"，运用双关的笔法点明此诗的题旨，抒发诗人的志向。诗人心胸是开阔的，没有南宋何应龙"天寒日暮吹香去，尽是冰霜不是春"（《见梅》）那种不能施展抱负的襟怀，欲争春而不得的心境；却有北宋林逋那种"梅妻鹤子"的高洁的情操。林逋写诗随手散去，不留底稿，自云"我不欲取名于时，况后世乎"？吴嘉纪"为诗歌，刻意苦吟，不求声誉"，不仅形似，而且神似。就此可见，清溪岸边的梅花即是吴野人一生的影像。

诗的前两句是铺垫，后两句点明题旨，全诗浑然一体，诗人的理想情感便全部蕴含其中。

吴嘉纪（公元1618—1684年），清代诗人。字宾贤，号野人，江苏东台人。明亡，入清不仕，隐居泰州安丰盐场。工于诗，其诗法孟郊、贾岛，语言简朴通俗，内容多反映百姓贫苦，以"盐场今乐府"诗闻名于世，著有《陋轩诗集》。

梅花开到八九分

清朝　叶燮

亚枝低拂碧窗纱，镂月烘霞日日加。

祝汝一分留作伴，可怜处士已无家。

诗人赞美梅花开到八九分时已足够艳丽，希望能留下一分去陪伴西湖边的处士林逋，以宽解他的寂寞。构思巧妙，想象奇特。

诗的前两句"亚枝低拂碧窗纱，镂月烘霞日日加"，诗人以内心的情感作为底垫，彩绘了明艳的梅枝，蟠虬曲卷，正低拂绿窗；或目花梢，烘染云霞，天天增加几幅动画。诗人仅用寥寥十几字，就从不同的侧面，描述出梅花色态各具、生动逼真的风姿，展示了梅花的形态美。

接着，诗人又独运匠心，用"祝汝一分留作伴，可怜处士已无家"两句，展开奇异的想象。他好像以亲切的语调，在同"镂月烘霞"、开得正闹的梅花促膝交谈：梅花呀，梅花，你在我这里开到八九分便已呈美不胜收了，不再需用另一分。愿你留下那一分，去给可怜的处士做伴吧。这里，运用截山显高的写法，进一步渲染出梅花盛开、芳艳繁闹的热烈气氛。他自己也已经深深地陶醉在花头枝下了。

"可怜处士已无家"一句中的"处士"，是指北宋诗人林和靖（林逋）。林和靖是钱塘（今属浙江杭州市）人氏，一生不肯做官，住在西湖孤山，以梅为妻，以鹤为子。当诗人徜徉在梅花之下，面对繁闹明艳、日日更新的花之精英，他不会不想到林和靖的《梅花》诗，不会不想到他凄孤的身世，而泛起同情的涟漪。于是触发了他的才思与灵感，咏出虽不算绝唱，却也无人雷同的诗句。

叶燮（xiè）（公元 1627—1703 年），字星期，号已畦。浙江嘉兴人，清初诗论家。康熙九年（公元 1670 年）进士。康熙十四年任江苏宝应知县。在任参与镇压三藩之乱和治理境内被黄河冲决的运河。不久因耿直不附上官意，被借故落职。由此绝意仕途，纵游海内名胜，诵经撰述，设馆授徒。晚年定居江苏吴江之横山，世称横山先生。著有诗论专著《原诗》，被认为是继《文心雕龙》之后，我国文艺理论史上最具逻辑性和系统性的一部诗歌理论专著。此外还有讲星土之学的《江南星野辨》和诗文集《已畦集》。

眼儿媚·咏梅

清朝　纳兰性德

莫把琼花比澹妆，谁似白霓裳？别样清幽，自然标格，莫近东墙。

冰肌玉骨天分付，兼付与凄凉。可怜遥夜，冷烟和月，疏影横窗。

眼儿媚：词牌名。

这是一首咏梅花的小词。意境清幽，略显凄凉。全词并不具体描绘梅花的形象，而是通过意境、氛围的烘托，突现梅花"别样清幽""自然标格""冰肌玉骨"的神韵，给人以美感享受。

上片开头"莫把琼花比澹妆，谁似白霓裳"，"琼花"，为稀有珍异花木，叶柔而莹泽，花色微黄而有香。此处代指梅花。"澹妆"，同"淡妆"，这里指淡雅妆饰的美女。这两句，将梅花从世俗的比喻中提升出来，说它根本无法比拟。全句的意思是，不要将梅花比喻成澹妆的美女，有谁像它那样身披白色霓虹制成的衣裳？接下来就写梅花的气质、品格、神韵："别样清幽，自然标格，莫近东墙。""东墙"，源见"东墙窥宋"（战国·楚·宋玉《登徒子好色赋》）："天下之佳人，莫若楚国；楚国之丽者，莫若臣里；臣里之美者，莫若臣东家之子……然此女登墙窥臣三年，至今未许也"，指美女或女子寄情之所，此指梅花生长的地方。这三句意思是说，梅花具有与众不同的清新幽雅的气质，秉赋大自然所赋予的高雅风范，只可远观而不可近亵，不要靠近它生长的地方。

下片则着力描绘由梅花所构成的凄清的月夜意境、氛围，借以突现梅花独具的气质、神韵。"冰肌玉骨天分付，兼付与凄凉"，是说梅花冰清玉洁的肌骨是生来就有的，大自然还兼而付与它一种凄凉的气质。"可怜遥夜，冷烟和月，疏影横窗"，是说最可怜见的是在漫漫的长夜里，伴陪着梅花的只有清冷的烟雾和笼罩着的寒月，它只能将瘦削的倩影横印在月下的窗上。给人一种凄清空蒙的冷艳之感。

在这首词中，词人通篇没有写一个"梅"字，却字字句句都在写梅；通篇没写一个"人"字，却无处不见人的影子。写梅花的品格，实则是写人的品格。词中对梅骨、梅神、梅魂的咏叹和赞美，实则是对人的精神气质的赞美。本篇是花品、人品合一的咏叹之作，表现了诗人一种自足、孤往的性格与情怀。但也不乏孤高自赏、清凄自适的孤傲之情。

这首词中多化用前人的诗词，但妙笔天成，神韵自出，浑然无痕，另成意境。

纳兰性德（公元 1655—1685 年），叶赫那拉氏，字容若，号楞伽山人，原名纳兰成德。清代著名词人，大学士明珠长子。幼好学，经史百家无所不窥，谙悉传统学术文化，尤好填词。为康熙身边一等侍卫，多次随康熙出巡。但他淡泊名利，在内心深处厌恶官场的庸俗虚伪，虽"身在高门广厦，常有山泽鱼鸟之思"。清代词坛中兴，名家辈出，其中以纳兰性德最引人注目，国学大师王国维赞其"以自然之眼观物，以自然之舌言情。此初入中原，未染汉人风气，故能真切如此。北宋以来，一人而已"。其词以"真"取胜，写景逼真传神，词风"清丽婉约，哀婉凄艳，格高韵远，独具特色"。著有《通志堂集》《侧帽集》《饮水词》等。

春光好·咏梅

清朝　许传妫

歌翠羽，暮烟浓，冷香丛。雪满山中树欲空，月光溶。

姑射仙人体素，罗浮仙子肌松。受尽一番寒彻骨，嫁东风。

春光好：词牌名。

梅花冒雪开放，素洁淡雅，前人常以仙女拟其艳姿。本词即以此为喻，细腻地刻画了梅花的娇美。

上片描写梅花乍开的时节和环境。其时节，雪满山中；其环境，月色溶溶。这一派清冷孤寂，正衬托出梅花的高标出世。"歌翠羽，暮烟浓，冷香丛"，意谓在美人的歌舞中，天色渐暗，寒气笼罩着梅花。开头的三个短句，将读者由俗世引入空山。接下去的两句，更将读者引入幽冷清寂的世外之境。"雪满山中树欲空，月光溶"，四下里一片洁白，几乎只有月色流照在积雪上，其静，其清，其冷，其洁，恍惚步入仙境。在这样的境界中，赏玩洁白芳馨的梅花，怎能不令人飘飘欲仙？

下片描写梅花绽放的姿色与品性。其姿色，可比仙女；其品性，能耐严寒。"姑射仙人体素，罗浮仙子肌松"，这二句词即以仙女的体态肤色，喻写梅花的妩媚皎洁。"姑射仙女"，传说中的仙女，《庄子·逍遥游》云："藐姑射之山，有神人居焉，肌肤若冰雪，绰约如处子。"罗浮仙子，即传说中蓬莱仙山的仙女。罗浮山，在广东省境内，传说系由蓬莱一埠浮海而来，与罗山并合而成。唐代诗人柳宗元《龙城录》载，隋人赵师雄赴罗浮山，曾夜遇梅花仙子。这种比喻，系由"雪满山""月光溶"这种近乎空明的素洁境界连类而及，即冰雪的洁白令人想到仙女的肌肤，仙女的娇艳又令人想到梅花的姿色，故使得读者印象格外鲜明。"受尽一番寒彻骨，嫁东风"，"嫁东风"，即迎来春天。这两句词赞美梅花破雪而开，是传报春讯的使者。不说报春讯而说嫁东风，系紧承前面的仙女之喻而来；而"寒彻骨"的考验，也系由冬雪而来。可见上片雪夜之景的铺写，确为直接描写梅花提供了雅洁生动的背景。

其实，写雪中月下之梅，构思并不新鲜，前人佳作不胜枚举。以仙女喻梅花，也略无新意；梅花之能耐寒、可报春，吟咏者也极多。本词的构思乃至词句，显然借鉴了前贤之作。本词的可取之处，在于将典型的环境描写和对梅花的直接刻画融合在一起，将梅花的姿色与品性，置于月下雪山这种幽奇清冷的境界中去写，使全词有一种近于神秘的美感，读来既恍惚又清醒，既朦胧又真切，不能不受到强烈的感染。

许传妫（生卒年不详），清代女词人。字虞姝，浙江余姚人，邺令鲍之汾（浙江余杭人，岁贡，康熙五年任）室。有《碧巢词》。

捣练子·梅花

清朝　张传

皎似雪，洁如霜，分外清幽一种香。可爱冰心甘冷淡，几枝疏影照斜阳。

捣练子：词牌名。

梅花最突出的特征是淡雅高洁，尤其是白梅，更以其清冷皎洁惹人喜爱。这首咏梅词，咏写的正是白梅。

"皎似雪，洁如霜，分外清幽一种香"，开头三句描写梅花的色与香，以霜雪喻其皎洁，又突出刻画了梅花有别于霜雪的幽香。这情味不禁使人想起比较雪与梅的两句名诗："梅须逊雪三分白，雪却输梅一段香。"（宋·卢梅坡《雪梅》）但本词的重点，不是强调与霜雪的差异，而是强调与霜雪的相近，意谓梅花既像霜雪一样皎洁可爱，而且又独具幽香，这怎能不更显可爱？

"可爱冰心甘冷淡，几枝疏影照斜阳"，后二句描写梅花的品格和姿影，紧承前二句，进一步写梅花之可爱。因梅花花期最早，梅花开放时群芳凋残，故其清冷孤寂的特征，也历来为文人看重。北宋诗人王安石曾有诗云："莫恨夜来无伴侣，月明还见影参差。"（《沟上梅花欲发》）苏轼也有诗云："纷纷初疑月桂树，耿耿独与参横昏。"（《再用前韵》）王、苏二诗都写的是在月夜之中，孤独的梅花只能与自己的影子为伴。本词的情境也是这样，意谓在惨淡的斜阳中，梅花甘于欣赏自家的姿影。一个"甘"字，突出了梅花能耐寂寥的本性。

本词的最大长处，就是将梅花的具体特征和词人的内心感受融合在一起写，句句咏的是梅花，实则吐露自己的情怀。梅花的高洁清幽、风流自赏，也正是词人的写照。唐代诗人徐夤《梅花》诗"举世更谁怜洁白，痴心皆尽爱繁华"，所咏的孤高讽世之意，恰合本词主旨。词作引梅花为同调，隐含之意是说，自己也要像梅花那样皎洁孤高。

本词作者是位女词人，很有文学才华，"唐体宋调，俱能陶熔"；又"天性纯孝，母疾笃，曾割股疗之"，"修身峻洁，治家严整"。明乎此，对词人何以特别欣赏梅花皎洁与孤高的品性，也就不难理解了。

张传（生卒年不详），清代女诗人。字汝传，江苏娄县人。贡士徐基（约公元1701年前后在世）室。有《绣馀谱》。

梅花

清朝　蒋锡震

竹屋围深雪，林间无路通。

暗香留不住，多事是春风。

在这首咏梅诗里，"梅花"一词并没有在诗中出现，却把梅花浓郁的香气描写得淋漓尽致。

"竹屋围深雪，林间无路通"，连日大雪，将树林里的竹屋围困，林间白茫茫一片，无路可通，根本无法走出林间。但即便大雪如此封堵，仍可以闻到随风飘来的梅花香味。在一片空寂的环境中，传来的梅花清香，给人们带来了希望，传来了勃勃的生机。

"暗香留不住，多事是春风"，春风吹化了积雪，大地回暖，可惜梅花却凋落了，其清香也跟着消逝了。只怪那多事的春风，吹落了梅花，吹散了在冰雪中带给人们希望的清香。

诗人用嗅觉代替视觉的手法，描写梅花在大雪纷飞的天气里傲然开放、清香四溢的景象，别具一格，耐人寻味。

蒋锡震（公元 1662—1739 年），字岂潜。清代文学家、诗人。江苏宜兴人。康熙四十八年（公元 1709 年）进士，官翰林院编修。工诗，著有《青溪诗偶存》十卷。

题梅花

清朝　高凤翰

朱砂变相玉精神，月夜衣裳舞太真。

却借梅花簇绛雪，特翻别调写阳春。

苏轼之"洗尽铅华见雪肌"（宋·苏轼《再和杨公济梅花十绝》其七），使人想见梅之高洁，而东坡的另一个比喻"酒晕无端上玉肌"（《红梅三首》其一），则见红梅之俏丽。但是，红梅绝非俏丽而有失轻浮之流，这一点，在高凤翰的题诗中就表现得尤为突出。

"朱砂变相玉精神"，"朱砂"，用来作国画红色颜料的矿石。在画家高超技艺的驱遣下，眼前的朱砂颜料顿时幻化为一枝古朴苍劲的红梅，这枝红梅和白梅一样，都具有白玉那样纯洁无瑕的品性和精神。诗作开篇就直点主旨：梅所独具的"玉精神"。画家一再提醒读者，切莫为红梅的俏丽迷眼，而忘记了它的内美，应该将其姿容与内美视作不可分的整体。

次句"月夜衣裳舞太真"紧承上文，着力写其优美动人的姿态。"太真"，仙女。亦指杨贵妃，号太真。以昏黄的夜月来陪衬烘托，勾勒出梅花古干的疏影，突出了"疏影横斜"的迷人。如此摹状，诗人还嫌不够，更以杨贵妃的舞姿作比，充分展现它的灵动和生机。同时更暗含着"暗香浮动月黄昏"的醉人诗意。

有了这一层铺垫，诗作后半首就自然转入到内美的表现上，因为古人曾谓

"梅花优以香"（宋·陆佃《埤雅》），这当然包括梅花的自然特征，在诗人骚客笔下，更多的则是指"品馨"。"却借梅花簇绛雪"，"绛雪"，被梅花映红的雪。画中之梅不但未见其畏惧严霜冰雪，反而显得格外主动积极，把白皑皑的积雪映成一片绛色，使大自然增添了一份暖意。对梅花内蕴的发掘上，这一层涵义是画家的创新，真正是发前人之所未发。

这种得意之情，诗人本人也难以抑制，溢于言表："特翻别调写阳春。""翻"，翻制。"阳春"，即"阳春白雪"，古代的一种高雅乐曲。一个"别"字足见，更复用"阳春"一典。除却得意之情而外，"阳春"又用以比喻梅花高雅、不同凡俗的"玉精神"。

归根结底，这一切还是为了借以抒写诗人自己的人格与思想感情，隐含自己胸怀高洁，不肯随波逐流、阿谀当权者。因此，高凤翰此画此诗的真正命意并不在梅之姿态，恰恰是苏东坡《红梅三首》中所说的"尚余孤瘦雪霜姿"，"寒心未肯随春态"这一品质。

题梅花图

清朝　高凤翰

朱唇玉靥额鹅黄，乱锁轻烟共一香。

绝似汉宫初破晓，水晶帘外斗新妆。

本诗选自美国景元斋藏高凤翰《梅花图》题诗。美国景元斋藏高凤翰《山水花卉册》十二页，这套册页作成于清雍正十一年（公元1733年）。《梅花图》是这套册页的第一页，画面正右，以干笔擦染、勾勒，画一枯老的梅树主干，梅枝向左右伸展，或偃或仰，姿态各异，中间偏左的一枝，高高挺起，带出梅花怒放的笔意。花朵或用没骨法，或用勾勒法，其色泽，有红色的，有白色的，有黄色的，造成交错缤纷的格局，渲染出蓬勃的生机。

高凤翰的题诗，采用"以人喻花"的手法，主要表现画面具象，再现画境美，诗与画的对应关系，十分协调和紧密。

首句"朱唇玉靥额鹅黄"，以美女的"唇""靥""额"，比拟红、白、黄三色的梅花，非常形象贴切。次句"乱锁轻烟共一香"，写梅花之香。梅花的幽香，和着轻烟，笼罩在画面上，着一"锁"字，为众花平添一层迷蒙的面纱。三、四句"绝似汉宫初破晓，水晶帘外斗新妆"，诗人用汉宫美女破晓时分斗新妆的情景，突现梅花众卉怒放、争妍斗艳的热闹氛围，与画面紧相呼应，十分恰当地再现出"春意闹"的画境美。

高凤翰（公元1683—1749年），清代书法家、画家、篆刻家、诗人。又名翰，字西园，号南村，又号南阜、云阜，别号因地等，晚年因病风痹，用左手作书画，又号尚左生。雍正初，以诸生荐得官，为歙县县丞，署绩溪知县，罢归。性豪迈不羁，精艺术，画山水花鸟俱工，工诗，尤嗜砚，藏砚千，皆自为铭词手镌之。有《砚史》《南阜集》等作品。

动心画梅题记

清朝　金农

老梅愈老愈精神，水店山楼若有人。

清到十分寒满把，始知明月是前身。

金农是清代著名书画家，扬州八怪之首。这首诗是画家为自己所画梅花题写的，描绘了所画梅花的傲霜挺拔和清丽脱俗，赞美了老梅树不畏严寒，花开得精神饱满，清香四溢，如明月般纯洁美丽。抒发了诗人对梅花的极度喜爱之情。

"老梅愈老愈精神"，诗一开篇，诗人就对画上的老梅树赞不绝口，说古老的梅树愈老愈精神抖擞、神采焕发。梅树一般树龄很长，如生长在湖北省荆州市太师渊章华寺内的一棵蜡梅树，叫"章台古梅树"，距今有2500多年的历史，是中国历史上最古老的一棵梅树，今天仍郁郁葱葱，枝繁叶茂，生机蓬勃。被人称为是"中华第一梅"。

次句"水店山楼若有人"，写画面上的老梅，生长在溪水边山脚下的旅店楼阁旁边，那里仿佛有人在赏梅。点出了老梅生长的清幽环境和独特风韵。

后两句"清到十分寒满把，始知明月是前身"，"清"，清气，指梅花的神清骨秀、高洁端庄、幽独超逸的内在气质。元代诗人王冕有"不要人夸好颜色，只留清气满乾坤"（《墨梅》）的诗句。"满把"，谓拉满弓，比喻达到顶点。诗人赞美老梅神清骨秀、清新高洁的内在气质，在风雪严寒的锤炼下，达到了顶点。人们这才知道这玉洁冰清的梅花前身，仿佛是那皎洁无瑕的明月孕育的，借明月的冰清玉洁，极力赞美老梅的高洁品质和内在精神。

金农被视为扬州八怪之首，然世称其五十三岁后才工画。其所绘墨竹梅花等，后人誉其"涉笔即古，脱尽画家习气"。金农本人，学识修养广博，性情孤高，被荐举应博学鸿词科，惜未录取，由此一生未入官场，以布衣雄世。六十四岁后定居扬州，卖书鬻画。

金农所画，善用淡墨干笔作花卉小品，尤工画梅。所作梅花，枝多花繁，生机勃发，古雅拙朴。能画如此梅花，方家以为，原因概言有二：一为金农为爱花之人，梅花为其真爱，爱美、爱花、爱梅，然后有梅花之画；二为金农以梅为伴，写梅乃写心，人格与物象合一，见梅如见其人，实与一般画家不能等同视之。

题墨梅图

清朝　金农

砚水生冰墨半干，画梅须画晚来寒。

树无丑态香沾袖，不爱花人莫与看。

本诗选自故宫博物院藏金农《墨梅图》题诗。

金农的这幅《墨梅图》，枝干曲屈虬劲，尽为短梢，于朴拙中追求一种秀雅的风格。用笔以书入画，凝重浑厚，墨色清淡秀润，给人一种纯雅脱俗、清气袭人的感觉。

画中的这首题诗，从比较独特的角度抒发了他那清高拔俗的情怀。

"砚水生冰墨半干，画梅须画晚来寒"，诗中写道，"我"在画梅的时候，天气非常寒冷，砚台中的水已结成一层薄冰，墨也早已半干。这在书画创作中是一个不利条件，而画家看来却是一件好事，因为写梅就要写出它的冰姿玉骨，只有待到冰天雪地的严寒季节，才足以体现其本性。

"树无丑态香沾袖，不爱花人莫与看"，梅花精神的核心就是凌霜傲雪，百折不挠，至于枝干的形态都是次要的。所以在诗人看来，梅花本就无所谓美丑之分，只要是梅，都飘逸着冷峻清雅的幽香。如果你与之为伍，身处其中，在不知不觉间，梅花之幽香雅韵就会悄然潜入襟袖。相反，对于那些不懂得爱梅的人，根本就没有必要让他们来看梅，他们非但不能感受到寒梅的熏陶和教益，反而会因之生妒，不惜一切手段来摧残破坏。这些人，诗人曾把他们比作狡狯的春风："偏是春风多狡狯，乱吹乱落乱沾泥。"（题《古墙梅影册页》）

综观全诗，除却诗人自我抒情之外，也把他爱梅、惜梅之情作了淋漓尽致的表现。

金农（公元 1687—1763 年），字寿门、司农、吉金，号冬心先生、稽留山民、曲江外史、昔耶居士等。钱塘（今浙江杭州）人。布衣终身。清代书画家、诗人，扬州八怪之首。他好游历，终无所遇而归。晚寓扬州，卖书画自给。嗜奇好学，工于诗文书法，诗文古奥奇特，并精于鉴别。书法创扁笔书体，兼有楷、隶体势，时称"漆书"。五十三岁后才工画。其画造型奇古，善用淡墨干笔作花卉小品，尤工画梅。代表作有《东萼吐华图》《空捍如洒图》《腊梅初绽图》《玉蝶清标图》《铁轩疏花图》《菩萨妙相图》《琼姿俟赏图》等。著有《冬心诗集》《冬心随笔》《冬心杂著》等。

题梅花

清朝　汪士慎

小院栽梅一两行，画空疏影满衣裳。

冰华化雪月添白，一日东风一日香。

在"扬州八怪"中，除郑燮少画梅外，其他均善画梅，各家笔下的梅花具有不同的韵致。金农曾评价汪士慎画繁枝梅花"千花万蕊，管领冷香，俨然灞桥风雪中"。画卷中的梅花是属于"灞桥""江畔"的野梅，清瘦之中带有冷峻的孤傲之气。所谓"冷香"，也是汪士慎本人的写照，他正是"要将胸中清苦味，吐作纸上冰霜桠"。梅干盘曲多姿，纯以淡墨湿笔写出，苍劲而润泽。梅干上排列成串的焦墨苔点，笔法质朴而不乏灵秀，与淡笔勾画的梅花相映衬，以突出梅花的清雅秀逸，正如金农所言"花光圈处动，苔色点来苍"。

此诗是一首自题画诗，融入了诗人观梅的真切体验。

开头两句写梅树。"小院栽梅一两行，画空疏影满衣裳"，写画中的小院里，栽种有一两行梅树，梅树的枝条横斜，在画的空白处，稀疏的枝影映满树下观梅人的衣裳。

接下来两句写梅花。"冰华化雪月添白，一日东风一日香"，梅花上的冰雪融化，在月色下更显得洁白，一阵阵东风吹来一阵阵梅花的清香。

汪士慎观梅是用身心来体悟交流的，"老觉梅花是故人"，"相对成良晤，同清亦可怜"。画梅师法自然，融于自然，物我两忘，这也是汪士慎画梅给予后代画家的启示。

题白梅图

清朝　汪士慎

长年老笔吐寒葩，犹忆骑驴江路斜。

山桥野店少人迹，一阵酒香冲雪花。

汪士慎在一首《岁暮自嘲》中曾如此表白："何幸栖迟客，常年梦转清。一椽深巷住，半榻乱书横。欲与寒梅友，还同野鹤行。自怜闲处老，安用占浮名？"如果我们从此诗中了解了画家的生活境况和情趣，那么也就明白他生性喜爱梅，尤工画梅的缘由。因为梅早已成为他胸中的寄托和安慰，是自我人格的写照。这幅《白梅图》及题诗也明确地印证了这一点。

"长年老笔吐寒葩，犹忆骑驴江路斜"，"寒葩"，指冬天开的花，也叫"寒英""寒花"，通常指梅花。诗一开始，似诗人的自白：像"我"这样，积年累月地用心画梅，"老笔"端毫吐出一枝枝寒葩，画完之后，似乎还觉踌躇满志，意犹未尽，不禁浮想联翩。当年，骑驴探梅，目睹它"疏影横斜水清浅，暗香浮动月黄昏"（宋·林逋《山园小梅》）的风韵，依旧不断地在脑海中闪现。画家对梅花印象之深，并非仅其色、香，他曾在另一幅画上题诗云："当于香色外观韵，可怪冰霜里有春。天下无花堪伯仲，江南惟尔不风尘。"（题《梅花通景》屏条）这也就是在赞颂梅品。

"山桥野店少人迹，一阵酒香冲雪花"，山桥野店，人迹罕至，梅花"寂寞开无主"（宋·陆游《卜算子·咏梅》），但梅花却犹如"雪满山中高士卧"（明·高启《梅花》），傲视冰雪，与之争春，显示出坚强的气骨，散溢着一股疏香冷气。诗中一个"冲"字，极其精到传神，梅香花韵正是在冲雪斗霜中体现出来的。也许南宋诗人陆游《浣花赏梅》一诗可以作为诠解："春回积雪冰层里，香动荒山野水滨。"

汪士慎（公元1686—1759年），清代诗画家，单名慎，又名阿慎，字近人，号巢林、溪东外史，安徽休宁人。后寓居扬州，以卖画为生，为"扬州八怪"之一。他一生清贫穷窘，酷嗜茶，性爱梅，作画工于花卉，笔墨清劲，尤以梅花为长，清淡秀雅，金农誉之为："管领冷香，俨然灞桥风雪中。"亦工篆刻与隶书，能诗，有《巢林诗集》传于世。

278

山中雪后

清朝　郑燮

晨起开门雪满山，雪晴云淡日光寒。

檐流未滴梅花冻，一种清孤不等闲。

清代"扬州八怪"之一的郑燮，一生专注于竹画、竹诗，不过他也有咏梅诗作，这首《山中雪后》，就是托梅言志之作。

此诗描绘了一幅冬日山居雪景图。诗人借雪中梅花托物言志，含蓄地表现了自己清高坚韧的性格和洁身自好的品质。

前两句"晨起开门雪满山，雪晴云淡日光寒"，诗人清晨起来，推开大门，只见外面大雪满山，天寒地冻，寒气逼人。刚刚升起的太阳，也光线暗淡，显得没有活力。这两句描绘了一幅清晨雪景图，雪后大地银装素裹，旭日东升，云彩淡淡，雪后初晴、天寒地冻的景象。

后两句"檐流未滴梅花冻，一种清孤不等闲"，诗人的目光看向院子里，只见屋檐下长长的冰棱子没有融化的迹象，墙角的梅花也好像被冻住了，迟迟没有开放的意思。但梅花的清高、孤洁的品格，在这严寒之中仍然表现得不一般。这两句诗运用了衬托的手法，"檐流未滴""梅花冻"突出了天气的寒冷，"清孤不等闲"则是突出了梅花坚强不屈的性格。

诗人托物言志，含蓄地表现了自己似梅花般清高坚韧的性格和洁身自好的品质。

梅

清朝　郑燮

牡丹芍药各争妍，叶乱花翻臭午天。

何似竹篱茅屋净，一枝清瘦出朝烟。

诗题为"梅"，却不写梅，"牡丹芍药各争妍"，一开头便标出"牡丹、芍药"，这两种花国色天香，富贵娇艳，可以说是花中之王。再用"各争妍"加以描状，又把这两种花争奇斗艳、芬芳竞丽的韵态风致拈示出来，给人一种众妙纷呈，目不暇接之感。

其实，这首句极为平常，妙在次句一掌便把由首句直接塑造出来的美丽形象打翻在地："叶乱花翻臭午天。"狂风暴雨，打残了翠叶，吹落了花朵，在赤日炎炎的中午，散发着一阵阵臭气。从视觉与味觉上，让你恶心，说到底是对首句的否定。牡丹芍药的确很美，人们一般进行审美观照的时候，所着重的是它的富贵艳丽，不大去管它的腐败沤臭。但诗人却把它丑恶的一面端了出来，十分不和谐，正如佛家叫人看美女如骷髅一般。这两句明写牡丹芍药，实际是为写梅作铺垫，用前者的腐臭来衬托梅的清丽，正表现了诗人一贯的美学思想。

后二句写梅。"何似竹篱茅屋净，一枝清瘦出朝烟"，它的生长环境是"竹篱茅屋"，清净古朴，这里完全是天造地设，出于自然，没有丝毫的矫揉造作；加上晨雾缭绕，轻飘似纱，更呈现出一片神秘朦胧的气氛与境界。这时"一枝"梅花清新瘦削，迎风而出，倍觉风致。写牡丹芍药，直呼其名，写梅处却不着梅字，只"净""清瘦"三字便把梅之性质、美妙烘托了出来。在句前加了两字"何似"，便将"牡丹芍药"与梅发生了关系，使全诗成为一个有机的整体。"何似"肯定了梅，而否定了"牡丹芍药"，话虽质直，然而，形象鲜明，感人至深。

这是一首题画诗。牡丹芍药与梅并非同时，我们不知道画家是否将三者画在一起，但诗中的安排的确打破了一般的时空概念，不同时间的植物被拉在了同一个平面上进行对比，从而突出了梅的清丽之美。而且通过对美好事物如牡丹芍药臭的一面的揭露，令人发怵，仿佛鼻子已经闻到了那股臭味，为烘托梅之美起了关键的作用，也是奇险的一笔。这也正好说明了诗人喜爱清癯之美，擅长奇险之笔。

郑燮（公元 1693—1766 年），字克柔，号理庵，又号板桥，人称板桥先生。江苏兴化人。清代书画家、文学家。乾隆元年（公元 1736 年）进士。官山东范县、潍县县令，政绩显著。后客居扬州，以卖画为生，为"扬州八怪"重要代表人物。其诗书画，世称"三绝"。他一生只画兰、竹、石，自称"四时不谢之兰，百节长青之竹，万古不败之石，千秋不变之人"。是清代比较有代表性的文人画家。其书法，用隶体掺入行楷，自称"六分半书"，人称"板桥体"。著有《郑板桥集》。

题画梅

清朝　李方膺

挥毫落纸墨痕新，几点梅花最可人。
愿借天风吹得远，家家门巷尽成春。

李方膺擅画松竹兰菊，尤长写梅。用笔倔强放纵，不拘成法，苍劲有致，为"扬州八怪"之一。他爱梅成癖，那年到滁州代理知州，一到任就前往醉翁亭，在宋代文学家欧阳修手植梅树前铺下毡毯，纳头便拜。爱梅至极可见一斑。

此诗是诗人为自己所画梅花题写的诗。

诗的开头两句"挥毫落纸墨痕新，几点梅花最可人"，是说自己挥毫落墨，画纸上出现新的墨痕，那纸上展现的是几朵绽开的梅花，是那样的清秀美丽，让人喜爱。

接下来两句"愿借天风吹得远，家家门巷尽成春"，诗人借梅花表达自己的美好愿望：美丽的梅花呵，但愿老天刮的风能把你吹到千家万户，门前屋后都能见到你报春的身影，让家家户户都能享受到你的清香，感受到春天的温暖。

此诗没有写纸上梅花的具体形象，而是抒发一个画梅人的自豪、欣喜和愿望。画家不受自然条件的限制，兴致所至，挥毫泼墨，出现在纸上的"几点梅花最可人"，与自然界的梅花同样可爱；诗人的愿望是笔下的梅花越来越多，越来越美。走进千家万户，让"家家门巷尽成春"，让广大百姓感受到春天的温馨。诗作语言清新，格调很高。

李方膺所画的梅花"以难见工"，"为天下先"，用笔倔强放纵，不拘成法，而苍劲有致。画梅时以不剪裁为剪裁，不刻画为刻画，顺乎梅之天性，不见人工雕琢的痕迹。

李方膺也喜爱画风。他"自笑一身浑是胆，挥毫依旧爱狂风"，蔑视传统，蔑视权威，爱画狂风，以此寄托自己与恶劣环境坚决斗争的不屈精神。

李方膺的笔下，狂风固然是不屈精神的象征，但这仅是画家性格的一个方面，体现了他跟恶势力斗争的一面；他的性格的另一方面，即是对下层百姓的关怀和同情。这首《题画梅》中的"天风"，便是与狂风完全不同的暖风、和风，体现出他对劳苦百姓的体恤之情。

他的好友袁枚曾评价其梅画："孤干长招天地风，香心不死冰霜下"，"傲骨郁作梅树根，奇才散作梅树花"。

题画梅

清朝　李方膺

写梅未必合时宜，莫怪花前落墨迟。
触目横斜千万朵，赏心只有两三枝。

本诗选自袁枚《随园诗话》卷七。

面对冬日盛开的梅花，傲雪凌霜，欺冰压雪，画家的题诗居然一上来就说："写梅未必合时宜"，很明显这一"时宜"非节气之谓，而是别有所指。梅花坚贞峭拔之姿，诚乃画家自我形象的传神写照，在众口嘈哓、奴颜婢膝特盛的社会中，这一风骨自然未尽合乎时宜，甚而被视作"怪异"，"扬州八怪"之名也由此而来。李方膺并未因此减弱对梅的喜爱之情，反而是见爱有加，"晴江牧滁州，见醉翁亭古梅，伏地再拜"（《随园诗话》卷七）。既然爱梅成癖成痴，梅林花前，手握翰墨，却迟迟不肯下笔落墨，不免令人诧异。"莫怪花前落墨迟"，而诗人却道见者莫怪，原因何在？诗的下半首作了交代。

"触目横斜千万朵，赏心只有两三枝"，因为眼前千朵万枝梅花，逸生横斜，千姿百态，要全部表现在画上绝对不可能，必须要进行精妙的艺术构思，从千万朵中捕捉最使人赏心悦目的"两三枝"，以传达自己的情和志。当代绘画大师潘天寿曾对此作过一番极为精到的评论，对其中蕴含的深刻画理作了阐发："赏心只有两三枝，辄写两三枝可也。盖自然形象，为实有之形象，非画中之形象，故必需舍其所可舍，取其所可龋。《黄宾虹画语录》云：'舍取不由人，舍取可由人，懂得此理方可染翰挥毫。'是舍取二字之心诀。""舍取，必须合于理法，故曰：舍取不由人也；舍取必须出于画人之艺心，故曰：舍取可由人。"（《听天阁画谈随笔》）这段评论文字，恰当地揭示了李方膺这首题画诗的匠心。

李方膺（公元 1695—1755 年），字虬仲，号晴江，别号秋池、抑园、白衣山人等，江南通州（今江苏南通）人。清代诗画家、官员。为官刚正不阿，廉洁爱民。曾任乐安县令、兰山县令、潜山县令、代理滁州知州等职，为官时"有惠政，人德之"，后因遭诬告被罢官，去官后寓南京借园，自号借园主人，常往来扬州卖画。工诗文书画，擅梅、兰、竹、菊、松、鱼等，注重师法传统和师法造化，能自成一格，其画笔法苍劲老厚，剪裁简洁，不拘形似，活泼生动。被列为"扬州八怪"之一。有《风竹图》《游鱼图》《墨梅图》等传世。著《梅花楼诗钞》。

咏红梅花得"红"字

（邢岫烟）

清朝 曹雪芹

桃未芳菲杏未红，冲寒先已笑东风。

魂飞庾岭春难辨，霞隔罗浮梦未通。

绿萼添妆融宝炬，缟仙扶醉跨残虹。

看来岂是寻常色，浓淡由他冰雪中。

《咏红梅花》出自《红楼梦》第五十回："芦雪庵争联即景诗，暖香坞雅制春灯谜"。因宝玉在芦雪庵即景联诗中落了第，众姐妹就罚宝玉到栊翠庵妙玉处折一支梅花来。宝玉将乞来的梅花插入瓶内，只见这枝梅花只有二尺来高，旁有一横枝纵横而出，约有五六尺长，其间小枝分歧，或如蟠螭，或如僵蚓，或孤削如笔，或密聚如林，花吐胭脂，香欺兰蕙，个个称赏。因邢岫烟、李纹、薛宝琴三人在芦雪庵即景联诗中联诗少，众人便依"红梅花"三字之序让邢岫烟、李纹、薛宝琴各自作七律诗一首。这里"红梅花"三字既是诗题，又分别依次作为三首诗的韵脚。

邢岫烟是贾赦妻邢夫人之兄邢忠的女儿。家业贫寒，只得上京投靠姑母邢夫人。邢夫人庸俗、自私、乖僻，邢忠夫妇又昏愦无能，所以虽然她的投靠姑母邢夫人，一如薛宝钗的投靠姨母王夫人，但待遇却大不相同。幸好她知书达礼，为人雅重，在炎凉势利的贾府这个小圈子里，能荆钗布裙，泰然处之。从这首诗中也能看出消息。

首联"桃未芳菲杏未红，冲寒先已笑东风"，描写红梅在桃李等众花未开之时，凌寒而开，笑迎东风。以桃、杏作陪衬，点出梅花开放的节令。"冲寒"写出了红梅不畏严寒的品格。"笑"字将红梅拟人化，写出了红梅花怒放，似笑脸喜迎东风，给人以欣喜之感。冲寒先笑放，也暗示着诗人于寒素中丝毫不减的自信自尊。

颔联"魂飞庾岭春难辨，霞隔罗浮梦未通"，"庾岭"，是广东、江西交界处的大庾岭，古来以盛植梅花著称，又称"梅岭"。诗人神思飞到庾岭，看到一片红梅在冰雪中灼灼开放，令人冬春难辨。大庾岭盛植梅，借"庾岭"点梅花，借"春"点色红。下句用隋代赵师雄赴罗浮山，遇见梅花化为"淡妆素服"的美人，与之欢宴交谈的故事，反衬红梅的花红。"罗浮"，山名，也在广东。唐代诗人柳宗元《龙城录》载：隋代赵师雄赴罗浮，晚上在一店旁见一美人出迎，和他饮酒谈心，"言极清丽，芳气袭人"，醉卧醒来，原来是在一株大梅树底下。用"霞"喻花红。用"隔""未通"，是因赵师雄所梦见的罗浮山梅花是淡色的，与诗人所咏的红梅不同。

颈联"绿萼添妆融宝炬，缟仙扶醉跨残虹"，扣题写梅花之红如萼绿仙女添红妆，如燃烧的红烛，又如白衣仙子喝醉了酒跨着赤虹遨游。"绿萼"，指绿萼梅，又兼指仙女萼绿华，故曰"添妆"。"妆"，指红妆。南宋诗人杨万里《梅谱》："梅花纯绿者，好事者比之九嶷仙人萼绿华云。""缟仙"，白衣仙女。缟仙扶醉，双颊酡红，又骑着赤色的虹霓，其红艳耀目可想而知。

尾联结得很有气魄。"看来岂是寻常色"，点明红梅花色美丽，不同寻常。梅花一般都是淡色的，用"岂是"来排除，是为了突出红梅。"浓淡由他冰雪中"，不管梅花颜色是浓是淡，都是在冰雪中自由开放的，都值得欣赏。见出诗人处于俗态炎凉、人情冷暖中"喜怒不形，无枝无求"的铮铮玉骨。

邢岫烟的诗抓住红梅的颜色特点，用比喻、拟人、联想、反衬等多种手法，写出了红梅的颜色之美，也暗示了自己的身世品行。曹雪芹曾借王熙凤的眼光介绍邢岫烟虽"家贫命苦"，"竟不像邢夫人及他的父母一样，却是个极温厚可疼的人"（四十九回）。她诗中的红梅冲寒而放，虽处冰雪之中而颜色不同寻常，隐约地喻己之品行高洁。"庾岭"与"罗浮"句说红梅来自江南，虽处冰雪之中而颜色不同寻常，也暗喻了她的身世。

咏红梅花得"梅"字

（李纹）

清朝　曹雪芹

白梅懒赋赋红梅，逞艳先迎醉眼开。
冻脸有痕皆是血，酸心无恨亦成灰。
误吞丹药移真骨，偷下瑶池脱旧胎。
江北江南春灿烂，寄言蜂蝶漫疑猜。

李纹姊妹是贾珠之妻李纨的寡婶的女儿。据《红楼梦》第四回介绍，李氏也是金陵名宦，李纨的父亲李守中曾做过国子监祭酒（掌领贵族学校的官），所以，又是诗礼传家的"书香门第"。李婶娘弱息相依进京，不为投靠贾府。贾母留住，"那李婶虽十分不肯，无奈贾母执意不从，只得带着李纹、李绮在稻香村住下来"（见第四十九回），她进京可能是为了女儿们的婚事。

首联"白梅懒赋赋红梅，逞艳先迎醉眼开"，以"白梅懒赋"撇开白梅，点出所赋之题"红梅"。然后从红梅逞艳先开写起，"醉眼"，可以理解为红梅逞艳迎春，花苞初绽，如醉眼微开。这样理解和下句以"冻脸"喻花瓣可以贯通一气。

颔联"冻脸有痕皆是血，酸心无恨亦成灰"，用拟人手法写红梅因花开于冰雪中，颜色又红，像美人脸冻伤似的。借意于宋代诗人苏轼《定风波·咏红梅》词："自怜冰脸不宜时。""痕"，泪痕。以血泪说红。下句用"酸心"写梅花花蕊孕育梅子，待到时过花落，虽无怨恨，花亦乌有。借用南宋诗人陆游《红梅》诗"犹怜心事凄冷甚，结子青青亦带酸"诗意。"成灰"，借意于唐代诗人李商隐《无题》诗"春心莫共花争发，一寸相思一寸灰"。冻脸不宜于时，有痕皆是泪血；酸心有乖于命，无恨也成寒灰。"是血""成灰"，词气酸苦，可能与李纹家庭遭受挫折有关。

颈联"误吞丹药移真骨，偷下瑶池脱旧胎"，驰骋想象，以梅花为仙子误含丹药，偷下瑶池，所以脱胎换骨，变为红梅。南宋诗人范成大《梅谱》录方子通《红梅诗》："紫府与丹来换骨，春风吹酒上凝脂。"红梅本是瑶池的碧桃，因偷下红尘而脱去旧形，幻为梅花。宋代诗人毛滂《红梅》："何处曾临阿母池（即瑶池），浑将绛雪照寒枝。"

尾联总写。"江北江南春灿烂，寄言蜂蝶漫疑猜"，红梅盛开大江南北，似春光灿烂，但"虽红不是春"，所以奉劝蜂蝶，不要把红梅错认作是桃杏，而疑猜是否已到了春色灿烂的季节。"春灿烂"，因红梅色似春花才这样说的，非实指。当时还是冰雪天气。"蜂蝶"，多喻轻狂的男子。这里暗喻不要对自己的节操有任何怀疑。

李纹姊妹是李纨的寡婶的女儿，从诗中泪痕皆血、酸心成灰等语来看，似乎也有不幸遭遇，或是表达丧父之痛。"寄言蜂蝶"莫作轻狂之态，可见其自恃节操，性格上颇有与李纨相似之处，大约是注重儒家"德教"的李氏家族中共同的环境教养所形成的。

咏红梅花得"花"字

（薛宝琴）

清朝 曹雪芹

疏是枝条艳是花，春妆儿女竞奢华。

闲庭曲槛无余雪，流水空山有落霞。

幽梦冷随红袖笛，游仙香泛绛河槎。

前身定是瑶台种，无复相疑色相差。

薛宝琴属于《红楼梦》"四大家族""丰年好大雪"的皇商金陵薛家。她是薛姨妈的侄女，薛宝钗的堂妹，自小许配给京城梅翰林的儿子。这次她哥哥薛蝌带她进京，是为她发嫁。在新来贾府做客的四个姑娘（邢岫烟、李纹、李绮、薛宝琴）中，论身世，她最显赫；论才貌，她最突出。因此，贾母一见到她，就对她另眼相看，认她作干孙女，赏她凫靥裘，甚至还曾想让她和宝玉结亲，只是因为她已订婚，才作罢。正如姜祺《红楼梦诗·宝琴》所说："才调无双人第一，红梅白雪艳花魁。"

首联"疏是枝条艳是花，春妆儿女竞奢华"，用同字法，以两个"是"字总写梅的枝条、花朵，疏密有致，浓淡得宜。红梅疏朗的枝条和鲜艳的花朵，像身着红妆的美女竞相展现自己的奢华。用拟人手法表现了红梅花的华美。"竞奢华"写出了贾府当时女儿如云，花团锦簇之境。

颔联"闲庭曲槛无余雪，流水空山有落霞"，红梅开遍，覆盖着清幽的庭院、曲折的回廊。放眼看去，没有一株白色的梅花，而如晚霞蒸蔚于空山流水间的，只有连缀成片的灼灼红梅。"余雪"和"落霞"对举，一指白梅，一指红梅。唐代诗人张谓《早梅》"不知近水花先发，疑是经冬雪未消"，即以"余雪"喻白梅。宋代词人毛滂《木兰花·红梅》"酒晕晚霞春态度"，即以"晚霞"喻红梅花。这联诗承"竞奢华"写红梅之盛，及红梅生长环境的高雅、幽静。

颈联"幽梦冷随红袖笛，游仙香泛绛河槎"，转写梅花的精神、芳泽。伴随着少女吹"梅花落"的笛声，红梅悄然伫立，似乎已沉入深深的梦境。"冷随"的"冷"，指梅花立于冰雪之中，又暗示梅花的孤高，梦境的清冷。"红袖"指少女，又暗寓梅的颜色。少女的韵致和悠扬的笛声对红梅起了映衬作用，使红梅有了神韵。下句写红梅入梦，如乘木筏在仙境绛河浮游。乘槎游仙的传说，见《博物志》：银河与海相通，居海岛者，年年八月定期可见有木筏从水上来去。有人便带了粮食，登上木筏而去，结果碰到了牛郎织女。绛河，传说中仙界之水。《拾遗记》："绛河去日南十万里，波如绛色。"乘槎本当用"天河""银河"，而换用"绛河"，是为了点花红。

尾联"前身定是瑶台种，无复相疑色相差"，紧承上句游仙，用肯定的语气指出红梅定是瑶台仙种，不要以它色相的不同有所怀疑。"瑶台"，仙境，咏梅诗词多有此类比喻，如唐代诗人杜牧《梅》诗："掩敛下瑶台。""瑶台种"，就是说它是"阆苑仙葩"。大观园中的姑娘们都是"金陵裙钗"，虽然有正册、副册、又副册的不同，才貌命运也各有参差，但都是妇女之精英。这一联中，也包含着曹雪芹对红楼妇女的赞叹之情。

大家看了三个小妹的诗，都称赞不已，说宝琴虽然年纪最小，才思敏捷，作得最好。确实，宝琴的这首诗写红梅形、神兼备，想象丰富，无雕琢之病，无酸苦之词，写得空灵、流丽，一如其人。其中关于人物命运的暗示，自然地寓含于对红梅的吟咏之中，故得到众人一致的赞扬。

薛宝琴是"四大家族"里的闺秀，豪门千金的"奢华"气息比其他人都要浓些。小说中专为她的"绝色"有过一段抱红梅、映白雪的渲染文字，得到贾母"比画儿还美"的赞誉。她诗中的红梅生长环境高雅，品种珍贵，花姿华美，仿佛是在作自画像。

此诗极力赞美红梅花是仙境瑶台所种，花色艳丽，花香使人如游仙境，显示了她对自己的高贵出生和美丽容貌颇为自负。

芦雪庵赏梅吟诗是《红楼梦》中很有情韵的一段，这是大观园诗社人才最盛之时。曹雪芹故意安排岫烟、李纹、宝琴三位新来的姑娘各赋诗一首，以展诗才，证明了作者在第一回中所说"闺阁中历历有人"，确实实现了其"闺阁昭传"之志。

曹雪芹（约公元1715—约1763年），清代著名的文学家。名霑，字梦阮，号雪芹，又号芹溪、芹圃，中国古典文学名著《红楼梦》的作者，出生于江宁（今南京）。出身清代内务府正白旗包衣世家。早年在南京江宁织造府亲历了一段锦衣纨绔、富贵风流的生活。雍正六年（公元1728年），曹家因亏空获罪被抄家，他随家人迁回北京老宅，曹家从此一蹶不振，日渐衰微。经历了生活中的重大转折，他深感世态炎凉，对封建社会有了更清醒、更深刻的认识。以坚韧不拔的毅力，历经多年艰辛，创作出极具思想性、艺术性的伟大作品——《红楼梦》。《红楼梦》规模宏大、结构严谨、情节复杂、描写生动，塑造了众多具有典型性格的艺术形象，堪称中国古代长篇小说的高峰，在世界文学史上占有重要地位。

折梅二首

（选一）

清朝　袁枚

为惜繁枝手自分，剪刀摇动万重云。

折来细想无人赠，还供书窗我伴君。

袁枚是清代著名诗人，乾隆进士。曾任江宁等地知县，辞官后侨居江宁，筑园林于小仓山，号随园。主张作诗应直抒胸臆，师法自然，强调独创，重视从民间语言中汲取营养。他有两联咏梅佳句："月映竹成千个字，霜高梅孕一身花。"写竹咏梅，惟妙惟肖，形象逼真。"只怜香雪梅千树，不得随身带上船"，表现了对梅花依依不舍、情思绵绵的心曲。这些都是受百姓语言的启发而成的。

这首诗是诗人记写自己折取梅花置于书窗以供欣赏的感受。

开头两句"为惜繁枝手自分，剪刀摇动万重云"，记写自己折梅枝的情景。诗人种植的梅树，枝繁花茂，为怕伤及太多枝条，诗人将梅枝用手分开，只选取中意的那支，用剪刀折断。剪刀用力时，树上花朵摇动，似云朵翻动，蔚为壮观。赞美了梅花无私开放，装点江山，怡人心情的风范。

后两句"折来细想无人赠，还供书窗我伴君"，写折梅花的感受。诗人感叹自己折来梅花，却无人可赠，流露出孤寂之感。诗人将剪来的那枝梅花，供在书窗"我伴君"，不写梅花伴我，而是"我伴君"，是诗人抽时间来陪伴梅花，把梅花当作知心朋友，表现出爱花、惜花、赏花的高雅情致。

袁枚（公元 1716—1798 年），字子才，号简斋，晚年自号仓山居士、随园主人、随园老人。钱塘（今浙江省杭州市）人。清朝诗人、散文家、文学批评家和美食家。乾隆四年（公元 1739 年）进士，授翰林院庶吉士。后外调江苏任县令七年，为官勤政颇有声望，但仕途不顺，辞官隐居于南京小仓山随园，吟咏其中，广收诗弟子，女弟子尤众，世称"随园先生"。倡导"性灵说"，与赵翼、蒋士铨合称为"乾嘉三大家"，又与赵翼、张问陶并称"性灵派三大家"。文笔与大学士纪昀齐名，时称"南袁北纪"。主要著作有《小仓山房文集》《随园诗话》及《随园诗话补遗》《随园食单》《子不语》《续子不语》等。

青门引·梅花

清朝　汪士通

十里沿江路，昨夜东风飞絮。枝头冻坼野梅香，是花是雪，不辨云深处。

扬帆独自开船去，惊起花间鹭。暗香水面浮动，江天寂寞开无数。

青门引：词牌名。

历代咏梅诗词大多为借物抒情、托物言志之作，即使像这首专注描绘的小令也透露出某种孤芳自赏和内心寂寞的消息。

词的上片以清冷的色调描绘了一幅梅雪争春图。

起首两句由眼前景追述昨夜景："十里沿江路，昨夜东风飞絮。"十里沿江路上，漫天的雪花乘着东风纷纷扬扬地飘洒了下来，大地都裹上了银装。"飞絮"，即下雪。这两句交代了时间、地点、环境。后三句进入正题写梅。"枝头冻坼野梅香"。"坼"，开裂。"野梅"，又名江梅，花单瓣，色灰白。这句写枝头都冻开裂了，而梅花却迎着严寒开放了。因为野梅与雪色相近，故云"是花是雪，不辨云深处"。梅雪共春是历代诗人喜欢咏唱的一个主题，由此突出梅的雅致、耐寒、清高和坚贞。正如南宋诗人卢梅坡诗云："有梅无雪不精神，有雪无诗俗了人。日暮诗成天又雪，与梅并作十分春。"（《雪梅二首》）

下片着力渲染了孤独凄清的赏梅氛围。过片两句写环境。"扬帆独自开船去，惊起花间鹭"，主人公独自扬帆驾船于江中，惊起了梅花丛中的白鹭，以动反衬出环境的幽静。"暗香水面浮动"一句，是从宋代诗人林逋咏梅名句"疏影横斜水清浅，暗香浮动月黄昏"（《山园小梅》）中化出的。"暗香"，指清幽的梅香。"浮动"，指梅香四处飘散。该句写出了梅花特有的芬芳和神韵。最后一句"江天寂寞开无数"，意境阔大。"江天"，江流的上空。众芳凋零，梅花独放，尽管无人欣赏，也无人照料，因而很寂寞；但在十里沿江路上，仍然开得很多很多。这里，一种深沉的感伤和似水的柔情不言而喻。

在咏梅诗词中，这种着重于刻画梅花形象的写法，较难掌握逼真与超脱之间的分寸。该词能够不拘于形似，而刻画出梅花孤高清幽的内质，且明白晓畅，朗朗上口，称得上是一篇咏梅佳作。

汪士通（生卒年不详），清代书画家、诗人。字宇亨，号东湖，安徽黟县人。私谥文洁先生。乾隆十八年（公元 1753 年）举人，曾任萧山知县。工诗文，精真、草、篆、隶，善铁笔，山水画风韵秀逸苍老。著有《陶诗宗派》《东湖诗文集》等。

梅花

清朝　汪中

孤馆寒梅发，春风款款来。

故园花落尽，江上一枝开。

这首诗也许是诗人在旅途驿馆中的偶尔所得。一枝寒梅怒放，春风徐徐吹来，想起家乡已是春意阑珊，而此地却是一枝独开，委婉地透露出离家遥远和旅途中的乡思。

理解此诗可有三层含义。表层含义写处所偏僻。全诗可这样理解：孤馆寒梅初发，春风款款来迟。故园花已落尽，江上一枝才开。诗人通过江上孤馆与故园梅花两相对比，说明此处之山高水远、地僻人稀，时分季节也与一般地方不同。这与白居易"人间四月芳菲尽，山寺桃花始盛开"（《大林寺桃花》）诗意略同。

第二层含义写乡思之情。因江上寒梅迟发想到故园梅花早已开过，引起乡思之情。此情又从两方面露出。其一，在故园梅开早、孤馆春来迟的对比中流露出春是故园早、月是故乡明的意识；其二，用"一枝春"典故寄托情怀。南朝陆凯《赠范晔》诗云："折梅逢驿使，寄于陇头人。江南无所有，聊赠一枝春。"后人多以"一枝春"或"一枝"代指别后相思之情。汪中这里写了"江上一枝开"，犹说，虽然迟了，但此地也终于绽开了能够代达游子相思之情的"一枝"寒梅。联系全诗，诗人对春风之来迟，"一枝"之迟开不无怨艾，也正是通过这种怨艾之情，曲折地表达了诗人乡思之深挚与急切。

第三层含义是表达高标逸韵的情怀。这是一层象征意义。诗人在选择用以表达自己心曲的事物的时候，总是经过一番挑拣的。梅花素称"花中君子"，具有"雪虐风饕愈凛然，花中气节最高坚"（宋·陆游《落梅》）的品格。诗人歌咏梅花本身就说明了这点。据史载，汪中生性孤僻，桀骜不群，潜心经学，作文古怪。从某种意义上讲，那不凑热闹，开在故园花尽之时的江上寒梅，正是汪中自身品格的写照，或者说是他自我情怀的寄托。而前后呼应的"孤馆""一枝"等字眼都非常明显地带有独立不群的人格投影。陆游有首《梅花绝句》云："幽谷那堪更北枝，年年自分著花迟。高标逸韵君知否？正在层冰积雪时。"把它与汪中此诗相联系，就更不难看出汪中在诗中寄托的高标逸韵的情怀了。

古往今来，题咏梅花之诗多如牛毛，汪中此首《梅花》诗，一未写梅花之风姿仙骨，二不咏梅的品节风骨，而是通过心物感应，抒写多层心境，在极有限的字眼中，融进了无限的诗意。此种匠心妙意，远非凡夫俗手可比。清代学者李审言在《汪容甫先生赞序》中说，汪中平日所作皆"旨高喻深，貌闲心戚"。可谓中肯。清代史学家、文学家杭世骏在《哀盐船文序》中说汪文"好深湛之思，故善于指事类情，申其雅志"。移来说明此诗，也很合适。

汪中（公元1744—1794年），字容甫，江都（今属江苏扬州）人。清代著名哲学家、文学家、史学家，与阮元、焦循同为"扬州学派"的杰出代表。乾隆四十二年（公元1777年）为拔贡，后绝意仕进。遍读经史百家之书，卓然成家。能诗，工骈文，精于史学，曾博考先秦图书，研究古代学制兴废。著有

《述学》六卷、《广陵通典》十卷、《容甫遗诗》六卷、《哀盐船文》等。

甘州·落梅

清朝　吴震

是花光、还是月精神。一白不能分。正天空如水，云都扫尽。花外无人。冷荡山川清气，香与古为新。屈指花开花落，二百年春。

逾老枝逾蟠曲。看千旋百转，自挺乾坤。纵寒威力战，摧不动孤根。试回首、东风残局。算绿阴、成后最酸心。南飞鹤，一声声唳。招尔冰魂。

甘州：词牌名。

这是一首咏落花老梅的词。作者自注云：崇祯三年，梅在招真治道士房。枝无尺直，体俯首仰。落花深可半尺。垣外更植官梅，倚屏踞石，皆珊瑚枝也。在清代近百首咏梅词中，词人选择落花老梅作为吟咏对象，且少有孤独、遗恨等伤感情调，还是不多见的。

全词分上下两片，以色、香、神为视角，歌咏了老梅"冷荡山川清气，香与古为新"的高尚品格，与"自挺乾坤。纵寒威力战，摧不动孤根"的顽强生命力。

词的上片，词人一开头就以设问句式提出"是花光、还是月精神"的疑问，引起读者的注意。然后答以"一白不能分"，将花的颜色与月之精气融为一体，突出了"色"，创造出一种充满灵气的空蒙境界，既点出了月色，又突出了花色的主体地位。接下去放开眼界，进一步描绘这一空蒙境界的大背景："正天空如水，云都扫尽"，是说正值夜空如水一般清澈，连一片云都没有，突出了空、净、洁。紧接着"花外无人"一句，含有两层意义。一是言月夜之静；一是表明词人又收回了视线，将视点对准了吟咏的主体——花，为下面歌咏花的香气做了铺垫。

"冷荡山川清气，香与古为新"，将山川清气与梅花的香气融为一体，是说天地之间充溢着清冷的山川清气，而老梅散发出来的古朴、清幽的香气则令这天地之气更为清新，突出了梅花的香。最后，词人笔锋一转，来一个大的收束，以"屈指花开花落，二百年春"作结，概括了二百年的时空跨度，突出了一个"古"字，为下片进一步咏梅之老做了铺垫。

词的下片，词人不再去吟咏梅花，而是着意去写梅树，突出老梅树的顽强精神。"逾老枝逾蟠曲。看千旋百转，自挺乾坤"，写老梅树的遒劲雄姿。是说老梅树逾老它的枝干就愈加有如蟠龙一样曲折盘旋，看它九曲十折、千旋百转、傲然挺立于天地之间的雄姿，真是气象万千。"看千旋百转"，增添了无限的动感。呈现在读者面前的，简直就是一条盘旋碧空的活生生的蟠龙。"自挺乾坤"一句，则又突现了老梅树的自强与伟岸。接下来"纵寒威力战，摧不动孤根"两句，是说纵使酷寒百般摧残，也摧残不了老梅树坚挺的孤根，显示了老梅树坚如铁石的顽强生命力。至此，全词由色而香而神，由花而枝而根，层层深入，将落花老梅描绘得情态毕至、形神俱显，活生生的老梅形象也已鲜明地呈现在读者面前。

接下来，词人不得不回归到残酷的现实之中，面对着落花满地的老梅，又不能不为之伤怀。"试回首、东风残局。算绿阴、成后最酸心"，是说回过头来看一看，季节已进入残春；计算一下，待到那满树浓荫、"桃李春风结子完"之时，最令人心酸了。表达了词人对梅花落尽的伤感。最后三句"南飞鹤，一声声唳。招尔冰魂"，是说那向南飞去的鹤，一声接一声地悲鸣，是在为萎谢的梅花招魂。很显然，词的最后几句，情调是比较低沉的。但是，纵观全词，不能否认，积极向上的情调还是基本的。因此，就欣赏情趣而言，在清代的咏梅词中，仍不失为一首上品之作。

吴震（生卒年不详），字寿之，号瘦青，常熟人。诸生。少从孙原湘游，与名流相酬答，晚年依人而居，仍怡然吟咏。有《铜似轩诗》《拜云阁乐府》等。

东风第一枝·三松轩赋盆梅

清朝　陶樑

粉蕊团香，苔根借暖，枝枝催送春意。浑疑晴雪犹留，恰借片云孤倚。幽芳自许，肯占了、人间闲地？任安排、金屋藏伊，不减旧山风味。

时索笑、玲珑帘底，频入梦、横斜帐里。溪桥约缓重寻，斗室情应牢系。淡妆半面，判镇日、冷吟闲醉。过灯期定占春长，未怕角声飞起。

东风第一枝：词牌名。

人们爱花，也喜欢养花，小小盆花置于斗室之中，可以给人们的生活增添无限的情趣。陶樑的这首词赋三松轩中的盆梅，表现了梅花给主人带来的快乐与欣慰，也表达了主人对梅花的深厚情意，以及对生活的无比热爱。

上片描绘盆梅的姿色与幽香，赞美其外在美与品格美。

"粉蕊团香，苔根借暖，枝枝催送春意"，词人开门见山，直接表达了对盆梅的爱赏之情。一盆早梅置于窗前几上，那缀满苍苔的老干，飘散着幽香的嫩蕊，给小屋带来了盎然的春意。接下来两句运用比喻手法，再对盆梅进行描写："浑疑晴雪犹留，恰借片云孤倚。"那娇艳的鲜花，似未消的香雪堆满枝丫，如孤飞的白云缀满梢头。词的前六句赋形绘色，语意明快。

后四句又从品格上赞美盆梅。"肯占了、人间闲地"一句，以疑问语气表达肯定意思，不占"人间闲地"是全词的关键，它把盆梅的非凡之处写了出来。"任安排、金屋藏伊，不减旧山风味"，植于盆中的梅花，任凭主人摆放，既不肯占取人间闲地，又不减山野风味，真是难能可贵。

下片写盆梅与诗人的情感交融，赞美盆梅带给人的欢乐。

过片两句写盆梅给主人带来的莫大乐趣。面对窗前玲珑的小花，词人不时发出惬意的微笑，那横斜的姿影，即使在梦中也无法忘怀，爱花的词人和可爱的梅花，几乎成了形影不离、心会神交的挚友。"时索笑""频入梦"两句，将词人与盆梅难舍难分的美好情意表达得真切动人。这种感情，真可以说不亚于以梅为妻的北宋诗人林逋。"溪桥约缓重寻"以下四句，继续抒发主人对盆梅的深厚感情。溪畔桥头，词人与梅花早曾订下前约，今日得在斗室相逢，这份情缘怎能不令人万分珍重？在梅花的陪伴下，词人甘愿终日赋诗饮酒，欢度美好的时光。"判"即甘愿之意。词的结尾两句，是对盆梅花期持久、不易凋谢的夸赞。"灯期"指上元前后夜间张灯的时期。灯期已过，大地复苏，盆梅以其嫣然的笑靥迎接着姹紫嫣红的新春的到来。一个"定"字语义肯定，充满了自信和自豪。

自古以来，咏梅之作数不胜数，但大都是赞美梅花凌霜傲雪的崇高品质的。这首咏梅词却另辟蹊径，不写梅花抗严寒、斗霜雪的精神，也不写梅花惨遭风雨袭击、零落成泥的不幸，而是从盆梅的特点出发，赞美它不占闲地、只占春长，这无疑丰富了咏梅词的表现内容。文学创作贵在创新，不能因袭前人、落入俗套，这大概是此词取得成功的重要原因吧。

陶樑（公元 1772—1857 年），字宁求，号凫芗，江苏长洲人，清代官员、词人。嘉庆十三年进士。先后任山西按察使、江西布政使、太常寺卿、礼部右侍郎、礼部左侍郎。清代浙西词派后期重要词人，有《红豆树馆词》。

祝英台近·咏梅

清朝　继昌

碧云晴，红萼展，一丈老梅本，春意先苏。十月朔风暖，便教瘦影横斜，栏边竹外，恰料理，看花倦眼。

情何限，忆曾人在江南，醉卧雨窗懒。怯掉扁舟，吴山似天远。算来邓尉南枝，海成香雪，待旧约，那年重践。

祝英台近：词牌名。

本词作者继昌，曾在江南做官。这首词大约是他回到北方后的作品。

上片着重写眼前的一棵老梅树。

"碧云晴，红萼展，一丈老梅本，春意先苏"，在一个晴暖的天气里，随着绿云的消散，一棵高有丈余的老梅树绽开了红花，仿佛春天先在这里复苏了。俗语说："老梅花，少牡丹。"梅花树龄越老越显得苍劲古朴。"十月朔风暖，便教瘦影横斜，栏边竹外"，十月间，带着暖意的北风，吹得细削的梅影倾斜浮动到栏边竹外。这两句化用了苏轼"竹外一枝斜更好"（《和秦太虚梅花》）的诗意。由于一直看花，诗人的眼睛有些疲倦了。这风吹梅影动，转移了诗人的视线，起到了很好的调节作用。因此，诗人接下去便写道："恰料理，看花倦眼"。以上主要是写老梅的花与影。正是这棵十月开花的老梅，引起了诗人对江南的回忆和对苏州邓尉梅林的向往。

"情何限，忆曾人在江南，醉卧雨窗懒"，面对着眼前的梅花，勾起了词人的多少情思。此时此刻，词人想起了在江南的阴雨天，自己多喝了几杯酒，便懒洋洋地躺在屋里，听着敲窗的雨声。"怯掉扁舟，吴山似天远"，这时候，不敢摇着船儿出外游玩，江苏南部的山看起来就像天那样的遥远，所以，就无从到苏州香雪海去了。"算来邓尉南枝，海成香雪，待旧约，那年重践"，"邓尉"，在吴县西四五十里处，因东汉太尉邓禹曾在此隐居故名。这里山前山后梅树成林，蔚为奇观。早春遍地梅开，疑若积雪。故有"十里梅花香雪海"之称。到邓尉赏梅，早成江浙一带的民俗。"南枝"，应指花木向阳的枝条。因苏轼曾说过"大庾岭上南枝已落，北枝方开"，所以历代的咏梅诗作，多把梅花与南枝连在一起。如南宋诗人杨万里《克信弟坐上赋梅花》："月波成露露成霜，借与南枝作淡妆。"明代诗人道源《早梅》："万树寒无色，南枝独有花。"这句意思是说，计算一下，邓尉梅林一带的梅花一定又开成香雪海了，然而，我只能等待将来的哪一年，再去了却前往香雪海的夙愿！这里的"海成香雪"与"待旧约，那年重践"都是为了符合词格，故意颠倒词序的。其实应为"成香雪海"与"待那年重践旧约"。

总括全词，上片写梅，下片抒情，格调清新，语言明快，既表达了爱梅之心，也抒发了怀旧之情，不失为一篇好的咏梅词。

继昌（生卒年不详），清代书画家、诗人。字述之，一字述亭，号莲龛，姓拜都氏，承德县（今辽宁省沈阳市）人。嘉庆五年（公元1800年）举人，官至浙江布政使，历官九江关监督。能书擅画。书法自赵子昂入手，极似刘墉。擅画墨兰。喜制陶瓷，式雅画精，突过唐窑。器底题款有"尘定轩"三字。著有《尘定轩诗词钞》《尘定轩谈粹》。《清画家诗史》《中国美术家人名辞典》收录。

落梅

清朝　律然

和风和雨点苔纹，漠漠残香静里闻。
林下积来浑是雪，岭头飞去半为云。
不须横管催江郭，最惜空枝冷夕曛。
啁哳青禽岂无恋，放衙蜂晚任纷纷。

诗人观赏落梅，心境恬淡宁静，超然物外。

"和风和雨点苔纹，漠漠残香静里闻"，首联承题，说随着和煦春风的吹拂，淅淅春雨的沥洒，梅花也开始凋谢了，凋落的琼英玉蕊点缀在绿茸茸的青苔上。而在风消雨停、平心静息时面对落英，缕缕梅馨又不时地潜入嗅觉。这是一种纯客观的自然观照，风和雨柔，梅花不是受任何外力的摧残，而是随时合律地自然殒落，随意点缀。这联写落梅伴着和风细雨点缀大地，残香默默地在静夜里四处飘散。本为写花落，却说是落花主动要点缀大地，化被动为主动。诗之新颖精巧亦在此处。

接着便更进一步描写了梅落的景象："林下积来浑是雪，岭头飞去半为云。"落英殒蕊为雪为云，极言其多，极言其洁白，极言其轻盈，诗句很美。诗人写林中的梅花落下来，花瓣积累如雪。梅花随风而飘，在岭头如云般飞扬。突出了落花的飘逸轻盈。

"不须横管催江郭"，北宋郭茂倩《乐府诗集》云："《梅花落》本笛中曲也。"唐代诗人李白《与史郎中钦听黄鹤楼上吹笛》诗曾这样写道："一为迁客去长沙，西望长安不见家。黄鹤楼中吹玉笛，江城五月落梅花。"这是李白因永王李璘事件受牵连，被流放到夜郎路经武昌，在黄鹤楼上听到有人吹《梅花落》时，伤感自己的遭遇而作，他似乎感到自己就像一片遭受摧残的落梅一样，尽管当时的江城是五月天。而律然这里加上"不须"二字，一反李白诗意，说梅花是自生自灭，不须江边城郭里横管玉笛之类的外物催逼。而诗僧自己呢？则又是皈依佛门，超身尘外，也没有李白那种愤郁之情，自然即使吹奏《梅花落》，他也无动于衷。但是，"最惜空枝冷夕曛"，则也流露出诗僧的情感，在他寂静的心境中漾过一层涟漪。落去繁花的空梅枝在夕阳昏冷的余晖中可是够可怜的，一个"惜"字表现出诗僧一点怜物伤景的情怀，也有诗僧对自己一生清苦生活的喟叹。

然而，律然毕竟是自幼出家修行，颇得佛典奥旨的高僧，感情的流露是有限的，因而随笔一转："啁哳青禽岂无恋，放衙蜂晚任纷纷。"又恢复了静穆的心境。春暖花开，春鸟都会发出欢快的啼鸣，然这时的梅花却是凋落了，所以它们发出繁杂的啼叫声，充满了留恋之意。但梅花并没有因为它们的留恋而仍葆艳丽，还是凋落了；而以花为生的蜜蜂却也没有因为梅花的殒落而停下辛劳的双翼，而是由于天晚到了返归蜂房的时候，正在蜂房附近纷纷攘攘。而诗僧则从大自然这动的自律中获得了静的复归，一个"任"字便把一切情感杂念隐入心底。而且正是因为他此时的心境恬淡而宁静，超然物外，才能发现大自然这有规律的喧闹。

律然此诗，绘尽落梅之态，写尽落梅之况：和风和雨，漠漠残香，积来林下，飞去岭头，不须横笛，最惜空枝，句句都是梅落光景，句句未离落梅情状。而诗人观赏落梅，心境恬淡宁静，超然物外。清代翰林学士兼诗人柏谦评律然诗"穆如清风，静如止水"，此之谓也。

律然（生卒年不详），清代诗僧、画家。字素风，海虞（今江苏常熟）秦氏子，剃染长寿庵。工诗、画，有《息影斋诗钞》（《清画家诗史》）。

迈陂塘·梅

清朝　许孟娴

问枝头、一窝香雪，带将春在何处？月明照彻花无影，可是玉魂来路。花不语、花只向疏帘，暗把寒香度。芳心自许。奈孤鹤忘归，清宵谁守？剩有冷云护。

消寒意，欲画何如折取。春痕飞绕诗句。年来错认东风好，风惯将花吹去。花且住，花好倩情丝、绣上相思谱。冰颜长驻。待春欲成烟，春归如梦，重与缟仙遇。

迈陂塘：词牌名。

许孟娴是清代女诗人。此词咏梅并寄相思之情。

词的上片以问答句式歌咏梅花的色与香，并寄孤鹤之苦。"问枝头、一窝香雪"，是说问一问枝头上开放的是些什么花？答以"一窝香雪"。"一窝"，指一团团、一簇簇，形容枝头上的梅花非常繁密，而且抱成团状。"香雪"，指清香而洁白的梅花。宋代词人吴感《折红梅》词中有"似匀点胭脂，染成香雪"之句，皆指梅花。"香"指味，"雪"指色。雪而香，其香自然十分清新；香而雪，其色自然十分晶莹而清幽。"带将春在何处？"是说你要将春带到什么地方去呢？实际上是以问作答，说梅花开处即是春天。"月明照彻花无影"，是说月光是那样明亮，照遍了天下万物，可是在地上却寻不到梅花的影子。"照彻"，指月光的明亮；"花无影"，形容梅花之洁白、晶莹、透明。"可是玉魂来路"，亦是以问作答，是说那晶莹无影之花根本不是世上的草木之花，而是花的精魂来到世上，以玉魂指代梅花，不仅突出了梅花的清幽、圣洁，而且与月下梅花的形象及月下远观梅花的空蒙境界相谐。至此，很自然地将读者带进了月下赏梅的意境之中。

接着以叙述的句式说"花不语、花只向疏帘，暗把寒香度"，意即梅花默不作答，只是将清冷的幽香无声无息地透过晶帘送向室内。"芳心自许。奈孤鹤忘归，清宵谁守？剩有冷云护"，将梅花喻为佳人，说内心还是安然自持的，怎奈相伴的白鹤却远去忘了归来，这清冷、幽静的夜晚谁能孤独相守？只剩下那月夜里清冷的云气护持着。

整个上片写月下的梅花，突出了其色、其香、其魂，清幽之中含有孤寂。既是写梅花，也是词人的自喻。

词的下片，词人便不再具体状写歌咏梅花，而是围绕梅花"飞绕"自己的绵绵"情丝"，表达自己的美好愿望。

"消寒意"，承接上片，既是说自然界的气温转暖，也是说自己的情绪已由孤寂转为欢快。"欲画何如折取。春痕飞绕诗句"，诉说自己先想将梅花的倩影描画下来，继而又想到远画怎能比得上将梅花折来一枝近观玩赏，面对这标志着春天印痕的梅花，不禁神思飞动，诗兴大发，涌出几多美好的诗句。"年来错认东风好，风惯将花吹去"，是说省悟到向年来一直错误地认为东风最好，其实，东风虽年年催春来，也年年送春归，将烂漫的春花吹去。这实在令人无限惋惜。

因此，词人便对着梅花轻呼："花且住，花好倩，情丝绣上相思谱。"梅花呀，你暂且不要离去，你是那么美，请你允许我借着你的娇姿，将我的情丝绣在这标志着相思之情的图谱之上。"绣上相思谱"，当指女工，即刺绣梅花枕、巾之类。"冰颜长驻"，这样就可使你如冰似玉的容颜不分春夏秋冬长留人间，等待春天来临结成美好的姻缘。最后"待春欲成姻，春归如梦，重与缟仙遇"，意思是等到春天将要化作一缕青烟，春去如梦醒，春天过去了，春天的繁花也不再留，这时我就可以与梅花巾上的素衣仙女相逢了。"缟仙"，穿白衣的仙人，此处借指梅花。

总的看来，词的下片充满了对美的追求，热情洋溢，一扫上片孤寂之态，使全词的情调为之一振。与一些仕女一味伤春、惜春之作相比，这首《迈陂塘》还是略胜一筹的。

许孟娴（生卒年不详），清代女诗人。江苏常熟人。有《似山楼稿》三卷（民国八年李士玙静补斋铅印本），词一卷。

梅花百韵
（其一）

清朝　彭玉麟

平生最薄封侯愿，愿与梅花过一生。

唯有玉人心似铁，始终不负岁寒盟。

彭玉麟被称为"晚清中兴名臣"之一、中国近代海军之父。他也写有《梅花百咏》100首。这是第一首。

首句"平生最薄封侯愿"，诗人说他"平生"最不愿意的是"封侯"。对于"封侯"，南宋诗人陆游说"当年万里觅封侯，匹马戍梁州"（《诉衷情》）；而晚唐诗人温庭筠咏苏武则说"茂陵不见封侯印，空向秋波哭逝川"（《苏武庙》）。所以，古时的好男儿多以"封侯"为愿。而诗人却开篇说出"平生最薄封侯愿"，虽然他这么说的重点是为了要说下句"愿与梅花过一生"，可是这种不经意地道出"平生最薄"封侯之愿，却真实地交代了晚清历史上一段感人的真相。

晚清历史上有著名的"中兴四大名臣"之说。一种说法是"曾胡左李"，就是曾国藩、胡林翼、左宗棠和李鸿章；还有一种说法就是"曾胡左彭"，把李鸿章换成彭玉麟。当时民间有句俗语叫"李鸿章拼命想做官，彭玉麟拼命想辞官"。彭玉麟的拼命辞官，不仅是清代官场上，也可以说是古代官场上绝无仅有的。他一生总共辞过六次官。第一次是咸丰十一年，一连三次请辞安徽巡抚，做虚衔的兵部侍郎。第二次是在同治四年，多次谢绝任命漕运总督。第三次，同治七年，辞去一切官职，回家为母亲守孝。第四次，同治十一年辞去兵部侍郎和弹压大臣的职务，只做了一个长江巡阅使。第五次，光绪七年，辞去两江总督兼南洋通商大臣。第六次，请辞兵部尚书。他用自己的一生，印证了他的"三不要"的人生准则，也创造了一个中国历代官场上真正能做到不爱官、不爱钱的典范。

那么诗人爱的到底是什么呢？他爱的是梅花，"愿与梅花过一生"。诗人辞官隐居的时候，他所住之处，遍植梅花；而他要与梅花过的一生就是画梅花！他的梅花画——"墨梅"，在晚清绘画史上称为一绝，号称"兵家梅花"。因为他是军人出身，所以他画的梅花虬枝老干、傲立霜雪，体现出天地之间一段最坚贞、最不屈的精神。在当时，他的墨梅和郑板桥的竹子并称"双绝"。他穷尽一生的力量，画了上万幅的梅花。他在五十多岁的时候曾经写诗说："我家小苑梅花树，岁岁相看雪蕊鲜。频向小窗供苦读，此情难忘二十年。"其实何止二十年，在这首诗之后，他又画了二十多年。他活到七十五岁，自三十多岁起，画了四十多年，画了上万幅的梅花。

诗人为什么对梅花这么痴情呢？他说："唯有玉人心似铁，始终不负岁寒盟。"这是说你看那孤标傲世、傲霜斗雪的梅花，她圣洁地开放，就像那最冰清玉洁的美人，在天寒地冻、在一番寒彻骨中凌寒独自开放。而人生在世风雨兼程，所谓"岁寒，然后知松柏之后凋"（《论语》），我们人之为人、男儿之为男儿、大丈夫之为大丈夫的高洁品格，在这荒凉的人世背景中，大概也只有这"冰雪林中著此身，不与桃李混芳尘"（元·王冕《白梅》）的梅花，才能与我们的精神追求相映成趣。这就是人世间的岁寒之盟、岁寒之约吧！"唯有玉人心似铁，始终不负岁寒盟。"这是知己、知音之情，这是真爱、挚爱之约，所以才"愿与梅花过一生"！

彭玉麟（公元 1816—1890 年），字雪琴，号退省庵主人、吟香外史，生于安徽省安庆府。清朝晚期军事家、书画家，人称"雪帅"。湘军水师创建者、中国近代海军奠基人。投曾国藩，分统湘军水师。任提督、兵部右侍郎。定长江水师营制，每年巡阅长江。中法战争时往广东督办军务，率部进驻虎门，上疏力阻和议。晚年累官至两江总督兼南洋通商大臣，兵部尚书，封一等轻车都尉。赠太子太保，谥号"刚直"。彭玉麟不治私产、不御姬妾。于军事之暇，作画吟诗。一生绘梅花图上万幅，只为纪念梅姑。其"诗书皆超俗"，诗文作品由友人俞樾整理，分为《彭刚直公奏稿》《彭刚直诗集》。今人辑为《彭玉麟集》。

和内子梅花诗

清朝　俞樾

庭院无尘夜有霜，见来不是等闲香。

寒宵同作罗浮梦，绝胜东坡在雪堂。

晚清时期的公元 1850 年，29 岁的诗人俞樾进士及第，俞樾内子姚文玉在得知丈夫部考第一的喜讯后，在信中回了一首《梅花诗》：

耐得人间雪与霜，百花头上尔先香。

清风自有神仙骨，冷艳偏宜到玉堂。

诗的前两句"耐得人间雪与霜，百花头上尔先香"，赞美梅花经得住风雪寒霜的考验，在百花开放之前绽放。暗喻丈夫历经艰辛高中榜首。后两句"清风自有神仙骨，冷艳偏宜到玉堂"，是说清风自有神仙的骨气，让冷艳的梅花开在玉堂之上。既是恭喜丈夫高中，又是提醒他要像梅花一样傲骨铮铮。

俞樾接到信后，当即回了这首《和内子梅花诗》。

前两句"庭院无尘夜有霜，见来不是等闲香"，写自己住的庭院里白天没有灰尘，夜里有寒霜，更显得清幽洁净。突然闻到飘来的清香，原来是特别清新的梅花香味。表露出自己接到夫人赠诗后的喜悦心情。"寒宵同作罗浮梦，绝胜东坡在雪堂"，"罗浮梦"，即隋朝赵世雄在罗浮山下梦遇梅花仙子的典故。（见唐代诗人柳宗元《龙城录》）"雪堂"，指宋代诗人苏轼被贬黄州，寓居临皋亭，就东坡筑雪堂。这两句是说自己在寒夜里与夫人做着同样的梅花梦，比那苏东坡在雪堂吟诗更为雅致。表明自己要像梅花一样保持高洁的情操。

俞樾是清末著名学者、文学家、经学家、古文字学家、书法家。在世人的印象中，他是红学家俞平伯的曾祖，是革命家章太炎的老师，更是写下 500 卷皇皇巨著《春在堂全书》的大儒。可是这样一位大学者，他其实也是个有情有义的好男人，而他们夫妻间的相互唱和，鼓励支持，亦是诗坛佳话。

俞樾（公元 1821—1907 年），字荫甫，自号曲园居士，浙江省德清县人。清末著名学者、文学家、经学家、古文字学家、书法家。清道光三十年进士，曾任翰林院编修。后受咸丰皇帝赏识，放任河南学政，被御史曹登庸劾奏"试题割裂经义"，因而罢官。遂移居苏州，潜心学术达 40 余载。治学以经学为主，旁及诸子学、史学、训诂学，乃至戏曲、诗词、小说、书法等，可谓博大精深。海内及日本、朝鲜等国向他求学者甚众，尊之为朴学大师。所著凡五百余卷，称《春在堂全书》。

题梅花图轴

清朝　虚谷

有粉有色更精神，一树梅花天地春。
一觉浮生尘世外，空山流水岂无人？

看虚谷的画，雅淡冷隽，正乃宋代诗人苏轼所谓"外枯而中膏，似淡而实美"（《评韩柳诗》）。而读其题诗，亦复如是之平淡。这种诗画格调的一致，正是虚谷独特审美性格的产物。他淡泊宁静，不趋名利，寄情书画，一个"淡"字，正乃其诗画的内蕴。

这首题画诗看似平淡，实则寓意深刻，作为画家和诗人的虚谷，面对"有粉有色"的"一树梅花"，思绪万千，并由此引向更远的内在世界深处。"有粉有色更精神，一树梅花天地春"，应该说，诗的前两句并无奇特之处，只是绾合画、题，而我们如果结合他的其他作品，也许会从这平淡中体味出"外枯中膏"的美学特征。一树梅花，有白有色，傲然挺立于冰霜风雪之中，更显精神，给人以希望和光明，因为"冬天已经来临，春天还会远吗？"对于这一点，虚谷是坚信不疑的，"一树梅花天地春"便是他的自我表白。在不少梅花的题句中，他都讲到"能开天地春""开到人间第一花"，字里行间无不透露出这位老人对未来的憧憬，对新生事物的期待。

就这样，诗人沉浸于对未来的憧憬和幻想之中，"一觉浮生尘世外"，把自己的内心世界乃至躯壳一起带到"尘世"之外。在这虚静的"尘世"之外，真正达到了"忘我"与"无物"的超然境界，而后突有启悟，突有发现。眼前画卷中不再是单纯的梅花和它四周的空山流水，至于还有些什么，诗人一句反问"空山流水岂无人"，全然明晓。诗人一下子把读者的视线从"梅花"移注到画外之"人"，在诗人笔下，"梅花"早已不是自然之实物，而成了某种象征和寄托。最后一句发问，是理解虚谷此画、此诗之关键，是他画作的深隐之处，显得蕴藉含蓄，也正是虚谷崇高人格的自我写照。

虚谷的这幅梅花屏条，真正体现出诗、书、画、印的完美结合和统一。不但诗画同调，而且在题诗之后，画家钤有一方白文方印"耿耿其心"，与之相互映衬，相得益彰，堪称艺术精品。

虚谷（公元 1824—1896 年），清代诗画家。原籍新安，居广陵（今江苏扬州）。俗姓陈，名虚白。太平天国时，效力清营，意有感触，遂出家为僧，名虚谷。以书画自娱。善山水、花卉、蔬果，尤擅金鱼、松鼠、草虫写意。所作画冷隽新奇，别具一格，无一笔滞相。能诗，有《虚谷和尚诗录》，传世作品有《梅花金鱼图》《松菊图》《葫芦图》《蕙兰灵芝图》《琵琶图》等。

解佩环·落梅

清朝　左锡璇

夜来风雨，怅小园梅萼，飘坠无数。才见花开，又见花飞，转瞬便成尘土。但教落去人知惜，更何必、重幡深护。只愁他、没个知音，枉自魂销千古。

日暮凭高不见。叹繁华似梦，韶光迅羽。乍雨乍晴，轻暖轻寒。种种恼人情绪。天心到此应难问。慢怊怅、留春不住。看枝头、点点残英。空剩寒香一缕。

解佩环：词牌名。

这是一首咏落梅的词。左锡璇，字英江，清代女诗人。作者曾于此词下自注云："梅为风雨所败，感而作此。"全词即以风雨始，状写了梅花为"风雨所败"的惨状，抒发了对摧花风雨的怨恨，及"没个知音""繁华似梦"的感慨。

"夜来风雨，怅小园梅萼，飘坠无数"，意思是令人感到怅恨的是入夜以来的风风雨雨，竟使小花园里刚刚吐蕊的梅花飘落坠地无计其数。一开头，就直写梅落的惨状，并点出了造成梅落的原因，可谓开门见山。以"夜来风雨"为全词之冠，既点出了梅落之因，又给人以动感。接下去一个"怅"字，不仅概括了词人的怅惋之情，而且起到了唤起读者情绪的作用。"才见花开，又见花飞，转瞬便成尘土"，写梅花花开、花飞、坠地的过程。"才见""又见""转瞬"连用，状其变化之快；"花开""花飞""成尘土"连用，动感十分鲜明；而一"飞"字，又与"风雨"相呼应，给人以风雨尚在继续之感。

"但教落去人知惜，更何必、重幡深护"，词人不再写落梅之状，转而抒发自己的感慨。意思是只要在落去之时人们知道爱惜她，那倒不必非得设置重重幡幔细加保护不可。最后，以"只愁他、没个知音，枉自魂销千古"为上片作结。意思是，令人忧愁的只是没有一个知音，致使她白白拥有令千古之人倾倒的姿容。从而使词中的感情层次有了一个提高——从朦胧的怅然之感，发展为具体的忧愁；从对梅开、梅落等眼前具体物象的伤怀，发展到对精神境界的追求。

下片"日暮凭高不见。叹繁华似梦，韶光迅羽"三句，是说太阳将落之时登高远眺，再也见不到盛开的梅花了。面对眼前瞬息即逝的景物，不禁令人感叹世上所有的繁华景象都好似一场春梦，时光真真就像疾飞之鸟那样快啊！"日暮"与"夜来"，说明上片为早晨所见所感，下片为傍晚时的所见所感。"叹"与"怅"相对，表明上片早晨初见落梅时的心情只是朦胧的惆怅；经过一天的思索，情绪已由朦胧的怅然发展为具体的感叹了。"迅羽"一词，本指鹰或疾飞之鸟。汉张衡《西京赋》中曾有"乃有迅羽轻足"之句。此处与"韶光"连用，即指时光迅速。

接下来，"乍雨乍晴，轻暖轻寒。种种恼人情绪。天心到此应难问"数句，是说春天里一会儿雨、一会儿晴，一忽儿悄悄地暖和起来了，一忽儿又悄悄地转为微寒，变化无常，自会令人产生种种烦恼的情绪。对于这一季节里大自然的变化，本就是难问清楚的。从而表现了一种豁达心胸。"慢怊怅、留春不住"，是说既然如此，就且慢惆怅、烦恼吧，春要去，留是留不住的。最后，词人笔锋一转，由抒情转而变为再写眼前的落梅："看枝头、点点残英，空剩寒香一缕。"看一看梅树枝头，只有星星点点的残花，白白剩下一缕清新的香气。"点点残英"与上片开头"飘坠无数"相对，是为写实；"空剩"又与上片结句"枉自"遥相呼应，既表达了"没个知音"的无可奈何情绪，又充分肯定了梅花的自身价值：盛时——"魂销千古"，败时——仍有"寒香一缕"。

左锡璇（公元 1828 年—?），清代女诗人。字芙江，一字小桐，阳湖（今江苏常州）人。延建邵道袁绩懋继室，婚后随夫官于福建延平。早岁受业于张绍英，工诗善画。画宗恽寿平，亦秀润有法。咸丰八年（公元 1858 年）九月，太平天国军攻打顺昌城，袁绩懋率众死守被杀。此时她年甫三十，留居闽峤，画荻教子，以卖画为生，有贤母风。著有《红蕉碧梧馆诗词集》，诗多怀人之作，风格幽婉，于现实亦有反映。为词多刻画愁绪，于工丽中时显苍劲之气。

烛影摇红·梅影

清朝 盛昱

一缕冰魂，和烟澹到无寻处。几番相约是黄昏，又怕余寒误，冷落江头千树。奈相逢，风斜日暮。春愁满地，浅梦如烟，都无凭据。

晚笛吹残，玉龙似和湘波语。独扶残梦下瑶台，可是凌波步？解佩纵逢交甫，亦凄凉，几番烟雾。翠禽宿后，寒蝶来时，者番前度。

烛影摇：词牌名。

这首《梅影》词，运用美丽的神话传说，形象地描绘了黄昏后梅花的冷落，含蓄地表达了词人心境的凄凉。

词的上片，写词人黄昏赏梅，着重渲染了梅花的冷落。

"一缕冰魂，和烟澹到无寻处"，"冰魂"，历来被诗人用来形容梅花的皎洁。宋代诗人苏轼在《再用前韵》诗中曾经写过："罗浮山下梅花村，玉雪为骨冰为魂"。南宋诗人陆游的《北坡梅立春第一枝》中也有这样的诗句："广寒宫里长生药，医得冰魂雪魂回"。"澹"，即淡。这两句是说，冰清玉洁的梅花，笼罩在一片淡淡的烟雾之中，让人无处去寻找。"几番相约是黄昏，又怕余寒误，冷落江头千树"。好几次计划傍晚的时候出外赏梅，可是总担心晚上天冷，那江边的许多梅花会因此凋谢了。"江头千树"是形容江边的梅花很多。苏轼在《和秦太虚梅花》诗中，就曾写过"江头千树春欲暗，竹外一枝斜更好"。

"奈相逢，风斜日暮。春愁满地，浅梦如烟，都无凭据"，无奈，与梅相逢，还是在晚风斜吹、太阳落山的时候。那满地的落花，朦胧的梅影，如愁似梦，缥缥缈缈，无依无靠。

下片，从吹落梅花的笛声写起，连用湘妃、洛神、江妃三个传说中的仙女去形容梅花，突出表现了诗人的心境。"凄凉"是本片宗旨之所在。

"晚笛吹残，玉龙似和湘波语"，自从唐代诗人李白"黄鹤楼中闻玉笛，江城五月落梅花"（《与史郎中钦听黄鹤楼上吹笛》）诗句一出，在诗人笔下，笛声便与梅落联系起来。本句意思是说，黄昏时节，笛吹梅落，那片片梅花飘在水中，似乎在与湘妃谈论着什么。"玉龙"，原意是形容下雪。北宋诗人张元有"战退玉龙三百万，败鳞残甲满天飞"（《雪》）的诗句。这里是以玉龙比喻梅花像下雪那样飘到水面上。"湘波"，隐指湘江上的湘妃女神。

"独扶残梦下瑶台，可是凌波步"，"瑶台"，指神仙居住的地方。"凌波步"，是在化用魏国诗人曹植《洛神赋》中的"凌波微步"，暗指洛神。这句是说，看那朦朦胧胧，似在梦中的神态，是不是洛神在江上行走呢？"解佩纵逢交甫，亦凄凉，几番烟雾"。即使能遇见郑交甫那样有情的男子可以解佩相赠，不过像腾起的几阵烟云，也一样的悲伤孤寂。这里是在暗用江妃赠佩给郑交甫的典故。据《列仙传》记载："江妃二女者，不知何许人也。出游于江汉之湄，逢郑交甫，见而悦之"，"手解佩与交甫，交甫悦受而怀之中当心"。以上，诗人连举的湘妃、洛神与江妃，都是不幸的女神，都有过投水或溺水的经历。用她们去比喻落在水面上的梅花，真是再恰当不过了。同时，诗人在借用这三个女神时，又包含着三个不同层次的演进。写湘妃，指梅花初落；写洛神，指梅花在水上漂流；而到了写江妃时，则是写梅花消逝在烟雾中了。

"翠禽宿后，寒蝶来时，者番前度"，这是倒装句。"者番前度"，应放在前面，意思是这些情景发生之前，翠鸟已经在梅树上安歇了，只有几只带着寒意的蝴蝶不时飞来。这实在是够凄清的了。"者番"，就是这番。

总的看来，这首词写得空灵蕴藉，让人有只可意会、不可言传之感。因为词人除了头与尾是实写外，主要部分都是虚写的。先是用梦与愁去形容梅花，后来又引来三位神女去比拟梅花。这种形容与比拟，都是象征性的，因此诗中的梅花形象也如水中月，雾中花，让人只觉其美，却无迹可寻，正因如此，愈发引人遐思，收到言有尽而意无穷的效果。而这也正是本词的最突出特点。

盛昱（公元1850—1899年），爱新觉罗氏，字伯熙，一作伯羲、伯兮、伯熙，号韵莳，一号意园。光绪二年进士，授编修、文渊阁校理、国子监祭酒。因直言进谏，不为朝中所喜，遂请病归家。家居有清誉，承学之士以得接言论风采为幸。著有《八旗文经》《雪屐寻碑录》《郁华阁文集》等。

梅

（十章·其十）

清朝　秋瑾

冰姿不怕雪霜侵，羞傍琼楼傍古岑。
标格原因独立好，肯教富贵负初心？

秋瑾的这一组咏梅诗共10首，作于光绪三十年（公元1904年）出国之前。这里选的是第十首，主要赞美梅花耐寒、清高、不慕富贵的品格。

这首咏梅诗，乍一看去，也不过是吟咏梅花傲霜斗雪的坚强、冰肌玉骨的圣洁而已。但倘若我们联系这位女革命家其他诗文和壮烈的一生，便可发现此诗与以往的咏梅诗词有着迥然不同之处。这是一首以咏叹品格、精神取胜的梅花诗。

"冰姿不怕雪霜侵，羞傍琼楼傍古岑"，冰姿，是指梅花迎霜斗雪的风姿。从"冰姿"看，此诗可能是咏白梅，故用"冰姿"形容白梅花圣洁晶莹的风采。"羞傍琼楼"，已不再是以往文士们的孤独与清高，也不仅仅是说不流于世俗。"古岑"，古朴的山丘。两句联起来，写梅花不贪恋玉宇琼楼富贵荣华，心甘情愿地生长在古朴的孤山之上。这很容易使人联想到诗人抛弃舒适的荣华富贵生活，而不避艰险投身革命的经历。她赞美白梅花"不怕雪霜侵"的"冰姿"，正是她坚定意志和高尚品格的写照。"琼楼"和"古岑"是两处截然不同的所在，也是两种不同的环境的象征。

"标格原因独立好，肯教富贵负初心"，"标格"，即风范、风度。"原"，本来。"因"，由于。"独立"，不流于世俗。正因为梅花不同凡花俗卉一样去争夺春光夏露，所以它才表现出"不怕雪霜""不傍琼楼"的好品格。"肯教富贵负初心"，"肯"，岂肯。一个反问句，以更加肯定的语气强调富贵绝对不能动摇梅花的初衷、本性。

古往今来咏梅之作数不胜数，宋代诗人林逋"疏影横斜水清浅，暗香浮动月黄昏"久传不衰，因他道出了梅花形态之美与环境之美的和谐与统一。南宋诗人陆游的"零落成泥碾作尘，只有香如故"（《卜算子·咏梅》），寄托了诗人的人格力量，令人肃然起敬。林逋隐逸有梅妻鹤子之称，所以他的咏梅之作追求的是内心世界与外部自然的契合。陆游是抗金斗士怀才不遇，他寄托的是刚直之士的孤高与贞洁。秋瑾作为一个追求自由的新女性，她的这首咏梅之作丝毫不逊于须眉。她在追求自己理想实现过程中所面临的困难和险阻，是可以想象的。如果说"冰姿不怕雪霜侵"，以梅花不惧雪霜喻自己不惧艰难，以"羞傍琼楼傍古岑"表明自己不愿受富贵之累的话，那么，"标格原因独立好"一句，可以说是秋瑾有别众多咏梅之作的神来之笔。

相对而言，林逋是独立的，陆游也是独立的，古代咏梅的大多数男性作者或隐逸、或在朝，或多或少都还有某种程度的独立性。而对生于富贵环境之中，处于琼楼玉宇之中的秋瑾来说，她要走出那个牢笼，该是多么不易啊！正因如此，她才特别感受到梅花的不惧霜雪、不傍琼楼、古朴自然是多么难得，多么可贵。从对人格价值追求的角度说，"独立标格"不也是一个难得的宣言和昭示吗？元代盛贞一同样是位女性，她借咏梅寄托自己守寡不移的贞节之志，说"寒香泣雨魂难返，贞节凌霜志莫回"，诗句写得倒也语义双关，凄楚动人，但落在女性"贞节"二字上，虽可体谅，实在可悲。较之秋瑾的追求独立标格，可谓天壤之别，不能同日而语。这是时代使然，也是秋瑾这位鉴湖女侠的个性使然。秋瑾这首咏梅之作当在咏梅史上占据一席之地。

秋瑾（公元 1875—1907 年），原名秋闺瑾，字璇卿，东渡后改名瑾，号竞雄，自称"鉴湖女侠"。浙江绍兴人。中国女权和女学思想的倡导者，近代民主革命志士。她是为推翻数千年封建统治而牺牲的女烈士，为辛亥革命做出了巨大贡献；提倡女权女学，为妇女解放运动的发展起到了巨大的推动作用。她性格豪侠，习文练武，曾自费东渡日本留学。积极投身革命运动，先后参加过"光复会""同盟会"等革命组织。公元 1907 年，她与徐锡麟等组织光复军，拟同时起义，事泄被捕，7 月 15 日从容就义于绍兴轩亭口。